La corte de los milagros

Vampyria

La corte de los milagros

Victor Dixen

Traducción de Patricia Orts

Rocaeditorial

Título original en francés: *La Cour des Miracles*

© 2021, Éditions Robert Laffont, S.A.S., París

Primera edición: abril de 2023

© de la traducción: 2023, Patricia Orts
© de esta edición: 2023, Roca Editorial de Libros, S. L.
Av. Marquès de l'Argentera 17, pral.
08003 Barcelona
actualidad@rocaeditorial.com
www.rocalibros.com

© de las ilustraciones interiores y del mapa de París: Misty Beee (@misty.beee)

Impreso por LIBERDÚPLEX, S. L. U.
Printed in Spain - Impreso en España

ISBN: 978-84-19283-78-8
Depósito legal: B. 2315-2023

RE83788

Para E.

El bosque más funesto y menos transitado es,
comparado con París, un lugar seguro.
¡Desgraciado aquel que, impelido por un asunto imprevisto,
deambula demasiado tarde por sus calles!
Tras cerrar la puerta adormecido,
todos los días me acuesto al caer el sol;
pero apenas apago la luz de mi habitación,
no se me permite cerrar los párpados.

NICOLAS BOILEU, *Les embarras de Paris*
(año 1666 de la era cristiana)

* * *

Al claro de luna
cierra bien tu puerta:
los vampiros salen
al caer de la noche.
A Pierrot se le pasa la borrachera,
ellos lo despellejarán
¡y luego los gules
le romperán los huesos!

CANCIÓN POPULAR que se entonaba en el anochecer en París
(tres siglos y medio más tarde, año 299 de la era de las Tinieblas)

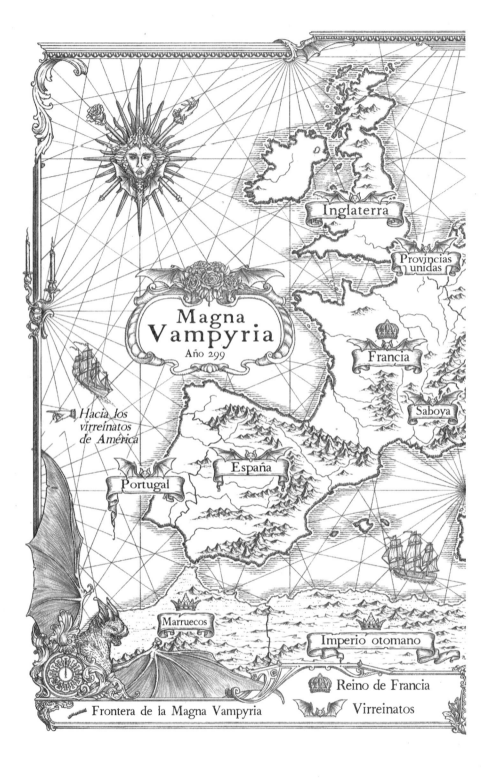

Magna
Vampyria
Año 299

Inglaterra

Provincias
unidas

Francia

Saboya

Hacia los
virreinatos
de América

España

Portugal

Marruecos

Imperio otomano

Frontera de la Magna Vampyria

Reino de Francia

Virreinatos

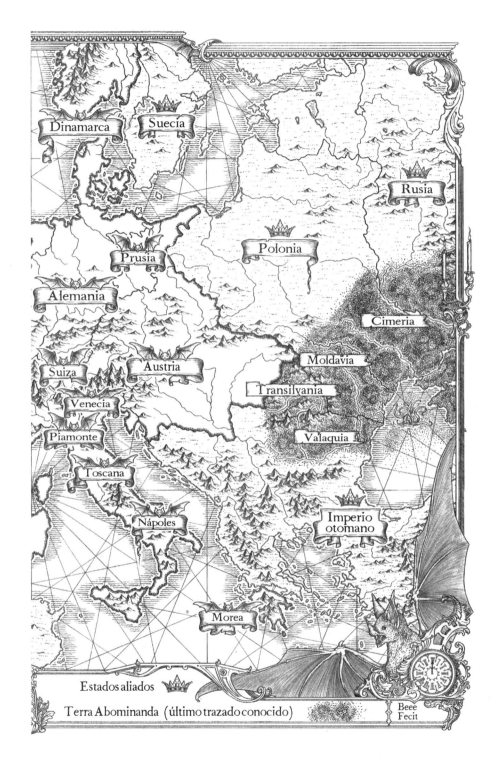

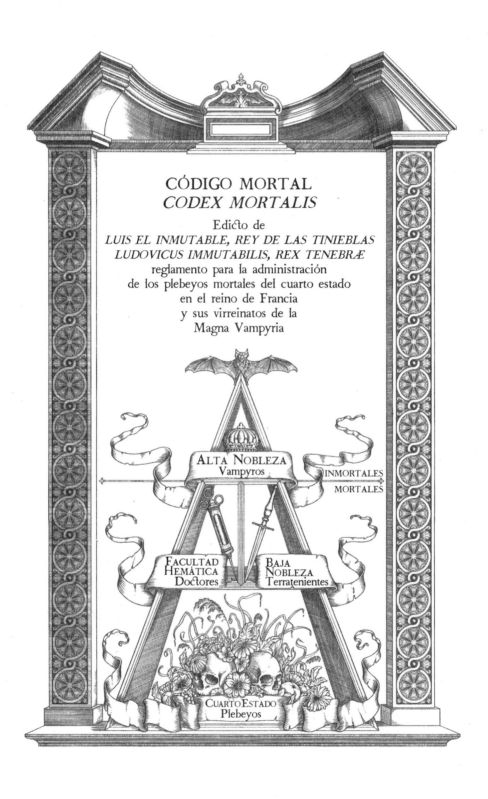

CÓDIGO MORTAL
CODEX MORTALIS

Edicto de
LUIS EL INMUTABLE, REY DE LAS TINIEBLAS
LUDOVICUS IMMUTABILIS, REX TENEBRÆ
reglamento para la administración
de los plebeyos mortales del cuarto estado
en el reino de Francia
y sus virreinatos de la
Magna Vampyria

ALTA NOBLEZA
Vampyros

INMORTALES
MORTALES

FACULTAD
HEMÁTICA
Doctores

BAJA
NOBLEZA
Terratenientes

CUARTO ESTADO
Plebeyos

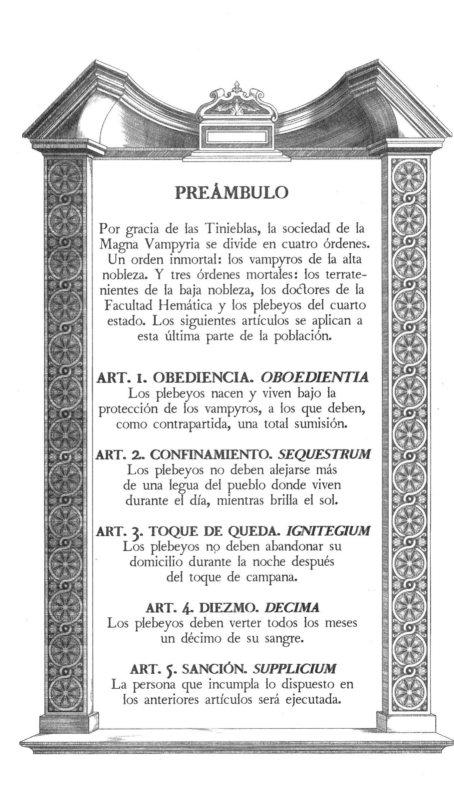

PREÁMBULO

Por gracia de las Tinieblas, la sociedad de la Magna Vampyria se divide en cuatro órdenes. Un orden inmortal: los vampyros de la alta nobleza. Y tres órdenes mortales: los terratenientes de la baja nobleza, los doctores de la Facultad Hemática y los plebeyos del cuarto estado. Los siguientes artículos se aplican a esta última parte de la población.

ART. 1. OBEDIENCIA. *OBOEDIENTIA*

Los plebeyos nacen y viven bajo la protección de los vampyros, a los que deben, como contrapartida, una total sumisión.

ART. 2. CONFINAMIENTO. *SEQUESTRUM*

Los plebeyos no deben alejarse más de una legua del pueblo donde viven durante el día, mientras brilla el sol.

ART. 3. TOQUE DE QUEDA. *IGNITEGIUM*

Los plebeyos no deben abandonar su domicilio durante la noche después del toque de campana.

ART. 4. DIEZMO. *DECIMA*

Los plebeyos deben verter todos los meses un décimo de su sangre.

ART. 5. SANCIÓN. *SUPPLICIUM*

La persona que incumpla lo dispuesto en los anteriores artículos será ejecutada.

I

La intrusión

No hay nada más vulnerable que un cuerpo dormido.

En el sueño volvemos a ser como unos indefensos recién nacidos.

Como la joven que yacía en el hueco de una cama inmensa, demasiado grande para ella.

Nada se mueve, salvo la corola que se extiende sobre el camisón de la durmiente. Una rosa de sangre se abre en él. Sus pétalos se despliegan lentamente sobre la seda, inclinados hacia el corazón.

Cuanto más enrojece la flor, más palidece la cara.

Los labios se decoloran.

El color de su frente se confunde con el de sus cabellos grises esparcidos por la almohada.

Me veo reflejada en el fondo de sus ojos paralizados por el asombro, como si fuera un espejo…, y comprendo que la joven muerta ¡soy yo!

Me despierto sobresaltada y me llevo una mano al pecho, hacia el punto donde me ha apuñalado la muerte.

¡Una pesadilla!

Mi corazón late acelerado bajo mis crispados dedos: estoy sana y salva.

La tormenta arrecia tras las gruesas cortinas de mi habitación.

Aparto las sábanas, empapadas de sudor, y me arrastro por la habitación oscura: en mi condición de escudera del Rey de las Tinieblas, me han asignado una de las estancias más grandes del palacio de Versalles.

Busco a tientas la silla de mi peinador, me dejo caer en ella y giro la perilla de la lámpara de aceite para despertar la llama, que dormita. El reloj de bronce que surge en el halo marca las cinco de la madrugada; en el umbral del invierno, a finales de noviembre, esto significa que faltan más de tres horas para que amanezca. No puedo permitirme el lujo de desperdiciar un solo minuto de sueño, un alimento demasiado valioso en mi nueva vida de escudera. A las ocho en punto tengo que estar delante de la cámara mortuoria del rey con los otros cinco escuderos para celebrar la ceremonia del Gran Reposo.

A toda prisa, destapo el tarro que contiene las píldoras de sauce blanco con las que combato el dolor que me mina el cerebro; el exceso de bilis negra que genero me produce unas jaquecas crónicas.

Mientras espero a que haga efecto el remedio y me vuelva a poner en brazos de Morfeo, observo mi semblante inquieto en el espejo.

Los artesanos del palacio grabaron las iniciales D y G en el marco dorado; corresponden a Diane de Gastefriche, el nombre con el que me conocen aquí desde hace un mes, el nombre de la heroína que frustró el atentado contra el rey. El monarca ignora que, en realidad, me llamo Jeanne Froidelac; que no soy aristócrata, hija de un barón provinciano, sino una plebeya cuya familia murió a manos de las tropas reales; que no vine a Versalles para servirlo, sino para destruir su imperio desde dentro.

La grandiosidad de mi tarea me abruma en el corazón de la noche oscura. Sé que mi falsa identidad pende de un hilo. ¡No me atrevo a imaginar los suplicios a los que me someterían si me descubrieran! Desde que llegué a la corte, vivo en un estado de ansiedad permanente que me perturba durante la noche y me provoca unos sueños tan macabros como el que me ha despertado con un sobresalto. Mientras pienso en ello, escruto con mayor atención mi reflejo, buscando detalles que puedan traicionarme. ¿Es posible que mi porte sea demasiado altivo bajo la masa gris de mi pelo, que llevo recogido en una trenza? ¿Mis grandes ojos claros miran con desdén? ¿Tanto aprieto los delgados labios?

Hago un esfuerzo para imaginar a una noble orgullosa en el espejo, pero solo veo a una campesina perdida, a una huérfana que está completamente sola en el mundo...

«¿Sola? ¿De verdad estoy sola?»

¿Acaso no acabo de ver algo moviéndose detrás de mi cabeza, en una esquina del espejo?

Frunzo el entrecejo tratando de averiguar algo en el reflejo de la habitación. El fondo de la estancia está sumido en una oscuridad casi completa, dado que el tenue halo que proyecta la lámpara de aceite no lo alcanza.

Tengo la impresión de que una de las grandes cortinas de terciopelo se mueve ligeramente en la penumbra.

No puede ser una corriente de aire, porque estoy segura de que anoche cerré la ventana antes de acostarme.

Una certeza estalla en mi mente disipando la jaqueca, semejante a una claridad helada: ¡alguien ha entrado en mi habitación!

Me quedo clavada en la silla con el estómago encogido.

La pesadilla era una advertencia.

—¿Quién anda ahí? —gimo en un tono demasiado agudo, que a mis oídos suena como el de un cordero a punto de ser degollado.

Nadie me responde, pero la manera en que la cortina deja de inmediato de temblar habla por sí sola: ¡hay alguien escondido detrás de ella!

Me estremezco aterrorizada. La fina seda de mi camisón no me puede proteger contra una hoja afilada ni contra unos caninos puntiagudos: se teñirá de rojo, como en el sueño. Mi espada de escudera está enfundada en el armario que hay al otro lado de la inmensa estancia.

—Se lo advierto: ¡si grito, acudirá la guardia suiza!

Un trueno remarca mis palabras, como si hasta el mismo cielo se mofara de mis ridículas amenazas. Además de la tormenta que ruge afuera, el vestíbulo que separa mi habitación del pasillo hace las veces de cámara de aislamiento. Dada la furia de los elementos, apenas puedo oír la música de las fiestas nocturnas que están tocando a su fin en las plantas inferiores del palacio. Bajo mis pies, los nobles vampyros apuran en este momento sus copas de sangre tibia antes de regresar a sus fríos sarcófagos; los cortesanos mortales, por su parte, beben los mejores vinos, y luego dormirán la borrachera en sus mullidas camas.

Nadie me oirá, aunque grite a pleno pulmón.

Con mano trémula, palpo la superficie del peinador con la esperanza de encontrar un arma, pero mis dedos solo tropiezan con peines y cepillos; golpeo con un brazo el tarro de píldoras de sauce blanco, que cae y se hace añicos en el parqué.

Como una revelación, la cortina se abre de golpe y aparece una silueta oscura.

Me levanto de un salto y corro hacia la puerta de la habitación, pero no lo suficientemente rápido para alcanzarla antes de que el intruso se interponga entre la puerta y yo para impedirme el paso.

Lo examino al vuelo: va vestido con una camisa empapada por la lluvia y con un pantalón de tela remendada, y se tapa la cara con un pañuelo negro agujereado a la altura de los ojos.

18 Me agarra un brazo con gran firmeza y me atrae violentamente hacia él. Con la otra mano alza un puñal cuya hoja afilada refleja el resplandor de la lámpara.

Sus labios se tuercen en el borde de la máscara: «¡Muere, asquerosa lamemuertos!».

La fracción de segundo que mi asaltante acaba de perder para soltar aquel insulto me permite apoyar todo el peso de mi cuerpo en la pierna derecha.

Esquivo el puñal por un pelo.

El asesino pierde el equilibrio por un instante y me suelta.

Ruedo hasta el centro de la habitación.

Un trueno, más ensordecedor que sus predecesores, hace vibrar el suelo bajo mis palmas doloridas.

Me levanto jadeando, consciente de que solo he pospuesto mi muerte: el atacante sigue plantado delante de la puerta de forma que me es imposible huir.

Se dirige hacia mí con paso renqueante, solo ahora me doy cuenta.

Cojo o no, supongo que no piensa cometer dos veces el error que me ha permitido escapar de sus garras.

—Yo… no soy la que usted cree —balbuceo.

Mi mente es un remolino de pensamientos.

«Averigua quién es.»

«Adivina por qué quiere matarte.»

«Pero, sobre todo, ¡trata de ganar tiempo!»

La boca del desconocido vuelve a torcerse bajo la máscara.

—Eres «exactamente» la que yo creo —gruñe sin dejar de caminar hacia mí—. Una cortesana ávida de gloria. Una lamemuertos que sueña con ser transmutada en vampyra. ¡Por eso salvaste al tirano!

Percibo el acero del odio en su voz, tan dura y afilada como la hoja de su puñal, pero también tiembla como un pedazo de cristal a punto de quebrarse.

Los pensamientos se concentran en mi mente. Es evidente que se trata de un rebelde que me reprocha que abortara el atentado contra el rey, pero ¿qué tipo de rebelde es?

¿Pertenece a la Fronda de los príncipes que quieren ocupar el trono del Inmutable, como Tristan de La Roncière, el líder de los conjurados al que maté hace un mes? O, por el contrario, sirve como yo a la Fronda del Pueblo, que aspira a liberar al mundo del yugo de los vampyros.

La sencillez de su indumentaria está a años luz de los habituales trajes de seda que lucen los aristócratas. Sus hombros caídos no recuerdan en nada a los andares de gallito de los cortesanos de Versalles. Cuando sujetó mi brazo desnudo, su mano me pareció callosa, propia de un trabajador. En cuanto al apelativo, «lamemuertos», es el que susurran los plebeyos para aludir a los nobles mortales capaces de cometer cualquier tipo de bajeza para complacer a los vampyros.

—¡Espera! —grito dispuesta a jugarme el todo por el todo—. La verdad es que no desbaraté el complot de La Roncière para salvar al tirano, como piensas, ¡sino para salvar a Francia de una tiranía aún más cruel!

El intruso se detiene a unos metros de mí.

—¿A qué te refieres, señorona? —refunfuña.

—Yo no quiero transmutarme —le contesto con la respiración entrecortada—, pero Tristan de La Roncière sí que quería hacerlo para apoderarse de la corona. Peor aún: pensaba suprimir el *numerus clausus* que limita el número de vampyros que circulan por el reino. ¡Si hubiera alcanzado sus fines, todos los nobles mortales se habrían convertido en chupadores de sangre y habrían diezmado al pueblo como nunca!

El puñal empieza a temblar en la mano del asesino.

Comprendo que duda. Como un funámbulo, se mantiene en equilibrio en el tenso hilo de la razón: la cólera asesina que siente puede volver a tambalearse en cualquier momento.

—Debes creerme. —Obligo a mi voz a sosegarse, consciente de que una palabra más airada de lo debido puede volver a inflamar la sensibilidad a flor de piel de mi adversario—. Te estoy diciendo la verdad.

El hombre resopla ruidosamente reprimiendo un sollozo.

—¿La verdad? —repite—. Es posible que sea así…, pero también puede ser lo contrario. —Sus labios temblorosos vuelven a tensarse—. ¡Lo único que tengo claro es que mataste a Toinette, miserable!

¿Toinette? Por mi mente pasa el recuerdo de la joven criada de la escuela de la Gran Caballeriza: su cándida cara salpicada de manchas de rubor, su sonrisa tímida cuando nuestras miradas se cruzaban en el comedor, sus codos marcados por las cicatrices del diezmo de sangre que la Facultad Hemática extrae todos los meses a los plebeyos del reino. También me veo pinchando las venas de la pobre Toinette cuando era una de sus alumnas. La señora Thérèse, la gobernanta, me ordenó que sangrara a la sirvienta mientras cenábamos, para llenar la copa de la marquesa de Vauvalon, una de las vampyras más crueles de la corte.

—¿Toinette ha muerto? —balbuceo—. ¡Pero si estaba viva cuando abandoné la Gran Caballeriza hace un mes!

—Las heridas que le hiciste se infectaron. ¡La aguja que utilizaste para destrozarla debía de estar mojada, o algo peor!

Recuerdo horrorizada el sadismo que mostró la señora Thérèse, que le tenía ojeriza a la pobre Toinette desde que la había pillado robando una libra de harina. ¿Es posible que la gobernanta me diera una aguja envenenada para pinchar a la culpable?

—No sabía nada —farfullo compungida—. Te lo juro.

Pero el joven no me escucha.

—¡Ahora sentirás tú el pinchazo! —vocifera.

Hunde el puñal a tal velocidad —y con tal rabia— que no logro esquivarlo.

Siento un intenso dolor en el pómulo derecho cuando el metal lo traspasa.

El exaltado vuelve a la carga para asestarme un segundo golpe.

De repente, recuerdo lo que dijo Toinette mientras intentaba justificar su insignificante robo ante la intransigente gobernanta: «Mis padres son viejos y están enfermos, y mi hermano, que es carpintero, no puede trabajar, porque se rompió una pierna hace un mes al caer de un andamio mientras trabajaba en las obras de ampliación del palacio».

Ahora lo entiendo.

—¡Eres el carpintero, el hermano de Toinette! ¡Sé lo que es perder a una hermana a la que adoras!

El puñal se detiene en el aire.

—¡Yo perdí a mi querido hermano Bastien! —prosigo con un nudo en la garganta—. ¡Te sientes como si te hubieran arrancado una parte de ti mismo! ¡Como si te hubieran amputado la mitad de tu alma! Bastien era todo eso para mí hasta que los dragones del rey lo mataron, igual que al resto de mi familia, en el pueblo donde vivía en Auvernia.

El hermano de Toinette —porque es él, estoy convencida— está ahora tan cerca de mí que puedo ver sus ojos a través de los burdos agujeros de su pañuelo, temblando de confusión, de cólera, pero, por encima de todo, de tristeza.

—¿Los dragones del rey mataron a tu familia? —balbucea azorado—. ¿A ti, a una escudera de noble cuna?

—Ya te lo he dicho: no soy la que tú crees —repito con voz sorda—. Mi origen noble solo es un truco de magia, una ilusión. En realidad, soy hija de un boticario, peor aún, de unos rebeldes.

Confesándole mi origen plebeyo me juego la vida, pero aun así las palabras salen de mi boca, porque es la última posibilidad que tengo de impresionar a ese desgraciado. Y por-

21

que, además, reconozco en él los sentimientos que me atormentaron durante los días que siguieron a la muerte de mi familia. El joven no pertenece a ninguna sociedad secreta ni es el emisario de una fronda, poco importa que sea la del pueblo o la de los príncipes. Solo es una bala de cañón humeante, de desesperación que atraviesa el caos del mundo en dirección al blanco más próximo.

—Yo… no sé si creerte —farfulla.

Dirige sus aturdidos ojos a mis brazos desnudos: en el lugar donde, hasta hace un mes, tenía las marcas del diezmo de la sangre como cualquier plebeyo. Pero las cicatrices infamantes que cubrían el pliegue de mis codos se borraron cuando bebí el Sorbo del Rey, como las del resto de los escuderos: desde entonces, por mis venas corre un poco de sangre real, dotada de una capacidad de regeneración acelerada.

—¡La sangre del Inmutable cerró mis heridas! —grito adelantándome a la pregunta del hermano de Toinette—. Me obligaron a beber un sorbo para poder desempeñar la función de escudera, pero ¡en el fondo de mi corazón siempre seré una hija del pueblo!

Al decir esto, recuerdo el único objeto que he conservado de mi familia; meto febrilmente la mano en el bolsillo de mi camisón y sacó el reloj de mi madre. En el reverso de la tapa de bronce hay grabadas unas palabras:

—«La… libertad… o la… muerte» —descifra a duras penas el carpintero, que, supongo, casi no sabe leer.

—Es el lema de la Fronda del Pueblo, además de la prueba de que estoy de tu parte.

Por fin, baja el puñal.

Mira sus zapatos, que están mojando el parqué recién encerado como si de repente se preguntara qué hace aquí.

—Podrás dar un sentido a tu duelo —le digo con dulzura— saboteando a la Magna Vampyria desde los cimientos; podrás honrar la memoria de tu hermana, igual que yo honro la de Bastien y la del resto de mi familia.

El joven alza sus ojos desmesuradamente abiertos hacia mí, temblando de incredulidad, como si acabara de decir una blasfemia.

22

—Me llamo Jeanne Froidelac —le digo tendiéndole la mano.

—Paulin Trébuchet —responde con un hilo de voz.

Hago un esfuerzo para sonreír, a pesar de la profunda emoción que me abruma.

—La Fronda del Pueblo podría contar con uno como tú, Paulin —le sugiero—. Únete a nosotros en el combate para salvar al cuarto estado.

Sus ojos se abren aún más.

Tengo la impresión de ver en ellos la sorpresa que yo misma sentí cuando me enteré de la existencia de una organización revolucionaria presente en varios continentes.

—Pero ¿qué dices? —suelta exhalando un suspiro—. ¿Acaso no sabes que no hay salvación posible para el cuarto estado, ninguna luz al final del túnel? Solo existen las Tinieblas, que cada vez son más negras y frías. Los vampyros jamás cederán su puesto. Al contrario, su poder se está reforzando con el tiempo. La tierra se hiela un poco más cada año y los monstruos nocturnos pululan como nunca hasta ahora lo habían hecho. —Mira con aire desengañado mi lujoso camisón de seda—. Puede que lo hayas olvidado viviendo en este palacio, pero la gente del pueblo seguimos pagando con nuestras vidas. Morimos de hambre por culpa de las malas cosechas, entregamos nuestra sangre a los inmortales, servimos como presas a las fieras nocturnas.

Las lúgubres palabras de Paulin me perturban, porque sé que tiene razón. En los últimos años, la misteriosa influencia de las Tinieblas en el mundo no ha hecho sino reforzarse. La sed de sangre de los vampyros aumenta un poco más cada mes y las noches engendran abominaciones siempre más numerosas.

—Los gules jamás se habían mostrado tan voraces en los barrios de Versalles —añade Paulin con acritud—. ¡Se dice que en París es aún peor! ¡Los vampyros acabarán sangrando por completo al pueblo, que luego será devorado por esos monstruos caníbales!

A pesar de que nunca vi un gul en la Butte-aux-Rats, el remoto pueblo donde vivía, sé que esos seres necrófagos pululan por los cementerios de las grandes ciudades y que atacan incluso a los indigentes que tienen la desgracia de estar en la calle después del toque de queda.

Sacudo la cabeza tratando de apartar de mi mente las terribles visiones que me asaltan.

Sombras temblorosas y ecos de tormenta recorren la habitación, como si las pesadillas intentaran materializarse.

—¡Antes estaba tan desamparada como tú, Paulin, pero la Fronda me acogió! —le aseguro haciendo acopio de todo mi poder de convicción—. Debes recuperar la esperanza. Una amplia red está preparando en secreto la revolución contra la Magna Vampyria. No solo aquí, en Francia, sino también en América. Para liberar al mundo de los chupadores de sangre. Para poner punto final a la era de las Tinieblas. ¡Para acabar para siempre con los vampyros, los gules y el resto de las abominaciones nocturnas!

La luz blanca de un rayo se filtra ligeramente por las cortinas de la habitación, semejante a la tímida esperanza de un nuevo amanecer.

La claridad se refleja en los ojos de Paulin, que son los de un hombre confundido al que le gustaría creer en mis palabras.

—Si esa organización existe de verdad, como dices, ¿para qué puede servirles un lisiado como yo? —murmura al final.

Baja la mirada y la dirige a su la pierna coja.

—Has conseguido llegar hasta aquí a pesar de tu cojera —le recuerdo—. Nuestra gran causa podría beneficiarse de un agente capaz de introducirse como una sombra en el lugar más vigilado de la Magna Vampyria.

En el borde de su pañuelo se dibuja una débil sonrisa.

—Hace apenas dos días que volví a trabajar con una sola idea en la cabeza: vengar a Toinette, incluso a costa de mi vida —me confiesa—. Aproveché la tormenta para escapar de los guardias que vigilan el dormitorio donde encierran a los obreros durante el toque de queda. Gracias a los años que llevo trabajando como carpintero en las obras del palacio conozco los tejados y sé por dónde hay que pasar. Además, he explorado los pasillos de servicio como el que recorrí para venir aquí.

Señala con la barbilla la cortina por la que apareció hace un instante: detrás del terciopelo de color carmesí se entrevé una puerta que no había visto hasta ahora.

—Deprisa, sal por donde entraste antes de que los guardias descubran tu ausencia al amanecer —lo apremio—. Ven a verme dentro de una semana a la misma hora. Así tendré tiempo de hablar con el coordinador de la Fronda del Pueblo. No puedo revelarte su nombre (al menos por ahora), pero te prometo que sabrá emplearte de la mejor manera posible.

Paulin inspira hondo, ahora me parece un poco más grande, algo más erguido que antes. Es lo bueno de la esperanza, por tenue que sea: sana a los hombres y a las mujeres que parecían rendidos y los ayuda a mantenerse en pie. ¡Hace un rato entró en esta habitación un hombre desesperado y ahora va a salir de ella un combatiente!

Paulin desata el pañuelo que le cubre el rostro.

—Me has abierto el corazón, Jeanne —dice con voz emocionada—. Así que puedo mostrarte la cara.

A la luz de la lámpara de aceite, descubro unas facciones juveniles: es la viva imagen de Toinette, pero su leve sonrisa me recuerda a la de mi querido Bastien, que ha quedado grabada para siempre en mi memoria. Es la sonrisa de un muchacho que por fin se atreve a soñar con un mundo diferente.

—Nada podrá reemplazar a tu hermana, Paulin —le digo con los ojos llenos de lágrimas—. Igual que nada podrá reemplazar a mi hermano, pero a partir de este momento, si quieres, podemos ser hermanos de armas. —Extiendo mis brazos hacia él y añado—: «La libertad o la muerte».

Paulin los abre también y me estrecha contra su cuerpo, en uno de esos abrazos fraternales que tanto he añorado.

Mientras la tormenta retumba en el exterior, repite con vehemencia:

—La libertad o la muer...

La última palabra se interrumpe en su garganta, sin duda a causa de la emoción. Seguramente, la lluvia que resbala por mi cara sean sus lágrimas.

Levanto una mano para enjugárselas. Al deslizarse por su mejilla, mis dedos tocan un líquido caliente y viscoso. En el tenue contraluz de la lámpara de aceite, la cara de Paulin es una máscara ensombrecida.

—¿Pau…, Paulin? —balbuceo.

A modo de respuesta, emite un gruñido aterrador. Mi mano resbala de la mejilla hacia la boca, de donde brota el extraño ruido. Una lengua metálica asoma entre sus labios: la punta de la espada que acaba de atravesarle la nuca y de perforarle el paladar.

—¡Traidora! —ruge una voz tras el cuerpo del carpintero.

Horrorizada, me aparto de él. Sus musculosos brazos parecen querer retenerme para que abrace también la muerte. La lengua metálica retrocede de repente en la boca de Paulin o, mejor dicho, el asesino saca bruscamente la hoja.

En un abrir y cerrar de ojos, distingo el uniforme del recién llegado: librea de color rojo y tricornio festoneado, es un guardia suizo. Además, veo espantada la puerta de la habitación abierta de par en par, por la que ha entrado mientras yo abrazaba a Paulin.

26

—Oí un ruido en la habitación —gruñe el guardia suizo secando la espada ensangrentada en una de sus botas—. Entré en el vestíbulo y pegué la oreja a la puerta para asegurarme de que estabas durmiendo. Por suerte lo hice, porque pude oír toda la conversación, señorita Diane…, ¿o debo llamarte Jeanne?

Alza de nuevo el arma y se dirige hacia mí con aire amenazador.

—¡La escudera favorita del rey es una agente de la Fronda! —exclama—. Cuando el Inmutable se entere, sabrá castigarte como mereces… ¡y me recompensará como me merezco!

Sin dejar de apuntarme con su espada, arranca un cordón de la cortina. Sé que no hay escapatoria. Esta vez no me enfrento a un artesano sin la menor experiencia en armas, sino a un combatiente de élite: los guardias suizos son los mejores espadachines del reino.

Se acerca a mí con parsimonia, rodeando el cuerpo de Paulin, sin dejar de mirarme un solo instante. La manera en que intervine para salvar al soberano me hizo ganar reputación de feroz en la corte. Por si fuera poco, después de que bebiera el Sorbo del Rey me consideran aún más temible, pero lo cierto es que, tratándose de poderes sobrenaturales, la sangre real solo ha aumentado las jaquecas crónicas que padezco.

—¡No pareces tan temible, eres frágil y menuda! —se burla mi adversario con voz nerviosa—. Me cuesta creer que tenga ante mis ojos a la guerrera brutal de la que hablan.

—Solo pretendo ser una cazadora a la que han arrancado de sus bosques —replico con la garganta seca.

—Pues bien, esta noche me vas a permitir que te ate como a una liebre ¡para poder ensartarte como he hecho con ese bribón!

El guardia se pega a mi espalda y pone el filo de la espada bajo mi cuello; haciendo gala de una destreza diabólica, me ata las muñecas con el cordón valiéndose de la otra mano.

—Dudo mucho que me atravieses con tu arma —suelto de un tirón.

—¿Dudas? ¡Si supieras a cuántos pordioseros se la he clavado a lo largo de mi carrera!

—Necesitas entregarme viva para que el rey pueda oír mi confesión. Si solo le presentas mi cadáver, no tendrás ni el ascenso ni los honores que esperas, al contrario, te arriesgas a que te manden a la horca por haber matado a su «escudera favorita», tú mismo lo has dicho.

—¡Silencio, traidora! —me ordena el guardia suizo, pero sé que mis palabras lo han alterado, porque la hoja se separa unos milímetros de mi cuello.

«¡Ahora!»

Girando sobre mis talones, le rodeo la cabeza con los brazos atados y basculo en su espalda. Acto seguido, tiro con todas mis fuerzas de su cuello apretando las tres vueltas del cordón en su prominente nuez.

—Yo..., que... —farfulla respirando entrecortadamente.

Su espada dibuja unos molinetes furiosos en el aire tratando de atravesarme, pero lo que antes era mi punto débil se ha convertido ahora en el fuerte: el guardia no logra dar con mi cuerpo menudo, del que se burlaba hace apenas unos segundos.

Mis pies se separan del suelo. Me aferro con todo mi peso al garrote improvisado, como si tocara un instrumento de cuerda. La campana humana de la que cuelgo emite unos hipos guturales, como si tintineara. El estruendo de la tormenta impide que se oigan, al igual que ahoga el ruido que hacen nuestros cuerpos al caer al suelo.

El guardia suizo tira por fin la espada para llevarse las manos al cuello y tratar de desasirse de mi abrazo mortal. Si hubiera utilizado sus músculos de hombre adulto para obligarme a soltarlo desde el principio, sin duda lo habría conseguido. Pero ha perdido unos segundos preciosos aferrado al mango de la espada, de manera que ahora empieza a perder energía. A pesar de lo mucho que se agitan, sus dedos no logran introducirse entre el cordón tenso y su cuello amoratado; por su parte, los míos están tan crispados bajo el garrote que se han puesto blancos.

¡Apretar!

¡Silenciarlo para siempre!

¡Para vengar a Paulin, a Bastien y a todas las víctimas de la Magna Vampyria!

De repente, siento un dolor agudo en el cuero cabelludo: deslizándose por el triple cordón de seda, una de las manos del guardia ha llegado hasta mi nuca y me ha agarrado el pelo. Tira de él con todas sus fuerzas, las últimas de un hombre que siente que la muerte se acerca.

Me muerdo el interior de las mejillas para no gritar y causar un alboroto en palacio. A medida que mis dientes se clavan en mi carne, el garrote se va hundiendo en la del guardia suizo.

Sus venas se hinchan como culebras pulsantes.

De repente, la mano que tiraba de mi pelo lo suelta.

El cuello que tengo entre mis puños cerrados deja de palpitar.

La gruesa cabeza se mueve y se ladea suavemente.

Me levanto poco a poco, con la respiración entrecortada y los dedos entumecidos, horrorizada por haberme visto obligada a matar para salvar mi piel y el secreto de la Fronda.

El guardia suizo yace inmóvil en el charco de sangre que se extiende desde el cuello de Paulin, atravesado por la espada. Los dos parecen dormir: el pordiosero y el hombre que se jactaba de haberlo ensartado. Congelados en el mismo sueño eterno de la durmiente que vi en mi pesadilla.

Fuera, la tormenta hace chasquear con violencia un postigo, como si fuera la mandíbula abierta de un esqueleto, como si las mismas Tinieblas se rieran frenéticamente.

2

El Gran Reposo

—¡*N*o me negará que atrae a los rebeldes como la llama de una vela a las mariposas nocturnas, señorita de Gastefriche! —afirma el Rey de las Tinieblas.

El monarca acaba de llegar al pasillo que conduce a la cámara mortuoria seguido de una multitud de cortesanos y del soplo helado que anuncia la presencia de vampyros. Todos los días, al anochecer y al alba, debo esperarlo aquí con los demás escuderos. Esta mañana no es una excepción, a pesar de que acabo de estar a un pie de la muerte. Nada puede perturbar el ceremonial de Versalles, sincronizado desde hace tres siglos como la partitura de la desgarradora sinfonía del infierno en la Tierra.

—Es, sin duda, una coincidencia, señor —digo inclinando la cabeza ante su imponente silueta, vestida con los tejidos más preciados—. El rebelde entró en mi habitación por casualidad, podría haberlo hecho en cualquier otra.

Hablar de Paulin en pasado, justo después de haberlo conocido, me parte el corazón, pero no puedo dejar traslucir la tristeza que me abruma delante del rey, de los cortesanos que lo rodean y de los otros cinco escuderos, que lucen los petos de cuero oscuro.

—No creemos que se trate de una coincidencia —replica el soberano deteniéndose a unos metros de mí, subyugándome con toda su magnificencia.

La voz grave que sale de sus labios metálicos me hiela aún más la sangre que la frialdad mortal que emana su persona.

Bajo su amplio sombrero con plumas de pavo real, entre los gruesos rizos de su larga melena negra, brilla la máscara de oro con la efigie de Apolo, el dios solar. Una figura sin emoción ni expresión, congelada para la eternidad. Una máscara que oculta para siempre la verdadera cara del primer vampyro de la historia, que, según se dice, quedó terriblemente desfigurada en la operación que le regaló la vida eterna.

—Ese miserable fue a por usted porque sabía cuánto la apreciamos —afirma—. Cuéntenos cómo mató a ese nocivo insecto.

Siento los ojos de los barones y las marquesas clavados en mí, escrutando la herida que me abrió el puñal que Paulin me dio en un pómulo. Los cortesanos mortales parpadean intrigados mientras las pupilas de los inmortales se quedan fijas y retraídas ante la visión de la sangre. Además, veo que mis compañeros de armas me observan y me escuchan también: los escuderos con los que debo formar el equipo más unido del reino no saben que, en realidad, soy el lobo en el gallinero.

—Grité cuando el intruso entró en mi habitación —miento con absoluto descaro—. Un valeroso guardia suizo corrió enseguida en mi auxilio, pero el bribón lo degolló con su puñal.

Degollado, es cierto; lo que no digo es que luego yo le corté el cuello al guardia suizo para camuflar la verdadera causa de su muerte: el estrangulamiento. El instinto me hizo comprender que esa forma de morir encajaría mejor en mi relato.

—Apenas tuve tiempo de agarrar la espada del pobre guardia para volver la hoja contra el agresor.

Uno de los nobles vampyros que acompañan al soberano da un paso hacia delante. Tiene el esbelto cuerpo cubierto de medallas y por los rizos de su peluca asoma una cara demacrada, semejante a la hoja de un hacha: es Ézéchiel de Mélac, el ministro del Ejército.

—«Volver la hoja.» ¡Qué explicación tan modesta, majestad! —exclama—. ¡Según el informe que me han procurado mis soldados, la escudera hundió la espada hasta la empuñadura en la nuca de ese despreciable! ¡Lo atravesó como la vulgar mariposa nocturna que usted acaba de mencionar!

Los cortesanos se ríen sonoramente de la ocurrencia del marqués de Mélac. El rey eleva una mano de largos dedos blancos cubiertos de gemas, que asoma por un puño festonado con encajes de Calais. Las risas cesan de golpe.

—Me han dicho que el intruso era un carpintero que trabajaba en nuestras obras —dice—. ¿Es cierto?

Un hombre menudo y vestido de negro hace una gran reverencia ante el monarca, tanto se inclina que los rizos de su peluca grisácea desempolvan el parqué. Se trata de Bontemps XXI, el intendente mortal del palacio, llamado así por ser el vigésimo primer descendiente del ayuda de cámara que servía a Luis XIV antes de su transmutación.

—Sí, señor —contesta—. Pauline Trébuchet acababa de reintegrarse al equipo de las obras de ampliación del palacio después de haber sufrido una grave herida en una pierna. Así ha pagado ese granuja vuestra magnanimidad, atacando a vuestra gente durante el sueño.

—No, ¡él nos atacó a nosotros! —rectifica el rey con voz estentórea, haciendo vibrar las lámparas de cristal de Bohemia—. ¡Cualquiera que toque a nuestros escuderos nos toca a nosotros, porque nuestra sangre sagrada circula por sus cuerpos!

En el pasillo sobrecargado de dorados, los miembros de la asamblea se quedan paralizados, tan repentinamente petrificados como los antiguos mármoles que jalonan las paredes. Los escuderos somos una especie aparte, a caballo entre la baja nobleza mortal y la alta nobleza vampýrica. Solo tenemos un sorbo de sangre sobrenatural en las venas, insuficiente para convertirnos en inmortales, pero, como acaba de recordarnos el Inmutable, se trata de una sangre sagrada: «la suya».

—El cuerpo de ese miserable rebelde será empalado en el muro de la Caza, entregado a los picos de los cuervos —dice el soberano—. Y todos los obreros de su dormitorio serán azotados hasta que sangren y delaten a sus cómplices.

—Bueno..., majestad, por lo visto, el sedicioso actuó solo, sin cómplices —deja caer Bontemps con un hilo de voz.

La mirada del monarca lo silencia de inmediato; el ayuda de cámara esconde su cuello arrugado entre los hombros, como una tortuga en el caparazón.

33

—Dígame, Montfaucon, ¿existe alguna relación entre el tal Paulin y los conspiradores que se pudren en nuestras cárceles? —pregunta el rey volviéndose hacia Raymond de Montfaucon.

El monarca se dirige a un hombre gigante y envarado, que luce una larga capa de caballero con el cuello ancho, por el que se despliegan los rizos de una peluca tan lánguida como las ramas de un sauce llorón. Al igual que yo, Montfaucon es un agente doble infiltrado en la corte. Aprovechando la posición que le procura ser director de la Gran Caballeriza, coordina en secreto a la Fronda del Pueblo desde hace varios años. De hecho, me reclutó cuando estudiaba en su escuela, y ahora que soy escudera aguardo pacientemente sus instrucciones para servir a la causa. Si estoy comprometida en la lucha por el asesinato de mi familia, el móvil de Montfaucon es el sentimiento de culpa, ya que desciende de una larga estirpe de verdugos que siempre han servido al Inmutable, una herencia sangrienta de la que se sigue avergonzando.

—No existe ninguna relación entre Paulin Trébuchet y los conspiradores, majestad —asegura con su voz gutural—. Ninguno de los participantes en el complot de La Roncière mencionó a ese miserable durante los interrogatorios. Sin duda se trata de un iluminado que no tiene nada que ver con el atentado frustrado de hace un mes. Como mucho, es posible que la noticia de que la conspiración había sido abortada lo incitara a tomar cartas en el asunto.

—Puede ser, pero, ya que lo menciona, ¿seguro que hemos arrestado a todos los conjurados? —pregunta de nuevo el rey.

Mélac se pavonea como un gallo.

—¡Por supuesto, señor! —exclama—. ¡Treinta y dos de esos infames perecieron en el lugar del ataque, cuando usted manifestó su magnificencia!

«Magnificencia»…, qué eufemismo para aludir a la cara del rey, que este mostró durante el intento de asesinato. Yo estaba detrás de él, de manera que no pude ver nada cuando el soberano se quitó por un instante la máscara. Ninguno de los que vieron su cara vivieron para contarlo.

—Sesenta y siete conjurados más fueron apresados en los pasillos de Versalles —prosigue Mélac—. Los últimos cuarenta y tres fueron capturados por mis tropas en las Ardenas, en las tierras de La Roncière. Incluida la instigadora de la oscura maquinación: Blanche de la Roncière, la madre del innoble Tristan.

El monarca golpea el parqué con la punta de su bastón, semejante a un Júpiter vengador arrojando rayos a sus enemigos.

—¡Que sigan exprimiendo a los prisioneros como si fueran frutos de nuestro naranjal, que les arranquen la médula de sus huesos crujientes y las confesiones más detalladas de sus pérfidas bocas!

En ese instante, los relojes del pasillo tintinean ocho veces.

Un prelado vestido con una larga capa de color escarlata se separa de la sombra del soberano: es Exili, el gran arquiatra de Francia, jefe de la Facultad Hemática y médico personal del rey. Su cabeza calva y esquelética, su tez azulada, que destaca sobre la gran gorguera de tela blanca, me horroriza desde la primera vez que la vi.

—Acaban de sonar las ocho, majestad —susurra con un silbido reptiliano que me pone la piel de gallina. Está avanzando el tiempo y va a amanecer.

—¡De acuerdo, dejadnos solos! —ordena el rey—. Tenemos mucho sueño.

Se quita su gran sombrero y se lo entrega al maestro del guardarropa, que lo coge con tanto cuidado que parece que la prenda esté adornada con plumas de ángel, en lugar de pavo real.

Un ejército de lacayos se precipitan para quitarle el talabarte real, la chorrera salpicada de piedras, el bastón con el pomo nacarado y la chaqueta bordada con hilo de oro. El estricto ritual sigue su curso bajo la mirada del gran chambelán: el vampyro rechoncho de aire pomposo y cubierto de rubíes que administra la cámara real desde hace lustros.

El escudero que está a mi derecha me da un discreto codazo. Es un muchacho moreno con los ojos de color verde oscuro: Rafael de Montesueño, un joven caballero procedente de Castilla. Es también el único escudero con el que comparto amistad desde que desempeño mis funciones en la corte. En su momento me alejé de las otras dos chicas: Hélénaïs de Plumigny fue mi mayor rival durante las pruebas para el Sorbo del Rey; por otra parte, tuve que traicionar la confianza de Proserpina

35

Castlecliff para poder participar en él. En cuanto a los dos chicos restantes, Suraj de Jaipur y Zacharie de Grand-Domaine, apenas los conozco.

—¿Estás bien, Diane? —me susurra Rafael.

Me toca la mano con los dedos, que tienen las uñas pintadas de negro, según la moda imperante en la corte española.

Se me encoge el corazón. A pesar de que no siento ningún escrúpulo cuando asumo mi falsa identidad ante mis enemigos, aún me cuesta oír un nombre diferente al mío en boca de los que me quieren.

—Sí, solo es un simple arañazo… —digo acariciando mi mejilla.

—¡Cómo es posible que ese perro se haya atrevido a estropear una cara tan perfecta! —susurra alguien a mis espaldas, pegado a mi nuca.

Reconozco al vuelo esa voz vibrante de pasión…

Me doy media vuelta y veo los rasgos armoniosos del vizconde Alexandre de Mortange, enmarcados por su esplendorosa cabellera pelirroja. El vampyro en cuestión no me deja ni a sol ni a sombra desde que salgo de mis apartamentos. Solo me da tregua al amanecer, cuando se ve obligado a volver a su sarcófago, como el resto de los inmortales. Ese charlatán de cara seráfica está enamorado de mí, mejor dicho, de la persona que cree que soy, porque ignora mi verdadera identidad. No sabe que, al destruir una guarida de rebeldes en el rincón más recóndito de Auvernia, participó en la masacre de todos los miembros de mi familia. Pero ¡yo «sí que lo sé» y jamás lo olvidaré! Mortange es el primero en la lista de chupasangres que he jurado eliminar apenas tenga ocasión de hacerlo.

—¡Si pudiera atrapar al que se atrevió a levantarte la mano, lo mataría por segunda vez! —murmura con un ardor amoroso que me repugna.

—Los plebeyos solo mueren una vez, Alex —replico tratando de esbozar una sonrisa agradable—. Solo los nobles pueden renacer a veces en las Tinieblas.

—¡Esa suerte tiene! Y tú, mi querida Diana, has emprendido bien el camino que lleva a la vida eterna. Para empezar, desmontaste el complot, luego te convertiste en una escudera prodigio y ahora en asesina de rebeldes: coleccionas actos heroicos, ¡es asombroso! ¿No te dije que resplandecerías en Versalles? —Me sonríe con un aire de espantosa complicidad; a continuación, señala con la barbilla al Inmutable, que sigue rodeado por su nube de apresurados lacayos—. Apuesto a que el rey no tardará en autorizar tu transmutación por los servicios que has prestado a la corte.

Si las efusiones de Alexandre me repugnaban, la perspectiva que acaba de trazar me produce auténtico horror. El Inmutable tiene por costumbre permitir la transmutación de algunos de sus escuderos después de cierto tiempo de servicio. Para los lamemuertos de Versalles, el acceso al estatus de inmortal constituye un enorme honor, el grial del que hay que apoderarse; en mi caso, es una condena que debo evitar a toda costa.

En ese momento resuena la voz del gran chambelán y los grupos de cortesanos guardan silencio.

—¡El rey se ha desvestido!

El vampyro supremo se ha quitado la casaca de galones y el faldellín de lazos, y se ha quedado en camisa, calzones y medias de seda; todo rigurosamente negro. En lugar de acercarse a sus semejantes, al desprenderse de sus prendas se aleja aún más de ellos. Sin las múltiples capas de tela que absorben su frialdad, su cuerpo difunde ahora un aura glacial, «polar». La camisa desabrochada deja entrever un cuello blanco y robusto recorrido por unas nervaduras de color azul oscuro, casi negro, necrosado. Por las venas del Inmutable no fluye sangre, sino Estigio, el río infernal, saturado de tinieblas...

Capitaneado por Exili, un pequeño ejército de doctores vestidos con batas oscuras y altos sombreros cónicos acude a reemplazar a los lacayos. Toman el pulso inexistente del soberano, palpan su pálida piel, lo auscultan con unos instrumentos de bronce de formas quiméricas. Ignoro lo que miden, pero la salud del rey es un espectáculo público desde hace trescientos años, como cualquier aspecto de su vida en la muerte. Cuando finaliza el ritual barroco, Exili entrega a su amo un frasco de cristal lleno de un líquido de color rubí.

—Su medicina del alba, señor: sangre de Bohemia aromatizada con las especias de los faraones para revigorizar sus reales entrañas antes del sueño.

El soberano apura el frasco de un trago metiéndolo entre sus labios metálicos.

—¡El rey se va a acostar! —grita entonces el gran chambelán.

Al instante, los ujieres extienden unos gruesos cordones de terciopelo para alejar a la multitud: la mayoría de la corte puede asistir al inicio de la ceremonia del Gran Reposo en el pasillo, pero solo los nobles más ilustres y los escuderos tienen derecho a ir más allá de él.

Un guardia suizo abre pomposamente la puerta de la antecámara. Tras ella se abre un vestíbulo inmaculado donde se encuentra la puerta de la cámara mortuoria, que es de madera de ébano. Pero hoy, por primera vez, en su negrura impenetrable hay una mancha clara.

Se trata de un sobre grande, clavado entre los oscuros bajorrelieves. A modo de dirección, en la misiva aparecen las siguientes palabras manuscritas:

A la atención del Rey de las Tinieblas,
de parte de la Dama de los Milagros.

Lo más llamativo es el sello de cera blanco que cierra el sobre. Parece una imitación del sello real, excepto que, en lugar del sol, en él aparece una luna creciente: un perfil impasible con un ojo hueco y sin pupilas, con la boca entreabierta hasta unos afilados caninos.

Entre las filas de cortesanos se oyen unos murmullos ahogados.

—¡Maldición! —blasfema Mélac.

—¡Qué afrenta! —silba Exili.

Bontemps se apresura a despegar el sobre mientras el gran chambelán se deshace en disculpas:

—No lo entiendo, señor, nadie puede entrar en la antecámara —balbucea al mismo tiempo que las cintas que lo adornan parecen temblar de pánico—. Todas las cartas pasan por el gabinete de correos del rey. ¡Voy a arrojarla al fuego!

—¡Desaparezca de mi vista, «exchambelán»! —ordena el Inmutable con una voz tan acre como un chorro de vitriolo.

La máscara dorada se vuelve hacia Bontemps.

—Sea quien sea la persona que se ha atrevido a poner esa misiva en la puerta de nuestra cámara, lo que pretendía era dar un golpe de efecto para avergonzarnos delante de la corte. Pues bien, ha fallado. No nos dejaremos intimidar. ¡Lea, Bontemps!

—Esto…, ¿ahora, majestad? —farfulla el ayuda de cámara.

—Si tenemos que repetirlo, aunque solo sea una vez, cederá de inmediato su puesto al vigésimo segundo Bontemps —gruñe el monarca.

El criado abre el sobre con manos trémulas y saca una carta, que procede a leer en voz alta ante los boquiabiertos cortesanos:

Rey Luis:

En esta cámara estuvisteis a punto de morir para siempre. Hace tiempo lograsteis frustrar un complot en el último momento, pero ¿habéis pensado en cuántos más se urden en la sombra, tanto aquí, en Versalles, como, sobre todo, en París? Al igual que el sol no puede brillar por doquier, vuestra guardia tampoco puede estar en todas partes al mismo tiempo. Necesita otros astros vampýricos para iluminar el mundo que le rodea.

Nosotras, integrantes de la Dama de los Milagros, hemos decidido salir de la sombra y presentarnos ante vosotros para proponeros una alianza. En nuestra corte de las profundidades de París reinamos sobre un ejército de gules y abominaciones, con cuyos poderes se ha podido medir ya vuestra policía en los últimos meses. De hecho, la capital ya es nuestra. Así pues, retirad de ella a vuestras inútiles tropas y dejad la ciudad en nuestras manos. Otros virreyes y virreinas ocupan ya en vuestro nombre los tronos de Inglaterra, España y del resto de las naciones de la Magna Vampyria.

Nombrad a la Dama de los Milagros virreina de París y seremos buenos vecinos, de la misma forma que la luna brilla en el cielo en ausencia del sol.

Si, por el contrario, os negáis, nos veremos obligadas a combatir con vosotros. Recordad, sin embargo, que es la luna la que eclipsa al sol y no al contrario cuando los dos astros coinciden en el firmamento.

El pobre Bontemps palidece a medida que va leyendo; la amenaza que contienen las últimas palabras le hace temblar tanto que le castañetean los dientes.

—Está…, está firmado…«Hécate, Dama de los Milagros» —dijo por último, del tirón.

El rey, que no se ha inmutado durante la lectura, le arranca la carta de las manos y la agita bajo la nariz de Mélac.

—¿Quién? —ruge—. ¿Quién es esa Dama de los Milagros que quiere arrebatarnos París con el pretexto de convertirlo en un virreinato? Mélac, usted es el responsable de la administración de la capital, ¡responda!

El ministro del Ejército, que suele mostrarse seguro de sí mismo, contesta con voz temblorosa:

—Según me dijo hace poco L'Esquille, el teniente general de la policía, se trata de una simple fábula que circula por París. Un rumor vulgar sin el menor fundamento. Hasta tal punto lo considero absurdo que no me pareció oportuno comentároslo. El pueblo asegura que en los bajos fondos de la capital ha surgido una nueva Corte de los Milagros que gobierna a las abominaciones nocturnas. ¡Es imposible! Por una parte, cualquiera sabe que no es posible domar a los gules; por otra, la antigua Corte de los Milagros se disolvió hace casi trescientos años.

—¡Una leyenda no clava mensajes! —lo ataja el Inmutable—. ¡Un rumor no profana la puerta de la cámara real!

Tengo la impresión de que la máscara dorada vibra con un inapreciable temblor. ¿Será posible que el amo supremo de la Magna Vampyria tenga… miedo? Tal y como recuerda la carta, estuvo a un tris de ser eliminado hace apenas un mes en esta misma cámara. Y ahora una rival invisible vuelve a desafiarlo ofreciéndole un pacto que más bien parece un chantaje para arrebatarle la capital de su imperio.

—¡Pero, señor, esa carta es una fantasía sin pies ni cabeza! —replica Mélac para defenderse—. Es evidente que una intrigante pretende aprovechar el recrudecimiento de los ataques de los gules en París alegando que es ella la que los organiza. ¡Tonterías! ¡Los gules solo son barrigas con patas incontrolables cuyo único objetivo es su próxima comida repugnante!

El gran arquiatra carraspea emitiendo un sonido tan profundo como el eco de un pozo.

—La carta es menos disparatada de lo que dice, marqués de Mélac —murmura—. La imagen de la luna no es casual. Además de ser una provocación, el orbe celeste susceptible de eclipsar al sol es el símbolo alquímico de los gules.

A pesar de que la pechera de cuero es gruesa, me estremezco. El gran arquiatra conoce mejor que nadie los oscuros arcanos de la alquimia; hace trescientos años, él mismo presidió el terrible ritual que transmutó a Luis XIV en vampyro.

—¿Símbolo alquímico? —repite Mélac con voz ahogada—. ¿Qué significa eso?

—Los caminos de las Tinieblas son impenetrables —responde misteriosamente Exili—. La autora de la misiva se presenta como inmortal. Debe tratarse de una vampyra supernumeraria que se transmutó ilegalmente y que, por tanto, no figura registrada en el *numerus clausus* de la Facultad. Quizá sea también una alquimista especialmente poderosa. Es cierto que la Facultad jamás ha conseguido averiguar el origen de los gules, y aún menos domarlos. ¿Y si esa dama lo hubiera logrado? El nombre que utiliza, Hécate, es el de la antigua diosa de la luna oculta de las profundidades, la que desaparece en el cielo todos los meses para hundirse en la tierra. Es la madre de los monstruos, las pesadillas y los sortilegios.

—Con todo respeto, Exili, ese galimatías alquímico es ridículo… —empieza a decir Mélac.

El prelado lo interrumpe con voz ronca:

—¡La alquimia no es ridícula! Podría explicar la recrudescencia reciente y coordinada de los ataques de los gules en París, que usted mismo acaba de mencionar. Los asaltos que, por el momento, sus tropas no han conseguido dominar. ¿Acaso está esperando a que los gules se apoderen de la ciudad para reaccionar?

El ministro del Ejército guarda silencio un instante, sorprendido por esa acusación, que lo ha humillado en público.

Gira sobre sus tacones rojos, el color reservado a los nobles vampyros, para volver hacia el rey un semblante de forzada obsequiosidad.

41

—¡Voy a ordenar a mis soldados que busquen a la usurpadora, señor! —se apresura a prometerle.

—¿Se refiere a los soldados que vigilan este palacio donde la gente entra y sale como si fuera un molino? —le reprocha el Inmutable.

De repente, inclina hacia mí su máscara metálica; sus prominentes relieves reflejan la luz de los candelabros.

—¡Usted, Gastefriche! El servicio es tan malo últimamente que confiamos más en una joven de diecisiete años que en todo un ejército. Desmontó sola el complot de La Roncière. Así pues, hoy le pedimos que aborte una nueva sedición. Le encargamos que encuentre a la Dama de los Milagros, en caso de que exista.

Pillado en falta delante de los cortesanos más relevantes del palacio, Mélac me fulmina con su mirada de águila. Sus finos labios se tuercen a su pesar, dejando a la vista la punta de sus caninos, que sobresalen debido a la cólera.

Gracias a su experiencia en la corte, logra refrenar la manifestación de ferocidad, tan mal vista en palacio, esbozando una amarga sonrisa de desdén.

—Con el debido respeto, señor, Diane de Gastefriche solo es una joven frágil y endeble —dice aspirando ruidosamente por la nariz.

—¿«Frágil» una combatiente que mató al traidor de Tristan de la Roncière? —replica el soberano—. ¿«Endeble» una joven cuyas venas se enorgullecen de haber recibido un sorbo de nuestra sangre divina y, con ella, unos poderes sobrehumanos?

Abatido, el generalísimo inclina la cabeza.

—Yo… esto…, «frágil y endeble» no son, sin duda, los mejores términos, señor —farfulla.

—No, no lo son, porque es usted idiota. ¿Conoce al menos la fábula de Esopo, *El león y el ratón*? La Fontaine la retomó más tarde.

—¿Una fábula? —repite el ministro hipando—. Disculpe, vuestra majestad. Confieso que sé más de tratados militares que de literatura.

—Se equivoca usted, entonces. Si leyera más literatura, sabría elegir las palabras adecuadas para dirigirse a su rey. Si, además, hubiera leído a La Fontaine, sabría que «a menudo necesitamos a alguien más pequeño que nosotros». El león de la fábula pudo contar con el ratón para roer las cuerdas que lo aprisionaban. Nosotros tenemos a nuestra disposición una ratoncita gris que sabrá introducirse por todos los rincones de París.

Ratoncita gris: el Inmutable se obstina en llamarme así con una mezcla de afecto y condescendencia.

Tengo que encontrar la manera de zafarme de la misión que acaba de endosarme. Mi lugar está aquí, en Versalles, donde debo espiar, ¡no en París tratando de resolver disputas entre chupasangres embriagados de poder!

Hago una torpe reverencia.

—Señor, su confianza me honra, pero yo solo soy una provinciana que jamás ha estado en París.

—Suraj de Jaipur la acompañará. Nuestro fiel escudero combatió contra los gules en la capital la pasada primavera, obedeciendo nuestras órdenes. Por aquel entonces ignorábamos que una renegada organizaba los ataques, incluidos aquellos en que los soldados del marqués de Mélac temen aventurarse.

Mientras el joven indio inclina la cabeza, tocada con un turbante de color ocre, busco a toda prisa una nueva excusa.

¡Una idea, rápido!

—Además hay otra cosa, vuestra majestad —digo—. Tengo que confesaros que, después de haber bebido vuestra inestimable sangre real, aún no he notado en mí ningún «poder sobrehumano».

«Exceptuando unas pesadillas terribles y unas jaquecas de mil demonios», añado para mis adentros.

El gran arquiatra se inclina hacia mí y me palpa una mejilla con sus largos y huesudos dedos, como si yo fuera una fruta y estuviera valorando la maduración.

—Hum… El Sorbo del Rey revela sus poderes de forma distinta en cada persona —afirma examinándome con sus órbitas hundidas, por encima de su gorguera—. Los efectos tardan más en manifestarse en algunos escuderos.

Hélénaïs, que ha estado conteniéndose desde el inicio de la conversación, decide intervenir. Tras efectuar una profunda reverencia —con mucha más gracia que yo—, alza hacia

43

el soberano su bonita cara rodeada de ondas castañas recogidas en un excéntrico peinado.

—¡Me ofrezco voluntaria para ir a París en lugar de Diane, señor! —dice—. Vuestro sorbo ya ha desarrollado todos sus poderes. Me siento más fuerte, más resistente, pero, sobre todo, mucho más rápida.

El rey la observa unos instantes a través de las hendiduras de su máscara impenetrable.

—Veo que trata de competir con la baronesa de Gastefriche, señorita de Plumigny —murmura—. Es un error. Ha de saber que nuestros escuderos deben saber dominar sus sentimientos para consagrarse en cuerpo y alma a nuestro servicio.

Como siempre, el Inmutable ha medido sus palabras. En la despiadada competición para acceder al Sorbo del Rey, Hélénaïs me acusó de ser solo hija de un señor, en lugar de un barón; después, cuando me convertí en escudera, el soberano me otorgó el título de baronesa. Por eso acaba de recordarle a mi rival que ocupo un lugar superior al suyo en la jerarquía nobiliaria, dado que su origen aristocrático es muy reciente.

—¡Demuéstrennos que pueden trabajar juntos! —ordena por fin en un tono que no admite réplica—. Irán a París los tres, con sus correspondientes salvoconductos. Les ordenamos que encuentren la Corte de los Milagros y que traigan a Versalles a esa dama para que nos explique cómo ha conseguido someter a los gules. —El monarca se estira sacando una cabeza al resto de los cortesanos—. Nuestros ejércitos serán aún más poderosos si podemos reforzarlos con un contingente de abominaciones nocturnas y moverlas a voluntad. Entonces seré plenamente el Rey de las Tinieblas, ya que, además de a los vampyros, gobernaremos a los gules: ¡a todos los seres nocturnos! ¡Y mostraremos a Francia, a Europa y al resto del mundo que ninguna luna eclipsará jamás nuestro inmortal resplandor!

Arruga la carta con un puño lleno de anillos. Cuando vuelve a abrir la mano, solo queda la pulpa del papel triturado.

La voz que sale de sus labios inmóviles es aún más implacable que el puño.

—Nuestros rayos vengadores resplandecerán desde esta noche. Bien mirado, los prisioneros del complot de La Roncière se han aprovechado ya bastante de la hospitalidad de nuestros calabozos. Serán ejecutados en la horca después del anochecer. El castigo servirá de advertencia a todos los que se atreven a desafiarnos. El pueblo parisino será eximido del toque de queda por una noche para que pueda asistir al suplicio. ¡Que el ejemplo beneficie a todos! Montfaucon, arregle los detalles con su hermano, el ejecutor de nuestras altas obras.

Me parece ver un tic nervioso en la ancha cara del gran escudero cuando el soberano alude al siniestro patíbulo parisino que construyeron sus antepasados. En cuanto a su hermano, es la primera vez que oigo hablar de él.

El soberano se da media vuelta.

Las dos puertas de ébano se abren delante de él como por arte de magia y dejan a la vista una estancia completamente negra: la misma donde fue transmutado hace tres siglos. Cada vez que se abre la cámara mortuoria siento vértigo y un zumbido en los oídos. De forma misteriosa, este lugar escapa al curso del tiempo, como atestiguan las agujas paradas en las esferas de los relojes. Es un agujero negro que distorsiona la perspectiva y engulle los sonidos.

Un monumental sarcófago se erige en el centro de esta sala maléfica, que rezuma Tinieblas. La tapa, de una tonelada de peso, se desliza por su soporte sin emitir el menor chirrido, movida exclusivamente por la voluntad todopoderosa del Inmutable. De espaldas a la corte, este franquea con parsimonia el grueso reborde y se tumba en el lecho de piedra.

La tapa de mármol vuelve a caer sobre la sepultura real.

Las puertas de ébano se cierran herméticamente.

45

3

Reencuentros

—¡*D*eprisa! —gruñe Montfaucon—. ¡El muro de la Caza no tardará en cerrar!

El gran escudero atraviesa el patio de honor del castillo a grandes zancadas, los faldones de su largo abrigo de cuero chasquean detrás de él en el aire helado y sus blandos rizos flotan sobre sus hombros.

Suraj, Hélénaïs y yo lo seguimos: el plan es que pasemos el día en la Gran Caballeriza preparándonos para nuestra misión.

Por el momento caminamos apretando el paso hacia la gigantesca muralla: es necesario salir de ella antes de que la cierren durante las próximas doce horas. El muro de la Caza, porque así es como lo llaman, es una obra defensiva formidable que protege el palacio y sus jardines contra cualquier intrusión diurna.

—Pero ¿es que tienen mantequilla en las corvas? —nos dice Montfaucon mientras enfila el túnel que atraviesa la muralla.

Atravesamos corriendo los varios metros del pasaje, en cuyas paredes brillan antorchas.

Cuando salimos a la plaza de armas, que está al otro lado, una sacudida sísmica hace temblar los adoquines bajo las suelas de nuestros zapatos. Son los engranajes subterráneos que empiezan a girar activados por la misma red hídrica que alimenta las fuentes de Versalles. A nuestras espaldas, los enormes paneles de piedra se cierran deslizándose por unos raíles. Cada vez que el muro de la Caza se pone en marcha tengo la impresión de que las titánicas estatuas de vampyros cazando que lo adornan cobran vida. La luz rojiza del alba ilumina sus crueles detalles: las mandíbulas agudas, las uñas afiladas, los ojos extáticos. Pero, entre esos gigantes de piedra, lo peor es la pequeña figura desarticulada que destaca en lo alto del edificio: un cuerpo de dimensiones humanas empalado en un gancho.

Son los restos de Tristan de La Roncière, que llevan un mes expuestos a los elementos y que los cuervos han devorado en parte. Es lo único que queda del joven que me partió el corazón antes de que le cortara la cabeza. Él, que soñaba con ocupar el lugar del Rey de las Tinieblas y casarse conmigo, es ahora pasto de los pájaros carroñeros.

—¡Vamos! —dice Montfaucon para alejarme de aquel macabro espectáculo.

Dejando a nuestras espaldas el muro de la Caza y los miles de cortesanos que yacen en los sarcófagos palaciegos, nos lleva hacia la verja de la Gran Caballeriza, que se encuentra al otro lado de la plaza de armas.

Me resulta extraño entrar en el patio del colegio por primera vez desde que salí de él, en octubre pasado. De eso hace apenas cuatro semanas, pero tengo la impresión de que han pasado varios años. A través de los ventanales del primer piso, iluminados por las arañas, diviso las siluetas de los internos desayunando: los alumnos en el ala derecha y las alumnas en la izquierda.

—Jaipur y Plumigny, vayan a comer algo con sus antiguos compañeros —ordena Montfaucon—. Yo llevaré a Gastefriche a una habitación tranquila del último piso, donde podrá descansar; apenas ha dormido esta noche y es necesario que se recupere antes de llegar a París. Los cuatro volveremos a reunirnos a mediodía en el gabinete de las yeguas para planificar juntos las operaciones.

Tras despedirnos de los dos escuderos, Montfaucon y yo tomamos la gran escalinata del colegio; sin embargo, en lugar de llevarme bajo las buhardillas, como ha dicho, se adentra en el pasillo que conduce a su despacho. Cuando entramos, cierra la puerta dando dos vueltas de llave.

¡Me gustaría acribillarlo a preguntas, hay tantas cosas que quiero saber después de nuestra última conversación! Pero él pone el dedo índice, cubierto de anillos de acero, en mis labios:

—Aquí no.

A continuación, rodea su escritorio y se dirige hacia la biblioteca que se encuentra al fondo de la estancia. En las estanterías, los viejos tratados de equitación se alternan con los tarros llenos de formol donde marinan unas manos monstruosas: patas de gules cortadas por el gran escudero en persona. Montfaucon aún siente la sed de sangre que le ha transmitido su familia de verdugos y se entrega a ella en las partidas de caza nocturna por los cementerios de Versalles. Los gules son su presa predilecta; mirando los apéndices que ocupan los tarros, me imagino unas criaturas dignas de las peores pesadillas.

El amo del lugar se encamina hacia un pesado recipiente que contiene una mano cuatro veces más grande que la mía. Veo que solo tiene cuatro dedos y que estos se prolongan en unas largas garras amarillentas. A su lado se extiende una fila de volúmenes encuadernados con un cuero agrietado. Montfaucon tira del lomo del más grueso, que se titula *Abominaciones nocturnas y Caza de las Tinieblas*, pero, en lugar de salir del estante, el libro gira con un chasquido: ¡es una palanca!

La biblioteca se abre chirriando y ante nosotros aparece una rampa de escalones desiguales, que se hunden en las entrañas de la Gran Caballeriza. Montfaucon enciende un farol y cierra la puerta a nuestras espaldas.

—Igual que en mi habitación de palacio… —murmuro mientras empezamos a bajar la escalera—. ¡Me parece que el pueblo de Versalles está lleno de pasajes secretos!

—Así es, y las paredes tienen oídos, pero en el vientre del colegio podremos hablar sin miedo.

Al final de un largo descenso, llegamos al antro secreto de Montfaucon: la cámara de tortura donde tiene por costumbre obtener sus macabros trofeos de caza.

El gran escudero se deja caer en una silla, al lado de una pared de donde cuelgan sierras y tenazas, y a continuación me invita a tomar asiento delante de él.

—La última vez que estuvimos aquí tuve que tumbarte en ese caballete de tortura para que hablaras —me recuerda señalando la cama de madera coronada por siniestras poleas—, pero hoy estamos entre amigos, así que cuéntamelo todo.

49

♈

Montfaucon se alisa la perilla con la punta de sus nudosos dedos.

—He de reconocer que eres una caja de sorpresas, Jeanne Froidelac —murmura cuando termino mi relato.

Puede que el gran escudero sea la persona menos cálida que quepa imaginar, un bruto dominado por pulsiones sanguinarias, pero sus palabras me conmueven. Oír mi verdadero nombre en sus labios, pronunciado con cierta admiración, me recuerda quién soy y la misión que he decidido llevar a cabo. Servir a la Fronda en nombre de Bastien, mi madre y todos mis seres queridos: ¡esa es mi razón de ser!

—Tienes un instinto de supervivencia formidable —añade. Su ojo brilla como una brasa entre los bucles de su peluca—, además de una capacidad para matar impresionante.

—¡Solo me defendí del guardia suizo! —exclamo—. Tuve que elegir entre él o yo. No me gusta matar, créame, aunque fuera un cruel servidor de los vampyros con decenas de víctimas en su haber.

—Sea como sea, ¡estás realmente dotada para matar! —insiste Montfaucon.

Me retuerzo en la silla, molesta. De repente, el olor a salitre que impregna las húmedas paredes me parece sofocante, pero, más que el lugar cerrado, lo que me oprime es saber que el gran escudero tiene razón: la muerte me rodea de forma peligrosa.

—No invirtamos los papeles —le suelto—. ¡El descendiente de los verdugos de Montfaucon es usted, no yo!

—Ya te he dicho que abandoné el oficio de mis antepasados para consagrar todos mis esfuerzos a la Fronda del Pueblo.

—Pero el rey le ordenó que torturara a los conjurados del complot de La Roncière.

—Has de saber que no les toqué un pelo. Mélac y sus guardias se encargaron de sonsacarles en una prisión de Versalles donde nadie podía oír sus gritos de piedad.

En el fondo de este sótano mudo, donde Montfaucon asegura que solo practica sus siniestros talentos con los gules y con otras abominaciones nocturnas, reflexiono unos instantes sobre sus palabras. ¿Qué gritos inhumanos han retumbado aquí, lejos de la superficie?

—Puede que haya renegado de sus antepasados —admito—, pero nunca me ha hablado sobre su hermano; por lo visto, aún dirige el patíbulo perteneciente a su familia.

El gran caballerizo se ensombrece.

—Raoul… —dice a regañadientes—. Mi hermano mayor me horroriza. Es todo lo que yo me juré no ser jamás. —Resopla como un caballo extenuado tratando de matar el tábano que lo importuna—. Prefiero no hablar de él. Cuando se convirtió en el ejecutor de las altas obras del Inmutable, se hundió en lo más profundo de las Tinieblas, fuera de mi alcance…, lejos de cualquier posible redención. Concentrémonos más bien en la persona que debes encontrar por orden del Inmutable. Hablemos de esa dama que reina en la nueva Corte de los Milagros.

Abro los ojos de par en par.

—¿Una «nueva» Corte de los Milagros? ¿Así que ya hubo una en el pasado, como dijo el marqués de Mélac?

Montfaucon asiente con la cabeza.

—Hace mucho tiempo, la Corte de los Milagros era el escondite donde se reunían los peores bandidos de París. Comercio de venenos, asesinatos por encargo, brujería y sacrificios humanos: en ella se realizaban los negocios más espantosos. En el primer siglo posterior a su transmutación, el Rey de las Tinieblas amuralló la capital y declaró la guerra sin cuartel a la criminalidad, para erradicarla, de forma que nada escapara a la ley implacable de la Magna Vampyria. La antigua Corte de los Milagros fue descubierta y mataron a todos sus miembros.

—Por la manera en que me ha descrito ese lugar tan poco recomendable, no entiendo qué tenía de milagroso.

—Porque allí, después de haber mendigado durante todo el día en las calles de París, los falsos cojos volvían a andar y los falsos ciegos recuperaban la vista…, ¡como si fuera un milagro! —Una sonrisa fría se dibuja en la cara surcada de arrugas del gran escudero—. Tú, la falsa baronesa, habrías estado en tu salsa en compañía de esos estafadores.

Esta nueva pulla me mortifica, pues procede de mi supuesto

51

mentor. Ese patán siempre consigue herirme, a pesar de que estoy acostumbrada a su brusquedad.

—Sabe de sobra que solo represento ese papel para servir a la Fronda del Pueblo…, qué digo, ¡para servirle a usted! —replico irritada—. Hace un mes que estoy en Versalles esperando sus instrucciones. Resultado: ¡el Inmutable se le ha adelantado y me ha ordenado que busque a la Dama de los Milagros y se la entregue!

En lugar de disgustarse porque el soberano le haya tomado la delantera, Montfaucon sigue sonriéndome fríamente, sin dejar de retorcer su hirsuta perilla.

—Y eso es precisamente lo que harás —afirma—. La apresarás con ese instinto de cazadora tan aguzado que tienes, pero no para entregársela al rey, ¡sino para clavarle una estaca en el corazón y silenciarla para siempre!

Mientras abro la boca para replicar, un chirrido de bisagras oxidadas resuena a mis espaldas.

Me vuelvo rápidamente en la silla: la robusta puerta claveteada de la cámara de tortura acaba de abrirse emanando un aroma a hojas muertas. Dos zapatillas de cuero aparecen en el umbral.

—Orfeo… —murmura Montfaucon—. Entra. Creo que Jeanne y tú no os despedisteis en los mejores términos la última vez que os visteis.

El ser más extraño que he visto en mi vida, además del más conmovedor, entra en la habitación. La túnica remendada con capucha de cuero cubre su imponente cuerpo, formado por fragmentos humanos cosidos entre sí; alrededor de las muñecas y la base del cuello tiene oscuros puntos de sutura. La cabeza injertada en el tronco tiene la tez de color verde traslúcido, más singular que repugnante: una piel verde celadón con dos ojos de jade incrustados. Además, en la comisura del párpado derecho hay una lágrima tatuada: la marca de los bandidos napolitanos. Esa cara melancólica y extrañamente enternecedora pertenecía a un joven delincuente anónimo antes de que unos alquimistas sin escrúpulos la robaran en una fosa común y crearan con ella al monstruo que, tras ser abandonado, Montfaucon recogió y bautizó con el nombre de Orfeo.

—Perdón —murmuro atormentada por la culpa.

El gran escudero tiene razón: la última vez que vi a Orfeo lo traté como si fuera un animal salvaje, traicioné su confianza para encerrarlo bajo llave, a pesar de no ser una bestia descerebrada; al contrario, en el fondo de sus ojos acuosos, que en este momento me miran en silencio, se percibe una auténtica sensibilidad.

—Yo… tenía miedo —digo tratando de medir mis palabras.

Orfeo emite un gruñido casi imperceptible, grave, pero, por encima de todo, triste.

A los alquimistas que le dieron vida no les pareció necesario ponerle una lengua. Ahora, sin embargo, no hace falta que diga nada, puedo captar el tono desgarrador de su lamento.

—¡No tenía miedo «de ti»! —me apresuro a precisar, porque de repente comprendo en qué medida mis palabras pudieron herirlo—. ¡Me aterrorizaba la situación, quedaba muy poco para el Sorbo del Rey!

Montfaucon desdeña mis explicaciones con el dorso de la mano.

—¡Deja de mentir, es de cobardes! —me reprende—. Además, es peligroso para Orfeo. Claro que te daba miedo: es un monstruo inhumano. No debe olvidarlo jamás y tiene que seguir escondido en el subsuelo.

—Le aseguro que…

—¡Cállate! ¡No debes meter ideas absurdas en su cerebro, ya todo es bastante confuso! ¡Si se mostrara a la luz del día, sembraría el terror entre la gente y la Facultad Hemática lo enviaría a la hoguera como hace con todas las abominaciones!

Orfeo baja la cabeza para evitar la mirada del que es a la vez su salvador y su carcelero. Me pregunto qué significa Orfeo para Montfaucon. ¿Es una especie de hijo adoptivo o solo un sabueso que lo acompaña en sus batidas de caza nocturna por los cementerios? En cierta medida, se parecen: uno se avergüenza de su origen familiar, y el otro, de lo que es.

—Ve a prepararnos té para que entremos en calor y corta un poco de pan para comer —ordena Montfaucon a la criatura.

Orfeo se escabulle sigilosamente, como una sombra.

—¿Dónde estábamos? —dice el anfitrión—. Ah, sí, la Dama de los Milagros. No sé quién es esa vampyra renegada que se hace llamar Hécate, pero no me extraña, porque no sabemos nada de los inmortales que se han transmutado de forma ilegal. La Facultad los persigue incansablemente para eliminarlos, dado que las transmutaciones no autorizadas se consideran delitos de lesa majestad. Los supernumerarios más astutos o degenerados logran escapar a la persecución, pero viven como parias, escondidos en sórdidos tugurios y alimentándose de vagabundos.

El gran escudero gira los anillos que adornan sus dedos como si ese gesto lo ayudara a concentrarse.

—Por lo que sé, la Dama de los Milagros es la primera supernumeraria que ha salido de su guarida para desafiar abiertamente al Inmutable —murmura—. Debe de sentirse bastante segura de sí misma para exigirle que le ceda París.

—Para ser más exactos, lo que pide es que la nombre virreina —puntualizo—. Después de todo, ¿qué tiene de chocante? Otros virreyes gobiernan en nombre del Inmutable ocupando tronos extranjeros.

—Precisamente, ¡en tronos extranjeros! ¡En cambio, lo que pretende la Dama de los Milagros es robar al Rey de las Tinieblas el control directo de la capital del reino de Francia y de toda la Magna Vampyria! El soberano no aceptará jamás un contrapoder semejante a unas cuantas leguas de Versalles; a ojos del mundo sería una terrible señal de debilidad. Sobre todo, porque otros virreinatos, como el de Inglaterra, se han mostrado especialmente rebeldes en los últimos tiempos.

Conozco las tensiones que existen en las relaciones diplomáticas entre Francia y el virreinato de Inglaterra, que está sometido a vasallaje. Al otro lado del canal de la Mancha se rumorea que la virreina Anne está planeando la guerra. Por lo visto, la cohesión de la Magna Vampyria jamás ha corrido tanto peligro.

—Otorgar a París el estatus de virreino supondría para el Inmutable un paso irreversible hacia la secesión pura y simple de la ciudad —afirma Montfaucon—. Además, perdería la sangre de los parisinos. Jamás accederá a una petición como esa, que, por si fuera poco, se ha formulado en tono conminatorio.

El gran escudero alisa su espinosa perilla con la punta de los dedos.

—¿Quién es la Dama de los Milagros? —reflexiona en voz alta—. ¿Qué alcance tienen de verdad sus poderes alquímicos? ¿Es realmente capaz de gobernar a los gules, como asegura? ¿Tiene un poder oculto con el que subyuga a esos monstruos incontrolables? De ser así, es imprescindible que Luis jamás llegue a saberlo. ¡Jamás!, ¿me has entendido? —Me mira a los ojos, como si pretendiera grabar sus palabras en las profundidades de mi alma—. Por mucho que Luis se haga llamar el Rey de las Tinieblas, no deja de ser un producto de estas, más que su soberano. Sigue sin conocer la naturaleza real de esa misteriosa energía, a pesar de todos los esfuerzos que ha hecho la Facultad para resolver el misterio. También se le escapan las abominaciones nocturnas, los otros hijos de las Tinieblas. Si lograra controlarlas, su poder sería verdaderamente absoluto. ¡Ninguna Fronda podría vencer a la Magna Vampyria, fuera cual fuera su firmeza y su organización!

Me sujeta una muñeca y me dice marcando cada palabra con voz vibrante:

—«Debes» encontrar a la Dama de los Milagros antes de que lo hagan las tropas reales, Jeanne. «Debes» destruirla antes de que revele al Inmutable con qué maleficio ha conseguido dominar a los gules. ¡El futuro de la Fronda depende de ello! Tendrás que actuar con inteligencia para poder ocultar tus movimientos a tus compañeros, Jaipur y Plumigny, porque ellos perseguirán un objetivo muy diferente. —Me suelta el brazo y añade—: Confío en que sabrás hacer el doble juego, dado que eres experta en la materia.

El cumplido me deja un gusto acre en la boca. Me recuerda lo mucho que tuve que mentir y engañar para llegar adonde estoy ahora, pero, si ese es el precio que tengo que pagar para seguir adelante con la causa en la que mi familia creía firmemente —¡y en la que yo misma creo!—, que sea así.

—Haré todo lo que pueda —le prometo.

—No, Jeanne, todo lo que puedas no es suficiente, debes hacer más. Sé que la misión es difícil, pero lo conseguirás. Es necesario.

Por primera vez percibo cierto temblor en la voz brusca de Montfaucon y veo que sus ojos brillan con una emoción impropia de un hombre tan curtido.

—En un principio, el Inmutable quería enviarte sola a París —me recuerda—. El tirano está dotado de una sabiduría maléfica que se ha ido afinando con el pasar de los siglos: nunca decide nada a la ligera. Está convencido de que tienes el poder que se requiere para entregarle a la Dama. Yo, en cambio, creo que tienes el de destruirla. —En sus labios se dibuja una leve sonrisa, valiosa sobre todo por lo rara que resulta en él—. Yo... no sé bien cómo explicártelo, pero siento que, desde que entraste en mi vida, la Fronda tiene una nueva esperanza. Eres un rayo de sol en las Tinieblas. No he conocido a tus padres, pero, viéndote a ti, imagino que era gente valiente. No he tenido hijos, pero si el destino me hubiera ofrecido uno, me habría gustado que fuera como tú.

La confesión me sorprende y me conmueve en lo más profundo.

La emoción me impide hacer otra cosa que no sea darle las gracias con voz ahogada.

Montfaucon se saca uno de sus numerosos anillos del meñique derecho. Es una sortija de hierro adornada con una gran piedra negra y redonda.

—Es mi bien más preciado —musita—. En las grietas de esta piedra de ónice hay gotas de la esencia de día que un laboratorio alquímico de la Fronda de Andalucía ha destilado clandestinamente.

—Esencia de día... —repito con reticencia.

La emoción me encoge de nuevo el corazón. Mis padres también realizaban experimentos alquímicos para la Fronda en el laboratorio secreto de su botica. Nunca supe del todo a qué se dedicaban, pero me gusta pensar que elaboraban sustancias con nombres igual de poéticos.

—La esencia de día es una quintaesencia alquímica que tarda mucho en destilarse y que contiene un poco de luz solar. ¡Incluso en un país tan luminoso como España cuesta un año sintetizar una sola gota! Como supondrás, la Facultad Hemática la tiene absolutamente prohibida. La posesión de la sustancia se castiga con la muerte. Así que tendrás que ocultar como sea la naturaleza secreta de esta joya durante la misión, hasta el momento en que debas utilizarla.

Examino el anillo que se encuentra en la palma de Montfaucon. Es paradójico que una piedra tan negra como la noche encierre unas gotas de día.

—Nada más llegar a lo más profundo de la Corte de los Milagros solo tendrás que girar la piedra de ónix en la montura. Tres veces hacia la izquierda y tres hacia la derecha: el mecanismo abrirá el compartimento secreto donde está la esencia. Esta se evaporará enseguida liberando un rápido haz de luz cegadora.

—¿Y eso será suficiente para matar a una vampyra como la Dama de los Milagros? —murmuro.

—No, solo para desorientarla unos instantes y para ahuyentar a los gules, dado que, por encima de todo, estos detestan la luz. Eso te dejará el campo libre para matar a su ama. Te daré una estaca de la mejor madera para que esa supernumeraria vuelva a la nada, de donde no debería haber salido jamás.

El gran escudero deja el precioso anillo en mi mano. Dado que lo forjaron a medida para su meñique, debo meterlo hasta el fondo del dedo corazón para que no se me caiga. De esta forma, ocupa su lugar al lado del sello de los Gastefriche, que quité a la auténtica baronesa antes usurpar su identidad y venir a Versalles.

—Recuérdalo, Jeanne: debes jugar esta baza en el último momento, porque solo podrás hacerlo una vez —me recomienda Montfaucon—. Además, no te olvides de cerrar bien los ojos cuando mires el ónix para que no te ciegue a ti también.

En ese instante, la puerta de la cámara subterránea chirría de nuevo a mis espaldas: Orfeo entra interrumpiendo la conversación.

—Deja la comida ahí, en el banco —le ordena el gran escudero, que se apresura a enjugarse sus ojos brillantes de emoción.

—¡Dígale a esa cosa que me suelte! —resuena una voz clara.

Montfaucon y yo nos levantamos de golpe: en lugar de té y pan, Orfeo ha traído a una joven con la tez de porcelana y el cabello negro recogido en un moño.

—¡Naoko! —grito—. ¿Qué haces aquí?

Además de ser hija del embajador diurno del Japón, Naoko Takagari era mi única amiga cuando estudiaba en la

Gran Caballeriza, además de la única interna que conocía el secreto de mi doble identidad.

—Te vi llegar al amanecer por la ventana del dormitorio —contesta mirando atemorizada a Orfeo por debajo del flequillo—. Mientras bajaba corriendo la gran escalinata para hablar contigo, me crucé con Hélénaïs, quien me dijo que habías sido víctima de un atentado y que estabas agonizando.

—¡En sus sueños! —exclamo sintiendo cómo me invade la cólera contra mi rival.

—Cuando llegué al pasillo, te vi entrar en el despacho del gran escudero —prosigue Naoko—. Miré por el agujero de la cerradura y vi que bajabais por esta escalera oculta. —Levanta un dedo hacia las horquillas doradas con las que sujeta su moño—. Yo… abrí la cerradura con una de estas para venir a buscarte.

Montfaucon da un paso hacia ella con aire amenazante; su peluca roza la bóveda cubierta de telas de araña.

—¿Qué creías que le iba a hacer, Takagari? —ruge—. ¿Cortarla a pedacitos?

A modo de respuesta, Naoko mira el banco donde están alineados los instrumentos de tortura: el director del colegio sigue teniendo una siniestra reputación. Se acabó el momento de intimidad y las confidencias: vuelve a ser el hombre duro e intransigente en que la vida lo ha convertido.

—En castigo a tu indiscreción, no volverás a salir de aquí —gruñe—. Esta cámara será tu tumba. ¡Extiéndela sobre el caballete, Orfeo!

Montfaucon se vuelve hacia el banco para coger un hacha.

—¡No! —grito aferrando una manga de su abrigo.

—Un golpe certero será suficiente para cortar de forma indolora su delicado cuello. Te aseguro que no sufrirá.

—¡Ha jurado renunciar a la tortura!

—Esto no es tortura, es una ejecución.

Me agarra un hombro con su enorme mano izquierda para mantenerme a distancia, al mismo tiempo que empuña el hacha con la derecha.

—Esta pequeña fisgona escuchó nuestra conversación —murmura—. No debe repetirla por ahí. La clandestinidad de la Fronda está por encima de todo.

—¡Le juro que Naoko es de fiar! —grito—. ¡Si de verdad me considera su hija, escúcheme!

—El sentimentalismo te pierde, pero lo considero propio de tu juventud. Con el tiempo comprenderás que la muerte de Takagari era la única decisión correcta, Jeanne. ¡Vamos, Orfeo, ponla en el caballete!

De nada me sirve gritar y abalanzarme sobre él: a la luz del farol, la cara del gran escudero aparece retorcida en una mueca de crueldad, transfigurada. Es como si la sangre maldita de los verdugos Montfaucon le hubiera subido al cerebro y hubiera barrido todos sus escrúpulos y la capacidad de escucha.

En contraste con las maneras brutales de su amo, Orfeo empuja dulcemente a Naoko hacia delante y apoya una de sus mejillas en el caballete con delicadeza, pero, bajo la mesura aparente de sus gestos, siento una fuerza irresistible contra la que mi pobre amigo no puede luchar.

—¡Naoko sabe que usurpé la identidad de la baronesa y jamás me ha traicionado! —grito—. ¡Eso prueba que es digna de confianza!

—Prueba, sobre todo, que eres una imprudente, porque has dejado ir y venir a una interna con una información que podría perdernos a los dos —mascula Montfaucon alzando más el hacha.

Aterrorizada, me juego el todo por el todo.

—¡Suéltele al menos el moño para que la hoja no resbale por el pelo!

Los ojos enfebrecidos de Montfaucon resplandecen con un brillo aún más intenso…, más enloquecido.

—¡Veo que aprendes deprisa! —dice alegremente—. ¿La has oído, Orfeo? Deshazle el moño.

Naoko suelta un grito de tristeza, como si cualquier violación de su melena fuera para ella un destino peor que la muerte.

—¡No, el pelo no!

Pero no es lo suficientemente grande para luchar contra Orfeo, que agarra el extremo del pincho de madera roja lacada que sujeta el moño y lo saca con un movimiento brusco.

La larga melena negra de la japonesa cae en una sedosa cascada a ambos lados del caballete.

El hacha de Montfaucon queda suspendida en el aire.

—Pero qué maleficio… —balbucea abriendo los ojos como platos.

El resplandor sanguinario de sus pupilas se ha transformado en conmoción, el mismo sentimiento que experimenté yo cuando vi la nuca de Naoko por primera vez. La joven japonesa oculta un terrible secreto bajo su moño: una segunda boca monstruosa que se abre de una sien a otra de mi amiga. Una malaboca carnívora, ávida de carne fresca, cuyos desmesurados labios parecen sonreír en este momento al gran escudero.

—¡Ahora conoce el secreto de Naoko! —me apresuro a decir—. Lleva en su cuerpo una abominación que, de saberse, le causaría la muerte. ¿Acaso no me acaba de decir que la Facultad manda a las abominaciones a la hoguera? —Trago saliva, y con ella el sentimiento de culpabilidad que me produce haber traicionado el secreto de mi amiga, aunque haya sido para salvarle la vida—. Su existencia está ahora en sus manos. Si Naoko se atreve a repetir una sola palabra de la conversación que ha oído esta noche, será suficiente que usted pronuncie otra para condenarla. Así están en paz.

4

La maldición

—¡No tuve más remedio que hacerlo! —le digo a Naoko—. Era la única manera de detener el hacha de Montfaucon.

Tras un largo alegato, al final conseguí convencer al gran escudero para que dejara con vida a mi amiga. Aceptó con una condición: la japonesa deberá vivir a partir de ese momento recluida en las entrañas de la Gran Caballeriza, por lo menos hasta que él confíe en ella y le permita volver a la superficie. El gran escudero salió hace un rato para ir a la pajarera y enviar desde allí un cuervo mensajero a su hermano Raoul, que debe preparar la ejecución de esta noche, pero antes nos encerró a las dos en una celda contigua a la cámara de tortura: una habitación minúscula cuyo único mueble es una cama de hierro oxidado. Esta va a ser la morada de Naoko a partir de este momento.

Su mirada esquiva la mía bajo el flequillo de su pelo negro, que se ha apresurado a recoger en el habitual moño.

—Quizás hubiera sido mejor que el hacha hiciera su trabajo —dice con un suspiro, saliendo por fin de su mutismo—. Que la hoja acabara de una vez por todas con la malaboca y con mi maldita existencia.

—¡No digas eso! —exclamo—. Has sobrevivido gracias a esa…, a esa anomalía durante diecisiete años.

Naoko eleva hacia mí sus grandes ojos negros.

—¿Por cuántos años podré seguir haciéndolo? La noche del Sorbo del Rey, cuando entré en el palacio por primera vez con los demás alumnos para asistir a la ceremonia, sentí agitarse a la malaboca debajo de mi moño con una ferocidad inaudita.

Era como si el aura de los cortesanos vampýricos la hubiera despertado y hubiera atizado su voracidad de ogresa, anulando de un plumazo los ejercicios de meditación que, desde que era niña, hago todas las noches para dormirla.

Apoya sus temblorosas manos en las rodillas y aprieta su falda de seda beis estampada con flores exóticas.

Ahora entiendo por qué Naoko siempre ha tenido miedo de entrar en la corte: por lo visto, la presencia concentrada de las Tinieblas estimula de forma diabólica a su extraño tumor.

—Escucha —le digo posando mis manos sobre las suyas—, la desgracia que te ha sucedido hoy puede ser al final una suerte. Si te hubieras quedado arriba, habrías entrado en la corte al final del año escolar, el próximo verano, como todos los alumnos mayores de la promoción. Así quedas dispensada. Montfaucon encontrará la manera de explicar tu desaparición a tu padre, el embajador. Un accidente, una fuga, quizá se le ocurra decir que los gules te han raptado, no tengo ni idea. Lo que en cambio sé es que ahora tienes la oportunidad de vivir una nueva vida.

En cierta medida, es absurdo hablar de «nueva vida» en esta cueva estrecha, con el aire enrarecido, donde Naoko ha quedado enterrada.

Pese a ello, en sus labios, delicadamente pintados con carmín, se dibuja una leve sonrisa.

—¿Tú crees? —murmura.

—¡Estoy segura!

Naoko es el ser más solitario que conozco. Hace mucho tiempo que oculta el secreto que la tortura. Su madre murió al darla a luz, su padre se ha convertido en un extraño para ella, y desde que me fui no ha vuelto a tener una amiga en la Gran Caballeriza: estoy segura de que soportará este alejamiento del mundo exterior, porque ya vivía en otra dimensión.

—Te prometo que vendré a verte todos los días —le digo con fervor.

—No me prometas nada —me contesta ella—. Estás a punto de salir para París. Además, en el pasado ya me juraste cosas que luego no mantuviste; por ejemplo, dijiste que nunca revelarías la existencia de la malaboca.

—Lo hice para salvarte la vida, Naoko —repito avergonzada por haberle mentido tan a menudo, como a tantos otros a los que llamaba mis «amigos».

Pero su tono no era de reproche.

—No te pido que vengas a verme todos los días. Solo quiero que te acuerdes de mí cuando termines esta misión. —Sus pálidos párpados baten un instante como las alas de una mariposa—. Y que te acuerdes de Toinette, ahora que me has dicho que murió.

La abnegación de Naoko me conmueve profundamente. Justo cuando su vida pende de un hilo, piensa en una pobre criada muerta que, a buen seguro, todos deben haber olvidado ya en la Gran Caballeriza.

—Toinette me guardaba siempre un plato de verdura, en todas las comidas —recuerda—. No sabía que mi régimen vegetariano era parte de mi plan para debilitar a la malaboca, pero siempre fue muy amable conmigo. No merecía morir tan joven.

—¡Vengaremos a Toinette! —exclamo.

Naoko suspira.

—Venganza, solo tienes esa palabra en la boca, mi querida Jeanne. Eres muy testaruda. ¿De verdad es lo más importante? ¿Estás segura de que es lo que habría querido Toinette?

Su pregunta me deja sin saber qué decir por un instante.

Me recuerda a mí misma, a la que era antes de que mi familia muriera asesinada.

Después de la matanza, me lancé a ejecutar una venganza ciega, porque era lo único que creía que podía dar sentido a una vida de la que habían desaparecido todos mis seres queridos. Pero después maduré y ahora veo el mundo con una perspectiva más amplia. Ya no se trata de llevar a cabo una revancha personal a cualquier precio. Aunque el homenaje a los muertos sigue siendo lo más importante para mí, he abierto los ojos a lo más precioso y más frágil: la suerte de todos los que siguen con vida… y sufren. He tomado el relevo de mis padres y ahora lucho por los millones de personas anónimas a las que la Magna Vampyria subyuga todos los días. Igual que hacían ellos en la clandestinidad en la Butte-aux-Rats.

63

Además de destruir a los causantes de mi infelicidad, deseo de todo corazón edificar un mundo mejor. Después del eterno invierno, debe florecer la primavera. Tras disipar las Tinieblas, la luz debe regresar al mundo. En este momento, ese es mi ideal, y Naoko me lo ha recordado cuando mis viejos demonios estaban a punto de apoderarse de mí otra vez.— Tienes razón, Naoko, no es lo que Toinette habría querido —murmuro—. Sus padres aún están vivos. Supongo que estarán llorando amargamente la muerte de su hijo, después de la de su hermana, en una casa medio en ruinas de un barrio de Versalles. El mejor homenaje que se puede ofrecer a Toinette es protegerlos, defenderlos de la necesidad. Pediré a Montfaucon que les envíe parte de mi sueldo de escudera todos los meses.

Al pronunciar esas palabras, me invade un sentimiento opuesto a la efervescencia vengadora que tan a menudo ha envenenado mis pensamientos: es una determinación sosegada, apaciguadora. A diferencia de la ley del talión, la emoción que produce servir a los demás es sorprendentemente liberadora.

—Bien dicho —me felicita Naoko—. Quién me iba a decir que la fogosa Jeanne Froidelac hablaría un día con tanto sentido común

—Todo llega, Naoko, ¡y las cabezas duras pueden ablandarse!

Me golpeo la cabeza con el puño, emitiendo un sonido sordo semejante al de la madera rígida.

Naoko, que sabe hacer brotar la parte más sabia de mi persona, sonríe dulcemente a mis payasadas. A continuación, mira el pequeño reloj que está colgado encima de la cama, el único instrumento que le permitirá seguir el curso del tiempo durante su reclusión. Las dos manecillas están casi alineadas en la vertical.

—Es casi mediodía —observa—. Es hora de que subas a reunirte con el director y los dos escuderos, como acordasteis.

Me anima con la mirada.

—Vamos, ve y ten cuidado con Hélénaïs; si ya era viperina en el colegio, la sangre del Inmutable debe de haberla convertido en más venenosa.

Estrecho por última vez sus manos, y acto seguido doy tres golpes a la robusta puerta de la celda. La hoja se entreabre y aparece el guardia mudo que Montfaucon nos ha asignado, Orfeo, empuñando un farol. Tras cerrar la puerta, me escolta en silencio por la escalera de caracol hacia la superficie.

Al llegar a lo alto, y antes de volver a entrar en la gran caballeriza, me vuelvo hacia él y por fin logro hundir la mirada en la confusión que reina en sus extraños iris de jade:

—Aunque el gran escudero dijera que eres un monstruo inhumano, estoy segura de que en el fondo no lo piensa. Yo tampoco.

Las largas pestañas negras de Orfeo tiemblan. La lágrima tatuada bajo el ojo derecho se pliega ligeramente y la criatura vuelve su cabeza desnuda para ocultarla en la penumbra de la escalera.

Interrumpo con dulzura su reacción de vergüenza acariciándole una mejilla; bajo mi palma, su piel está tan fría como la muerte, pero aun así no la retiro. Al cabo de unos instantes, siento pulsar las venas llenas de vida bajo las yemas de mis dedos. A diferencia de los vampyros, que tienen el pecho vacío, en el amplio torso de Orfeo late un corazón.

—Hace unas semanas diste una sepultura decente a mi familia —susurro—. Siempre te lo agradeceré.

Orfeo quitó, en efecto, los restos de mi familia de rebeldes del muro de la Caza, donde el rey los había empalado. Los enterró en un lugar secreto que solo él conoce, al abrigo del voraz apetito de los gules. Montfaucon asegura que su protegido puede oír cantar los huesos de los muertos y que les toca nanas con su harmónica para calmarlos.

—Cuidaste de lo que más quería —susurro emocionada—. Les diste el reposo eterno. Estoy en deuda contigo.

Aparto la mano de su mejilla para metérmela en el bolsillo y sacar el reloj. Se lo tiendo.

—Ten, te lo regalo. Está roto, lo sé, pero para mí es un tesoro inestimable, porque pertenecía a mi madre. El tesoro es ahora tuyo.

Dejo el pequeño colgante redondo en la enorme palma de su mano y cierro con delicadeza sus dedos.

65

—Adiós, Orfeo.

Me escabullo, despojada de mi bien más precioso, pero enriquecida con el regalo más bonito del mundo: la fugaz sonrisa que, por primera vez, se ha dibujado en los labios de Orfeo.

—¡Llega tarde, Gastefriche! —exclama Raymond de Montfaucon cuando entro en el gabinete de las yeguas—. Pero ¿es que el general Barvók no le enseñó en el curso de arte cortés que la puntualidad es la primera de las buenas maneras?

En compañía de Suraj y Hélénaïs, está sentado a una pequeña mesa donde los criados han preparado una comida a base de carne fría y crudités. Para engañar a mis compañeros, el gran escudero vuelve a tratarme como si fuera una antigua alumna, en lugar de una rebelde. En cualquier caso, tanto si actúa en calidad de director de colegio como si lo hace como revolucionario, sigue siendo brusco.

—Le ruego que acepte mis disculpas, señor —digo. Bordeo las paredes cubiertas con los gruesos tapices que representan a las yeguas, las terribles bestias vampýricas del Inmutable, hasta llegar a mi sitio—. Mi siesta ha durado un poco más de lo previsto.

—Confío en que tenga el sueño algo más ligero en París: los que duermen a pierna suelta en los bajos fondos pierden la bolsa… o la vida.

Los ojos dorados de Hélénaïs guiñan disgustados a la luz de la gran llama que arde en la chimenea. Conozco esa expresión: hija de un acaudalado señor de Plumigny, el principal proveedor de aves del reino, a Hélénaïs la plebe la aterroriza.

—¿Quiere decir que tenemos que ir a los bajos fondos? —pregunta indignada—. ¿Es realmente necesario?

—¿Dónde piensa encontrar, si no, la Corte de los Milagros, Plumigny? ¿En un silencioso tocador del Palais Royal o en la Ópera, entre dos salas de baile? Deberá aventurarse entre los bastidores de la Ciudad de la Sombra.

—¿Ciudad de la Sombra? —repite la heredera, con voz aguda, a la vez que hunde su encantadora nariz en el plato de ensalada para evitar la oscura mirada del gran escudero.

Montfaucon sacude la cabeza gruñendo.

—Es el sobrenombre de París. Cuando aún vivía, el rey, que por aquel entonces solo era Luis XIV, empezó a instalar iluminación pública en la capital. En aquel momento, París era conocida como la Ciudad de la Luz en toda Europa. Pero después de su transmutación, el Inmutable ordenó quitar todos los faroles y las antorchas de la mayoría de las calles. ¿Para qué iluminar la calzada si el ganado humano está obligado a quedarse en el establo después del toque de queda?

Montfaucon representa a la perfección el noble despiadado, el papel que ha aprendido a ejecutar moviéndose entre los tiburones de la corte.

—Si el rey les ha confiado esta misión es porque considera que sabrán infiltrarse en los rincones más oscuros de la ciudad —prosigue—, donde los soldados que la vigilan no se atreven a entrar. Deben saber que, en principio, los tenientes generales de la policía aseguran el mantenimiento del orden en la capital. En el pasado, estos informaban directamente al Inmutable, pero después el monarca se desinteresó de los asuntos corrientes del reino para consagrarse a actividades más esotéricas.

»Yo mismo pude constatar que el Inmutable pasaba las noches en compañía de Exili y de sus arquiatras contemplando las estrellas en su observatorio. El cielo lo atrae por razones más apremiantes que los asuntos terrenales, como el disparatado proyecto de reconquistar el día gracias a la ciencia alquímica sobre el que se murmura en secreto en los pasillos de Versalles.

»En calidad de ministro del Ejército, Ezéchiel de Mélac ha combatido para recuperar la administración de París e imponer su influencia en la corte. El escándalo de la carta que apareció en la cámara mortuoria supone un grave contratiempo para su reputación. Por otra parte, la reprobación pública de la que el rey le ha hecho objeto esta mañana parece ser el inicio de su desgracia. Así pues, no esperen ninguna ayuda sustancial de la policía en París. Mélac solo tendrá una obsesión: interponerse en su camino para que no puedan encontrar a la Dama de los Milagros antes que él.

Hélénaïs tritura las hojas de lechuga con la punta de sus cubiertos, como si intentara disecarlas.

—Disculpe, señor, pero ¿cómo es posible que se nos pida que encontremos a la Dama de los Milagros sin la ayuda de nadie y en una ciudad desconocida?

—No tan desconocida para todos —la reprende el gran escudero—. Como dijo el rey, Jaipur, aquí presente, conoce bien la capital, en especial los cementerios, ya que los dos compartimos la pasión por la caza de gules.

Suraj inclina la cabeza. Bajo su turbante de color ocre, su cara de tez cobriza no se inmuta. Es el más silencioso de los escuderos, además del más experimentado: de los seis que servían al rey antes de mi llegada a la corte, es el único que sobrevivió al complot de La Roncière. Hélénaïs y yo somos dos novatas, pero él ya ha servido al monarca durante cerca de un año.

—Con todo respeto, señor, no es la pasión lo que me impulsa a cazar a los gules en París —rectifica con su voz grave de acento extranjero—, sino el sentido del deber. En la primavera pasada, su majestad me envió a los cementerios parisinos para luchar contra las criaturas que atacaban a los plebeyos. Hasta ahora no sabía que una criminal los había sometido y organizaba sus asaltos. —Aprieta los cubiertos con las manos y añade con voz dura—: La carne y la sangre del pueblo pertenecen a la corona. ¡Los que las roban (ya sean mortales, vampyros o abominaciones) deben ser castigados sin piedad!

Montfaucon corta un pedazo enorme de paté de jabalí al mismo tiempo que carraspea con desdén.

—¡No pretenda ser un espíritu elevado, Jaipur! —resopla—. El «sentido del deber» del que se reviste es una pasión como cualquier otra. ¡Qué digo! Es la más perniciosa de todas. Un éxtasis devorador con apariencia de fría mesura.

Montfaucon abre su gran mandíbula y se mete en la boca el ladrillo de paté, que luego mastica ruidosamente. A continuación se enjuaga el gaznate apurando un vaso de vino tan oscuro como la melaza.

—Los conjurados del complot de La Roncière también actuaban movidos por el «sentido del deber» —continúa después de secarse la boca con el reverso de la pala que hace las veces de mano—. Deber de sumisión a una idea pervertida del honor, a un sentido hipertrofiado de su importancia. ¡Pobres locos! Fueron víctimas de su ceguera y en su caída arrastraron a sus familias y a sus aliados.

Dicho esto, coge el plato de fiambre que ocupa el centro de la mesa y clava el tenedor, pinchando de golpe tres gruesas lonchas de jamón cocido y cuatro pepinillos.

—Se acabó la cháchara: ¡a comer! —nos ordena—. Dentro de una hora saldremos para el patíbulo de Montfaucon con el convoy de prisioneros.

Una procesión mortuoria.

A eso me recuerda el largo convoy que se extiende ante mis ojos por el camino que serpentea de Versalles a París. Doce carros tirados por gruesos percherones, cuyos cascos golpean la tierra helada con una cadencia hierática. Toc…, toc…, toc…, toc…, como si la maquinaria de un reloj impasible marcase con su tictac los pasos hacia un fatal desenlace.

Decenas de prisioneros se amontonan en las plataformas expuestas al viento glacial de noviembre. Hace apenas unos días, estos hombres y estas mujeres soñaban con usurpar el trono del rey luciendo vestidos confeccionados con las telas más ricas, las sedas más iridiscentes. En cambio, hoy van maniatados y solo llevan puestas unas camisas largas y descoloridas, cuyos faldones se alzan con el cierzo. Algunos se aprietan entre ellos sollozando, buscando un poco de calor. Otros contemplan los árboles desnudos que desfilan ante sus ojos con la mirada fija y aturdida, como si fueran ya cadáveres helados.

Los soldados enviados por Mélac vigilan de cerca el convoy. El ministro del Ejército, por su parte, viaja a bordo de la primera carroza en un sarcófago blindado. Solo saldrá de él cuando anochezca.

Los dos escuderos y yo cerramos la caravana con nuestros caballos, envueltos en los petos de cuero negro forrados de piel.

Siento moverse entre mis piernas los músculos poderosos

de Thyphon, el semental con el que superé las pruebas del Sorbo del Rey hace un mes. Me alegré de volver a verlo hace poco en la cuadra y, en este momento, el calor de su cuerpo es como un bálsamo para mi corazón.

De repente, tras rodear una accidentada colina, aparece la ciudad.

¡París!

¡La capital del reino de Francia y de toda la Magna Vampyria!

A una legua a la redonda se erigen unas inmensas murallas; a diferencia del muro de la Caza, que es de color blanco y está esculpido, estas son grises y carecen de adornos. El pálido sol, que ya está declinando, alarga las sombras de las aceradas almenas, por encima de las cuales se elevan volutas de humo negro. En la fachada se abren grandes puertas de acceso de las que arrancan caminos que conducen a todos los rincones del reino.

—¡La muralla periférica! —anuncia sombríamente Montfaucon mientras cabalga a lomos de su inmenso corcel bayo ahumado—. Es la más larga de toda la Magna Vampyria.

Al pensar en las innumerables personas que viven apiñadas en el interior del recinto, sometidas a la ley del confinamiento, se me encoge el estómago.

Llegamos a orillas de un río sombrío, atravesado por un ancho puente de madera.

—El Sena —gruñe Montfaucon.

—Qué oscura es el agua… —murmuro—. Casi parece que las Tinieblas fluyen por su lecho.

—No son las Tinieblas —replica el gran escudero—. Antes de llegar a París, el Sena es límpido, pero cuando atraviesa la capital se carga con los desechos de la vida humana. Lo que fluye por aquí, bajo el puente de Sèvres, son los residuos de la industria, las heces de la multitud, las cenizas de la madera y el carbón que hay que quemar a diario para calentar al millón de plebeyos que jamás pasarán la barrera de la periferia.

¡Un millón de personas!

¡Procedente de un pueblo de apenas cien habitantes, esa cifra me produce vértigo!

El convoy emboca el puente de Sèvres, que cruje bajo las ruedas rodeadas de hierro. Por encima de la barandilla puedo ver los pedazos de hielo deslizarse lentamente por la tinta del río: el terrible invierno está a las puertas.

—Por lo demás, el otro río que va de París hacia Versalles y hacia las ricas mansiones de los vampyros de Île-de-France no es negro, sino rojo —comenta lúgubremente Montfaucon—. De ahí el lema de la ciudad: *Fluctuat In Sanguinis Fluminibus*.

No hace falta saber latín para adivinar lo que significa la injusta divisa impuesta por la Magna Vampyria: la capital del imperio flota sobre un río de sangre...

El camino prosigue bordeando la muralla periférica por el norte hasta las colinas donde se erige un ejército de molinos. Sus aspas giran lentamente en el gélido cierzo, como los brazos de unos gigantes descarnados que tratan de despedazar las nubes.

—El pueblo de Montmartre tritura noche y día el trigo para alimentar al pueblo de París —comenta nuestro guía—, pero los molinos giran menos rápido en los últimos años debido a que la escarcha ha empeorado las cosechas.

—¡Parece el grano que echan a las aves en las baterías de Plumigny! —comenta Hélénaïs desde lo alto de su alazán.

¡Qué odiosa comparación entre la cría intensiva que ha enriquecido a su familia y los plebeyos encerrados en jaulas para producir hectolitros de sangre fresca!

—Cuando falta trigo, las pulardas se contentan con cebada mezclada con guijarros —continua—. Quizá podrían servir a los parisinos pan de grava.

Aprieto los dientes para contener los comentarios mordaces que me suben a los labios.

De esta forma, soporto en silencio el balbuceo de la escudera hasta que llegamos al extremo noroeste de la capital. En el horizonte se extiende la llanura de Saint-Denis, llena de murallas igualmente lúgubres, donde se encuentran los barrios septentrionales de París. Una gran puerta se enfrenta a ellos: nuestro destino.

—Esta es la puerta del Suplicio —anuncia Montfaucon—. Esperadme aquí mientras pido que nos dejen entrar; las forma-

71

lidades administrativas pueden tardar un poco incluso cuando llevas una carta con el sello real.

Su caballo se lanza al galope en dirección al pórtico cerrado con un pesado rastrillo de hierro donde están apostados unos guardias armados con alabardas.

Incapaz de aguantar la conversación de Hélénaïs un instante más, aprieto los flancos de Typhon con las pantorrillas para alejarme de ella mientras abren el rastrillo. A medida que voy dejando atrás los doce carros, que aguardan en fila india, siento que los ojos de los condenados me escrutan. No me atrevo a mirar sus ojos enrojecidos, algunos de ellos reventados durante las sesiones de tortura que han padecido en los calabozos de Versalles.

Un murmullo enronquecido por el frío, el despecho y el miedo se eleva a mi paso.

—Es ella.

—Es la escudera que salvó al rey.

—Es la traidora que mató a Tristan de La Roncière.

De repente, me cae un escupitajo en un ojo. Cegada, tiro con fuerza de las riendas. Typhon se encabrita y caigo pesadamente al suelo endurecido por el frío.

—¡Te crees diferente de nosotros, pero te equivocas! —brama una voz inflamada de odio—. ¡Solo salvaste al tirano para que te transmuten, confiésalo! ¡Espero que ardas en el infierno, puta del Inmutable!

Los cuchicheos ahogados se transforman en furiosos ladridos. Una lluvia de escupitajos cae sobre mí desde los carros, salpicándome las mejillas y llenándome el pelo de espesas mucosidades.

—¡Zorra!

—¡Furcia!

—¡Puta!

—¡Lamemuertos!

Ningún soldado interviene: esos hombres están a las órdenes de Mélac, y el gran escudero ya nos previno que no iban a levantar un solo dedo para ayudarnos.

—¡Parad ya! —dice de repente alguien en medio de la jauría. Es una voz femenina, dotada de tal autoridad que los gritos cesan de golpe.

Alzo la mirada mientras me limpio la frente con una manga. Veo a una dama alta en la parte delantera de uno de los carros, con su larga melena rubia flotando al viento. Tiene las manos atadas a la espalda, como el resto de los prisioneros, pero eso no hace mella en su altivez. Al contrario, parece un mascarón de proa, victoriosa como las sirenas sin brazos que adornan la roda de los galeones más imponentes.

—Dejadla —ordena a sus compañeros de desgracia—. No os comportéis como unos bellacos. No olvidéis quiénes sois: la flor y nata de la nobleza provincial. A pesar de las afrentas que nos ha hecho sufrir, el Inmutable jamás nos podrá arrebatar eso.

Me levanto rodeada del silencio recién restablecido, sin saber qué decirle a la mujer cuya suerte sellé cuando salvé al rey.

—Gracias, señora...

—Blanche de La Roncière —concluye ella.

Se me encoge el estómago.

El pelo rubio ceniza...

Los ojos de color azul celeste...

Y, sobre todo, esa expresión altanera, llena de determinación y melancolía a la vez.

Esa mujer es el vivo retrato de Tristan, mi amor más ardiente, mi error más trágico; ¡es su madre!

Las palabras vacilan en mis labios:

—Yo... lo siento...

—¿Qué es lo que siente? —replica ella alzando la barbilla—. Los vencedores no piden perdón. ¿Se ha visto alguna vez al lobo disculparse por devorar al cordero o al águila por abalanzarse sobre el conejo?

Me parece oír en boca de su madre las palabras de Tristan: es algo que me duele. Esa fe que considera que la fuerza es la única virtud. La voluntad de poder que lo aplasta todo a su paso. Por ese motivo impedí que Tristan accediera al trono, porque, si lo hubiera logrado, habría gobernado de forma aún más despiadada que el Inmutable.

—¡La ley del más fuerte siempre es la mejor! —insiste Blanche de La Roncière; la dureza de sus palabras contrasta con la armonía de su cara, que conserva la belleza a pesar de

73

los años—. Y tú fuiste más fuerte que mi hijo, Diane de Gastefriche. Fuiste más fuerte que todos los que estamos aquí reunidos. La derrota es el destino de los débiles, por eso no te pido misericordia.

Una sonrisa se dibuja en sus labios, morados a causa del frío. Esa mujer es el cerebro que urdió la conspiración de La Roncière. Representa todo lo que aborrezco —la arrogancia de los poderosos que equiparan al pueblo con el ganado—, su impasibilidad me estremece. Además, su carácter me recuerda al de mi madre, son dos señoras combatiendo en campos diametralmente opuestos.

—No, no te pido misericordia —repite ante el silencio atento de los prisioneros—. Solo te pido que me escuches, porque tengo algo que decirte en nombre de Tristan, unas palabras que lo cambiarán todo.

Se me hiela la sangre.

¿A qué secreto se refiere Blanche de La Roncière? ¿Es posible que conozca mi verdadera identidad? Tristan descubrió que yo era plebeya, pero me juró que no se lo diría a nadie antes de casarse conmigo y de transmutarme. ¿Y si me hubiera mentido? ¿Y si le hubiera revelado todo a su madre en una carta? ¿Y si ahora esta pretendiera que hablase para salvar su vida?

¡Debo saber a qué atenerme y protegerme al precio que sea!

Me levanto desempolvando mi vestido y arreglándome el pelo pegajoso, y me dirijo con paso lento hacia el carro sin dejar de mirar a esa prisionera maniatada. A mi alrededor, el mutismo de los condenados tiene algo de recogimiento, es casi religioso, como si estuviera avanzando por la nave de una iglesia hacia la que podría haber sido mi suegra.

La dama de La Roncière inclina el pecho fuera del reborde del carro sin perder la gracia a pesar de la pobreza de su atuendo y de las cadenas.

—La escucho —murmuro.

—Sé quién eres —susurra rozando mi mejilla con sus helados labios.

Con el corazón acelerado, sin poder respirar, me pongo de puntillas para escuchar lo que tiene que decirme al oído de manera que nadie más pueda hacerlo.

—Eres una aristócrata aún más ambiciosa que yo, dispuesta a lo que sea para obtener la transmutación.

Por fin puedo respirar: no sabe nada. Pero ella aún no ha terminado:

—Estoy dispuesta a hacer lo que sea para impedirte que accedas a la vida eterna. Que mis últimas palabras se queden grabadas en tu memoria: ¡yo te maldigo! ¡Tristan volverá para vengarme!

Antes de que pueda reaccionar a su amenaza, clava sus dientes en mi pelo arrancándome un grito de dolor, además de un grueso mechón.

75

5

El suplicio

*E*nrojecido por las llamas del atardecer, el patíbulo de Mont-faucon parece surgido de los infiernos.

Se trata de un enorme monumento cúbico integrado por cuarenta columnas de piedra entre las que hay colocadas de través unas anchas vigas en veinte niveles sucesivos. De esta forma, cientos de nichos aparecen en los diferentes lados, vacíos en ese instante, como bocas abiertas de par en par aguardando la comida. Erigido en la cima de una colina, el patíbulo domina toda la ciudad ofreciendo una vista de trescientos sesenta grados a sus habitantes.

Estos se aglomeran ahora a los pies de la colina rodeada de soldados armados. Jamás he visto tantas personas juntas en mi vida; comparado con esa marea humana, Versalles parece un pueblo de provincia. La gente ennegrece de tal forma la explanada y las calles adyacentes que es imposible ver el empedrado. Desde la tribuna de madera que se erige a los pies del patíbulo no puedo distinguir los miles de caras vueltas hacia nosotros. Solo son unas manchas apagadas, anónimas.

—Debe de ser un alivio para ti estar aquí arriba, fuera del alcance de sus escupitajos —susurra Hélénaïs a mi lado.

La verdad es que el intento de dejarla plantada de hace un rato acabó siendo nefasto de todos modos. El cuero cabelludo aún me escuece.

—Los nobles rebeldes que participaron en la conspiración de La Roncière te detestan, por descontado —añade en voz baja—, pero tampoco creo que el pueblo bajo te aprecie, dado que salvaste al Inmutable. ¡No debe de ser fácil ver que todo el mundo te odia!

—Oye, Hélénaïs, el rey nos pidió que enterráramos el hacha de guerra y que colaboráramos.

La bella heredera me fulmina con su mirada dorada entre las serpientes de seda que enmarcan su cara:

—Bueno, puedo fingir y simular que me he reconciliado contigo —silba—, pero, en el fondo, jamás te perdonaré que leyeras mi correspondencia.

Es cierto que mientras competíamos por el Sorbo del Rey forcé su armario y curioseé en sus efectos personales buscando algo que la comprometiera. De esta forma descubrí que su padre la reconvenía secamente en sus cartas para que hiciera brillar el nombre de Plumigny en la corte. También me enteré de que tenía una hermana mayor, una tal Iphigénie, que había fracasado en el intento antes que ella.

—¡Aquí tienes a la jovenzuela que me da tanto trabajo! —gruñe de repente una voz tras de mí, tan grave que hace vibrar el suelo bajo mis botas.

Me vuelvo rápidamente y entreveo dos siluetas a la luz de las antorchas que cuelgan de los pilares de la tribuna. La primera pertenece al gran escudero, la segunda, a un hombre aún más robusto que él. Un titán con la cara oculta por un verdugo de cuero negro.

—Jóvenes, les presento a Raoul de Montfaucon, mi hermano mayor, ejecutor de las grandes obras de su majestad —nos explica el gran escudero, claramente incómodo.

El director de la Gran Caballeriza siempre se ha mostrado seguro de sí mismo, intimidante y despectivo, pero hoy, en presencia de su hermano, parece débil.

—¡He de ejecutar a ciento diez condenados a la vez! —dice Raoul de Montfaucon regodeándose—. ¡Es una gran noche! Y todo gracias a esta menudencia…

El titán se inclina hacia mí cubriéndome con su sombra.

—¡No olvides que estás hablando con una escudera del rey, Raoul! —le recuerda Montfaucon.

—No lo olvido, hermanito, al contrario, vengo a presentarle mis respetos.

Me tiende su enorme mano enfundada en un guante de cuero. Apoyo en ella mis dedos temblorosos, que él podría triturar cerrando simplemente la palma, pero se contenta con bajar hacia ellos su cara enmascarada para besármelos.

Cuando se yergue de nuevo, mi mirada se adentra en las ranuras de su pasamontañas. Entreveo dos ojos saltones con la córnea enrojecida por venillas reventadas..., los ojos de un loco.

—Tráigame a la Dama de los Milagros —me susurra—. Esta noche ejecutaré una matanza masiva, será un gran trabajo, pero sin refinamientos. Para ella, sin embargo, reservo mis torturas más sutiles, las más largas y dolorosas, hasta que revele todos sus secretos al Rey de las Tinieblas.

Como si quisiera recalcar sus siniestras palabras, un aluvión de campanadas cae sobre los apretados tejados de París, que se van sumiendo en la penumbra del crepúsculo. Es la señal del toque de queda que suena en todos los campanarios de la capital para anunciar la puesta de sol. Un rumor ansioso se eleva de la multitud que se encuentra a nuestros pies. En tiempos normales, los plebeyos deberían apresurarse a ir a sus casas para respetar la llamada, pero esta noche es diferente.

Mientras Raoul de Montfaucon se marcha para proseguir su trabajo en el patíbulo, un hombre vestido con un abrigo marrón se acerca a nosotros. Luce un fino bigote castaño y tiene grandes ojeras, que trata de disimular bajo una capa de maquillaje.

—Thomas de L'Esquille, teniente general de policía —se presenta—. Bienvenida a París. He ordenado que les preparen cuatro habitaciones en el Grand Châtelet para que puedan dormir allí esta noche, después de la ejecución.

Tengo la impresión de que su voz tiembla de deseo cuando pronuncia la palabra «dormir», como si él también lo necesitara.

—Serán suficientes tres habitaciones —lo interrumpe el gran escudero—. No me quedaré aquí esta noche. Debo regresar a Versalles cuando termine todo para ocuparme de mi escuela.

L'Esquille sacude la cabeza agitando los rizos de su larga peluca, que hace juego con el abrigo.

—De acuerdo. La ejecución está casi a punto de comenzar. —Consulta su reloj de bolsillo—. Sí, a esta hora se despierta el marqués de Mélac.

Se acerca a la tribuna y tose para aclarar su voz ronca:

—¡Pueblo de París! —grita; el eco de sus palabras retumba en la aglomeración de tejados—. En virtud de un edicto real excepcional, estáis obligados a permanecer despiertos para asistir a la ejecución de los miserables que tuvieron la osadía de desafiar a la corona. Que esto sirva de ejemplo a todos los facciosos, empezando por la usurpadora que se hace llamar la Dama de los Milagros. ¡Os lo advierto! Todos los que participen, sea cual sea la manera, en su innoble sedición serán despiadadamente perseguidos y ejecutados. ¡Es la ley implacable de la Magna Vampyria! ¡Esta es la voluntad del único amo de París: Luis el Inmutable! —L'Esquille se vuelve con aire ceremonioso hacia el sarcófago de acero procedente de Versalles que se encuentra en el centro de la tribuna, rodeado de soldados en posición de firmes—. ¡Tengo el honor de invitar al marqués Ézéchiel de Mélac, ministro del Ejército de su majestad, a unirse a nosotros!

La pesada tapa se abre de golpe.

Un largo cuerpo se incorpora, semejante a un diablo saliendo de una caja sorpresa: es Mélac, vestido con una armadura antigua cuya superficie resplandeciente refleja la luz de las antorchas. Los músculos pectorales y abdominales esculpidos en el acero contrastan con la demacrada cara del marqués. Una chorrera de puntillas estalla bajo su puntiaguda barbilla y cae sobre la coraza. Para presidir el macabro espectáculo, Mélac ha elegido vestir el uniforme de generalísimo de la Magna Vampyria.

El pueblo no es el único testigo de esta demostración de fuerza: decenas de espectadores se unen de forma voluntaria a él. Se trata de vampyros parisinos que han viajado hasta aquí a bordo de carrozas selladas con burletes, procedentes de sus mansiones. Mientras anochece, van ocupando su lugar en la tribuna, enfriando con su presencia la temperatura ya de por sí glacial. Luciendo vestidos que no tienen nada que envidiar a los de Versalles, toman asiento en las sillas tapizadas de terciopelo que han dispuesto para ellos. Las damas, cubiertas por abrigos de marta cibelina, han traído sus anteojos para poder ver bien los detalles de la ejecución; los caballeros, ataviados con chaquetas recargadas, desayunan con tarros de sangre fresca. Todos se deshacen en reverencias y zalamerías ante Mélac, que representa la autoridad real.

En el repugnante aluvión de agasajos destaca un inmortal: un joven silencioso, que debía de tener unos veinte años cuando fue transmutado. Su casaca de lana de color antracita contrasta con los terciopelos tornasolados del resto de los invitados, pero lo que más me impresiona es su peinado, completamente diferente de las largas melenas rizadas que están de moda en Versalles, ya que una cresta de pelo negro e hirsuto corona su cráneo recién afeitado.

Confusa, me doy cuenta de que él también me escruta con sus ojos, oscuros y penetrantes, que atraviesan volando la multitud apuntando hacia mí. No pienso ser la primera en volver la cabeza: ¡se supone que soy una orgullosa escudera del rey, no una tímida plebeya!

Dejo que se dirija hacia mí sin dejar de observarlo.

A medida que se va aproximando, puedo distinguir mejor su tez ambarina y fría, sus altos pómulos y la forma almendrada de sus ojos. Estos parecen marcados con lápiz negro: un uso que suele estar reservado a los cortesanos, pero que en su caso resalta además la intensidad de su mirada. El resplandor de las antorchas hace brillar el pendiente que lleva en la oreja izquierda, que al principio me parece un aro de hierro, pero que en realidad es un alfiler. Sus labios cerrados mantienen en equilibrio a un lado un fino bastoncito de madera: un palillo. Algo absurdo, dado que los chupasangres no comen nada sólido desde hace siglos. Es evidente que se trata de un excéntrico.

—Supongo que es usted la señorita de Gastefriche —dice con un acento inglés que reconozco al vuelo, porque es idéntico al de Proserpina.

—¿Cómo lo sabe?

—Su reputación la precede —responde abriendo apenas los labios.

El palillo confiere a su boca una expresión que no es ni risueña ni adusta, sino una mezcla indefinible de las dos cosas.

—Además de haber salvado al rey en Versalles, esta noche lo representa usted en París —añade.

Agito una mano en dirección a Mélac y su horda de aduladores, inmersos en un alboroto mundano.

—El representante del rey esta noche no soy yo, es Mélac.

—¿De verdad? Entonces, ¿por qué el Inmutable ha enviado no a uno, sino a tres de sus escuderos para acompañar al ministro del Ejército? —Mira de arriba abajo a Suraj y Hélénaïs, que están conversando con los cortesanos—. Algo me dice que está aquí por la misteriosa Dama de los Milagros, cuyo nombre está en boca de todos desde esta mañana, ¿me equivoco?

Comprendo que el extraño personaje está tratando de tirarme de la lengua. Al fondo de sus iris negros brillan unas chispas doradas, como si hasta sus ojos estuvieran haciendo el doble juego.

—¿Quién es usted? —digo eludiendo la pregunta.

—Lord Sterling Raindust, agregado de la embajada de Inglaterra, para servirla. A propósito, quisiera agradecerle que pidiese al rey que incluyera a mi compatriota, Proserpina Castlecliff, entre sus escuderos. Según dicen, usted apoyó su candidatura.

Le respondo con una sonrisa incómoda. Es cierto que intercedí ante el Inmutable para que aceptara como escudera a la que, cuando éramos amigas, llamaba Poppy, porque el Sorbo del Rey era la única manera de curarla de la tuberculosis crónica que padecía y porque así me sentía un poco menos culpable por haber revelado su enfermedad a toda la corte en mis desmedidos intentos de entrar al servicio del monarca.

—Tener a una inglesa en la guardia más próxima al rey contribuye además a acercar a nuestros dos países —afirma lord Raindust.

Con un vivo ademán, se saca el palillo de la boca y se lo pone detrás de una oreja antes de inclinarse hacia mí.

Si el besamanos de Raoul de Montfaucon me repugnó, el de lord Raindust me estremece, sin duda por el frío que emana su persona.

Una voz resuena a nuestras espaldas:

—¡No escuches a ese liante, Diana! ¡No hay que fiarse nunca de los ingleses!

Me vuelvo y veo a Alexandre de Mortange vestido con un abrigo de terciopelo azul oscuro sobre el que reluce su ardiente cabellera pelirroja.

—¿Qué haces aquí, Alex? —pregunto, molesta por la presencia de mi bochornoso protector.

—Esta mañana ordené que trajeran mi ataúd a París para asegurarme de que podría verte esta noche —me explica orgulloso—. Por lo que veo, no me equivoqué al apresurarme a venir para librarte de malas compañías. —Mientras habla, observa al vampyro extranjero con aire sombrío—. Según mis fuentes, Raindust acaba de llegar a la ciudad. ¡Desconfía de él como de la peste!

—Se dice que usted también acaba de regresar a París después de una larga ausencia, Mortange —replica el inglés, que, a continuación, señala al público con un ademán de la mano—. Esta noche «el infierno está vacío y todos los demonios están aquí».

—¿Qué es eso?

—Shakespeare, *La tempestad* —responde lacónicamente el inglés—. Supongo que el exilio en Auvernia tuvo que ser un infierno para un mundano tan desenfrenado como usted.

Me parece que las mejillas marmóreas de Alexandre se tiñen de rubor. Si hay algo que detesta es que le recuerden que lo desterraron de Versalles durante veinte años por orden del rey, antes de obtener de nuevo el favor real gracias al asesinato de mi familia de rebeldes.

—¡En París se cita a Molière, no a Shakespeare, señor! —dice enfurecido—. ¡Diablo o no, soy un francés leal, en lugar de un punk anarquista, un espía a sueldo de la pérfida Albión!

Es público y notorio que la virreina Anne no goza precisamente de buena fama en la corte, pero jamás se ha atrevido a desafiar al Inmutable de forma tan abierta como la Dama de los Milagros. La ruptura entre Francia e Inglaterra aún no es efectiva, como demuestra que hayan elegido a Poppy como escudera y la presencia de lord Raindust en la recepción de esta noche.

—Punk anarquista o espía al servicio del poder, elija, vizconde —dice lord Sterling sin perder la compostura—. Mi puesto de agregado en la embajada de Inglaterra es oficial. En cuanto a mis intenciones, son merecedoras de estima. Trabajo a favor de nuestros dos pueblos, eso es todo.

Se apresura a besarme la mano de nuevo, cosa que da un sentido ambiguo y totalmente personal a sus últimas palabras.

Alexandre se interpone entre nosotros, muerto de celos.

—¡Alto ahí! Escúchame, Diana, debes desconfiar de él: en la capital abundan las malas compañías para una joven tan pura e inocente como tú.

Cada vez que mi ferviente admirador pretende «protegerme» debo contener el deseo de hacerle tragar sus palabras a bofetadas.

Unos tambores redoblan en alguna parte para avisar de que se acerca la hora de la ejecución.

—Se dice que el vizconde es experto en la materia —afirma lord Raindust sin abandonar su expresión desganada, fría y distante, que contrasta con la vehemencia de Alexandre.

Este se lleva la mano a la espada con sofisticados adornos que cuelga de su cintura.

—¡¿Cómo se atreve a decir que soy experto en malas compañías, inglesito!?

—Me ha entendido mal…

—Ah, eso me gusta más.

—Quería decir que es usted experto en jóvenes puras e inocentes.

La cara de Alexandre palidece bajo su cabellera pelirroja.

No es la primera vez que se menciona en mi presencia a las numerosas enamoradas que tuvo en el pasado…, y que todas tuvieron un final trágico entre sus dientes. Hasta la última, una tal Aneta, que, al igual que yo, era escudera del rey y que pereció debido al exceso de «amor» que le profesaba Alexandre; por esa razón desterraron al vizconde a Auvernia.

El cruel don Juan abre la boca para justificarse, pero un sonoro ruido pone fin a la discusión. Mélac está aplaudiendo en la tribuna.

—¡Que se inicie la ejecución! —ordena sonriendo.

Aumenta el redoble de los tambores. Las trompetas resuenan y sus ecos retumban en las altas murallas de París que nos rodean.

A continuación, una macabra coreografía se pone en marcha al ritmo de unos tambores invisibles. Decenas de verdugos con la cara oculta tras un pasamontañas, como el ejecutor de las grandes obras, avanzan en procesión a ambos lados del patíbulo arrastrando una fila de prisioneros atados a una cuerda, obligándolos a subir las escaleras de piedra que llevan a los travesaños. Uno a uno, pasan la soga por el cuello de los condenados hasta llenar ciento diez horcas.

¡Qué terrible espectáculo ofrecen las siluetas temblorosas, los pies desnudos, en equilibrio sobre las tablas heladas! Ya parecen espectros; el aire nocturno levanta sus camisas como si fueran sábanas fantasmales.

En la hilera más alta solo hay una horca, de forma que el pueblo pueda verla mejor. Por la actitud de la condenada, principesca hasta el mismo umbral de la muerte, intuyo que se trata de Blanche de La Roncière. Me llevo instintivamente una mano a la sien, al lugar donde hace nada me arrancó un mechón. Con un solo ademán, Mélac alza un brazo cubierto por el caparazón metálico, en cuyo extremo asoma una manga de puntilla fina; acto seguido, como si fuera un emperador romano que preside el circo, gira hacia abajo el pulgar, que se extiende en una uña afilada.

Es la señal.

Los tambores dejan de redoblar.

Movidas por un mecanismo oculto en el interior del patíbulo, las tablas desaparecen a la vez bajo los pies de los condenados. Los ciento diez cuerpos caen al vacío emitiendo un horrible concierto de crujidos cuando las vértebras se dislocan y los cuellos se rompen. Durante unos terribles segundos, los cuerpos sacudidos por los espasmos nerviosos bailan una giga frenética hasta que, al final, se detienen.

85

Aparto la mirada, asqueada por la macabra puesta en escena y más aún por los comentarios alborozados de los cortesanos, que están disfrutando con el espectáculo. Abajo, el pueblo estalla en una alegría salvaje que me apena, como si la derrota de unos cuantos poderosos pudiera mejorar su triste destino.

—¡Se ha hecho justicia! —grita Mélac—. ¡Que los cuervos y los buitres despedacen los cadáveres hasta los huesos! ¡Después, que bajen y trituren sus esqueletos para que no quede nada de esos miserables, ni siquiera los nombres!

Apenas acaba de pronunciar esas palabras, se oye un ruido atronador.

En un principio creo que se trata de los tambores, que vuelven a redoblar, pero me equivoco: el trueno procede del cielo, no del suelo.

Una explosión de luz blanca salpica el firmamento por encima del patíbulo.

—¡Fuegos artificiales! —susurra Suraj.

—¿Son para festejar al Inmutable? —le pregunta Hélénaïs al gran escudero, que está de pie a nuestro lado.

Montfaucon no responde. La sucesión de detonaciones esculpe los rasgos afilados de su austera cara. He asistido a numerosas fiestas nocturnas desde que llegué a Versalles, de manera que sé que los pirotécnicos del rey utilizan múltiples colores para sorprender a los cortesanos, pero esta noche las luces blancas son las únicas que desgarran la noche...

Delante de la tribuna, Mélac ha palidecido; las luces que estallan en la bóveda celeste se reflejan en su armadura, un caparazón inútil para luchar contra un enemigo invisible.

A nuestros pies, el pueblo lanza exclamaciones de estupor... y de terror.

Tras salir de su estupefacción, Mélac empieza a dar órdenes a voz en grito:

—¿Qué estás esperando, imbécil? ¡Buscad a los autores de tal confusión! —le grita a L'Esquille temblando de pies a cabeza bajo su peluca—. ¡Evacuad al populacho! ¡Dad el toque de queda! ¡Ya!

Un caos inefable se apodera del lugar.

El resplandor final se despliega en el cielo.

Miles de chispas fosforescentes caen copiosamente y se pegan a las horcas donde se balancean los cadáveres.

La madera prende fuego.

Las llamas se propagan a las camisas de los ejecutados.

El patíbulo se transforma en un brasero ardiente.

87

6

La escolta

Camino envuelta en una total oscuridad, negra como el carbón. Bajo mis pies, la tierra esponjosa exhala largos suspiros.

Mientras busco a tientas la senda, mis manos encuentran piedras resbaladizas. Su contacto es desagradable, viscoso a causa de unas gélidas espumas.

También es desagradable el olor que emana el sol invisible, un pútrido vapor que flota en el aire glacial.

¿Voy por el buen camino?

Apenas me hago esa pregunta, el cielo se rasga y derrama una lluvia pálida sobre el mundo.

Allí, en el bosque de rocas inmóviles, yace un cuerpo. El de una joven con el pelo gris y el cuello brutalmente cortado.

Me incorporo sobresaltada, jadeando, abriendo los ojos en la habitación oscura.

¡Otra pesadilla!

Otra visión de muerte: ¡la mía!

El recuerdo de la última amenaza de Blanche de La Roncière es una bofetada: «Que mis últimas palabras se queden grabadas en tu memoria: ¡yo te maldigo! ¡Tristan volverá para vengarme!».

Si me ha provocado un sueño tan extraño, su imprecación debió de turbarme más de lo que creía. Yo, que corté el cuello a Tristan, me he visto también degollada.

Me revuelvo para desechar de mi mente esa terrible imagen, que ha empezado a disiparse. Tristan de La Roncière ha desaparecido, igual que su madre, a la que vi arder cuando el patíbulo se incendió.

Los recuerdos de la víspera se superponen a las últimas brumas del sueño.

Revivo el pánico, el fuego, los alaridos.

Si bien vino a París para recibir honores, Mélac tuvo que regresar a Versalles con la cola entre las piernas para referir al rey su fracaso. En cuanto a nosotros, los tres escuderos, L'Esquille ordenó que nos trajeran al centro de la ciudad bien escoltados. De esta forma, atravesamos la capital sumida en las tinieblas, de manera que solo pude entrever sus contornos. Comprendí por qué la llaman la Ciudad de las Sombras: en buena medida es una charca de tinieblas. Solo los faroles que llevaban los soldados que nos vigilaban iluminaban la calzada ante nosotros. Así, llegamos al Grand Châtelet: una lúgubre ciudadela medieval que se erige en la orilla derecha del Sena, sede de la policía desde tiempos ancestrales. El edificio parecía una fortaleza asediada, rodeada de legiones de soldados ataviados con armaduras que hacen guardia toda la noche para defenderla de los ataques de los gules. En este lugar, más vigilado que una cárcel, L'Esquille nos asignó unas habitaciones que casi podrían pasar por celdas. No tardé en conciliar el sueño… hasta mi brusco despertar.

Cuando aparto las sábanas, mojadas de sudor, mi mano toca el mango nacarado de mi espada de escudera. Después del incidente de anoche, decidí no volver a dormir desarmada. Empuñando mi espada me dirijo hacia la ventana y abro las cortinas de golpe. En el marco hay unos barrotes de hierro, lo que no me sorprende. Tras ellos, la mañana ilumina ya los tejados de París, dejando a la vista un panorama más vasto de lo que imaginé ayer en la penumbra del crepúsculo.

Grupos de chabolas apiñadas como colonias de insectos grisáceos, decenas de campanarios afilados a los que se adhiere la niebla matinal, marañas de callejones que se deshilachan en todas las direcciones: ¡lo que tengo delante no es una ciudad, sino un laberinto sin principio ni fin!

¿Y yo debo encontrar a la Dama de los Milagros en ese caos?

¿Cómo voy a hacerlo?

Inspiro hondo tratando de poner orden en mis pensamientos. He aprendido a la fuerza a utilizar el doble juego en el ritual cortesano del palacio de Versalles, pero en esta ciudad desconocida, tan próxima a aquellos a los que debo engañar, es otra cosa.

Mientras reflexiono, acaricio con nerviosismo la piedra de ónix que adorna mi anillo. Debo actuar de forma metódica. La investigación se iniciará como una carrera de fondo antes de convertirse en una de velocidad. Para empezar, debo hacer piña con mis compañeros de equipo, indagar con ellos, porque será más fácil encontrar alguna pista si nos movemos juntos. Luego, en la última recta, aceleraré y los adelantaré para matar a la Dama antes de que ellos la capturen. ¡Cegados por el resplandor de la esencia de día, quizá ni siquiera me vean cuando le clave una estaca en el corazón!

—La Dama de los Milagros urdió la destrucción del patíbulo de Montfaucon —anuncia L'Esquille.

Tras un desayuno frugal, el teniente general de policía nos ha reunido en una de las salas abovedadas del Grand Châtelet a Suraj, a Hélénaïs y a mí. Si anoche me pareció cansado, esta mañana lo encuentro exhausto. Tiene grandes bolsas bajo sus inquietos ojos y la gruesa capa de maquillaje no logra ocultar las ojeras. En la mesa hay varias jarras humeantes de café solo: es, sin duda, el carburante que le permite mantenerse en pie.

—Cuando mis hombres lograron localizar las cloacas desde las que habían lanzado los fuegos incendiarios, los artificieros ya se habían marchado —explica—. Solo encontraron pólvora, casquillos de bengalas, una mezcla de fuego griego... y esto.

Con mano trémula, blande un legajo de papeles y lo deja caer en el centro de la mesa, como si le quemara los dedos: son numerosas copias de un panfleto.

Reconozco enseguida el grabado que adorna la impresión. Representa el sello de la Dama de los Milagros y resulta aún más amenazador que el que aparecía ayer en su carta: en este, el perfil lunar de la diosa Hécate eclipsa la cara solar del dios Apolo. La ilustración va acompañada de un poema.

91

Para Luis

Nosotras propusimos un pacto ventajoso,
y elegiste la guerra, monarca receloso.
Si quieres evitar la sombría desventura,
tus tropas deberán irse con premura.
Si no cedes antes de la noche tenebrosa,
tu pueblo sufrirá una suerte desastrosa.
Los gules y los monstruos, enfurecidos,
arrasarán la ciudad enloquecidos.
Despierta, Luis, evita el gran y aterrador caos,
¡únete a la hermosa Dama de los Milagros!

—Estos panfletos también se distribuyeron entre la gente, las bocas de las alcantarillas los escupieron por todas partes —prosigue L'Esquille con voz trémula—. En la ciudad se rumorea que la Dama de los Milagros ha reducido a cenizas el patíbulo de los reyes de Francia. Además dicen que amenaza con desencadenar el caos si el monarca no la nombra oficialmente virreina de París antes de la Noche de las Tinieblas. Hoy es 30 de noviembre…, ¡solo quedan tres semanas!

Como cualquier habitante de la Magna Vampyria, sé que la Noche de las Tinieblas se celebra todos los años el 21 de diciembre, coincidiendo con el solsticio de invierno. Es la noche más larga, además de la más sagrada en el calendario litúrgico de la Facultad, pues en ella se celebra la transmutación de los vampyros y el advenimiento de la era de las Tinieblas.

Hélénaïs da un puñetazo a la mesa haciendo temblar el café en nuestras tazas.

—¿A qué estamos esperando? ¿Por qué no salimos a buscar ya a esa renegada? —exclama.

L'Esquille sacude la cabeza agitando los rizos de su peluca.

—El problema es que… ignoramos dónde se esconde —confiesa a la vez que retuerce con nerviosismo su fino bigote con la punta de los dedos—. Hace meses que las fuerzas de policía están movilizadas noche y día, pero todo ha sido en vano.

A pesar de que Mélac nos aseguró que los rumores que corren entre el pueblo sobre la Dama de los Milagros eran puras fantasías, es evidente que, en cierta medida, les atribuía cierta credibilidad, ya que son la prioridad del teniente general de la policía que está a sus órdenes. Ahora entiendo a qué se debe la cara demacrada de L'Esquille: la obsesión de encontrar a la Dama de los Milagros le quita el sueño. Sin duda teme perder su puesto, puede que incluso la vida: la paciencia del rey de las Tinieblas tiene un límite y su cólera es asesina. En caso de que todo fracase, la cabeza de L'Esquille será la primera en rodar.

—¡Por la gracia de las Tinieblas, con la ayuda de los escuderos reales, la policía podrá capturar por fin a esa peligrosa delincuente! —exclama.

Sus deseos confirman mi intuición: L'Esquille confía en

93

que nuestra intervención le permita cumplir la misión en la que ha fracasado hasta la fecha.

—Ayúdenos usted primero para que podamos tenderle una mano luego —le digo aprovechando su abatimiento—. Cuéntenos todo lo que sabe sobre la Dama de los Milagros. ¿Desde cuándo está causando daños? ¿Cómo lo hace?

Los hombros del teniente general se hunden ligeramente bajo su chaqueta de terciopelo marrón, como si todas esas cuestiones lo abrumaran. Se encoge en la silla y se sirve una taza de café para darse ánimos.

—El rumor surgió este verano, pero es imposible saber con exactitud la fuente de la que procede —musita—. En las plazas y en los callejones empezó a sonar el nombre de la Dama de los Milagros a raíz del mayor número de ataques de los gules, que, además, cada vez eran más violentos. En el pasado, esos monstruos actuaban siempre en solitario o en pequeños grupos, pero ahora son hordas enteras las que suben desde las cloacas y las canteras subterráneas donde se refugian durante el día. —L'Esquille suspira—. La defensa de los edificios oficiales del Estado y la Facultad requiere cada noche la intervención de todas las fuerzas del orden, de manera que los barrios populares quedan a merced de esos enjambres, que no dejan nada vivo antes de volver a sus tugurios. Cada aparición inesperada de esas abominaciones deja un reguero de cadáveres, pero eso no es todo: además se llevan las reservas de harina y grano, las existencias de pan y vino, en fin, toda la comida que encuentran en su camino.

Suraj alza la mirada y frunce sus tupidas cejas negras.

—Qué extraño, por lo que sé, los gules son seres necrófagos que solo se nutren de restos humanos.

—¡Desde que apareció la Dama de los Milagros, su voracidad es insaciable! —exclama L'Esquille—. Los gules han… evolucionado. De carroñeros oportunistas han pasado a ser unos depredadores agresivos. ¡Arramblan con todo!

Ha llegado el momento de que confiese mi ignorancia.

—Disculpe, señor, no sé nada sobre los gules y jamás he visto uno en mi vida. Creía que solo eran unas bestias salvajes.

—¿Bestias? No exactamente. No nacen de un vientre ani-

LA CORTE DE LOS MILAGROS

mal. Según sabemos, se forman directamente en las entrañas de la tierra por generación espontánea y por influjo de las Tinieblas.

Guardo silencio mientras recuerdo lo que me dijo Montfaucon cuando me explicó que los gules eran unos «hijos de las Tinieblas» diferentes de los vampyros. Desde que bebí el Sorbo del Rey, por mis venas corre también un poco de ellas: unos mililitros de sangre real saturada de tieblina, el quinto humor reconocido por la Facultad, ¡que es aún más oscuro que la bilis negra! Una sustancia de la que, en el fondo, no se sabe nada.

—Dice usted que los gules han evolucionado —apunta Suraj—. ¿Tanto han cambiado que han sido incluso capaces de pegar un cartel en la cámara real y de incendiar el patíbulo de Montfaucon?

L'Esquille palidece.

—Por supuesto que no —confiesa—. Los gules no pueden manejar herramientas, entre otras cosas porque no tienen pulgares oponibles.

Me vienen a la mente los apéndices que contenían los tarros de Montfaucon: de hecho, las «manos» solo tenían cuatro dedos, como las pezuñas de los animales.

—Quienquiera que sea, la Dama de los Milagros debe de tener a alguien poderoso tras ella —gime L'Esquille—. Hasta la carta de ayer por la mañana, no sabíamos que era una vampyra. Puede que no sea la única inmortal que se oculta en la Corte de los Milagros.

Los tres escuderos nos miramos.

Vinimos a la capital pensando que nos íbamos a medir con una vampyra solitaria, pero si de verdad son varios, como supone L'Esquille, ¡la situación es muy diferente!

—¿Qué le hace pensar que hay otros vampyros escondidos en la Corte de los Milagros? —le pregunta Hélénaïs con una punta de agresividad que, en realidad, trata de ocultar su inquietud.

—Las sangrientas salidas de los gules van siempre seguidas de desapariciones.

—Pero usted nos dijo que esos seres horrendos devoraban a los mendigos allí donde los encontraban. —La escudera se está impacientando.

95

—Los desgraciados que caen bajo los colmillos de los gules no desaparecen «del todo» —rectifica el teniente general—. Esas abominaciones dejan tras ellas restos medio devorados, pero, por lo visto, también capturan presas vivas y se las llevan a las profundidades. —L'Esquille traga saliva, está blanco como la pared—. He pasado toda la noche angustiado, dándole vueltas a una idea, hasta el extremo de que no he podido pegar ojo. ¿Y si en la Corte de los Milagros vivieran un gran número de vampyros supernumerarios que se alimentan de la sangre fresca de los desaparecidos?

—¿Cuántos? —pregunta Suraj.

—Es imposible saberlo, porque ningún policía ha puesto jamás un pie allí.

—Se lo diré de otra forma: ¿cuántas personas han desaparecido sin dejar rastro?

Los hombros de L'Esquille se encogen un poco más, como si la pregunta supusiera para él el golpe de gracia.

—El censo que la Facultad Hemática de París realiza todos los meses no deja lugar a dudas —contesta—. Lisa y llanamente, desde el verano pasado han desaparecido tres mil parisinos.

—¿Qué? —gimotea Hélénaïs mientras bebe su café.

—Los médicos de la Facultad hacen un recuento preciso de los plebeyos a los que sacan la sangre todos los meses para pagar el diezmo —explica L'Esquille—. En la actualidad faltan tres mil sin que se hayan podido identificar sus cadáveres en los osarios que dejan los gules tras de sí. Además, el número aumenta cada noche.

Un sudor frío me recorre la columna vertebral. Empiezo a comprender por qué el gran escudero quiere que mate a la Dama de los Milagros antes de que el Inmutable le arranque su secreto. El gobierno de los gules confiere un poder ilimitado a quien lo ostenta: ¡es evidente que desde hace seis meses permite a decenas de vampyros ilegales alimentarse impunemente en las entrañas de París!

—¿Alguien tiene la menor idea de dónde se encuentra la Corte de los Milagros? —pregunto.

L'Esquille se levanta a duras penas de su silla y se dirige

hacia una de las decrépitas paredes de la sala. En ella hay colgado un gran plano de París.

—Es un absoluto misterio —murmura—. Nadie sabe dónde está exactamente esa zona sin ley. ¿En la orilla derecha o en la izquierda? ¿En el centro o en los barrios de extramuros?

Pasa una mano vacilante por el plano. El laberinto de calles que se ha ido erigiendo a lo largo de los siglos me parece aún más impenetrable en el papel que cuando lo contemplé esta mañana desde la ventana de mi habitación.

—Hace casi trescientos años, mi lejano predecesor logró localizar la antigua Corte de los Milagros —explica L'Esquille—. Estaba aquí, no muy lejos de Les Halles... —Apunta al plano con un dedo—. Hoy en día, en ese lugar está la calle de la Grand Truanderie, la gran truhanería, en recuerdo de lo peligrosa que era entonces la zona.

L'Esquille suspira con aire nostálgico, mostrando la añoranza que siente por la época en que los tenientes generales de la policía se enfrentaban a delincuentes más convencionales.

—No disponemos de ningún medio para determinar la nueva ubicación de la Corte de los Milagros —se lamenta—. Solo sabemos algo a ciencia cierta: está en las profundidades. París es un auténtico queso emmental, a lo largo de los siglos fueron agujereando el subsuelo de un lado a otro. Es un laberinto imposible de cartografiar. Esta ciudad está tan llena de bocas de alcantarilla, de sótanos escondidos y de galerías subterráneas que nunca sabemos dónde se va a producir el próximo ataque de los gules.

—¿Por qué no los han seguido después de una de sus carnicerías?

—Son incursiones relámpago; mis hombres suelen llegar tarde al lugar del crimen. Los soldados de refuerzo que me envió el marqués de Mélac no han tenido más suerte. Las veces que han conseguido aventurarse en las galerías persiguiendo a esas abominaciones, el viento de las profundidades ha apagado sus antorchas. Sé que los gules tienen miedo a la luz, pero ¿cómo se puede mantener encendida una llama en esos subterráneos de aire enrarecido y húmedo? Jamás hemos vuelto a ver a esos desgraciados. —L'Esquille vuelve a suspirar—. El

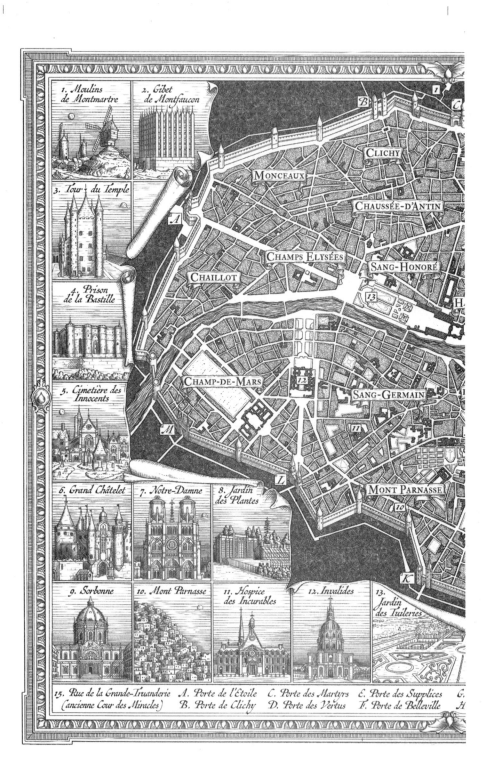

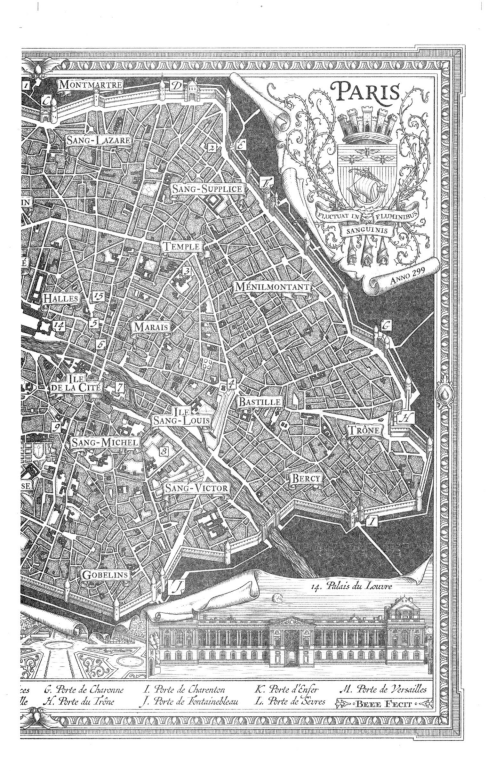

PARIS

FLUCTUAT IN FLUMINIBUS SANGUINIS

ANNO 299

MONTMARTRE

SANG-LAZARE

SANG-SUPPLICE

TEMPLE

MÉNILMONTANT

HALLES

MARAIS

ÎLE DE LA CITÉ

BASTILLE

ÎLE SANG-LOUIS

TRÔNE

SANG-MICHEL

SANG-VICTOR

BERCY

GOBELINS

14. Palais du Louvre

G. Porte de Charonne   I. Porte de Charenton   K. Porte d'Enfer   M. Porte de Versailles

H. Porte du Trône   J. Porte de Fontainebleau   L. Porte de Sèvres   BEEE FECIT

ejército más poderoso del mundo es impotente contra una guerrilla que se esconde en un territorio desconocido. Lo que hay que hacer es apuntar a la cima. Capturar a la que gobierna como por arte de magia a los gules. Sin un general que los dirija, las legiones abominables se dispersarán.

—Sea como sea, debe de tener una pequeña pista, señor —insisto—. Díganos por dónde debemos iniciar la investigación. Hay que empezar por alguna parte.

El teniente general emite un largo gemido de impotencia.

—¿Por dónde? ¿Por dónde? —repite—. Pensaba que vosotros, los escuderos del Inmutable, me lo diríais. ¿No dicen que la sangre del soberano corre por vuestras venas exacerbando vuestros sentidos y vuestra intuición?

—¿Es ese su plan, utilizarnos como vulgares perros de caza? —pregunta Hélénaïs, airada—. ¿Acaso ganó usted el puesto de teniente general de la policía en una tómbola?

A diferencia de ella, Suraj conserva la sangre fría.

—Diane tiene razón: hay que comenzar por algún lado —dice—. ¿Dónde y cuándo se produjo el último ataque de los gules?

—Al sur de París, cerca de Montparnasse, hace tres días.

El escudero se levanta apoyando una mano en la extraña daga que lleva enfundada a la cintura: el arma tiene dos hojas onduladas que se abren hacia los dos lados de la empuñadura de cuerno. Al igual que él, procede de las lejanas Indias.

—Bueno, ¿a qué esperamos para ponernos ya en camino? —pregunta.

A lomos de Typhon, emboco el Pont-au-Change que atraviesa el Sena desde el Grand Châtelet para adentrarse en el sur de París. A decir verdad, no parece un puente: las casas que se erigen a ambos lados de él están tan apretadas que es imposible ver el agua del río tras ellas. Las ricas fachadas, adornadas con grandes escaparates llenos de joyas y coronados por letreros bañados de oro fino, me impresionan casi tanto como la fastuosidad de Versalles. De ellas salen unos aromas deliciosos. Los transeúntes, por su parte, van en su mayoría tan ricamente vestidos como los cortesanos mortales de palacio. Algunos caballeros se descubren a nuestro paso para saludar a los escuderos del rey, a los que reconocen por el sol que aparece grabado en nuestros petos de cuero. Las miradas se detienen en el turbante de Suraj, que cabalga a mi lado.

—¿Quién vive en esas mansiones? —le pregunto al recordar que mi compañero conoce bien la ciudad.

—Comerciantes acaudalados —responde—. En las plantas bajas están las tiendas de los joyeros, orfebres y cambistas que han dado su nombre al puente. También hay muchos guanteros y perfumeros.

—¡Vaya cambio respecto a los sórdidos arrabales de Montfaucon! —exclama Hélénaïs desde lo alto de su alazán—. Aquí me siento como pez en el agua.

—Esa es la paradoja de París —murmura Suraj—, una ciudad que acoge a la vez la mayor riqueza y la peor miseria.

Pero Hélénaïs no le presta atención.

—¡Mirad el espléndido collar de diamantes que hay en ese escaparate! —dice entusiasmada—. Me quedaría perfecto en las fiestas nocturnas de Versalles. Tengo que enviar el nombre del joyero a mi padre: dentro de nada es mi cumpleaños.

Me mira con dureza para subrayar sus palabras. En sus ojos dorados percibo cierto resentimiento: «Puede que leyeras duras palabras en la carta de mi padre, pequeña entrometida, pero ¡él me quiere con toda su alma y está dispuesto a gastarse una fortuna conmigo!».

—A propósito de joyas, he visto que te has comprado un nuevo anillo con tu sueldo —resopla mirando con codicia el ónix que llevo en la mano izquierda—. Un tanto rústico, en su género. Supongo que es la moda auvernesa.

—La verdad es que carezco de tus grandes medios y de tu buen gusto —murmuro intentando que Hélénaïs olvide lo antes posible el anillo prohibido. Intento desviar su atención hacia las joyas que luce—. El colgante que llevas en el cuello es magnífico —comento admirada, señalando la piedra azul que destaca en el negro de su pechera—. ¿Es un aguamarina?

—¡No, es un zafiro! Nunca hago las cosas a medias, así que nunca llevo piedras semipreciosas.

—Por supuesto, ¿en qué estaría pensando? Entonces, supongo que la bonita pulsera que llevas en la muñeca es de oro blanco macizo.

—Es de platino, ¡el primer metal para quien será la primera en capturar a la Dama de los Milagros!

En la superficie de la pulsera aparece grabado el número romano I, como para proclamar al mundo entero que Hélénaïs aspira a ser la mejor en todo.

Escoltados por los seis jinetes de la guardia real que L'Esquille nos ha designado, proseguimos nuestro recorrido por la isla de la Cité, en cuyo centro se erige la silueta de una inmensa catedral.

—En el pasado se llamaba Notre-Dame de París —me explica Suraj—. Era la mayor iglesia católica del reino de Francia. Hoy, en cambio, es la catedral más alta de la Facultad Hemática, sede del arquiatra de París, y se conoce como Notre-Damne, que significa «nuestra condena», porque ya no está consagrada a la Virgen María, sino a la pena mística con la que inició la era de las Tinieblas: la condena de la que se enorgullecen los señores de la noche y a la que deben la vida eterna. —Alza un dedo apuntando hacia las estatuas vampíricas que adornan los nichos de la fachada—. Los antiguos santos fueron reemplazados por estatuas de sangos: cada efigie corresponde a un barrio de París. Sang Michel, Sang Germain, Sang Honoré y muchos más… En cuanto a los depósitos gigantescos de las torres gemelas de Notre-Damne, se dice que contienen sangre suficiente para llenar todos los estanques de los parques parisinos.

Me estremezco al atravesar la sombra de las siniestras torres. Imagino que en el pasado estaban decoradas con cruces cristianas, pero hace tres siglos los crucifijos fueron sustituidos por murciélagos metálicos con las alas desplegadas, los emblemas de la nueva religión de Estado impuesta por los inmortales. De manera que parte del diezmo de sangre que se obtiene de la población está almacenado en esos depósitos.

—No me atrevo siquiera a imaginar el número de vampyros parisinos que beben de semejante depósito —digo pensando en voz alta.

—Al igual que en el resto de la Magna Vampyria, en la capital rige el *numerus clausus* —explica Suraj—. Cien plebeyos por vampyro: es la proporción determinada por la Facultad. Eso significa que intramuros hay unos diez mil inmortales. En cualquier caso, el líquido que se almacena a granel en las torres de Notre-Damne es sangre de mesa destinada al consumo cotidiano. En el resto de la catedral se encuentran las bodegas, donde los médicos de la Facultad elaboran los mejores crus de cada barrio: sangre alcohólica de los estudiantes de la Sorbona, que está en Sang Michael, sangre densa de Les Halles, y muchas más.

—¿Y qué es ese gran palacio que hay detrás de nosotros, en la orilla derecha? —pregunto deseando poder perder de vista la lúgubre catedral y señalando con un dedo una inmensa fachada gris en la que se abren miles de ventanas.

—Es el palacio del Louvre —me explica Suraj—. Fue residencia de los reyes de Francia durante siglos hasta que Luis XIV decidió instalar su corte en Versalles. En la actualidad se utiliza en contadas ocasiones para celebrar algún consejo o coincidiendo con las visitas reales a París.

A medida que nos vamos adentrando en la orilla izquierda, las calles se van estrechando y los edificios dejan de ser tan suntuosos. La madera y el yeso desplazan a la piedra tallada. Los inmuebles, compactos y sin ornamentos, parecen sostenerse unos a otros de forma precaria, como si fueran castillos de naipes. Sus estructuras irregulares son cada vez más altas para albergar a un número siempre creciente de habitantes. La ropa que lucen los mirones también cambia: pierde los vivos colores y se confunde con el gris de las fachadas. Hasta las caras se desprenden del rojo labial y del colorete que anima las mejillas para fundirse en unas tonalidades pálidas. Sus iniciales miradas de asombro se tornan hostiles e inquietas. Aquí la gente va con la cabeza descubierta, no tiene sombreros que quitarse a modo de saludo; al contrario, las puertas endebles se cierran y las apolilladas cortinas se corren a nuestro paso. Los policías no son bienvenidos, y los escuderos reales, aún menos. Con el corazón en un puño, pienso en la infinidad de personas que han nacido y morirán en estos lugares, confinados. Jamás se han aventurado a atravesar las murallas de París; a decir verdad, la mayoría de ellos nunca ha salido de su vecindario: en la capital, la ley del confinamiento se aplica en cada barrio, de forma que para circular de uno a otro se requiere una autorización. Al menos, en el pueblo auvernés donde vivía podía escaparme durante el día para cazar en los bosques; los plebeyos de París nunca conocerán tal lujo.

Tras hacer un largo recorrido, nos adentramos en un laberinto de callejones tan estrechos que nos vemos obligados a hacer avanzar a nuestros caballos en fila india. Lejos quedan los sofisticados aromas del Pont-au-Change, aquí huele a una humedad acre y tenaz. Nos movemos unos detrás de otros, siempre bajo la vigilancia de la guardia real. El cielo solo es una banda pálida por encima de nuestras cabezas, con la luminosidad reducida debido a las numerosas cuerdas de tender llenas de andrajos que van de una fachada a otra. Me siento como si estuviera quedando atrapada en una inmensa tela de araña.

—Hemos llegado, este es el monte Parnasse —anuncia el capitán de los jinetes de la guardia real, un hombre huraño que tiene orden de no dejarnos ni a sol ni a sombra.

Acabamos de salir a una amplia plaza a cielo abierto, un claro imprevisto en el bosque urbano.

En ella se erige una colina de escombros rodeada de miserables chabolas.

—¡No tiene nada que ver con el monte Parnaso de Ovidio, desde luego! —exclama Hélénaïs con voz ahogada tras el pañuelo de encaje con el que se tapa la nariz desde que cruzamos el Sena para protegerse de los miasmas.

Al igual que el resto de los internos de la Gran Caballeriza, he leído *Las metamorfosis*, de Ovidio, de manera que sé que en la mitología antigua el monte Parnaso era la montaña más bonita de Grecia, el lugar paradisiaco donde vivían las musas.

—¿Ovidio? —dice el capitán de la guardia real—. El batallón no sabe quién es. En realidad, fueron los inmortales que viven en los buenos barrios los que pusieron ese nombre a este tugurio.

Aprieto la mandíbula ante la desdeñosa ironía de los chupasangres. Como si no les bastara amontonar al pueblo llano en pocilgas, ¡se mofan además de su miseria!

—A decir verdad, no es un monte —prosigue el capitán sin entender una palabra—. Los escombros proceden del hundimiento de las catacumbas.

—¿Cataqué? —pregunta Hélénaïs.

—Las catacumbas son los grandes corredores subterráneos de los que se extrae la piedra para construir la ciudad —explica el capitán—. ¡Si nuestros antepasados hubieran sabido que abriendo esos miles de galerías preparaban una madriguera de primera para esos condenados gules! —Tras mencionar a las detestadas criaturas, el capitán escupe al suelo desde lo alto de su montura—. Hace tiempo que dejaron de hacer agujeros y que tratan de tapar las entradas, pero hay demasiadas, de manera que cada noche la tierra vomita su lote de abominaciones. Algunas apariciones causan más muertos que otras…, por ejemplo, la de hace tres días asoló esta plaza.

Observo con más detenimiento las casas que lindan con la loma y veo que, en efecto, están en ruinas. Las puertas aparecen destrozadas, y los postigos, rotos, como si un huracán hubiera pasado por allí. En medio del desastre, a lo lejos, se oyen los gritos de unos niños que juegan. Como si la vida intentara recuperar ya sus derechos.

Desmontamos y atamos los caballos para ver a los supervivientes que se refugian en sus desventradas casas.

—¡Salid de vuestras ratoneras, por orden del teniente general de la policía! —ruge el capitán.

De repente, los gritos infantiles cesan, como si una nube de pájaros asustados hubiera alzado el vuelo súbitamente. Unas siluetas inclinadas emergen de los tugurios, con la boca cerrada y la mirada huidiza, temblando de frío en sus harapos. Siento una punzada en el corazón al ver a esa pobre gente. Son el reverso del oro de Versalles, los que alimentan la prosperidad de los vampyros con su sangre y su penuria.

—¡Un poco de distinción, vamos! —gruñe el capitán—. ¡Los escuderos del rey han venido a veros!

Lo único que consigue cada orden de ese brutal personaje es paralizar un poco más los semblantes.

El militar rebusca en el bolsillo de su jubón y saca un papel arrugado.

105

—De los cuatro mil trescientos habitantes del monte Parnasse, setecientos han muerto y cincuenta y dos han desaparecido, según nuestro recuento —lee—. Además, hay veintidós heridos graves, que han sido ingresados en el hospicio de los Incurables. Los demás vecinos huyeron como ratas cuando aparecieron los gules y solo regresaron al amanecer. —Reprende de nuevo a la multitud—. ¡Sí, escapasteis ignorando por completo la ley del toque de queda, bribones! ¡En lugar de quedaros en vuestras casas para defender el grano que el rey os suministra gratis!

Al oír esas palabras, una anciana con los ojos enrojecidos por el llanto sale del mutismo general y se arroja a los pies de Hélénaïs.

—¡Tenga piedad de nosotros, hermosa señora, usted, que parece un ángel! ¡Tenga piedad de una pobre viuda! ¡Los gules se llevaron a mi hijo, a su mujer y a mi nieto! ¡Devoraron todas nuestras reservas y ahora nuestras despensas están vacías! ¡Dígale al rey que nos dé más harina! ¡Dígale que nos libre de la Dama de los Milagros!

—Yo..., bueno... —farfulla Hélénaïs, incapaz de reaccionar.

—Se rumorea que esa diablesa destruirá París durante la Noche de las Tinieblas —gime la viuda, derramando lágrimas sobre las botas de la escudera—. Nuestros señores y amos deben protegernos. Soy la señora Mahaut..., y no sé leer, pero es lo que dice la ley, ¿verdad? Está escrito en el Código Mortal que los doctores de la Facultad nos recitan el domingo en la iglesia hemática. —Acto seguido, la anciana salmodia religiosamente—: «Oboedientia: los plebeyos nacen y viven bajo la protección de los vampyros, a los que deben, como contrapartida, una total sumisión».

Me impresiona cómo esa pobre mujer se aferra al Código Mortal, la injusta carta que secuestra al cuarto estado a cambio del pretendido amparo de los vampyros. En París, esos desgraciados donan su sangre, y a cambio solo reciben desolación. ¡Todo es un absoluto engaño!

Los soldados de la guardia real amagan con apartar a esa inoportuna, pero Suraj alza un brazo para detenerlos.

—¡Dejadla!

Da un paso hacia delante y tiende su mano enguantada a la vieja para ayudarla a levantarse.

—Hemos venido precisamente en nombre del rey para detener a la Dama de los Milagros y proteger al pueblo —le explica con dulzura—. La Noche de las Tinieblas no se producirá ninguna masacre. Además, haremos todo lo posible para traerle los restos de sus seres queridos, que han desaparecido, para que pueda darles sepultura.

Vacilo entre la humanidad que demuestra Suraj y el verdadero motivo de nuestra misión. El Inmutable no nos envió a París para «proteger al pueblo». Lo cierto es que nos ha ordenado que encontremos a la Dama de los Milagros para apropiarse de su ejército de gules; ¡sé que, si lo consigue, lo arrojará contra el cuarto estado apenas tenga ocasión!

—En cuanto a la harina, estoy seguro de que podremos darle varios sacos —promete Suraj.

—Pero… —protesta el capitán de la guardia real.

—¡Por orden del rey! —lo ataja el escudero en un tono que no admite réplica—. Y ahora deje que llevemos a cabo la investigación a nuestra manera, es también orden del rey.

El capitán frunce el ceño y retrocede unos pasos sin dejar de mirarnos.

—Mis hombres y yo los aguardaremos aquí con los caballos, pero me sorprendería que encontraran algo: la policía ya ha registrado a fondo este lugar.

Ignorando el sarcasmo del veterano, Suraj ofrece su brazo a la vieja.

—Es usted bueno, señor otomán —dice la mujer alzando sus ojos estrellados de arrugas hacia el escudero.

—Soy indio.

—Indio… —repite la mujer con voz temblorosa.

—Llévenos al lugar donde vio por última vez a su hijo y a su familia, señora Mahaut.

Con un ademán, nos pide que la sigamos y de esta forma nos adentramos en el laberinto de la colina. Es una maraña de calles angostas y de oscuros callejones sin salida, que resulta aún más anárquica después de los estragos causados por los gules. El suelo, sin pavimentar, está cubierto de pedazos de tejas que crujen bajo nuestras botas.

Al final llegamos ante una casa miserable con la puerta derribada, cuya hoja da siniestros golpes movida por el viento. El interior es un caos de muebles volcados. Las puertas abiertas de la despensa dejan ver las repisas vacías. Al fondo de la habitación hay una trampilla de hierro que da a una escalera por la que se baja a un sótano.

—Hace tiempo que mi hijo temía un recrudecimiento de las incursiones de los gules —explica la señora Mahaut—. Así pues, fortificó la bodega para poder refugiarse en ella con su mujer y su hijo con suficientes provisiones para poder resistir en caso de ataque sorpresa. Pero ¡los esfuerzos que hizo para defenderse de los monstruos fueron inútiles!

La viuda estalla en sollozos y Suraj se arrodilla para examinar de cerca la trampilla.

—Creo que esto no fue obra de los gules —murmura.

—¿Qué…? —pregunta la anciana hipando.

—Los gules tienen garras afiladas para desgarrar la carne y una mandíbula fuerte para romper los huesos, pero ni sus uñas ni sus colmillos pueden torcer el metal de esta forma.

Suraj señala el hierro quebrado en el punto donde estaba el cerrojo que debía proteger a los habitantes. Al pasar el índice por el contorno, recoge un fino polvo negro.

—Hicieron saltar la trampilla —afirma—. Los gules no utilizan pólvora de cañón.

—¡Eso significa que alguien pasó después de ellos para forzar las salidas que se resistían a sus asaltos! —exclamo completando el razonamiento de Suraj.

La vieja se enjuga las lágrimas con el delantal y alza hacia mí sus ojos húmedos de esperanza.

—¿Quiere decir que unas manos humanas se llevaron a mi Émile, a su Claudine y a su pequeño Martin? ¿Los gules no los devoraron? En ese caso, ¡puede que aún estén vivos! ¡Oh, se lo suplico, encuéntrelos!

Al pensar en la suerte que, sin duda, ha sufrido la familia de la señora Mahaut me abruma la tristeza. Es posible que las manos que se los llevaron fueran humanas, pero imagino que además son frías como la muerte…, manos de vampyro. Acabar bajo los colmillos de los supernumerarios de la Corte de los Milagros no es preferible a servir de pasto a los gules.

Para evitar los ojos anhelantes de la viuda, empiezo a examinar también el contorno de la trampilla fingiendo que busco algún indicio. El brillo de las baldosas de barro resquebrajadas atrae mi mirada.

—¿Vamos? —se impacienta Hélénaïs, que, a todas luces, está deseando abandonar un lugar donde planea tan evidentemente la sombra de la muerte.

—Espera —le digo—. Hay unos pedazos de cristal en el suelo.

Hélénaïs se encoge de hombros.

—¿Y qué? Fisgonear por todas partes no te convierte en una gran investigadora. —Es otra alusión a la carta que leí; la subraya su mirada agria—. No entiendo por qué te sorprende tanto. Los gules lo rompieron todo, también los vasos.

—Pero en esta casa no había vasos. El barrio es demasiado pobre para tener cristales en las ventanas y vajillas delicadas en el aparador.

Hélénaïs abre desmesuradamente los ojos al comprobar que, efectivamente, las ventanas solo tienen los postigos rotos y que las escudillas y los cubiertos que hay esparcidos por el suelo son de hierro o madera. Al haber crecido rodeada de un gran lujo, no puede siquiera imaginar una casa sin cristales ni vajilla fina; en cambio, en el campo donde yo me crie, la mayoría de los hogares carecía de ellos. Solo estaba el cristal de las botellas de vino que podías encontrar en la taberna, y el de los tarros donde se metía la sangre del diezmo, en la botica.

—Aquí bebemos en vaso —murmura la señora Mahaut ajustándose bien su viejo chal alrededor de sus trémulos hombros.

Sus palabras confirman mi intuición.

Recojo varios pedazos con la punta de los dedos: es un cristal muy límpido, perfectamente curvado, mucho más transparente que los recipientes que utilizaba mi padre para sus remedios. Un material de primera calidad, fuera del alcance de un simple boticario de provincia.

Envuelvo los trozos en un pañuelo de encaje, que luego meto con delicadeza en mi pequeño zurrón de cuero.

Ha llegado el momento de despedirnos de la viuda.

Hélénaïs exhala un suspiro de alivio al salir al aire libre y amaga con enfilar el callejón que da a la plaza, pero Suraj le sujeta un brazo.

—Por ahí no —le dice.

—Pero… vinimos por él…, y los jinetes de la guardia real nos esperan en la plaza.

—Precisamente por eso. Que esperen un poco más, el tiempo necesario para alejarnos lo más posible de ellos.

Hélénaïs mira a Suraj como si este se hubiera vuelto loco.

—Si seguimos así, acompañados por una escolta que se ve a una legua, no podremos indagar —le dice—. Nos hemos enterado de más cosas en los diez minutos que hemos investigado por nuestra cuenta de lo que consiguió la policía en varias semanas. Ahora sabemos que los gules no actúan solos. L'Esquille solo tenía una teoría, nosotros hemos encontrado la prueba que la confirma: la Dama de los Milagros tiene cómplices, mortales o inmortales, pero, en cualquier caso, humanos. Estos suben desde las entrañas de París acompañados de sus monstruos para raptar a sus habitantes. En cuanto a los pedazos de cristal que encontró Diane, significan seguramente algo que, por el momento, se nos escapa, pero que acabaremos comprendiendo.

Suraj palpa el bolsillo de su pechera.

—No necesitamos a la policía para seguir investigando. En caso de necesidad, los salvoconductos que nos entregó el rey nos abrirán todas las puertas. Mi instinto me dice que ahora debemos ir al hospicio de los Incurables, donde han trasladado a los heridos del monte Parnasse: puede que tengan algo que decirnos y, sin duda, hablarán mejor si no tienen que aguantar los insultos del capitán de la guardia real. Además, conozco un albergue modesto en el mismo corazón del barrio estudiantil de Sang Michel donde podemos pasar la noche. Es sin duda una base mucho más discreta que el Grand Châtelet.

—¿Un albergue modesto? —repite Hélénaïs haciendo una mueca, como si Suraj hubiera dicho una palabrota—. Ya hemos tenido que abandonar nuestras habitaciones de Versalles para instalarnos en los minúsculos dormitorios del Grand Châtelet, pero, por lo menos, la vista del Sena desde allí es fabulosa. ¡No me apetece mucho que me piquen las chinches en un jergón donde duermen los pordioseros!

—Si quieres reunirte con los bárbaros de L'Esquille y pasar las próximas tres semanas que quedan para la Noche de las Tinieblas haciendo turismo por París, allá tú. Yo debo cumplir la misión que me ha encomendado el rey.

Eso hace que Hélénaïs cierre el pico. ¡Como cualquier lamemuertos, no quiere decepcionar al soberano bajo ningún concepto! En cuanto a mí, las chinches no me asustan: en la Butte-aux-Rats había unos cuantos insectos dañinos y sus picaduras no me mataron.

—¿Y los caballos? —pregunto.

—No los necesitaremos para buscar en la superficie; aún menos cuando tengamos que entrar en el subsuelo de París. Entonces, ¿me seguís o no?

Hélénaïs me mira. En sus ojos brilla la misma exaltación competitiva que la devoraba ya en la Gran Caballeriza.

—¡No permitiré que seas la primera en capturar a la Dama de los Milagros, ratoncita! —me suelta—. Tampoco dejaré que tú me saques ventaja, Suraj. Ya os lo he dicho: la sangre real me ha procurado unos reflejos extraordinarios. Soy la más rápida. ¡Yo entregaré a la renegada y a su ejército de gules al Inmutable!

«No serás tan rápida si te inmovilizo», pienso, jurándome que impediré que Hélénaïs se interponga entre mi objetivo y yo.

¡Mataré a la Dama antes de que ellos la capturen, para que la Fronda pueda seguir actuando y en el futuro renazca la luz!

Finalmente, nos dirigimos hacia el oeste de la colina sin escolta ni red de salvamento y nos adentramos en lo desconocido.

7

Los Incurables

Si hasta hace poco nuestra caravana ecuestre atraía todas las miradas, ahora nadie nos presta atención en las calles abarrotadas de gente de la ciudad.

La verdad es que, a cambio de un puñado de monedas, hemos comprado unas capas largas, gruesas, de color gris y con capucha, que nos tapan la cara y las pecheras de escudero. De esta forma, pasamos desapercibidos entre lavanderas con los brazos cargados de ropa, deshollinadores negros de tizne, ganapanes que transportan materiales de construcción a los lomos de burro y comerciantes que gritan tratando de vender los peces casi secos del Sena para mejorar su sustento. Oigo silbar la respiración de Hélénaïs a mi lado, bajo la capucha: mi compañera se ha tapado la cara con un pañuelo de seda, porque, según nos dijo, está a punto de darle un síncope. Hay que reconocer que el olor es intenso. Fritanga, orina, sudor humano y animal, además del aroma de las hierbas aromáticas que tratan de aliviar la fetidez; el hedor que se genera es tan denso que casi se puede palpar, a pesar del frío.

—Ahí está el hospicio de los Incurables —anuncia Suraj.

Alzo la mirada y, bajo el reborde de mi capucha, veo un gran muro de piedra que emerge entre los edificios. Al igual que en el Grand Châtelet, hay muchos soldados apostados, pero, en este caso, a la guardia real se añaden los dragones del monarca, reconocibles por los gorros de color gris con una larga punta: son los mejores guerreros del reino, como los que mataron a mi familia en Auvernia.

A esta hora, en pleno día, la mayor parte de esos feroces combatientes hacen la siesta en los campamentos que se han instalado alrededor del muro. De hecho, la vigilancia se redobla de noche, cuando salen las abominaciones nocturnas y la Dama de los Milagros puede atacar.

Nos abrimos paso entre los vivacs y los braseros hasta llegar a una enorme puerta coronada por un gran murciélago de hierro forjado, congelado por el hielo. En las garras sujeta una serpiente: el animal simbólico de los boticarios, que también aparecía grabado en la puerta de nuestra pequeña tienda familiar de la Butte-aux-Rates.

El recuerdo de esos días felices, antes de que la Inquisición vampýrica destrozara a mi familia, me parte el corazón.

Suraj levanta la aldaba de bronce en forma de murciélago.

La mirilla de la robusta hoja de madera claveteada se abre. Detrás de ella brillan unos ojos suspicaces.

—¿Quién es?

—¡Déjenos entrar, por orden del rey! —dice Suraj.

Acto seguido saca un pedazo de papel del bolsillo de su pechera: el salvoconducto firmado por el monarca.

La puerta se abre chirriando y aparece una imponente monja de la Facultad Hemática. La religiosa viste un hábito largo y un velo de color gris.

—Soy la hermana Purpurine, la portera —se presenta con brusquedad.

—Nuestra visita es confidencial —se apresura a precisar Suraj.

—Las humildes siervas de las Tinieblas no tenemos por costumbre chismorrear. ¿Qué han venido a buscar a este lugar?

—¡Nos gustaría ver a varios de sus pacientes! —exclama Hélénaïs.

—Las solicitudes de visita deben dirigirse a la reverenda madre —explica la religiosa—. Síganme.

Cierra la puerta, de manera que dejamos de oír el bullicio de la calle, y nos invita a acompañarla a través de un largo pasillo hasta llegar al edificio principal en forma de U, coronado por una capilla triangular con las vidrieras de color rojo sangre.

En los pasillos del hospicio se respira una atmósfera opresiva.

Las hermanas del hospital nos rozan sin decir una palabra mientras siguen con sus tareas. Algunas llevan cestas de paños para vendar a los enfermos, otras bandejas con jeringuillas para sacarles la sangre, porque los plebeyos del cuarto estado no se libran de la crueldad del diezmo ni en los hospicios.

De vez en cuando, unas toses roncas nos llegan a través de las grietas de las gruesas paredes, quebrando el silencioso quehacer de las religiosas.

—Son los tuberculosos —nos explica nuestra guía—. El frío de la estación muerta no augura nada bueno para sus bronquios destrozados.

Recuerdo emocionada los ataques de tos que padecía Poppy antes de que se curara gracias al Sorbo del Rey. Imagino lo que debió de sufrir y lo que otros padecen ahora.

Pero, de repente, la tos de los tuberculosos queda ahogada por unos alaridos que pueden ser tanto de dolor como de desesperación.

115

—No hagan caso de los gritos —dice maquinalmente sor Purpurine—. Estamos bordeando el ala derecha, donde están encerrados los locos. La mayoría son inofensivos, pero esta noche hay luna llena, y eso los altera. Tendremos que sangrarlos para que se tranquilicen.

Por fin, llegamos al despacho de la directora, que se encuentra en el centro mismo del hospicio, tras una puerta de hierro tan robusta como la de la cámara de las joyas de Versalles y con varios cerrojos. Es una habitación austera, sin ventanas y con las paredes cubiertas de libros con la encuadernación resquebrajada, el único mueble que la ocupa es un escritorio de madera oscura, donde se apilan varios documentos iluminados por un candelabro de bronce. La superiora se levanta de su asiento desplegando su largo cuerpo: es una mujer alta y delgada, sepultada en una túnica negra de pies a cabeza donde brilla un colgante en forma de murciélago.

Los quevedos que se apoyan en la punta de su nariz afilada reflejan el resplandor de los candelabros situados a los lados del escritorio.

—Soy la madre Incarnate, la reverenda responsable de los Incurables —se presenta después de que la hermana Purpurine haya salido del despacho cerrando la robusta puerta con un chasquido sordo.

—Señorita de Plumigny, heredera de la hacienda de Plumigny —dice con orgullo Hélénaïs—. Me acompaña el señor de Jaipur, caballero de las Indias... —Me mira de reojo y añade de mala gana—: Y Gastefriche.

La reverenda la observa por encima de la montura de metal de sus quevedos. Sus ojos, de color azul pálido, son tan fríos y duros que parecen lanzar pedacitos de hielo.

—¿A qué debemos el honor de la visita de los escuderos del rey? —pregunta en un tono cuya cortesía difiere de su mirada.

—Queremos ver a los supervivientes de la masacre del monte Parnasse, por favor.

—Me temo que eso es imposible, señorita.

—¿Cómo que «imposible»? —repite airada Hélénaïs—. Usted misma acaba de decir que somos los escuderos del rey. Sabemos que trajeron a veintidós heridos a este hospicio, ¡así que le exigimos que nos deje hablar con ellos de inmediato!

—Pueden hablar con ellos cuanto quieran, pero no les responderán.

—¿Ah, sí? ¿Acaso han vestido los hábitos y han hecho voto de silencio?

—El único hábito que se han puesto es un sudario —responde la reverenda—. Han muerto.

Hélénaïs enmudece.

—¿Muerto? —repito—. ¿Los veintidós? Pero si apenas hace tres días que ingresaron.

La reverenda fija en mí su impenetrable mirada.

—En la mayoría de los casos, el veneno gulesco tarda menos de un día en rematar a sus víctimas —explica—. Basta un zarpazo para infectar a una persona sana. ¿Por qué creen que la policía eligió este hospicio entre los muchos que dirige la Facultad para ingresar a los heridos?

—Porque eran... incurables —murmuro.

La reverenda asiente gravemente agitando los bordes de su velo negro.

—Aquí acogemos los casos desesperados, a los enfermos que no tienen curación (leprosos, sifilíticos, tuberculosos en fase terminal, lunáticos perdidos en sus delirios)… y a las víctimas de los gules. Esas repugnantes criaturas cazan de esta forma en su medio natural: se esconden en un rincón oscuro al caer la noche, marcan a las presas que pasan por su lado y luego las siguen pacientemente hasta que la toxina las envenena.

—Coincidirá conmigo en que antes no era así —tercia Suraj—. Cuando, la primavera pasada, luchaba contra los gules en los cementerios de París por orden del rey, debía hacerlos salir de sus guaridas y provocar el combate, pero hace poco cambiaron de táctica y ahora atacan directamente a la población. Antes eran carroñeros oportunistas; en cambio, desde que actúan bajo las órdenes de la Dama de los Milagros, se han convertido en depredadores feroces.

El nombre cae como una piedra en el silencio del despacho, con esas paredes llenas de austeras estanterías.

—¡Que las Tinieblas puedan acabar con esa abominación de las abominaciones! —exclama la superiora.

Uniendo el dedo índice y el corazón, traza sobre su cuerpo la triple señal de la sangre, igual que hacía el doctor Boniface en la iglesia de la Butte-aux-Rats antes del sermón del domingo. En primer lugar, toca su corazón latiente de mortal, después la yugular izquierda y a continuación la derecha, justo donde los señores de la noche prefieren clavar sus dientes.

—Por eso han venido, ¿verdad? —prosigue—. Para erradicar esa… plaga que la policía no ha conseguido detener en varios meses.

—Así es —asiente Suraj—. Por otra parte, le agradeceríamos que no mencionara nuestra visita a la policía, porque queremos investigar a nuestra manera.

—Faltaría más, pero ya se lo he dicho: han venido en vano, las personas a las que pretenden interrogar han abandonado este mundo.

La reverenda extiende los brazos manifestando su intención de acompañarnos a la salida.

—Ahora debo dejarlos. Tengo trabajo y un hospicio que sacar adelante, y debo ocuparme de las cuotas de sangre que nos exige la Facultad. Los Incurables siempre ha sido un centro excelente en ese ámbito.

Sea como sea, no estoy dispuesta a salir de aquí sin haber averiguado todo lo que pueda.

—¡Espere, madre! —me apresuro a decirle—. Aunque los espíritus de las víctimas del monte Parnasse hayan abandonado este mundo, ¿qué ha sido de sus cuerpos?

—¿Sus cuerpos? Reposan en la morgue del hospicio. No sé qué pretenden sacar de ellos.

—Puede que nada, puede que un atisbo de verdad.

—Me llamo Vermillonne y soy la hermana de los Últimos Cuidados —nos dice una monja muy anciana a la entrada del depósito de cadáveres.

Hemos tenido que bajar a los subterráneos del hospicio, a los sótanos, donde reina una temperatura baja y constante, adecuada para conservar los cadáveres. El nombre de todas las hermanas con las que nos hemos cruzado aludía a un aspecto concreto de la sangre humana, como establece la tradición para las novicias de las órdenes de la Facultad Hemática. En el caso de la anciana religiosa, hace referencia a su color bermellón.

—¿De manera que quieren ver a los muertos del monte Parnasse? —pregunta la hermana Vermillonne—. Síganme entonces.

La monja echa a andar con una leve cojera, iluminando el paso con un farol. En la pared de la derecha, el halo de luz alumbra unas bóvedas enormes que corresponden a varias cámaras frías alineadas. Un intenso olor a hierbas aromáticas, que se utilizan para frenar la descomposición de los cuerpos y prevenir posibles contagios, impregna el lugar. Romero, siempreviva, menta medicinal… Esos aromas tan familiares entran por mi nariz trayéndome a la memoria un sinfín de recuerdos. De repente, las imágenes de la botica de mi padre desfilan por mi mente a toda velocidad. Me quedo sin aliento. El mostrador de madera donde ayudaba a mi madre a triturar las hierbas en el mortero… La mesita que estaba a un lado, donde Bastien pintaba los nombres de los remedios en los tarros de porcelana... Las reprimendas de nuestro hermano mayor, Valère, cuando nos sorprendía jugando con las pinturas en lugar de trabajar... ¡Cuántas peleas, reconciliaciones y carcajadas sonaban en esa pequeña tienda, donde ahora el silencio reina para siempre!

—Por aquí transitan los muertos antes de pasar a la última morada —explica nuestra guía, arrancándome de la nostalgia.

—¿Quiere decir antes de que los entierren? —pregunta Hélénaïs, intranquila.

La hermana de los Últimos Cuidados hace una pausa y alza el farol junto a su cara, surcada de arrugas.

—Los más pobres no son enterrados de forma individual —responde—. Se arrojan sus cuerpos a las fosas comunes. Es una especie de pacto ancestral y tácito con los gules: los hospicios de París los tienen a raya suministrándoles restos para roer. Por lo menos, así fue hasta que la Dama de los Milagros apareció. —La monja echa de nuevo a andar—. Solo los nobles mortales y los burgueses ricos pueden permitirse una cripta blindada en los cementerios de París, al amparo de las profanaciones de los gules. Por otra parte, las criptas de los lugares consagrados están reservadas a los miembros de la Facultad Hemática.

Sor Vermillonne alza de nuevo el farol para mostrarnos los nichos abiertos en la pared que hay delante de las cámaras frías: en cada uno de ellos hay un ataúd.

—Estas son las tumbas de las religiosas que han administrado los Incurables desde hace varias generaciones. —Se detiene ante el último nicho ocupado, antes de una serie de cavidades aún vacías—. Algunas corrieron la misma suerte que sus pacientes, como la pobre hermana Amarante.

—¿A qué se refiere? —le pregunto.

—Sor Amarante era una religiosa ejemplar, no escatimaba esfuerzos ni en el estudio ni en sus tareas.

Me parece percibir cierta emoción en el tono arisco de la hermana de los Últimos Cuidados.

—Nadie como ella sabía ayudar a la madre superiora a organizar la biblioteca. También dedicaba mucho tiempo a los locos del manicomio. Jamás salía del hospicio, como si pretendiera solidarizarse con los lunáticos que están encerrados allí. —Sor Vermillonne suspira desengañada—. Esa alma bendita debía de ser demasiado frágil para la dureza del mundo. La única vez que salió de estas cuatro paredes lo pagó con su vida. Hace dos años y medio, en el mes de julio, acompañó el carro que iba a echar los restos humanos a la fosa común de la barrera del Trono. Según parece, se entretuvo un poco, porque uno de los primeros gules que salen al anochecer la arañó. La enviaron de nuevo aquí, a los Incurables, pero todo fue en vano, porque se había infectado. Murió al cabo de menos de veinticuatro horas.

Sor Vermillonne posa con dulzura una mano en el ataúd, como si quisiera comunicarse con la joven que antaño recorría a grandes pasos esos lugares.

A continuación, se detiene bajo una bóveda y enciende la lámpara de aceite que hay en el techo.

Una luz tenue se extiende por los lechos de piedra donde yacen veinte cuerpos. El olor a hierbas aromáticas es más intenso.

Cuando los trajeron aquí, las hermanas hospitalarias les quitaron la ropa desgarrada y los colocaron en una pose serena, con los brazos cruzados sobre el pecho: el último homenaje personal antes de la gran zambullida en el anonimato de la fosa común. Mi corazón vacila entre el resentimiento hacia las religiosas cómplices del poder de los chupasangre y la admiración por los cuidados que prodigan a los marginados de la sociedad. En el fondo, son unos seres humanos tan paradójicos como cualquiera de nosotros. La mayoría de las que han tomado los votos tratan sin duda de hacer el bien en la medida en que pueden, como la añorada hermana Amarante. En cierta medida, hacen brillar una luz más humana en este mundo ensombrecido por los vampyros, petrificado por el mal y las Tinieblas.

—Mirad la piel —murmuro acercándome a los cadáveres—. Es totalmente gris, como si estuviera necrosada, tan agrietada como una corteza…

—El veneno de los gules es uno de los más virulentos —comenta sor Vermillonne con gravedad—. La gangrena se apodera de todo el organismo de los desgraciados que son víctimas de él. Solo podemos aliviar su sufrimiento con sauce blanco.

Los recuerdos del pasado vuelven a agitarme: mi madre era herborista y también utilizaba el sauce blanco para curar a los pacientes de la botica... y para aliviar mis dolores de cabeza.

Siento que la bilis negra me sube al cerebro causándome melancolía y jaqueca.

De repente, el aire fino que se respira en el sótano me parece enrarecido, y el olor de las hierbas aromáticas, demasiado intenso.

—Yo... no me encuentro bien —me apresuro a decir—. Volvamos a subir.

Hélénaïs aprovecha mi momento de debilidad para retarme.

—Vaya con la provinciana, ¿qué te pasa ahora? ¿Añoras el aire del campo? ¡Mira lo paliducha que estás!

—Aquí no podemos averiguar nada —digo jadeando, pegada a la pared—. Vinimos a los Incurables con la esperanza de encontrar alguna prueba, pero es evidente que nos equivocamos. No queda ningún superviviente del monte Parnasse, ningún testimonio de la intervención de la Dama de los Milagros.

Suraj asiente con la cabeza. Sor Vermillonne apaga la lámpara del techo y sujeta de nuevo el farol para guiarnos hacia la salida.

—Verdadero y falso —dice echando a andar.

—¿Cómo dice? —pregunto con la respiración entrecortada.

—Verdadero: todos los heridos del monte Parnasse están muertos. Falso: sus testimonios no desaparecieron con ellos.

Suraj, Hélénaïs y yo nos miramos desconcertados en la penumbra del pasillo donde reposan los restos de las generaciones de monjas que se han sucedido en los Incurables.

—Jóvenes, ¿acaso creen que los Últimos Cuidados consisten exclusivamente en ofrecer infusiones de sauce blanco a los moribundos? —pregunta sor Vermillonne pateando el pavimento húmedo con sus zapatos desgastados—. Además es muy importante decirles palabras de consuelo y escucharlos con benevolencia.

La religiosa esboza una triste sonrisa a la luz del farol, de forma que sus innumerables arrugas aparecen aún más marcadas, si cabe. Al mismo tiempo que veo lo deteriorada y exhausta que está, percibo su belleza. Su sonrisa compasiva y humilde ante la muerte se parece a la que esbozaba mi padre cuando acompañaba a sus pacientes en su última hora.

—Cuando los reyes y las reinas aún morían, los libros de historia contenían unas últimas palabras edificantes, dejadas para la posteridad —susurra—. Yo, en cambio, considero más importantes las últimas palabras de los humildes, las que no aparecen escritas en ninguna parte, porque son la sal de la vida. Son palabras de amor hacia los que se quedan y de arrepentimiento por no haberles dedicado más tiempo.

La compasión de la vieja hermana hospitalaria me llega al corazón. Vive en su cripta, igual que Orfeo en el sótano, pero, como él, a pesar de ser un ser solitario y taciturno, rebosa humanidad, mucha más que la gente que camina en pleno día por la calle. La hermana de los Últimos Cuidados recoge las palabras de los moribundos; el recluso de la Gran Caballeriza escucha el canto de los empalados. Al pensar en la dedicación que prestan a su sacerdocio siento un nudo en la garganta y me escuecen los ojos.

Me los restriego con la manga como si quisiera quitarme el polvo que se acumula en el sótano, pero en realidad me estoy enjugando las lágrimas. No quiero que mis compañeros me vean llorar.

—Por eso recogí los últimos testimonios de los desgraciados del monte Parnasse —silba la religiosa a la vez que enfila la escalera que sube a la superficie—. También oí lo que contaban las víctimas de la Madeleine la semana pasada, las de Sang Lazare el mes pasado, y así desde que se iniciaron las incursiones de la Dama de los Milagros. La verdad es que con frecuencia son historias sin pies ni cabeza, porque el veneno gulesco afecta al cerebro, además de al resto de los órganos, pero en el delirio de los enfermos se repiten ciertas imágenes turbadoras. Personas que vivían en barrios opuestos de París, que jamás se habían visto, me describieron cosas extrañamente similares en el lecho de muerte.

—¿Qué tipo de cosas? —pregunta Hélénaïs sujetando una manga de la monja—. ¡Díganoslo!

La anciana se detiene en la escalera. Le basta mirar fríamente a mi compañera para que esta la suelte.

—Hablaban de un astro terrible y pálido que, por lo visto, se elevaba de las profundidades de la tierra —contesta con voz ahogada—. Describían una luna gigantesca que ascendía de los abismos después de los gules.

—La luna oculta de las profundidades… —musito recordando las palabras de Exili ante la cámara mortuoria—. La de la diosa Hécate, madre de los monstruos, las pesadillas y los sortilegios. El símbolo alquímico de los gules.

La religiosa asiente con la cabeza, con aire apesadumbrado.

—Así es, querida. Nuestros antepasados observaron que las migraciones de gules parecían dictadas por el astro nocturno. Se dieron cuenta de que todas las noches emergían de los abismos como las mareas, en función de las fases lunares, y que luego volvían a sumergirse al amanecer. Notaron que las subidas más fuertes se producían las noches de luna llena. De ahí el dicho popular: «Luna de oleaje, noche de masacre». —Sor Vermillonne baja instintivamente la voz—. En el pasado, la luna que brillaba en el cielo determinaba el movimiento de los gules, de manera que era posible prever sus apariciones. ¡Incluso había almanaques que las señalaban! En cambio, ahora parece ser que los dirige una luna subterránea de una forma que nos resulta incomprensible. La Dama de los Milagros puede ser una alquimista virtuosa…, o la diosa Hécate en persona. Temo que el maremoto con el que amenaza París, que debería producirse la Noche de las Tinieblas, arrasará con todo a su paso.

Subimos en silencio los últimos peldaños de las escaleras, dándole vueltas a la imagen apocalíptica de la ciudad de París sumergida por un diluvio de abominaciones.

Cuando salimos de la cripta, la invernal luz del día me parece aún más tenue que cuando bajamos. Al fondo del cielo grisáceo, el sol apenas es un punto que va palideciendo, como la llama de una vela al apagarse.

Sor Vermillonne vuelve hacia nosotros su cara marcada por los años.

—El cuarto estado soporta el diezmo de la sangre desde hace tres siglos, un precio que se ha acostumbrado a pagar con dificultad. Pero la nueva tasa mortal que imponen las abominaciones nocturnas es insostenible. La señora de los gules no

123

se detendrá hasta que la coronen virreina, cosa que el Inmutable jamás le concederá. El pueblo de París no tiene la solidez suficiente para soportar al Rey de las Tinieblas y a la Dama de los Milagros a la vez, de manera que es necesario que uno de los dos desaparezca.

Con la rapidez del rayo, Suraj alza un lado de su capa y desenvaina su daga de doble hoja.

—¡No blasfeme, hermana! —gruñe—. ¡No olvide que está hablando con los escuderos de Luis el Inmutable, el representante de las Tinieblas en la Tierra, monarca por derecho absoluto, ungido por la Facultad Hemática, de la que usted depende!

Igual que hizo hace poco con Hélénaïs, la monja clava en Suraj sus hundidos ojos, que a lo largo de los años han visto tanta miseria y, creo, también tantas chispas de humanidad.

—No lo olvido y sigo siendo la más humilde servidora del Inmutable —murmura—, pero si el pueblo muere y desaparece, ¿cómo se alimentarán los vampyros? A este ritmo, el rey acabará gobernando una ciudad muerta, por muy ungido que esté por la Facultad.

Suraj envaina su daga.

—El reino de la Dama de los Milagros está tocando a su fin —le asegura—. Le prometo que terminará antes del anochecer del 21 de diciembre.

El escudero alza hacia el cielo su cara cobriza, de rasgos duros y firmes. Cuando habló con Montfaucon ayer, Suraj le dijo que actuaba guiado por el sentido del compromiso, y eso es justo lo que parece en este momento: la estatua de bronce del deber encarnado.

—En sus panfletos, la renegada amenaza al rey con un eclipse, pero ese fenómeno es pasajero —afirma—. El sol siempre vuelve a brillar arrojando a la nada al astro que lo ha ocultado por un instante.

Con un ademán seco, mi compañero se pone la capucha encima del turbante y nos guía hacia la salida del hospicio.

8

Los inocentes

*L*a posada del Gato Amarillo es un antro miserable. Es una casa en ruinas al fondo de una oscura calle sin salida. Para llegar a ella, Suraj nos ha hecho atravesar un laberinto de callejones llenos de tabernas y antros, los lugares de perdición donde se reúnen los estudiantes de la Sorbona después de las clases. El barrio de Sang Michel parece un hormiguero humano donde se cruzan jóvenes borrachos, mendigos harapientos y prostitutas. Nada mejor que una multitud pululante para pasar desapercibidos. Ni siquiera tuvimos que descubrirnos mientras pagábamos al posadero; en esos tugurios nadie pregunta nada a los huéspedes que están de paso.

Registramos la primera planta: un angosto descansillo al que se abrían tres habitaciones abuhardilladas en lo alto de una escalera vacilante. Allí, lejos de miradas ajenas, nos quitamos por fin las capuchas. Suraj pidió que la criada dejara la bandeja delante de la puerta de su habitación, y ahora los tres estamos comiendo en ella, sentados a una pequeña mesa que baila un poco.

—¿De qué es este caldo? —protesta Hélénaïs—. ¡El olor me revuelve el estómago!

Saca la cuchara de un potaje grasiento, estirando los hilos del queso gratinado, que huele bastante. Ha pescado una bola viscosa en el fondo de su cuenco.

—¡Puaj! ¡Parece un ojo de gul! —exclama dejando caer la bola en la sopa.

—Es una cebolla confitada con mantequilla —la corrige Suraj—. La sopa de cebolla es un plato típico de París; se inventó para dar energía a los obreros de Les Halles. El calor se mantiene durante horas en el cuerpo, y gracias a eso pueden soportar las bajas temperaturas.

Nada convencida, Hélénaïs coge un pedazo de pan con la punta de los dedos.

—¡Además de no ser fresco, el pan está duro como una piedra! —se lamenta—. No puedo comérmelo.

—¿No fuiste tú la que propusiste dar a los parisinos pan de grava? —le suelto, harta de sus caprichos—. Si lo mojas en el caldo, se ablandará.

Hélénaïs hace una mueca.

—¿Mojar el pan en la sopa? ¡Puaj, eso solo es de plebeyos!

—Pues mira qué bien, dado que estamos tratando de pasar por unos de ellos.

—Un papel que te va como anillo al dedo, dado tu origen —dice a la vez que le rechinan los dientes.

Suraj alza de nuevo los ojos de su cuenco, que ha vaciado en buena medida; el débil fuego que arde en la chimenea, que tiene el dintel resquebrajado, ilumina de forma fluctuante su cobriza cara.

—Diana tiene razón, debemos comer —afirma—. Hemos de coger fuerzas antes de ir a los Inocentes.

Ese es su plan. Dado que no sabemos dónde tendrá lugar el próximo ataque de la Dama de los Milagros, nos ha propuesto que vayamos al lugar donde cazaba gules la primavera pasada. El cementerio de los Inocentes es el más grande de París, además del lugar donde las abominaciones nocturnas aparecen más a menudo para alimentarse.

—Hoy es luna llena —anuncia el escudero.

—Como si fuera posible olvidarlo —dice Hélénaïs haciendo una mueca—. ¡Aún puedo oír los gritos de los chiflados del hospicio!

—Además, es una noche propicia para que suban los gules.

—Si capturamos uno, ¿podremos interrogarlo? —me aventuro a decir a la vez que desmigajo mi mendrugo en la sopa.

—Por desgracia, no. Los gules son mudos y no son inteligentes, pero quizá podamos averiguar algo que nos ayude a localizar la Corte de los Milagros.

Reflexiono sobre sus palabras mientras contemplo el tragaluz del cuartucho, tratando de imaginar a las criaturas que aterrorizan París, pero no lo consigo.

—¿A qué se parecen los gules, Suraj?

—Son unos seres híbridos pavorosos. Algunos se desplazan a cuatro patas, otros con las dos piernas, como los hombres. Sus repugnantes caras recuerdan tanto al hocico de un animal como al rostro de un ser humano. Además de espantosos, sus ojos nictálopes son aún más penetrantes que los de los vampyros, hasta tal punto que pueden ver en la más absoluta oscuridad. Cada gul es diferente, pero todos son una terrible abominación, un insulto a la naturaleza.

Un hilo de viento gélido pasa silbando a través del marco del tragaluz, como si la evocación de los gules bastara para materializar el frío que emanan todas las abominaciones.

Me viene a la mente un recuerdo: los frascos que guarda Montfaucon en su despacho.

—Como la colección de patas de gules del gran escudero —murmuro—. Son como manos deformadas que se han convertido en monstruosas en virtud de un hechizo...

127

De repente, comprendo que nuestro escuadrón es realmente insignificante. ¿Cómo habrá podido creer el Inmutable que seremos capaces de encontrar a la Dama de los Milagros? ¡Tres jóvenes contra un ejército de engendros!

Suraj clava sus negros ojos en los míos. Jamás me ha mirado con tal intensidad, resulta casi doloroso.

—¡La sangre! —dice con voz ahogada—. Esa es nuestra ventaja: el Sorbo del Rey que fluye por nuestras venas nos permitirá vencer a los gules llegado el momento.

Las palabras de Suraj recuerdan las de Montfaucon. El gran escudero parecía convencido de que el rey me había elegido para capturar a la Dama porque cree que estoy dotada de un poder sobrenatural.

Me gustaría replicarle que no me siento más fuerte desde que absorbí un poco de sangre real, pero Hélénaïs se adelanta.

—¡Personalmente, tengo otra ventaja que los gules también sabrán apreciar! —se jacta.

Tras poner su zurrón encima de la mesa, saca de él una larga pieza metálica con los bordes afilados: una mano con unas garras curvas.

—¡El guantelete de hierro de Lucrèce! —exclamo.

Lucrèce du Crèvecœur era la escudera más feroz del rey antes de que muriera por estar implicada en el complot de La Roncière, del que solo Suraj salió bien parado. Además, Hélénaïs la consideraba un modelo que seguir cuando aún era alumna de la Gran Caballeriza.

—El Inmutable me lo regaló —nos explica enrojeciendo de orgullo—. Figúrate que no es de hierro vulgar, Diana, sino de plata muerta, ¡así reventaré mejor a las abominaciones nocturnas!

—¿Plata muerta? Querrás decir plata viva, como la que se utiliza para sanar a los sifilíticos.

Me muerdo los dientes por temor a haberme ido de la lengua. Siendo hija de boticario, sé los usos médicos de la plata viva, también conocida como mercurio, pero la hija de un barón no debería estar al tanto de esas cosas.

Por suerte, a Hélénaïs le entusiasma tanto tener la ocasión de aleccionarme que no se da cuenta de mi desliz.

—¡Vaya, de manera que no lo sabes todo! —dice regodeándose ante la posibilidad de poder vengarse de las clases de arte de la conversación, donde la vencí cuando éramos alumnas de la Gran Caballeriza—. La plata muerta es una aleación muy rara de acero y plata que creó la Facultad para forjar las armas más sólidas, más afiladas…, ¡más mortales!

—Creía que la plata estaba prohibida en la Magna Vampyria —farfullo—. Los vampyros son vulnerables a ella, ¿no?

—Así es —corrobora Suraj—, pero los gules también, como cualquier criatura de las Tinieblas. Solo unos cuantos mortales tienen derecho a utilizar la plata y sus aleaciones: los arquiatras, los inquisidores de la Facultad…, y nosotros, los escuderos del rey, en los que este ha depositado toda su confianza. —Suraj palpa la daga ondulada que lleva colgada a la cintura—. Cuando entré al servicio de su majestad, las dos hojas de hierro de mi daga haladie fueron sustituidas por otras de plata muerta.

Si los guerreros del marajá de Jaipur supieran cómo se obtiene, combatirían mejor contra las estirges del desierto de Thar.

Los ojos negros de Suraj se velan. Es la primera vez que habla de su remoto país en mi presencia; en realidad, habla poco de su pasado. Solo sé que llegó a Versalles con la esperanza de sellar una alianza con el Rey de las Tinieblas para defender a su pequeño reino de la amenaza de las estirges. Esas criaturas tienen fama de ser las abominaciones nocturnas más terribles e inimaginables. A decir verdad, ningún habitante del reino de Francia las ha visto jamás. Desde hace siglos, los ejércitos del Inmutable mantienen a raya a las estirges que están en las fronteras orientales, en una región maldita denominada, como no podría ser de otra forma, Terra Abominanda: la Tierra Abominable.

—Tu espada también es de plata muerta —dice Suraj arrancándome de mis pensamientos.

Echo un vistazo a mi cinturón, que he dejado en el respaldo de mi silla para cenar. En él hay prendidas dos fundas. Una es para la espada de empuñadora de nácar que me dieron cuando ocupé mi puesto; la otra es un pedazo de madera afilado. Montfaucon nos dio uno a cada uno para esta misión.

—Nuestras estacas son de madera de manzano —prosigue Suraj—, que es la más eficaz para paralizar a los inmortales. La Facultad solo permite usarla contra los vampyros supernumerarios. Puede que te resulte útil cuando te enfrentes a los secuaces de la Dama de los Milagros.

«¡Y también contra la Dama, como me pidió Montfaucon!», pienso mientras paso un dedo por la punta afilada de la estaca.

Mi anillo de ónix emite un ruido apagado al entrar en contacto con la madera. Además de la estaca y la espada, tengo una tercera arma de la que carecen mis compañeros: un golpe secreto.

El escudero se apresura a terminar su cuenco de sopa de cebolla. Hélénaïs posa una de sus delicadas manos en uno de sus musculosos brazos.

—¿Te importa si uso el guantelete de Lucrèce para combatir, Suraj? —le pregunta moviendo sus largas pestañas sobre sus dorados ojos.

—No, ¿por qué? —El escudero se sobresalta.

—Lucrèce y tú erais muy amigos. ¡Si los conjurados no la hubieran matado, estoy segura de que el rey os habría casado antes de que terminara el año!

Un temblor casi imperceptible mueve las tupidas cejas de Suraj. Todos saben que Lucrèce estaba enamorada de él. Solo Naoko y yo conocemos el secreto que Hélénaïs y Versalles ignoran: la pasión que sentía la cruel Lucrèce por el sombrío guerrero no era recíproca, porque el corazón del escudero ya tenía otro dueño. A decir verdad, todavía lo tiene, y se trata de alguien cuyo nombre prefiere no pronunciar: Suraj de Jaipur vive un amor prohibido con Rafael de Montesueño. Una pasión considerada escandalosa en una corte que, como esta, se rige por unos códigos estrictos, según los cuales todas las uniones deben ser santificadas por el Inmutable en persona, empezando por las de sus escuderos.

—A Lucrèce le habría gustado que alguien volviera a utilizar el guantelete —murmura Suraj con evidentes deseos de cambiar de tema.

—¿Estás realmente seguro de que no te importa? —insiste Hélénaïs.

—Esa mano ya te pertenece.

—En cambio, la tuya está de nuevo libre, si no me equivoco —responde ella mostrando unos dientes perfectamente alineados, blancos y nacarados como perlas—. Mereces encontrar a una mujer que esté a tu altura. Una guerrera tan buena como tú.

¡Es increíble! ¡Hélénaïs está coqueteando con él!

Es el tipo de joven que siempre obtiene lo que quiere y, por lo visto, ahora le ha dado por el indio. De hecho, he notado que cuando este atraviesa los pasillos del palacio con su porte orgulloso, envuelto en su misteriosa aura, muchas cabezas se vuelven a mirarlo. Sin contar con que, además, llegó de la India cargado con las riquezas que le había regalado el marajá de Jaipur para que pudiera representar fastuosamente a su país en la corte. Más que suficiente para despertar el interés de Hélénaïs. Suraj ha atraído su atención igual que esta mañana lo hizo el collar de diamantes que se exhibía en el escaparate del joyero de Pont-au-Change.

—Bueno..., será mejor que nos concentremos en la misión que nos ha encomendado el rey —balbucea.

Me mira de reojo, como si temiera que revelara a Hélénaïs quién le atrae de verdad.

Lo tranquilizo asintiendo con la cabeza: su secreto está seguro conmigo. Jamás lo utilizaré contra él..., a menos que un día sea el último recurso que me quede para arrebatarle a la Dama de los Milagros.

Anochece ya cuando salimos de nuevo de la posada ocultándonos la cara con la capucha.

Dejamos atrás Sang Michel para volver a cruzar el Sena, abriéndonos camino entre la multitud de plebeyos que se dirigen a toda prisa hacia sus casas para llegar a ellas antes del toque de queda. Pasamos por delante del Grand Châtelet, donde a estas horas L'Esquille debe de estar muriéndose de angustia por haber perdido de vista a los escuderos reales. En la orilla derecha, el barrio comercial de Les Halles es tan inextricable como el de los estudiantes, situado a la izquierda del río. Pasamos por delante de los escaparates de los carniceros y los verduleros, cubiertos por unas rejas de hierro colocadas de cualquier manera para proteger los alimentos de los monstruos nocturnos. Mi estómago se encoge involuntariamente a medida que la luz se va atenuando y la temperatura baja a menos cero. Aunque bajo la capa vaya vestida como una noble escudera del rey, sigo siendo una plebeya educada en el miedo al crepúsculo. Mis padres me inculcaron el Código Mortal, no para que respetara a los señores de la noche, sino para que me guardara de su crueldad, porque los vampyros tienen derecho a alimentarse como quieran de los que se atreven a salir después de la puesta de sol. *Ignitegium*: cuando era niña me grabaron en la mente la ley del toque de queda contándome unas historias horripilantes.

De repente, al doblar en un cruce casi desierto, nos topamos con un muchachito harapiento, con las mejillas moradas de frío y los zapatos agujereados. Es un cantante callejero, cuya voz clara se eleva en el atardecer:

131

Cuando la luna brilla
cierra bien tu casa;
si el vampyro te pilla,
pagarás su tasa.

Sufro al ver a ese niño en la calle a esta hora, a merced de los chupasangre de los que habla su canción:

De Pierrot ya sobrio
arrancarán la piel;
los gules, ¡gran oprobio!,
del hueso sacarán miel.

Me alejo de mis compañeros y corro hacia el muchacho.

—¡Ve a tu casa enseguida, desgraciado!

Me observa desconfiado, con grandes ojos enfermizos, que destacan en su rostro demacrado. Dado que la capucha tapa mi cara, supongo que no soy una imagen demasiado tranquilizadora.

132

—¿No tienes adónde ir? —le pregunto en el tono más dulce posible.

—Sí, señora, pero mi padre me ordenó que no volviera a casa sin haber ganado al menos una moneda —responde limpiándose el catarro de la nariz con una manga andrajosa.

Veo que el sombrero que tiene a sus pies está vacío; rebusco en mi zurrón para sacar una moneda y la pongo en sus heladas manitas.

Sus ojos se abren sorprendidos.

—¡Rápido, vete a calentarte en algún lugar!

El muchacho coge su sombrero, echa a correr como un conejo y desaparece en una esquina.

—¡Un escudo de oro! —exclama Hélénaïs por encima de mi hombro—. ¿Te has vuelto loca?

—Fue la primera moneda que encontré.

—Ya puestos, podrías haberte quitado la capucha y haberle dicho quién eres. No mantendremos el incógnito si nos dedicamos a dar a la gente dinero a manos llenas.

Sin saber qué responder, sigo a mis compañeros por las calles que aún nos separan de los Inocentes.

El toque de queda suena en el preciso instante en que llegamos al cementerio. Estamos en una amplia plaza rodeada de altas arcadas; curiosamente, el complejo se erige varios metros por encima de las calles que lo rodean.

—¿Es otro monte parisino como Montmartre o como el Parnasse? —pregunta Hélénaïs.

—Más o menos —contesta Suraj—. Los millones de muertos que han enterrado en él a lo largo de los siglos han ido llenando poco a poco el cementerio con sus restos, hasta que la tierra se abrió y los huesos se derramaron por los sótanos de las casas vecinas. Para remediar ese exceso se crearon las catacumbas, que después fueron reemplazadas por las fosas comunes de los barrios.

Tiemblo horrorizada al oír la explicación, y por primera vez comprendo la verdadera naturaleza de París: la ciudad consiste en una sutil capa de seres vivos que se extiende sobre los innumerables estratos de los difuntos.

Suraj empuja la verja del camposanto, que se abre a un escarpado talud.

—Hoy en día, en los Inocentes solo se entierra a los burgueses ricos, en unos nichos sellados con hormigón —explica señalando las arcadas que rodean el terraplén.

En cualquier caso, el suelo aún está lleno de huesos de cientos de generaciones de parisinos. Y este maná sigue atrayendo a los gules.

En lo alto del talud percibo un intenso olor a humus, que se nutre de la descomposición secular.

El cementerio parece un amplio terreno baldío sumido en el silencio, bañado por la pálida claridad de la luna llena. Esta única fuente luminosa le confiere a todo un aspecto fantasmagórico. Un bosque de estelas funerarias invadido por las zarzas y los helechos jalona ese lugar irreal; las cruces de las piedras sepulcrales han sido sistemáticamente arrancadas desde que, hace trescientos años, la Facultad Hemática se convirtió en la religión de Estado.

Aquí y allí, entre las tumbas, se erigen los monumentos: unas torres bajas totalmente tapiadas, sin puertas ni ventanas.

—¿Qué son? —pregunto con desgana—. ¿Osarios?

133

—No —contesta Suraj—, son reclusorios.

Su boca emana vapor cuando habla, lo que contribuye a dar más sensación de irrealidad de la que experimento. En la penumbra, su alta silueta encapuchada recuerda a la de la Gran Parca.

—Es una herencia de la Edad Media —me explica—. En aquella época, los penitentes se encerraban en ellos para expiar sus pecados y ganarse el Cielo. Hoy en día ya no quedan sacerdotes que bendigan esos encierros voluntarios..., y... ¿quién sabe si aún existe un Cielo?

Suraj no dice una palabra más: los dogmas de las antiguas religiones fueron incorporados al índice de la Facultad. Está prohibido mencionar incluso la mera posibilidad de que exista un más allá para los mortales. Según el credo que profesan los arquiatras, los vampyros son los únicos que tienen el privilegio de existir eternamente tras su transmutación.

—¿Y ahora? —pregunta Hélénaïs haciendo tintinear con impaciencia las articulaciones metálicas de su guantelete.

—Sin la magia de la Dama de los Milagros que los dirija, los gules no volverán a emerger de la tierra como una jauría —responde Suraj—. Vendrán a alimentarse discretamente con los huesos, uno a uno, y tendremos que obligarlos a salir de sus guaridas. Propongo que nos separemos y que el primero que encuentre a un gul grite para avisar a los demás. —Saca su daga de doble hoja de su cintura—. Poned bien la oreja: por la noche se oye a las abominaciones antes de verlas.

Desenfundo mi espada mientras Suraj y Hélénaïs se alejan. No hace mucho que aprendí a manejarla en el curso de arte marcial de la escudera de Saint-Loup. En los bosques de Auvernia solía cazar con un tirachinas, pero dudo que una simple piedra sea suficiente para acabar con un gul.

Empuñando con fuerza el mango nacarado, avanzo poco a poco entre las sombras. Los rayos lunares salpican las piedras sepulcrales, cuyas inscripciones aparecen casi borradas por el paso de los siglos. Cada vez que doy un paso tengo la impresión de que al silencio eterno de los muertos responde un ínfimo temblor vital. La ciudad aún se agita tras las lúgubres arcadas, negras como abismos: se cierran las últimas puertas y los últimos postigos; de cuando en cuando, se oye un grito ahogado a lo lejos, señal de que un desafortunado mendigo ha caído en garras de un vampyro madrugador.

Más cerca oigo también el soplo de la brisa en los helechos, las minúsculas pisadas de los roedores en el monte bajo, el aleteo de una lechuza.

Pero, por mucho que alargue la oreja, no percibo ningún ruido de garras escarbando en la tierra ni un crujido de huesos al romperse.

Me pregunto si los gules vendrán esta noche o si estarán arrasando un barrio en el otro extremo de París por orden de su dueña, entregándose a una masacre de la que solo tendremos noticias al amanecer.

De repente, suena un silbido a mis espaldas, que interrumpe de golpe mis pensamientos.

Me vuelvo de un salto blandiendo la espada. El corazón me late a tal velocidad que casi parece que me va a estallar en el pecho.

Pero no hay nada tras de mí, solo la noche densa, las tumbas inmóviles y la silueta negra de un reclusorio.

—¡Chsss!

El reclusorio, ¡parece que el ruido procede de él!

Amago con gritar para pedirles a mis compañeros que guarden silencio y avisarlos de que he descubierto a un gul, pero el murmullo humano que sale de la torre me disuade.

—¡Chsss, por aquí! ¿Tienes una limosna para un alma en pena?

Guiñando los ojos distingo una hendidura entre los ladrillos: una estrecha abertura, de unos quince centímetros de altura, por la que se filtra la voz de ultratumba.

—Acércate a mi ventanuco, visitante de los muertos —me invita con voz temblorosa.

—Los muertos no hablan —susurro.

Se oye un chasquido en la noche, similar al sonido áspero de una piedra de mechero. Tardo unos segundos en comprender que es una risa burlona:

—Estoy medio muerto, pero la otra mitad de mi viejo esqueleto sigue viva y debe alimentarse, ¡así que dame esa limosna!

Me acerco poco a poco a la pequeña torre, da la impresión de que mide menos de dos metros de diámetro; me asombra que un ser humano pueda sobrevivir en un espacio tan angosto.

Cuando Suraj nos explicó que los reclusorios tenían su origen en la Edad Media, pensé que debían de estar vacíos desde hacía mucho tiempo. Jamás habría imaginado que un penitente pudiera seguir encerrado en uno.

—¿Quién es usted? —pregunto.

—¡La limosna! —exige la voz, croando de forma espantosa—. Si has venido tan tarde a los Inocentes, después del aviso del toque de queda, significa que no eres una plebeya, sino una noble con los bolsillos bien llenos.

Rebusco en mi zurrón para sacar una moneda. Esta vez se trata de un *sou* de cobre.

Sin embargo, cuando me dispongo a meterlo por la minúscula ventana, la voz me detiene:

—Pero ¿es que crees que me como el metal? ¿Quieres que me rompa los cuatro dientes podridos que me quedan? ¡Dame de comer!

Vuelvo a hundir la mano en el zurrón y saco uno de los dos mendrugos que guardé para el camino.

—Le advierto de que el pan no está precisamente tierno… —empiezo a decir.

Antes de que pueda terminar la frase, una mano sale por la ventana para arrancarme el mendrugo, el tiempo suficiente para que pueda ver unos dedos descarnados, alargados por unas uñas desmesuradas, antes de volver a desaparecer por la abertura, como si fuera una morena al acecho tras una roca.

A continuación, en el reclusorio se oye un ruido de masticar, acompañado de unas maldiciones ahogadas:

—¡Ay! ¡Mis pobres dientes! ¡Este pan está tan duro como el culo de una gárgola!

Aguardo a que finalice la letanía para repetir la pregunta:

—¿Quién es usted? ¿Cómo se llama?

—¿Mi nombre? Hace mucho tiempo que lo abandoné, junto con todas mis posesiones. ¿Era Jacques? ¿Quizá Jules? No lo sé. Ahora me llaman el Ojo de los Inocentes, porque jamás lo cierro. Lo observo todo desde esta ventana: ¡todo! ¿Me entiendes?

—Pero… ¿cuánto tiempo lleva encerrado ahí?

—¡Tampoco me acuerdo de eso!

En vano, trato de penetrar con la mirada en la oscuridad del ventanuco. A diferencia de él, que puede verme gracias a la luz de la luna que baña el exterior, el recluso sigue siendo invisible a mis ojos.

—¡Se acabaron las preguntas sobre «mí»! —dice exasperado—. Los que vienen hasta aquí solo quieren saber cosas sobre «sí mismos».

—¿Qué quiere decir?

—El Ojo de los Inocentes no solo escruta los caminos del campo santo, sino que también ve los del futuro.

Una parte de mí querría poner punto final a esta conversación sin pies ni cabeza. Es evidente que durante su prolongado encierro el cautivo ha perdido el juicio, además de la memoria.

Busco en vano la silueta de Suraj o de Hélénaïs en la penumbra susurrante. Tengo la impresión de que la noche se ha cerrado sobre mí y sobre la extraña criatura. A pesar de que siento un vago temor, algo me incita a permanecer.

—Si es cierto que ve todo lo que sucede aquí, como dice, debe de haber sido testigo de las maniobras de los gules, ¿no?

—¡Las Tinieblas me protegen de sus sucias garras, en el reclusorio estoy a salvo!

—¿Sabría decirme algo sobre la Dama de los Milagros?

El Ojo de los Inocentes se sume en un silencio tan inquebrantable como su prisión.

—Hable —murmuro mientras me aproximo al ventanuco—. Hablé sin miedo. —Saco el segundo mendrugo del zurrón y lo agito ante la abertura—. Si me dice lo que sabe, tendrá derecho a este… ¡Oh!

Rápida como el rayo, la mano abandona de nuevo el tugurio, pero no para agarrar el pan, sino para aferrar mi muñeca. Me siento aspirada por una fuerza de la que jamás habría creído capaz al frágil habitante del reclusorio: mi brazo penetra por la estrecha abertura hasta el codo.

—¡Suélteme! —grito aterrorizada—. ¡Le ordeno que me suelte!

Pero el recluso resiste.

—Tu mano... —vuelve a croar—. ¡Veo las líneas de un gran destino!

—¿Qué? —Sollozo.

Siento la uña afilada del recluso pasar por mi palma, trazando unos surcos..., o, más bien, siguiendo los que se grabaron en ella al nacer.

—La línea de la vida es prodigiosa... —murmura—, pero también la de la muerte.

—¿Mi línea de la muerte? Pero ¿qué está diciendo? ¡Si no me suelta, será usted el que sufra definitivamente la muerte, que le ha sesgado ya media vida!

Desenvaino la espada con la mano que me queda libre y clavo la punta en la pequeña ventana; mi intención es asustar al recluso, no pretendo atravesarlo con ella. El truco parece funcionar: el prisionero me suelta la muñeca..., pero lo hace para agarrar la hoja de la espada, según imagino, dado el violento tirón que siento de repente en el brazo. Sorprendida, la empuñadura resbala de mi mano; toda la espada desaparece a través del ventanuco, como si un sapo hubiera engullido una larga libélula.

—¡Dame otra vez la mano! —grita el cautivo—. ¡Deja que te lea el porvenir! ¡Deja que te enseñe lo que no quieres ver y que te diga lo que no quieres oír!

Siento subir el pánico desde lo más profundo de mis entrañas, se apodera de mí. No debería haber escuchado a ese loco; en este momento, mi instinto me ordena a voz en grito que me vaya antes de que sus palabras me envenenen el cerebro.

—¡Muerte, oscuridad y desolación! —se desgañita el prisionero con una voz terrible, tan gutural como la de un batracio.

Escapo como alma que lleva el diablo lo más lejos posible de sus eructos.

—¡Ruina!

Serpenteo entre las piedras sepulcrales desportilladas.

—¡Duelo!

Salto por encima de las raíces nudosas.

—Y... tor...mento.

Las maldiciones acaban desvaneciéndose en la noche, ahogadas por mis jadeos. Me pego a una columna funeraria para recuperar el aliento, exhalando pequeñas nubes de vaho mientras me masajeo la muñeca dolorida. ¿Dónde están los otros escuderos? A mi alrededor todo son tinieblas: una nube acaba de tapar la luna llena y ha sumido el cementerio en una absoluta oscuridad.

—¿Suraj? —murmuro—. ¿Hélénaïs?

Avanzo a tientas, apoyándome en las glaciales estelas.

«¿Será este el camino de salida?» Apenas formulo esta pregunta en mi mente, me invade la vertiginosa sensación de haber visto todo esto con anterioridad, de haberlo pensado..., de haberlo imaginado.

¡Los suspiros que lanza la tierra esponjosa bajo mis pasos son los de mi sueño de anoche!

¡El frío y viscoso contacto de mis dedos con las piedras es el que sentí mientras dormía!

Y, al igual que en el sueño, las nubes que cubrían el cielo se deshacen de repente para dejar caer una luz blanca. Los pálidos rayos se posan en la tumba más próxima, que está desventrada, llena de restos de huesos. Veo una criatura agachada en medio de ellos, curvada sobre sí misma.

Un gul.

En un abrir y cerrar de ojos, vislumbro sus descarnados miembros, sus protuberantes costillas, su arqueada y erizada espina dorsal de vértebras puntiagudas. Las garras, que tiene hundidas en la tierra putrefacta, me parecen desmesuradas, como si hubieran crecido diez veces más rápido que el resto de su enclenque cuerpo. Pero, por encima de todo, son sus ojos los que me hipnotizan: dos globos enormes de color blanco lechoso, sin pupilas. Como dijo Suraj, son unos ojos nictálopes capaces de atravesar la oscuridad más absoluta.

De forma instintiva, me llevo una mano a la cintura, buscando el mango de mi espada, pero no lo encuentro.

Mientras ejecuto ese movimiento, el gul se inclina sobre sus caderas activando un inmundo juego de músculos y tendones bajo su piel desnuda, que brilla de forma terrorífica.

He perdido mi arma en el reclusorio, y la criatura ya se ha abalanzado sobre mí. ¡Ni siquiera he tenido tiempo de sacar la estaca! Su aliento mefítico, cargado con el hedor de su maca-

139

bra cena, me inflama la cavidad nasal. Solo tengo el reflejo de cruzar los brazos para protegerme. Si la sangre del Inmutable ha desarrollado en mí algún poder sobrenatural, como asegura Suraj, ¡ha llegado la hora de que se manifieste!

Pero no sucede nada, mis músculos de pobre mortal solo se echan a temblar.

Sé que no tengo siquiera tiempo para desenroscar el ónix de mi anillo y liberar la esencia de día.

La mandíbula del gul chasquea a unos centímetros de mi frente: dos filas de colmillos anárquicos atraviesan una cara que no es ni humana ni animal, sino una odiosa mezcla de las dos cosas.

—¡So-socorro! —grito jadeando a la vez que contengo la respiración para no inhalar el aliento envenenado de la criatura.

Un vaho frío emana de la abominación, la firma de las Tinieblas.

Pero más aterrador aún es el recuerdo de haber visto en sueños la última imagen del enfrentamiento: ¡mi cadáver degollado, yaciendo entre las piedras!

Ebria de horror y de repugnancia, siento que me desmayo ante lo inevitable.

Mis brazos se rinden.

Las garras del gul convergen en mi carótida palpitante.

Se acabó.

Mi temible premonición va a realizarse.

Siento un dolor inefable en la garganta.

Una luz plateada parte la noche.

Todo se apaga.

140

9

Los arcanos

Abro los ojos en la noche negra.

Estoy tumbada, como paralizada.

A medida que mis terminaciones nerviosas se van reactivando en mi cuerpo, siento que el sol pedregoso del cementerio labra mis vértebras... y que el dolor del arañazo me hiela el cuello.

—¡Se ha despertado! —dice alguien.

Vuelvo poco a poco la cabeza: Hélénaïs está inclinada hacia mí, de forma que su larga y ondulada melena roza mi cara.

—El... el gul —murmuro; cada palabra desuella mi garganta seca—. ¡Cuidado con el gul!

—Ese gul no volverá a molestar a nadie —replica el escudero.

Una segunda cara entra en mi campo de visión: la de Suraj.

—Hélénaïs lo mató antes de que te rematara —me explica.

Los recuerdos vuelven poco a poco a mi mente: los rayos lunares iluminando la abominación; el mortal abrazo del monstruo; sus garras hundiéndose en la base de mi cuello; la claridad desgarrando la noche.

No era un rayo, sino el guantelete de plata muerta de Hélénaïs.

—Llevas dos días durmiendo —dice de nuevo Suraj.

¿Dos... días?

Poco a poco, voy comprendiendo que la noche sin luna ni estrellas que aparece encima de mi cabeza no es el cielo, sino un techo cubierto por el hollín de los miles de velas que han ardido en este lugar durante años. En cuanto a la superficie irregular que tengo bajo la espalda, no es el suelo del cementerio, sino un mal colchón con los muelles desgastados. He pasado de los Inocentes a un pequeño cuarto sombrío, con las cortinas corridas.

—Te trajimos a la posada del Gato Amarillo —me explica Suraj—. La fiebre fue tan alta durante las primeras veinticuatro horas que te dábamos por perdida, pero esta mañana bajó.

—Coge una compresa fresca de la palangana que está junto a la cabecera de la cama y me la pone en la frente con una delicadeza inaudita en un orgulloso guerrero como él—. Recuerda lo que nos contó la hermana Vermillonne: la mayoría de las víctimas de los arañazos de los gules mueren en menos de un día. En cambio, creo que tú sobrevivirás.

Vuelvo la mejilla hacia mi almohada, empapada de sudor, para mirar a Hélénaïs a los ojos.

—Gracias… —murmuro; jamás habría imaginado que un día le diría esa palabra.

Mi compañera se encoge de hombros.

—¡Agradéceselo más bien a la sangre del Inmutable! Es a ella a quien le debes la vida.

—Hélénaïs tenía razón cuando dijo que el Sorbo del Rey había desarrollado en ella una velocidad sobrehumana —reconoce Suraj—. Por lo visto, a ti te ha regalado una mayor resistencia…, en cierta medida como en mi caso.

Se arremanga la camisa: sus antebrazos están cubiertos de finas cicatrices, vestigios de los combates contra las abominaciones que la sangre real ha reabsorbido con su magia.

—Por eso el rey me envió a luchar contra los gules la primavera pasada —explica—. Su sangre mejora la vitalidad de sus escuderos, pero a mí me ha conferido una capacidad de regeneración superior. Ese es mi tenebroso don. Puede que también sea el tuyo; aunque, a decir verdad, nunca me he sentido débil más de una hora después de que me hubiera arañado un gul y mis heridas nunca han tardado tanto en cicatrizar.

Alzo una mano trémula hacia mi cuello, al punto donde el dolor sigue atormentándome. Mis dedos tocan un grueso vendaje.

Hélénaïs suelta una risa sarcástica mientras juega con su pulsera de platino.

—A pesar de tus aires de dura, ¿es posible que seas un «corazoncito» sensible, «ratoncita»? —dice haciendo una mueca a la vez que subraya los diminutivos—. Es hora de que el rey se dé cuenta de que no eres tan extraordinaria como cree y que, por tanto, no mereces el primer puesto en su corazón. Entre tanto, espero que tengas la amabilidad de decirle quién ha salvado el pellejo de su «niñita» querida.

Sacudo la cabeza, decepcionada. Quién sabe, quizás Hélénaïs solo me ayudó para asegurar su promoción en la corte, sería propio de ella.

—No soy un corazoncito sensible como piensas —replico—. Ya me siento mejor. ¡Salgamos a buscar otra vez a la Dama de los Milagros!

Intento incorporarme, pero mis músculos tiemblan y vuelvo a caer pesadamente en el colchón, que emite un crujido.

—Aún te queda mucho para recuperarte —opina Suraj con severidad—. Debes guardar cama. Hemos pedido que te trajeran caldo, está ahí, sobre la mesilla. Descansa y, sobre todo, trata de pasar desapercibida: el dueño del albergue no sabe una palabra sobre tu accidente, para él solo eres una clienta de paso.

—Pero ¿y vosotros? —gimo furiosa contra mi cuerpo, que me abandona en el momento en que más lo necesito.

—La Dama de los Milagros volvió a atacar anoche en el bulevar de Clichy, en el norte de París. Hélénaïs y yo vamos a ir para tratar de averiguar algo. Descansa. El caldo aún está caliente. Volveremos antes del anochecer.

Tras esas palabras, los escuderos se levantan y salen de la habitación.

La puerta se cierra con un doble giro de llave.

Los pasos se alejan en la escalera.

Me quedo sola en mi cuarto.

Las horas transcurren con una lentitud dolorosa mientras sigo encerrada en mi habitación.

Mi debilitado organismo se pudre entre las sábanas, pero, aunque mi cuerpo esté clavado a la cama, nada impide que mi espíritu se agite en un remolino de dudas angustiosas.

¿Y si Hélénaïs y Suraj encuentran a la Dama de los Milagros antes que yo?

¿Y si la entregan al Rey de las Tinieblas?

¿Y si este se apodera del ejército de su enemiga?

Sin darme cuenta, imito el tic de Montfaucon, que tritura maquinalmente sus numerosos anillos cuando algo le preocupa. Hago girar una y otra vez en el dedo corazón el anillo de ónix mientras recuerdo las advertencias del gran escudero: «Debes encontrar a la Dama de los Milagros antes de que lo hagan las tropas reales, Jeanne. Debes destruirla antes de que revele al Inmutable con qué maleficio ha conseguido dominar a los gules. ¡El futuro de la Fronda depende de ello!». Me viene a la mente la cara de la criatura que me atacó en los Inocentes. Sus enormes ojos blancuzcos y sus afilados dientes se han quedado grabados en mi memoria, pero todo lo demás sucedió tan deprisa que solo me ha dejado un vago recuerdo. Las facciones del gul eran como las de una hiena sin pelo, asquerosamente desnuda.

Unos morros flácidos a modo de labios. Unas orejas translúcidas y puntiagudas enmarcando un cráneo calvo. Solo la nariz parecía humana o, para ser más exacta, estaba mutilada como la de un esqueleto.

Tiemblo entre las sábanas, el terrorífico recuerdo agrava los restos de fiebre. Hace dos días me enfrenté a un gul vagabundo que casi me mata; anoche, legiones enteras de esas criaturas asaltaron otro barrio de París. ¿Qué puede hacer esa pobre gente contra cientos de abominaciones si una sola consiguió vencer mi resistencia?

Me siento tan débil, tan sola… Jamás he añorado tanto a mi familia. ¡Daría lo que fuera por volver a ver a mi querido Bastien, con el que pasé tanto tiempo soñando con otros mundos mientras crecíamos en la Butte-aux-Rats! Decía que yo era su comadreja, a la vez que revolvía mi cabellera gris. Mi padre sabría qué hacer para curarme en un abrir y cerrar de ojos. Mi hermano mayor, el severo Valère, me reñiría por mi imprudencia, sin duda, pero entonces yo me burlaría de él y acabaría arrancándole una sonrisa. En cuanto a mi madre…, jamás he necesitado tanto sus sabios consejos. ¿Qué haría ella en mi lugar?

De repente, recuerdo la extraña visión que tuve en la cámara mortuoria del rey la noche en que maté a Tristan y frustré la conspiración de La Roncière. Allí, en esa estancia fuera del tiempo, me pareció ver de nuevo a mi madre más viva que nunca. Tuve la impresión de haber regresado a mi casa de la Butte-aux-Rats y, al mismo tiempo, de estar en otro lugar. En un mundo donde la luz era más clara y el aire más límpido, como purificado de las Tinieblas. Pero era un sueño, por descontado, un simple espejismo, porque las Tinieblas lo invaden todo.

Apesadumbrada, hundo la mano en el bolsillo de mi camisón para sacar el reloj de mi madre, pero mis dedos no lo encuentran. Recuerdo entonces que se lo regalé a Orfeo en la Gran Caballeriza.

Pensar en ese muerto viviente con corazón de oro me abate aún más. La imagen de la débil sonrisa que esbozó cuando le ofrecí el reloj me llena los ojos de lágrimas. Su imagen evoca la de Naoko. Antes de conocerla jamás había tenido una verdadera amiga. El nido familiar lo era todo para mí. ¡Hasta qué punto comprendo ahora cuánto necesitaba la amistad! ¡Cuánto echo de menos a Naoko! Una confidente a la que confesar mis dudas, mis miedos y mis derrotas más íntimas. En cambio, en este momento estoy atrapada en esta ciudad desconocida, muerta de cansancio en este cuchitril, obligada a llevar a cabo una misión que supera mis fuerzas, con la ayuda de dos compañeros a los que debo mentir constantemente.

Suraj y Hélénaïs regresan en plena noche.

—¿Y bien? —pregunto.

—Y bien nada —responde Hélénaïs de mal humor—. Solo ruinas y pordioseros para dar y vender. Los gules asolaron por completo el bulevar de Clichy, fue aún peor que lo que sucedió en el monte Parnasse. —Saca una revista de su zurrón—. Mientras volvíamos compré el último número del *Mercure Galant*, para entretenerme un poco.

Dicho esto, se deja caer en una silla y se sumerge en las páginas de la publicación. Se trata de una revista que los cortesanos se quitan de las manos en Versalles, que reproduce grabados con la ropa de última moda y cuenta los chismorreos más sustanciosos.

—Temo que las masacres solo sean un anticipo de la Noche de las Tinieblas —murmura Suraj con aire lúgubre—. Estamos ya a 3 de diciembre, quedan dieciocho días para la fecha límite.

—¡Dieciocho días son más que suficientes para encontrar a la Dama de los Milagros! —grito.

La exclamación, demasiado intensa, me deja sin aliento.

—Tranquilízate —me ordena Suraj—. Aún necesitas tiempo para recobrar las fuerzas. Además, nada nos asegura que el rey esté dispuesto a esperar dieciocho días antes de interrumpir el suministro de víveres a París.

—¿Qué...? —jadeo haciendo esfuerzos para respirar.

—He recibido un cuervo procedente de Versalles. El Inmutable piensa que el ataque al bulevar de Clichy es una nueva afrenta personal. Dado que los gules quieren su grano, amenaza con cortar el suministro a la capital hasta que detengamos a la Dama de los Milagros.

No sé qué me desconcierta más, si la crueldad del soberano o que este se comunique directamente con Suraj.

Pero no debería sorprenderme de nada, pues se trata de un tirano maquiavélico que tiene sometido al mundo desde hace tres siglos. Fiel a su costumbre, divide para reinar mejor. Por un lado, pide a Mélac que encuentre a la renegada con la policía; por otro, confía la misma misión a sus escuderos. Luego, mantiene el contacto con uno solo de nuestro equipo y no dice una palabra a los demás. Y pensar que Hélénaïs me llamaba su «niñita querida»... Al igual que ella, en la corte solo soy una debutante, mientras que Suraj ya hace un año que sirve al rey.

—Si el suministro de grano se interrumpe al empezar el invierno, será una hecatombe —murmuro—. Los niños, los enfermos y los ancianos serán los primeros en morir. El rey..., el rey no puede hacer algo así.

—El rey hace lo que quiere —replica Suraj, con un semblante tan hermético como una puerta cerrada—. Debemos

146

someternos a sus deseos. En el mensaje me comunica además que ha decidido organizar un gran baile en el palacio del Louvre el 20 de diciembre.

Hélénaïs saca la nariz de las páginas del *Mercure Galant*; una amplia sonrisa acentúa sus encantadores hoyuelos.

—¿Un baile? —exclama—. ¡Qué idea tan maravillosa! Pero ¿el 20 no es justo la víspera de la Noche de las Tinieblas?

—En efecto, la celebración litúrgica de la Noche de las Tinieblas tendrá lugar en la capilla real del palacio de Versalles, como todos los años —recuerda Suraj—, pero la noche anterior al solsticio de invierno el rey dará una gran fiesta en París para mostrar a todos que no teme a la Dama de los Milagros. Toda la corte está invitada a asistir, también nosotros.

¿Es el mismo joven al que vi confortar a la vieja señora Mahaut?

¿Es posible que su lealtad al monarca anule tan fácilmente su humanidad?

—¿No te importa festejar mientras el pueblo se muere de hambre? —le suelto haciendo acopio de todas mis fuerzas para alzar la voz—. ¿Y la harina que prometiste a los habitantes del monte Parnasse?

—La harina pertenece al Inmutable, al igual que los parisinos… y que nosotros, Diane.

Una arruga de acritud pliega su frente lisa bajo su turbante de color ocre. Sus tupidas cejas se fruncen sobre sus ojos negros manifestando desaliento y frustración. A pesar de que el severo indio parece tener una respuesta para todo, en realidad está tan desvalido como yo.

La investigación ha llegado a un punto muerto. Mi plan de valerme de los dos escuderos para encontrar a la Dama de los Milagros no funciona. Es necesario que tome las riendas del asunto, pero, para empezar, ¡debo quitarme de encima esta diabólica debilidad que me tiene clavada en la cama!

El tiempo pasa de forma terrible mientras mi organismo sigue combatiendo contra el veneno gulesco.

Jamás había dormido tanto en mi vida, a pesar de que no

consigo reposar por la noche: cada mañana me despierto poco antes de mediodía, tan extenuada como si hubiera corrido una legua.

Paso varias horas al día tratando de recuperar el control de mi cuerpo, pero las sábanas parecen lastradas con plomo cuando las levanto; me agoto con sólo dar tres pasos alrededor de la cama, así que vuelvo a acostarme jadeando, con calambres en las extremidades.

Por la noche, Suraj y Hélénaïs regresan de sus expediciones con las manos vacías. Comen algo y vuelven a salir con la esperanza de poder encontrar el escondite de la Corte de los Milagros durante la noche. Suraj me ha prohibido terminantemente que los acompañe, ya que, en su opinión, aún no estoy bien.

En sus salidas, mis dos compañeros recorren las calles de París, desiertas a causa del toque de queda, y cada vez se enteran demasiado tarde de que los gules han atacado un nuevo barrio. La ciudad es tan grande, está atravesada por tantas galerías, que es imposible prever el lugar donde el enemigo va a aparecer la próxima vez.

—Ya me encuentro bien —afirmo la mañana del octavo día—. Dejadme ir con vosotros.

Suraj me escruta de arriba abajo.

—Aún estás un poco pálida —sentencia.

—¡Porque no puedo salir de este cuarto! ¡Me estoy ahogando aquí dentro!

—Desde que perdiste la espada en los Inocentes, no tienes un arma para defenderte. Hoy te compraremos una en la ciudad y mañana veremos si puedes servirte de ella. —Se vuelve hacia Hélénaïs—. Ya que estamos, ¿no podrías buscarle un vestido para el gran baile del Louvre del 20 de diciembre?

La escudera hace un mohín.

—¡Si alguien me hubiera dicho que un día iría de compras para Diane de Gastefriche…!

Hélénaïs me observa tratando de adivinar mi talla, a pesar de que sigo bajo las sábanas, que nadie ha cambiado desde hace días. Su mirada se detiene en mi despeinada melena y en el rústico anillo de ónix que llevo en un dedo.

—¿Tienes un color preferido? Supongo que es el gris, uno bien apagado. Bah, no me digas nada, a ver qué encuentro. No te aseguro que corresponda a la última moda del *Mercure Galant.*

Los dos escuderos vuelven a abandonarme para pasar el día en algún barrio apartado de la capital.

Mis compañeros no saben que no perdí mi valiosa espada de plata muerta cuando luché contra el gul, como les dije, sino que esta quedó atrapada en el ventanuco del reclusorio. No les he hablado de la extraña conversación que tuve con el Ojo de los Inocentes. El episodio me parece demasiado absurdo para contárselo, además de espantoso. «¡Deja que te lea el porvenir! —me gritó aquel loco en su tumba de piedra—. ¡Deja que te enseñe lo que no quieres ver y que te diga lo que no quieres oír!» En ese momento, sus palabras me disgustaron y me aterrorizaron, pero ahora, cuando pienso en ellas con la cabeza más clara, me pregunto si no tenían cierto sentido. ¿Será verdad que ese hombre puede predecir el futuro, tal y como asegura? Todas las perspectivas parecen cerradas. Necesito como sea una dirección, ¡en este momento no hay ninguna señal que no quiera ver ni ningún oráculo que no quiera oír!

Es hora de salir de esta habitación y de investigar a mi manera.

Es necesario que vuelva a los Inocentes, que hable con el adivino, porque, por loco que pueda parecer, ese es mi único recurso.

149

De día, el muro que rodea el cementerio me parece más pequeño que durante la noche, cuando las sombras alargan las distancias y deforman las perspectivas.

Las inmediaciones también están más pobladas, por ellas pululan curiosos y vendedores ambulantes.

Vestida con mi larga capa con capucha, me resulta muy fácil pasar desapercibida entre la gente. Escapar del albergue hace poco me costó un poco más: dado que la puerta de mi habitación estaba cerrada desde fuera, tuve que salir por la ventana que da al patio trasero. Cuando estudiaba en la Gran Caballeriza, solía moverme por los tejados, pero hoy, debilitada aún por el veneno gulesco, carezco de la agilidad de entonces. De hecho, estuve a punto de romperme el cuello en varias ocasiones mientras bajaba por el canalón.

—¿Quieres un hechizo contra la Dama de los Milagros, amigo? —grita un vendedor cuando paso por delante de él—. ¡Solo diez *liards* de cobre para proteger tu casa y tu vida!

El vendedor me dedica una sonrisa a la que le faltan varios dientes. Debido a la capa y a los zapatos de cuero me ha confundido con un hombre.

—¡Son perlas de luna auténticas! —asegura agitando un collar bajo mi capucha—. Clávalas en la puerta y tu casa quedará a salvo de los gules.

Las «perlas de luna» son en realidad tres piedras deformes que, sin duda, ha cogido a orillas del Sena, burdamente ensartadas en un hilo de cáñamo.

—Vamos, decídete, ¡no hay para todos! —insiste el vendedor.

A mi alrededor veo que mucha gente se acerca a comprar amuletos parecidos a los charlatanes que proliferan en los alrededores del cementerio. Desesperados, esos hombres y mujeres están dispuestos a creer en lo que sea para proteger a sus familias. Angustiados por las matanzas de la Dama de los Milagros, aún no saben que el Inmutable está a punto de dejarlos sin provisiones.

—Otra vez será —digo escabulléndome del vendedor para subir por la cuesta que lleva al camposanto.

Durante el día, el lugar resulta menos misterioso que durante la noche, pero también más desolado. La anarquía que reina entre las piedras sepulcrales es lamentable: parecen tocones deteriorados, plantados sin ton ni son. La tierra, revuelta una y otra vez durante generaciones para enterrar a los innumerables muertos, da la impresión de haberse quedado sin fuerzas, incapaz de producir una sola brizna de hierba más. Después de mi última visita, parece haberse cubierto con una capa de hielo, porque, durante mi convalecencia en el albergue, el invierno se ha instalado de verdad en la ciudad, aprisionándola con sus garras de escarcha.

Atravieso el lóbrego pasaje haciendo crujir el hielo bajo mis suelas, hasta llegar al último reclusorio.

Delante de la ventana se ha formado una larga fila de personas temblorosas. Algunas van vestidas con harapos, otras con prendas más burguesas. Supongo que han venido a pedir consejo al adivino, buscando una guía en esta época incierta. ¡Hay tanta gente que me va a ser imposible hablar con él antes del anochecer, cuando Suraj y Hélénaïs regresarán al albergue!

Mientras me devano los sesos tratando de encontrar la manera de saltar la cola, oigo una voz trémula, la misma que hace ocho noches me prometió la desolación:

—¡Se acabó por hoy! —grita el Ojo de los Inocentes desde la ventana.

Un coro de protestas se eleva en la fila, pero el adivino no da su brazo a torcer.

—¡He dicho que se acabó! Siento que los espíritus malignos están subiendo en este momento por la tierra del cementerio para mordisquear las suelas de vuestros zapatos: ¡si os quedáis aquí, se os pelarán los pies y se os congelará la barriga!

Su amenaza es más que suficiente para disolver a la multitud, que se precipita hacia las arcadas y las salidas más próximas. En cuanto a mí, creo tanto en los espíritus malignos del adivino como en las perlas lunares de los vendedores ambulantes.

Corro hacia el ventanuco.

—Soy la joven que vino al cementerio hace ocho noches… —empiezo a decir.

—Ya lo sé, pequeña ignorante —me interrumpe el recluso—. Vi cómo te ponías a la cola y reconocí tu capa. ¿Por qué crees, si no, que me he inventado la historia de los pies pelados? Solo quería ahuyentar a los ingenuos.

—¿Quizá porque quiere ayudarme? —me aventuro a decir, turbada por la inesperada atención.

—¡Porque tu última visita me sumió en la más negra de las angustias, pedazo de…! ¡Porque desde entonces no he podido pegar ojo! ¡Porque quiero profundizar en lo que empecé a ver en las líneas de tu mano!

151

Meto la mano en cuestión en mi zurrón, escondiendo la palma donde el adivino pretende haber visto lo peor.

Saco un pequeño hatillo y lo meto apresuradamente por el ventanuco.

—Son unos panecillos que compré al venir hacia aquí. Así no se romperá los dientes, como le sucedió con los mendrugos de la última vez.

Mi regalo desaparece por la rendija sin la menor palabra de agradecimiento.

—La otra noche me dijo que la gente viene a hacerle preguntas —murmuro—. A eso he venido hoy. Si le enseño la mano, ¿me promete que no la estirará con violencia y que me responderá?

—Tu mano no será suficiente para contestar a mis preguntas ni a las tuyas, zorra —responde el adivino con su voz de cotorra—. Lo que entreví necesita un instrumento que no tiene nada que ver con la quiromancia, los posos del café o los métodos adivinatorios más comunes, que reservo a mis clientes habituales. Tenemos que interrogar a los arcanos.

—¿Los arcanos?

A modo de respuesta, una pequeña tabla de madera sale por la ventana formando una especie de mostrador improvisado entre el ocupante del reclusorio y yo.

Después, las manos del recluso atraviesan la rendija. A la luz del día me parecen aún más viejas de lo que las recordaba. La carne es escasa y los huesos tan visibles que podrían ser las manos de un esqueleto. En cuanto a las uñas, largas y amarillas, no debe de habérselas cortado desde hace mucho tiempo, dada la espantosa manera en que se arquean hacia arriba las de los pulgares.

Temblando, recuerdo la manera en que el recluso se presentó a mí la primera vez que nos vimos: me dijo que estaba medio muerto.

Sus dedos frágiles y huesudos despliegan una baraja de cartas sobre la madera seca. Son unos naipes grandes, con el revés negro decorado con unos inextricables arabescos, muy diferentes de aquellos con los que mis hermanos y yo matábamos el tiempo jugando a la berlanga durante las largas noches de invierno de la Butte-aux-Rats.

No sé si es por haber visto esa amarillenta baraja, si son los restos de fiebre o el cierzo helado, pero tiemblo con tanta fuerza que casi puedo oír mis vértebras chasqueando.

—Los arcanos: las cartas del Tarot Prohibido tienen muchos nombres —susurra el adivino—, pero acércate un poco más al ventanuco y tapa la tabla con tu capa. Solo tú puedes ver el juego.

Echo una mirada tras de mí: no hay nadie en los alrededores.

—Está desierto —observo.

—Acércate, ¿en qué idioma debo decírtelo? ¿En arameo? —se irrita el adivino—. No te voy a comer, ¡eres demasiado dura para los cuatro dientes careados que me quedan! —A través de la ventana se oye una risotada—. Quiero que te aproximes para que no se vea mi valioso tarot, mi amigo más querido. Me recluí con él hace mucho tiempo, sin que nadie supiera que venía conmigo. Llevo toda la vida tratando de exprimir su sentido, porque encierra más saber que todos los libros del mundo juntos.

Hay algo de locura en las palabras del hombre, que ha sacrificado su vida encerrándose con su obsesión, el juego de cartas al que llama mi «querido amigo». La duda me atormenta: ¿he hecho bien en venir?

—Sacando el Tarot Prohibido a la luz del día, me juego la vida, porque la Facultad Hemática lo incluyó en el índice —susurra—, pero es la única manera de descifrar un porvenir tan complejo como el tuyo.

Hago un esfuerzo para dominar mi angustia. No he ido hasta los Inocentes para recular apenas a unos centímetros del reclusorio. Además, aún llevo en la cintura la afilada estaca: ¡si el adivino me agrede como la última vez, sabré utilizarla!

Me pego al ventanuco tratando de ver la cara de mi interlocutor a través de la angosta abertura, pero no lo consigo. La luz del día no penetra más allá de la tabla, solo ilumina las oscuras cartas con los bordes desgastados por décadas de uso.

—¿Por qué está prohibido ese tarot?

—Porque desvela las cosas ocultas. Porque con él se pueden atravesar las Tinieblas e iluminar lo invisible.

153

—En ese caso, ¿permitiría ver a la Dama de los Milagros? —pregunto esperanzada.

Al otro lado de la rendija oscura tras la que se oculta, el recluso chasquea la lengua, irritado:

—¡Y dale con la Dama! La semana pasada ya me preguntaste por ella.

—Y usted no me respondió, pero necesito saber dónde se esconde. Mi... mi vida depende de ello.

A decir verdad, lo que está en juego es la supervivencia de la Fronda, pero no puedo decirlo en voz alta. El prisionero vuelve a chasquear la lengua.

—Hum... Si tu vida está tan vinculada como aseguras a la Dama de los Milagros, los arcanos nos lo dirán —murmura en tono misterioso—. Y si tu camino debe cruzarse con el suyo, también nos lo mostrarán.

Tras decir esas palabras, pasa una mano trémula por las cartas y las despliega formando un gran abanico.

—Empecemos por un tiro simple, el del Pequeño Camino —dice el Ojo de los Inocentes—. Elige cuatro arcanos.

—¿Cómo se eligen?

A través de la hendidura se oye un suspiro sibilante.

—¡Confía en tu instinto, pequeña estúpida! Siento que no te falta, aunque te hayas acostumbrado a refrenarlo, como la mayoría de la gente. Déjate llevar por la intuición, imagina que estás soñando.

Las palabras del adivino me aturden. Recuerdo alguna de mis pesadillas más recientes, como la que precedió a la intrusión de Paulin en mi habitación o la que tuve la víspera del ataque del gul en los Inocentes. En ellas siempre me he visto muerta. Como si fueran advertencias enviadas por... ¿mi intuición?

Mi mirada vaga por los extraños motivos que adornan el revés de las cartas, unos sugerentes entrelazados. Presa de una sensación de vértigo, señalo rápidamente cuatro cartas.

La mano esquelética las coge y pone tres de ellas del revés delante de mí.

—Aquí tienes tu pasado, tu presente y tu futuro. —La mano deja la cuarta carta encima del presente, en el medio, como si quisiera detenerlo—. Y este es el obstáculo que obstruye tu camino.

Antes de que tenga tiempo de preguntar nada, los largos dedos huesudos vuelven la primera carta de la fila, la del pasado. Veo un grabado que representa una joven vestida con unos pantalones y unas botas de cuero; apoyada sobre un bastón, mira a lo lejos, alzando un farol para iluminar el crepúsculo.

—¡La exploradora de la estaca! —dice el Ojo de los Inocentes.

¿Una estaca? De hecho, mirándolo bien, la contera del bastón está peligrosamente afilada. ¡Empiezo a comprender por qué la Facultad prohibió el tarot!

—Significa energía y vitalidad —comenta el adivino interpretando la imagen—. Puede que también cierta temeridad. Te veo rodeada de madera, de bosques profundos…

—Crecí en los bosques de Auvernia —balbuceo, pero, al recordar que soy una baronesa, me apresuro a añadir—: ¡Bueno, en una mansión que linda con los bosques!

¿De verdad esa carta soy yo? Observo el dibujo, ingenuo y complejo a la vez. El ímpetu del personaje, la sonrisa de confianza en sus labios, incluso sus pantalones de cuero: todo eso me recuerda la despreocupación que sentía cuando cazaba furtivamente en los bosques violando la ley del confinamiento. ¿Temeraria? Sin duda, mi madre me reñía cada vez que regresaba con una perdiz. ¡Qué ridículos me parecen ahora esos riesgos comparados con los peligros que corro desde que me marché de mi querido campo, donde no había un solo vampyro, para acabar en una ciudad donde, en cambio, parecen estar por todas partes!

Veo que el adivino gira ya la segunda carta, la del presente. Representa a un caballero que empuña una larga espada, montado a lomos de un corcel negro que enseguida me recuerda a Typhon.

—La niñita ha crecido para convertirse en un jinete adolescente —masculla el adivino—. Es el jinete de la espada, para ser más exactos. Fogosidad combativa, vehemencia, tenacidad… ¿Obstinación también?

Una vez más, sus palabras dan en el blanco. Nunca había

155

tenido una espada hasta que llegué a Versalles. Desde entonces, vivo presa de mis obsesiones: en primer lugar, la de vengarme como sea de los asesinos de mi familia; en segundo, la de eliminar a la Dama de los Milagros a cualquier precio.

Sin importarme ya, le doy la vuelta a la tercera carta, que sigue a la del pasado y a la del presente: la carta del futuro.

Al verla se me corta la respiración: el naipe representa una luna llena donde aparece una cara vampýrica, similar a la del panfleto que se distribuyó en París después del incendio de Montfaucon. Encima del astro funesto gritan dos criaturas que parecen unos perros... o unos gules.

—¡Es ella! —farfullo tan excitada que estoy a punto de hacer caer la tabla—. ¡Es la Dama de los Milagros y está ahí, en mi futuro!

—La Luna es el arcano mayor, uno de los más difíciles de interpretar.

—¡Dígame dónde está! ¡Haga hablar al tarot!

—Lo interpretas todo al pie de la letra, porque estás obcecada por fijaciones y tus certidumbres —dice el adivino, irritado—. En cambio, la Luna representa la incertidumbre, el desconcierto, la fluctuación. En tu interior hay algo que aún no ha acabado de formarse, que todavía está en gestación, y esta carta te invita a interrogarte sobre ti misma.

—¡Eso no me sirve para nada! No he venido hasta aquí para que me diga que dudo, porque ya lo sé.

—No hay peor sordo que el que no quiere oír, ni peor ciego que el que no quiere ver.

—¡Déjeme sacar otra carta y quizá lo vea todo más claro!

El raquítico brazo se inclina a través del ventanuco y apoya el índice en mis labios para que me calle.

—¡Espera! Antes de sacar otro arcano, te queda uno por ver: el obstáculo. Lo que te bloquea hoy en día, en tu presente, y te impide alcanzar tu porvenir. Aquí abajo todos combatimos una lucha secreta en nuestro corazón.

Tras decir esto, le da la vuelta a la carta que tapa la que está en medio.

Tiemblo al ver lo que representa: es un esqueleto con una guadaña, que siega un terreno cubierto de restos humanos.

—¡La muerte! —digo jadeando, porque de repente me falta el aire bajo la capucha.

—También lo llaman «el arcano sin nombre» —me corrige el Ojo de los Inocentes—. Su interpretación también es delicada.

De repente, guarda silencio.

Hace apenas unos instantes me acusaba de no querer escuchar, pero ahora tengo la sensación de que ya no quiere seguir hablando.

¿Por qué?

—Deje de irse por las ramas y dígamelo —le imploro con el estómago encogido—. ¿Esa carta significa que voy a morir antes de encontrar a la Dama? ¿O tampoco en este caso caben las interpretaciones literales? ¡Cuando vine al cementerio por primera vez, me predijo la muerte, la oscuridad y la desolación!

No sé si sus pálidas manos tiemblan debido a la edad, o al terror, lo cual sería aún más espantoso, porque desconozco su causa.

—No niego que vi en tu palma una línea de muerte interminable —admite el adivino de un tirón—. Y que hayas sacado al arcano sin nombre en posición contraria no me tranquiliza. Debo…, tengo que reflexionar sobre todo eso. En cualquier caso, hoy no estás receptiva, no escuchas. Vuelve mañana.

Los dedos se agitan ahora como si fueran las largas y blancas patas de una araña para recoger las cartas esparcidas por la tabla.

—¡No! —grito—. ¡No puede dejarme así!

—Cállate, charlatana, vas a despertar a todo el barrio.

—¡Necesito saber dónde puedo encontrar a la Dama de los Milagros hoy, no mañana!

Agarro una de las cartas que quedan sobre la repisa antes de que el adivino acabe de recogerlas y la giro a toda prisa.

El naipe representa una alta torre azotada por un rayo destructor.

—¡Devuélvemela, ladrona! —grita el viejo mientras trata de arrancar el arcano de mis manos, que se han quedado como paralizadas.

157

El cartón desgastado, que ha resistido no sé cuántos siglos, se rompe entre mis dedos.

Un grito inhumano se eleva en el ventanuco, como si acabara de arrancar una extremidad a su ocupante:

—¡Maldita! ¡Maldita seas!

Me alejo tambaleándome, con la cabeza retumbando como una campana y los pies golpeando las piedras heladas del cementerio. Yo, que vine a los Inocentes buscando respuestas, salgo de aquí más asustada y confundida.

Es la tercera vez que me maldicen: primero, Blanche de La Roncière; luego, el Tarot Prohibido, y, por último, su propietario.

10

La torre

—¿*E*n París hay alguna torre? —pregunto.

En el umbral de la puerta, Suraj y Hélénaïs se miran perplejos.

He logrado llegar al albergue justo antes de que ellos regresaran y vinieran a mi habitación para saber cómo estoy; finjo haber pasado el día sentada al lado de la chimenea. La imagen del quinto arcano me abrumó durante el camino de vuelta. Los cuatro primeros parecían tan... adecuados, coincidían extrañamente con mi vida. ¿Es posible dar un sentido a la última carta, tanto si es literal como si no?

—París tiene un sinfín de torres —me responde Suraj cerrando tras de sí la puerta de la habitación—. La torre de Sang Jacques, la de Jean-sans-Peur, las de Notre Damne, que ya has visto, y muchas más, por no hablar de las que se erigen, innumerables, en la muralla periférica.

—¡Tendrás que acostumbrarte, ratoncita! —dice Hélénaïs, muerta de risa—. Espero que todo esto no te maree. Recuerda que ahora estás en la ciudad, no en el campo. —Mira el hogar, que no he tenido tiempo de encender, ya que entré precipitadamente—. Eres tan holgazana que has dejado incluso que se apague el fuego.

Se quita su capa, rígida a causa del frío, y la tira sobre el respaldo de una silla. A continuación, echa unos troncos en la chimenea y remueve las brasas con un tizón para reavivar las llamas.

—Quiero decir si hay una torre que sea «diferente» de las demás —insisto volviéndome hacia Suraj.

—¿Diferente? —repite mi compañero.

Sin saber qué decir, miro por el mugriento tragaluz, donde el día empieza a declinar. Cansada, no veo ninguna torre, solo tejados planos, con las sombras alargadas por el bajo sol invernal.

Los recuerdos del arcano bailan en mi mente, se superponen al nebuloso cristal. Cuando elegí la carta al azar, sentía la necesidad de saber dónde podía encontrar a la Dama de los Milagros. ¡Sí, ardía en deseos de encontrarla «esta noche»! ¿Y si el misterioso tarot hubiera oído mi pregunta? ¿Y si me hubiera contestado a través de esa carta?

¡Si al menos me la hubiera quedado, en lugar de dejar que el adivino recuperase las dos mitades rotas! Ahora solo puedo basarme en la memoria para intentar descifrar el hipotético mensaje. Si mal no recuerdo, se veía un incendio en las ventanas de la torre y unas personas saltaban al vacío para escapar de las llamas.

—Una torre golpeada por un rayo —susurro flotando en mis recuerdos—. Un terrible incendio.

—En los campanarios de París suelen caer rayos —comenta Suraj—, pero ¿a qué vienen esas preguntas, Diane?

—Solo es…, esto…, solo es una «intuición» —farfullo desviando la mirada del tragaluz.

Hélénaïs vuelve la cara de la chimenea, donde se ha agachado, para lanzar a Suraj una mirada cargada de doble sentido.

—¿Crees que el veneno del gul la hace delirar? Quizá deberíamos enviarla de nuevo a Versalles, al regazo del rey.

Al oírle mencionar al soberano, un recuerdo nítido y preciso pasa por mi mente: en lo alto de la torre decapitada que aparecía en la carta había unas troneras que formaban una corona.

—¡Una torre real! —exclamo—. ¡Tenemos que buscar una torre real! ¡La más alta de París! ¡Una torre con las puertas cerradas de la que solo se puede escapar saltando por la ventana! —Agarro al escudero indio por una de sus muñecas—: Respóndeme Suraj: ¿eso no te dice nada?

Mi compañero parece impresionado por mi determinación.

—Por la descripción podría ser la torre del Temple —murmura—. Es una prisión real, situada al norte del Marais, que se construyó en tiempos de los templarios. Su lóbrego torreón domina los tejados de las inmediaciones. Supongo que es imposible salir de él por las ventanas... sin correr el riesgo de romperse el cuello.

Suelto el puño de Suraj, el corazón me late a toda velocidad, tengo la garganta seca.

—Tenemos que ir allí esta noche. Ya os he dicho que tengo una... intuición.

—¡Ni hablar! —se opone Hélénaïs blandiendo el atizador bajo mi nariz—. En primer lugar, además de esas visiones delirantes, aún no te tienes en pie; en segundo lugar, Suraj y yo hemos planeado explorar hoy el cementerio de los Inválidos.

Suraj alza una mano para apaciguar la vehemencia de su compañera.

—Un momento, Hélénaïs. Diane parece sentirse mejor, ha salido de la cama y se ha vestido. Por otra parte, anoche visitamos el cementerio de Sang Eustache, anteanoche el de Vaugirard, entre otros, y en ninguno de ellos hemos encontrado una pista que nos permita acceder a la Corte de los Milagros. Los pocos gules que hemos conseguido atrapar solo nos han soltado unos gruñidos inarticulados. Nunca hemos coincidido con la Dama de los Milagros. Así pues, en lugar de seguir con nuestra lista de camposantos parisinos por inercia, quizá deberíamos fiarnos de la intuición de Diane, al menos por esta noche.

—Pero ¡eso es absurdo! —grita Hélénaïs.

—Puede que sí..., pero también puede ser que no. ¿Y si la sangre del rey hubiera agudizado la percepción de Diane más allá de los normales sentidos humanos? ¿Y si fuera ese su don tenebroso?

La escudera refunfuña, pero no se atreve a contradecir a su compañero por miedo a blasfemar, sin duda la sangre del rey es sagrada, al igual que sus poderes.

Suraj aprovecha el momento para abrir su capa, de la que saca una espada nueva y resplandeciente. Me la tiende.

—Te la regalo, es para reemplazar a la que perdiste —dice—. Solo es de acero, no de plata muerta, pero siempre es mejor que nada.

161

—En cambio, tu vestido no es gratis —suelta Hélénaïs—. Fui a encargarlo a una modista de la calle Dauphine; estará listo para el gran baile del Louvre. ¡Cinco escudos de oro en efectivo, no soy una hermanita de la caridad!

Para ir al barrio del Temple tenemos que cruzar el Marais: una de las zonas más opulentas de París.

En ella se suceden los magníficos palacetes privados, cuyas blancas fachadas resplandecientes destacan aún más en la penumbra del anochecer. A través de los altos ventanales veo que los criados encienden unas arañas gigantescas y escancian un líquido rojo en unos decantadores: la servidumbre se ajetrea antes del inminente despertar de sus amos vampyros. En las ricas mansiones suenan también algunas melodías para que los señores de la noche se levanten en un ambiente aún más agradable. Las notas de los clavecines se mezclan con el murmullo anémico de las fuentes, que están prácticamente heladas. En la calle, los faroleros se apresuran a encender la mecha de las grandes farolas de hierro forjado, porque en este barrio hay iluminación pública, a diferencia de lo que sucede en la mayor parte de la ciudad, poblada exclusivamente por plebeyos sometidos al toque de queda. En el Marais, los señores de la noche conviven con los nobles mortales, que están autorizados a salir al anochecer.

En cualquier caso, tras dejar atrás la calle de los Gravilliers, la iluminación pública desaparece y la arquitectura cambia por completo. Los palacetes de alabastro dan paso a unas casuchas negras que parecen derrumbarse unas sobre otras: la vieja ciudad medieval vuelve a hacer su aparición. Aquí no hay ventanas iluminadas: los postigos están herméticamente cerrados. Tampoco se oye música de cámara: un silencio mortal oprime las calles sumergidas en la gélida noche. París es de nuevo la Ciudad de las Sombras.

De repente, veo «la torre del Temple». Es un lúgubre torreón de, al menos, cincuenta metros de altura, con cuatro torretas en las esquinas. Aquí no hay soldados ni dragones vigilando, como en el Grand Châtelet o en los Inválidos. A pesar de que el Temple es un edificio real, en él no hay ni notables del reino ni religiosas de la Facultad, solo prisioneros, y nunca se ha considerado necesario otorgarle una protección especial.

—Sugiero que encontremos un lugar donde esperar a que anochezca —dice Suraj—. Si la intuición de Diane se confirma y aparece la Dama de los Milagros, es mejor que estemos a buen recaudo mientras se produce la primera subida de gules.

Dicho esto, se dirige hacia un edificio donde aparece un rótulo de hierro del que cuelgan unas estalactitas. Las letras desconchadas se extienden sobre una fina capa de escarcha: TABERNA DE LOS TEMPLARIOS. Los postigos también están cerrados, porque los establecimientos de bebidas cierran al anochecer.

Con su mano enguantada, Suraj llama tres veces a la puerta, que se entreabre exhalando algo de calor en el frío.

Unos ojos suspicaces parpadean en el resquicio.

—¿Qué desean?

—¡Ábrenos, tabernero!

—Está cerrado. ¡Esto no es el hospicio!

Al ver que la puerta va a cerrarse, Suraj mete una bota entre esta y el marco para impedirlo.

Además de la desconfianza, en la cara regordeta del tabernero se percibe también una vaga inquietud.

—¡Si han venido a cobrar la tasa de protección, este mes ya he pagado…! —empieza a decir el tabernero.

—No hemos venido a pedirle dinero, sino a ofrecérselo —lo ataja Suraj—. Estamos buscando un lugar donde dormir esta noche y podemos pagarle.

Saca una moneda de su bolsa.

El tabernero la mira con avidez, pero, en ese instante, el estridente tintineo del toque de queda resuena en los campanarios de París. El miedo a la noche es más fuerte que el cebo del dinero.

—Les he dicho que es demasiado tarde.

—¡Nunca es demasiado tarde para el rey, patán!

El sello real acaba con las últimas reticencias del tabernero. La puerta se abre y vemos a un hombre bien vestido, envuelto en una gruesa bata y con un gorro de dormir encasquetado hasta la mitad de la frente.

163

—Les… les doy la bienvenida a mi humilde establecimiento —balbucea—, el problema es que todas las habitaciones están ocupadas por los techadores que han venido para reparar el tejado de la torre del Temple.

Me estremezco bajo la capucha.

—¿Ha dicho el tejado de la torre?

—Sí, la semana pasada cayó un rayo en él.

Me domino para no soltar una risa nerviosa, alegre: ¡la torre golpeada por un rayo, como en el arcano! ¡El tarot dijo la verdad! ¡Estamos en el lugar correcto!

—Nos contentaremos con tu bodega, amigo —asegura Suraj deslizando una moneda en la palma del tabernero.

—Pero en el sótano no hay camas; además, la bodega es muy húmeda y, desde luego, indigna de unos enviados del rey.

—Nos va de maravilla, pues no pensamos dormir mucho. En cuanto a ti, te aconsejo que tampoco duermas a pierna suelta esta noche.

164

—No debiste decir al tabernero que nos ha enviado el rey, Hélénaïs —la regaña Suraj.

—Pero ¿no viste que ese paleto no nos quería dejar entrar? —replica mi compañera.

Estamos sentados en unos taburetes incómodos, alrededor de una lámpara de aceite. La llama proyecta la trémula sombra de la escudera en las paredes de ladrillos de la bodega. Su silueta aparece extrañamente deformada por las estanterías de madera carcomida, donde hay almacenadas botellas de burdo cristal y ánforas de tierra cocida.

—Da igual, no fuiste discreta —le reprocha Suraj—. No era necesario que le enseñaras tu salvoconducto.

—¿Y tú qué necesidad tenías de aconsejarle que duerma aguzando el oído? ¿Te parece discreto darle a entender que los gules no tardarán en subir?

—¡Parad ya! —tercio—. ¡Por lo que veo, ahora crees un poco más en mi intuición, Hélénaïs!

Mi compañera me fulmina con la mirada, como si de repente notara mi presencia, mientras pelea con el hombre cuyo corazón pretende conquistar.

—¡Solo creo lo que veo! —replica con altivez—. La historia del rayo que cayó en la torre del Temple solo es una coincidencia. Supongo que oíste fragmentos de conversaciones mientras recorríamos París el primer día y ¡luego el veneno del gul te lo hizo imaginar todo! Eso explicaría la «intuición» que no nos lleva a ninguna parte, salvo a una bodega húmeda donde se me están congelando hasta las nalgas.

—Esta bodega no es el peor lugar para esperar —le hace notar Suraj—. Las paredes están sólidamente cimentadas y la trampilla se cierra desde dentro. Estamos en un buen refugio. Si los gules emergen a la superficie, podemos esperarlos escondidos aquí y atacarlos cuando nos parezca oportuno.

Hélénaïs suspira irritada exhalando una nube de vapor en el halo de la lámpara de aceite.

—Bah… Vuelvo a repetir que no creo que atraparemos a la Dama de los Milagros esta noche. En cambio, gracias a Diane, ¡nos arriesgamos a atrapar a la Muerte!

Las palabras de Hélénaïs me hacen temblar más que el frío que reina en el sótano. «Atrapar a la Muerte…» Recuerdo el arcano sin nombre, el que me impedía elegir carta. ¿Y si la Muerte con eme mayúscula viniera a atraparme esta noche y me segase con su larga guadaña? A menos que la carta no tenga ningún sentido. A menos que nuestra presencia en el Temple sea simplemente fruto de una serie de coincidencias inciertas e interpretaciones dudosas, como asegura Hélénaïs…

—¡No tengo la mejor intención de morir trágicamente antes del gran baile del Louvre! —rezonga—. Confieso que estoy deseando que llegue. ¡Ah, volver por una noche a la civilización! Conversar con gente guapa, que huele bien, en lugar de respirar el fétido aliento del pueblo bajo y harapiento! ¡Saborear platos delicados, en lugar de la bazofia del Gato Amarillo! ¡Bailar en brazos de un atractivo galán y deslumbrar a los presentes! —Lanza una mirada a Suraj, cuya expresión grave no alienta precisamente las niñerías—. ¡Renacer, en una palabra!

Las horas transcurren en el silencio de la bodega, quebrado únicamente por las insoportables observaciones de la escudera.

165

A pesar de la capa, las botas forradas y los guantes, siento que mi cuerpo se va entumeciendo poco a poco, que se anquilosa sobre el taburete helado. Las sombras de la lámpara de aceite ejecutan en las paredes enmohecidas una danza extraña e hipnótica.

Mi mente también se adormece.

Mis sentidos se embotan.

Mis pensamientos se ralentizan.

Mantenerme despierta...

Tengo que luchar para no quedarme dormida...

De repente, el suelo empieza a temblar bajo la suela de mis botas, agitado por una vibración procedente de las entrañas de la tierra.

Las botellas entrechocan en las estanterías.

Un tamborileo furioso retumba en las paredes y el techo, haciendo caer una lluvia de salitre.

—¡Los gules! —grito.

Los tres escuderos nos ponemos en pie de un salto, mirando la trampilla cerrada con cadena que queda encima de nuestras cabezas...

Pero el peligro surge a nuestras espaldas.

Las estanterías y las decenas de botellas que contienen se vuelcan en medio de un gran estruendo de cristal roto.

Una corriente de aire polar penetra en la bodega y apaga la llama de la lámpara de aceite.

La noche nos devora con su boca clamorosa, erizada de colmillos.

—¡Ayayay!

Abro bruscamente los ojos, el corazón me late enloquecido.

—¿A qué viene ese grito de loca? ¿Cómo se te ocurre? —me espeta Hélénaïs.

La lámpara, que sigue encendida, ilumina su semblante encolerizado. Detrás de ella, la pared aparece intacta y las botellas siguen sabiamente dispuestas en sus estanterías.

—Tranquilízate tú más bien —le dice Suraj a la escudera—. Diane debe de haber tenido una pesadilla, eso es todo.

¿Una pesadilla?

Sí, ahora recuerdo que me adormecí un momento en el taburete; por lo visto, el resto me lo imaginé. Lo que me preocupa es que desde que bebí el Sorbo del Rey mis sueños tienden a ser desagradablemente premonitorios. Cuando me he visto morir en sueños... ¡ha sucedido que luego he estado a punto de hacerlo en la vida real!

—Creo que los gules no tardarán en llegar —balbuceo.

—¿Qué es, otra de tus falsas intuiciones? —se burla Hélénaïs—. ¡Puedes quedártela! Además, en caso de que los gules se decidan a aparecer de una vez, aquí estamos bien resguardados, como dijo Suraj. No saldremos de esta bodega hasta que la carga de esos seres espantosos termine, luego cogeremos a la Dama de los Milagros como si fuera una flor.

Mientras habla señala con un dedo la gruesa cadena que cierra la trampilla.

—Los gules no vendrán por ahí —digo.

—Entonces, ¡no vendrán!

Haciendo caso omiso de las burlas de la escudera, me precipito hacia las estanterías y empiezo a sacar las botellas, cuyo contenido está medio congelado.

—¡Ayudadme! —grito inclinándome para hacer rodar un pesado tonel.

—¿A qué quieres que te ayudemos? ¿A vaciar la bodega? Ya estás como una cabra, no creo que necesites emborracharte...

Hélénaïs no termina la frase, porque acaba de ver lo mismo que yo detrás de las estanterías: los ladrillos están arrancados. Ante nosotras se abre una galería estrecha que las botellas, los toneles y las ánforas tapaban; un revoltijo de objetos amontonados desde hace años.

—¿Cómo sabías que aquí había un pasaje? —me pregunta atónita.

—¡La cuestión no es saber cómo lo supo, sino cómo salir de esta! —exclama Suraj—. Creía que la bodega era segura, pero me equivoqué. Si el enemigo ataca por aquí, moriremos como ratas.

167

Dicho esto, saca la llave que le entregó el tabernero y corre hacia la trampilla para abrir la cadena.

En ese momento, las botellas que aún siguen en las repisas de madera empiezan a temblar ¡y a chocar entre ellas como en mi sueño!

Desenfundo la espada nueva.

Hélénaïs se ajusta a toda prisa el guantelete de plata muerta.

Un bramido resuena a lo lejos en el agujero negro de la galería, semejante a una trompa de caza llamando a la muerte, el halalí. Una terrible sensación de frío me penetra hasta los huesos: ¡los gules están cada vez más cerca!

—¡Rápido! —nos grita Suraj haciendo saltar la cadena.

Vacilantes subimos corriendo los escalones y salimos a la planta baja. La sala común está iluminada por un único farol, que se encuentra en el dintel de la chimenea, a modo de lámpara de noche.

Al otro lado de las paredes de la taberna, la noche se llena de gritos estridentes, algunos lejanos y ahogados, otros espantosamente próximos.

Varios hombres adormecidos, vestidos con largos camisones y con velas en las manos, bajan torpemente la escalera que da a la planta baja. Imagino que son los techeros, que se han despertado sobresaltados al oír el tumulto. El tabernero los empuja y se precipita hacia la puerta de la calle. El hombre se tomó en serio la advertencia de Suraj y no se desvistió; apuesto a que ahora lleva sus bienes más preciados en el abultado saco que se ha echado a la espalda.

—¡No! —le grita Suraj—. ¡La matanza ha comenzado! Este edificio parece sólido, así que debemos resistir el asedio.

Lívido, el tabernero se queda clavado en la puerta.

—¡Ayúdennos a bloquear la bodega! —ordena el escudero.

Los obreros se apresuran a echarnos una mano y juntos volcamos sobre la trampilla la mesa más robusta del establecimiento. Pero, a pesar de que amontonamos también las sillas y los taburetes para reforzar la improvisada barricada, todo es inútil, pues la erupción procedente de las profundidades de la tierra es demasiado fuerte. De repente, toda esa construcción tiembla, se tambalea y acaba derrumbándose en medio de un estruendo de madera rota.

Horrorizada, veo que la trampilla se rompe en mil pedazos. Unas patas largas y lampiñas emergen de ella.

Suraj se abalanza sobre la abertura, haciendo girar su daga. La doble hoja corta sin el menor esfuerzo los dedos monstruosos que se han aferrado a los bordes, la plata muerta cercena la carne gulesca.

Hélénaïs sale en su ayuda con su temible guantelete. Las garras metálicas de este hienden el aire a una velocidad increíble, redoblada por la sangre del Inmutable, hasta tal punto que no puedo seguir sus movimientos. En cualquier caso, logro ver pedazos de carne pálida saltar alrededor de mi compañera a medida que esta se va abriendo paso entre las abominaciones.

Suelto un grito ronco y ataco a mi vez, adentrándome en el oscuro agujero con mi espada.

Quizás entre los tres podamos contener la jauría invisible que intenta abrirse paso.

Apenas formulo esa disparatada esperanza en mi mente, siento que un viento intenso me azota la nuca. La ráfaga procede de la puerta: cediendo al pánico, el tabernero ha puesto pies en polvorosa. El pobre tipo no debe de haber ido muy lejos, porque oigo sus gritos de terror, seguidos poco después de estertores de agonía.

Una nube rugiente y negra entra por la puerta abierta.

El maremoto procedente del exterior nos obliga a volvernos y a dejar la trampilla a nuestras espaldas. Los obreros sueltan las velas, que se apagan al caer al suelo. Doy varios golpes de espada al azar, en la oscuridad donde brilla lechosa una multitud de ojos gulescos.

—¡Por aquí! —se oye la voz de Suraj en alguna parte, en medio del caos.

Oigo que se rompe un postigo y luego el estridente tintineo del cristal al quebrarse: el escudero acaba de reventar una de las ventanas para ofrecernos una vía de escape.

Un pálido rayo lunar penetra en la taberna, sumida en las tinieblas, iluminando un espectáculo directamente salido de las entrañas del infierno.

Los gules son tan numerosos, proliferan de tal manera, que ni siquiera se puede ver el suelo; forman una masa indiferenciada, semejante a una monstruosa larva blanquinosa erizada por una multitud de miembros, un ciempiés asesino creado para arrancar las vísceras de sus víctimas y despedazarlas. Los desafortunados obreros han desaparecido por completo bajo el remolino orgánico, cuyo olor a putrefacción revuelve el estómago.

Siento la tentación de desenroscar mi anillo de ónix; de arrojar un poco de luz para desgarrar las Tinieblas mortales...

«¡No, Jeanne!»

«¡Ahora no!»

«¡Recuerda que solo puedes utilizarlo una vez!»

Hélénaïs es la primera en saltar por la ventana rota. Tras tomar impulso, la sigo y aterrizo en el empedrado cubierto de hielo, en la calle.

El barrio del Temple, que estaba tranquilo y silencioso cuando llegamos, es ahora un auténtico pandemonio. Unas hordas sin contorno quiebran la penumbra acosando a cientos de aterrorizados habitantes; y desgraciados los que tropiezan, porque los atacantes los agarran, los pisotean y los despedazan en un abrir y cerrar de ojos. El crujido de las vigas se confunde con otro más sutil de huesos triturados. De cuando en cuando, la llamada de un invisible cuerno de caza lo entierra todo. Dominando la masacre, destaca el tejado desventrado de la torre del Temple, coronado por un cuarto de luna impasible.

—¡Debemos batirnos en retirada! —jadea Suraj—. ¡No podemos competir con ellos!

Por fuerte que sea mi deseo de matar a la Dama de los Milagros, sé que tiene razón: los gules acabarán con nosotros antes de que aparezca su ama.

Pero Hélénaïs no quiere atender a razones:

—No nos iremos hasta que no hayamos capturado a la Dama —gime con una expresión en la cara que muestra cómo vacila entre el instinto de supervivencia y la necesidad de satisfacer al rey.

La indecisión hace mella en su rapidez sobrenatural, cosa que la desprotege; por eso no ve la sombra acurrucada en el canalón que hay justo encima de su cabeza, como una gárgola a punto de venirse abajo.

—¡Cuidado! —grito.

El gul, que es dos veces más robusto que el que desafié en los Inocentes, se abalanza sobre la escudera. Hélénaïs cae al suelo. Aplastada bajo la resplandeciente masa de músculos, no puede servirse de sus reflejos sobrehumanos ni de su guantelete.

Suraj se precipita hacia ella para ayudarla, pero tres gules salen de detrás de la taberna y se interponen en su camino.

Apretando con las manos sudadas la empuñadura de mi arma, corro para socorrer a mi compañera, pero todo es en vano: a pesar de ser nueva, la espada no es de plata muerta, sino de acero, de forma que la hoja resbala por el grueso espinazo del gul y solo hace unos cortes en su carne viscosa.

La criatura vuelve hacia mí su repugnante hocico. Su nariz quebrada tiembla cuando mi olor penetra por los agujeros que hacen las veces de fosas nasales. Sus inmensos ojos pálidos me escrutan. Me recuerdan los ojos de los pescados que venden en el mercado, porque los globos aparecen muertos y vidriosos. Aunque no están del todo vacíos: a pesar de la ausencia de pupilas, comprendo que, a su manera, me ven, y cuando lo hacen tengo la vertiginosa sensación de que el abismo me mira.

—¡Suéltala! —masculло alzando mi pobre espada.

El gul estira sus babosos labios dejando a la vista dos aterradoras filas de dientes: es la mandíbula de una hiena. Lanza un rugido y exhala un aliento mortal que agita los mechones de mi frente y arranca lágrimas a mis ojos.

—Yo... ¡te he dicho que la sueltes! —grito bajando mi arma una y otra vez.

El filo de la hoja se mella cada vez que golpea la rugosa epidermis, que apenas logra arañar.

La criatura se levanta de un salto.

Me mantengo firme, protegiéndome con el lado plano de la espada a modo de escudo.

El pecho del gul choca con ella emitiendo unas vibraciones de dolor que penetran incluso en mis huesos. La espada empieza a temblar en mis puños apretados; paralizados, mis músculos flaquean. El gul infernal se acerca poco a poco a mi cara...

171

De repente, una lengua increíblemente larga sale por sus colmillos amarillentos y se extiende hacia mí; unos hilos de saliva chorrean en el aire, pegajosos. La esponjosa lengua choca con mi mejilla y succiona emitiendo un ruido terrible. ¡El mismo órgano que anoche entró por el agujero de una tibia para extraer la pútrida médula!

En el preciso momento en que me siento desfallecer de espanto y repugnancia, cuando mis últimas fuerzas están a punto de abandonarme, la horrible lengua se aleja de mi mejilla. Un aullido sale del hocico del monstruo que está a unos centímetros de mí:

—¿Quién eres tú?

Se me hiela la sangre, el pánico que siento es mucho peor que el miedo a morir. Esa voz ctónica parece tan profunda como las entrañas de la Tierra, donde nacen los gules por generación espontánea, pero, por encima de todo, es imposible que pueda oírla: ¡se supone que esas cosas no hablan!

Antes de que pueda reaccionar, una sombra cubre el cuerpo del gul.

Una hoja cae en vertical sobre la cabeza calva de la criatura, sin resbalar. La daga es de plata muerta, de manera que se hunde hasta la empuñadura en la tapa del cráneo de mi adversario.

La mandíbula del monstruo se disloca.

La lengua cae lánguida hacia un lado.

Suraj me agarra un brazo. A sus espaldas, Hélénaïs se levanta jadeando.

Sin necesidad de decirnos nada, sabemos que las abominaciones no tardarán en arrollarnos, por lo que decidimos huir por los callejones negros y gélidos de la ciudad, alejándonos lo más posible del barrio del Temple.

11

¿Quién eres tú?

*E*l gul me habló.

Oí con toda claridad la frase que salió de su boca, que en teoría era incapaz de articular palabras humanas.

«¿Quién eres tú?» Esas cuatro sílabas cavernosas llevan toda la noche dando vueltas en mi cabeza en la posada del Gato Amarillo, donde nos refugiamos después de la derrota del Temple.

Esta mañana, tras largas horas de insomnio macerando en mis pensamientos y en la bilis negra, una jaqueca espantosa me oprime el cerebro.

A pesar de todo, me levanto, me visto y me aseo un poco ante el espejo desportillado que cuelga de la pared, encima de una palangana de agua fría. «¿Quién eres tú?» Mientras contemplo mi reflejo, pienso en la auténtica baronesa, cuya identidad he usurpado. Debido a la imprudencia que cometió al recibir a mi hermano en su casa y a la cobardía de no advertirnos de que la Inquisición iba a por nosotros, Bastien y el resto de mi familia murieron. Cuando su padre, el barón, quiso atravesarme con su espada ropera, yo, la última Froidelac que seguía con vida, utilicé su arma como escudo. Habría preferido que todo eso no sucediera, porque quizá la auténtica Diane de Gastefriche no era tan mala, dado lo mucho que la quería Bastien. Es posible que, a su manera, fuera también víctima de una educación rígida, de un padre tiránico, de las terribles circunstancias que se viven en la Magna Vampyria...

Llaman a la puerta.

Reprimo mi nostalgia.

—¡Adelante!

Son Suraj y Hélénaïs. Como de costumbre, nos reunimos en mi habitación para tomar un desayuno frugal a base de pan seco y café diluido. A juzgar por sus caras descompuestas, han debido pasar una noche tan agitada como la mía.

—Estuve en un tris de capturar a la Dama de los Milagros —murmura Hélénaïs con la nariz hundida en su cuenco de café—. Habría sido estupendo entregarla al rey atada de pies y manos en el gran baile del Louvre del 20 de diciembre. Si Diane no me lo hubiera impedido, lo habría logrado.

Su mala fe me deja sin aliento.

—¿Impedido? —Me atraganto—. ¡Más bien te salvé la vida! Ahora estamos empatadas.

La escudera deja el cuenco, malhumorada.

—¡No estamos empatadas! —exclama—. ¡De eso nada! Nos estás ocultando algo. ¿Cómo sabías que los gules iban a atacar anoche en el Temple?

—Ya te lo he dicho, lo intuí.

—¡Tu intuición! ¡Es la excusa perfecta! ¡Ahora nos dirás que gracias a tu intuición descubriste también la guarida oculta tras las estanterías de la bodega!

No sé qué contestar, porque no me atrevo a hablarles de mis extraños sueños premonitorios. Es algo demasiado íntimo, demasiado peligroso, porque revela una parte de mí que no comprendo, que se me escapa por completo.

—Una corriente de aire me puso en alerta, eso es todo —miento—. No tengo nada más que añadir.

—En cambio, creo que tienes mucho más que añadir. Cada vez estoy más convencida de que no eres la que dices ser.

Aprieto bien el cuenco con las manos para evitar que tiemblen visiblemente.

Suraj, que suele intervenir enseguida para aplacar la belicosa vehemencia de Hélénaïs, guarda silencio esta vez. Además, sus ojos negros me miran desconfiados.

—Pero ¿qué dices? —farfullo a la defensiva—. ¡Por supuesto que sabes quién soy! Una tosca baronesa de provincia, como tanto te gusta recordarme. ¡Una escudera decidida a capturar a la Dama de los Milagros antes que tú para ganar el favor del monarca!

Sarcasmos aparte, ¿de verdad sé quién soy? El Sorbo del Rey parece haber abierto en mí un oscuro abismo. Un pozo sin fondo del que emergen unas lúgubres premoniciones y unos talentos ocultos, como el de comprender la lengua de los gules.

«¿Quién eres tú?» La voz cavernosa vuelve a pasar por mi mente.

¡Si al menos lo supiera!

—Creo… que el veneno del gul aún no ha dejado de hacerme efecto. Tengo una jaqueca terrible. Hoy debería guardar cama.

—Es lo más prudente, en efecto —corrobora Suraj—. Hélénaïs y yo vamos a volver al barrio del Temple para tratar de encontrar algún indicio. Nos volveremos a ver esta noche, después de nuestra ronda.

Los dos escuderos terminan el desayuno en silencio y a continuación abandonan mi habitación sin decir una palabra.

Oculta bajo la capucha de mi capa, atravieso las calles frías a grandes zancadas.

He salido del albergue justo después de mis compañeros. En esta ocasión, sin embargo, he forzado la cerradura de mi cuarto para no perder tiempo pasando por los tejados. Solo me mueve un objetivo: volver a los Inválidos para interrogar de nuevo al adivino. Necesito que me eche otra vez las cartas, que me ayude a comprender lo que sucedió ayer en el Temple, pero, por encima de todo, lo que ha despertado en mí el Sorbo del Rey.

Mientras me dirijo hacia el barrio de Les Halles, tengo la clara impresión de que alguien me sigue. Miro por encima del hombro en cada cruce esperando ver a Suraj y a Hélénaïs pisándome los talones, pero solo diviso a unos mendigos harapientos ocupados en sus tareas, indiferentes a mi presencia.

Ya no sé si puedo confiar en mi instinto.

¡Todo es tan confuso en mi mente!

Al llegar a los Inválidos, subo por el talud, paso por debajo de las arcadas y cruzo el cementerio a toda prisa en dirección al reclusorio.

A diferencia de ayer, hoy no hay ninguna fila, nadie espera para ver al Ojo de los Inocentes. ¡Menuda suerte! Me precipito hacia el ventanuco…, pero, a unos metros de la pequeña torre, paro en seco. Un lado del reclusorio está abierto: los ladrillos han saltado dejando un agujero de varias decenas de centímetros.

—¿Señor adivino? —llamo.

Nadie responde.

Con la mano apoyada en la empuñadura de mi espada, entro por el agujero contorsionándome.

En un primer momento, el olor a cerrado y a humedad orgánica me agrede: es el hedor de una vida pasada en esta celda estrecha, del tamaño de una jaula. Poco a poco, mis ojos se acostumbran a la penumbra del lugar, de manera que al final puedo ver el miserable mobiliario. Un jergón seco, lo suficientemente grande para poder yacer acurrucado, ocupa casi todo el suelo; a su lado hay un orinal desportillado; por último, también un nicho poco profundo con montones de huesos de pollo roídos y los cabos de las velas que le ofrecen los visitantes.

176 Entre los ladrillos esparcidos aquí y allí veo un objeto metálico. Me inclino para examinarlo; al hacerlo, mis riñones chocan con las paredes, que están muy juntas. Es mi espadín. Me pregunto si el adivino lo habrá utilizado para abrir las paredes de su prisión. Me cuesta imaginar sus manos frágiles y raquíticas manejando mi arma como un pico, pero, al mismo tiempo, es cierto que su fuerza me sorprendió cuando me agarraron la primera noche.

El resultado salta a la vista: el prisionero que ha vivido tantos años aquí, hasta tal punto que ni siquiera recordaba su nombre, ha desaparecido. Además, se ha llevado con él su precioso tarot y mis esperanzas de poder comprender el misterio que me carcome.

Al coger la empuñadura de mi espadín, veo un pedazo de papel encima de él. En realidad, es un envoltorio roto y lleno de polvo, que, sin duda, sirvió para empaquetar un buñuelo o una de las ofrendas que el adivino recibía de sus admiradores. Entre las manchas de grasa percibo una caligrafía extraña, tan temblorosa como la de un viejo, pero a la vez tan aplicada como la de un niño.

NUNCA ENCONTRARÁS
LA CORTE DE LOS MILAGROS,
PERO ES POSIBLE
QUE LA CORTE DE LOS MILAGROS
TE ENCUENTRE CUANDO HAYAS
PERDIDO TODA ESPERANZA.

LOS SUEÑOS MÁS MARAVILLOSOS
SE HACEN REALIDAD.
LAS PESADILLAS
MÁS ESPANTOSAS
TAMBIÉN.

La idea de que el adivino haya podido prever mi visita me produce vértigo. ¿Vaticinó que regresaría después de haber venido dos veces a la Corte de los Milagros para hablar con él? ¿O lo leyó en el tarot? ¿Le revelaron también las cartas esta lúgubre profecía?

Aturdida, me meto el papel en el bolsillo y salgo al día resplandeciente con el espadín que acabo de recuperar en el reclusorio.

—¡Es señal de gran desgracia! —gime una voz muy cerca de mí.

Guiñando los ojos, distingo a una mujer menuda envuelta en varias capas de harapos. Parece inquieta.

—Si los emparedados empiezan a salir de su encierro, significa que el apocalipsis se aproxima —se lamenta—. ¡La Noche de las Tinieblas nos acecha y, con ella, la noche en que la Dama de los Milagros asolará París para siempre!

—¿Sabe usted si el Ojo de los Inocentes se ha marchado? —le pregunto.

—¿Quién sabe! ¡Puede que se haya ido al diablo! —grita retorciendo sus manos, envueltas en unos mitones remendados.

Consciente de que no voy a poder sacar nada de ella, echo a andar a buen paso.

Mientras recorro el camino de regreso, vuelvo a tener la fuerte sensación de que alguien me está siguiendo. ¿Y si fuera el Ojo de los Inocentes? Jamás he visto su cara, de manera que sospecho de cada viejo con el que me cruzo.

La sensación no me abandona siquiera en el Gato Amarillo, donde esperaba encontrar algo de alivio para poder pensar con tranquilidad. Subo a mi habitación y cierro con llave la puerta, también los postigos.

Puede que ese sea el último recurso que me queda: dormir. Hundirme en el negro abismo de los sueños e intentar sacar de él perlas premonitorias, como, a mi pesar, ya he hecho en varias ocasiones.

—Me gustaría que esto durara siempre…, pero vas a enfriarte —murmura dulcemente Tristan a mi oído.

LA CORTE DE LOS MILAGROS

A través del escote de su camisa, con la mejilla apoyada en su suave piel, oigo palpitar su corazón vivo.

El viento agita la hierba alta del claro alrededor de nuestros cuerpos enlazados.

—Jamás me enfriaré en tus brazos —digo estrechándome un poco más contra su pecho.

—Mis brazos no podrán calentarte durante este invierno que se acerca.

Alzo los ojos hacia la cara de Tristan para silenciarlo con un beso.

Sin embargo, en lo alto del torso, no veo su cabellera rubia agitada por la brisa ni sus ojos llenos de afecto, del color del cielo estival: lo único que veo es un cuello cortado de un solo tajo.

La llamada del toque de queda me despierta de golpe.

Emerjo del negro torpor donde he estado enterrada todo el día. Como sueño premonitorio solo tengo un recuerdo: el del primer beso que nos dimos Tristan y yo, que contrasta con el último golpe de espada que nos separó para siempre.

Por lo visto, es imposible soñar por encargo. Las horas que he pasado vestida en la cama no me han iluminado, solo me han traído ese extraño recuerdo del pasado, intensificado por un fuerte dolor de cabeza.

Cuando me levanto para ir a buscar las píldoras de salvia blanca en el zurrón, suenan tres golpes en la puerta. Deben de ser Suraj y Hélénaïs, que han regresado de su peregrinaje.

—¡Adelante! —grito tras echar un puñado de píldoras en mi boca.

La puerta se abre y aparece una silueta encapuchada. Me basta una mirada para comprender que la capa que viste no es la de los escuderos.

Hago ademán de coger mi espadín, que hoy acabo de recuperar, para combatir con el intruso que ha venido a capturarme en el despertar, igual que hizo Paulin en mi habitación de Versalles.

—Vengo en son de paz —afirma una voz, cuyo acento inglés reconozco de inmediato.

Acto seguido, se quita la capucha, lo que me permite ver los altos pómulos de lord Sterling Raindust.

La gruesa y brillante cresta castaña se levanta enseguida sobre su cráneo de proporciones perfectas: hay que reconocer que la cabellera de los vampyros tiene una vitalidad sobrenatural, mágica.

—¿Cómo ha sabido que me alojo aquí? —le digo sin bajar la guardia.

—He hecho mis averiguaciones, señorita de Gastefriche —responde con su leve sonrisa fría, puntuada por el palillo que parece acompañarlo siempre—. Su admirador, Mortange, no se equivocaba cuando dijo que soy una especie de espía.

—También me dijo que debía desconfiar de usted.

El vampyro me mira con sus ojos sombríos, marcados con lápiz negro. Su tez ambarina resplandece de forma casi sobrenatural bajo la difusa luz de la lámpara de aceite del techo. Su vacilante llama se refleja en el borde del alfiler que lleva prendido en una oreja.

—En cambio, el vizconde se equivocó en ese punto —murmura—. No debe desconfiar de mí, al contrario. He venido para ponerla en guardia contra un peligro que la amenaza. Permítame que cierre la puerta para que podamos hablar tranquilamente.

Sin aguardar mi respuesta, empuja con delicadeza la hoja de madera que tiene a sus espaldas.

El picaporte se cierra con un chasquido casi imperceptible.

—¡Le advierto que mi espadín es de plata muerta! —exclamo—. ¡Además, mis compañeros de armas no tardarán en volver!

—No creo. Los he enviado a la otra punta de París, a la Chaussée-d'Antin, para que podamos hablar con calma.

Un sudor frío me resbala por la columna vertebral. La temperatura de la habitación ha bajado varios grados desde que entró el vampyro, hasta el punto que incluso las brasas de la chimenea se han enfriado.

—¿Qué significa eso de que los ha «enviado» a la otra punta de París?

—¡Oh, nada más sencillo! —responde mientras se sienta en la mesita donde suelo comer con mis compañeros—. Pagué a un niño de la calle, uno de esos que van de un barrio a otro saltándose el confinamiento. Le pedí que les dijera que la Dama de los Milagros dejó un rastro en la Chaussée-d'Antin. Sus amigos quisieron ir enseguida a indagar, para adelantarse a la policía, porque no creo que estén colaborando en este asunto con L'Esquille, ¿me equivoco?

Aprieto los labios, preocupada de que ese personaje sepa tanto sobre una misión que se supone que debería ser secreta.

—En cuanto a la manera en que he dado con usted, me bastó seguir a los cuervos que el rey envía a Suraj de Jaipur. Porque debe saber que los dos se escriben todas las noches.

—¡Lo sé! ¡Los escuderos no tenemos secretos entre nosotros!

Es mentira: Suraj admitió que había recibido un cuervo del rey, pero no sabía que los dos se enviaban mensajes a diario.

Sterling Raindust deja de jugar con el palillo y se lo pone detrás de una oreja. Concentra toda su atención en mí; me escruta con sus ojos negros, como si pretendiera leerme el pensamiento.

—¿Sabe usted que es objeto de buena parte de esa correspondencia? —me pregunta.

—¿Qué? —Me atraganto.

—He interceptado varios cuervos y después los he vuelto a soltar. Ha de saber que, a pesar de que mi transmutación es reciente, porque se produjo en el 296 de la era de las Tinieblas, cuando era un veinteañero, durante estos tres años de inmortalidad he desarrollado un vínculo especial con los pájaros nocturnos.

Reflexiono sobre sus palabras mientras bajo poco a poco la punta de mi espada. El problema con los vampyros es que resulta imposible saber su verdadera edad; sin ir más lejos, Alexandre parece tener siempre diecinueve años, pero en realidad infesta la Tierra desde hace varias décadas, puede que incluso varios siglos. En cambio, la edad de Sterling Raindust corresponde más a su apariencia: solo tiene veintitrés años. Así pues, fue mortal durante buena parte de su vida hasta el día de su transmutación. Ese hecho hace que lo encuentre más... humano. En cuanto al «vínculo especial» con los cuervos que

181

acaba de mencionar, por lo visto algunos señores de la noche tienen el don de gobernar a los animales nocturnos.

—Leer la correspondencia privada del rey es un crimen de lesa majestad —le advierto a regañadientes, sentándome delante de él—. Si llegara a saberse, lo empalarían en el muro de la Caza.

—Como acaba de decir, si llegara a saberse —responde de forma lacónica—, pero eso nunca sucederá.

Suelto una carcajada nerviosa.

—He oído hablar de la flema inglesa, y es evidente que a usted no le falta, incluso puedo decir que raya la inconsciencia. No olvide que está hablando con la escudera favorita del rey. ¡Bastaría una palabra mía para condenarlo!

—No creo que la pronuncie —responde sin inmutarse—. En cuanto al favor del rey, cualquiera sabe que es veleidoso. Menuda manera de tratar a una favorita, usarla como cebo.

No logro disimular mi asombro.

—¿Como «cebo»?

—Me ha oído perfectamente. Es el término que aparece en los mensajes. Salvando al rey de la muerte definitiva, no solo ganó amigos; al contrario, todos los que, por una razón u otra, se oponen a la corona le tomaron antipatía. En el pulso que mantiene con Luis para hacerse con la corona, la Dama de los Milagros daría lo que fuera por atraparla. Usted es un símbolo. De manera que esa es la estrategia que ha concebido el Inmutable: que usted atraiga a su enemiga, como un pez muerde el anzuelo.

—No entiendo…

—Por sus venas fluye un poco de sangre real. Esa sangre se podría definir como una especie de inigualable amante místico. Si la Dama de los Milagros la captura y la lleva a su guarida subterránea, el Inmutable vendrá a París. Una vez en la ciudad, el vínculo de sangre que le une con usted le permitirá localizarla desde la superficie, siempre y cuando siga viva…, y arrasar la Corte de los Milagros.

Las palabras del vampyro inglés me producen vértigo. Desde que tomé el Sorbo del Rey trato de olvidar que mi cuerpo contiene un poco de la esencia tenebrosa del monarca. Sterling Raindust acaba de recordármelo de la manera más cruel posible.

—En sus cartas, el rey pide a Jaipur que la exponga de forma desvergonzada —afirma—, para que la Dama de los Milagros y sus esbirros puedan atraparla fácilmente.

El recuerdo de la primera vez que estuve en los Inocentes pasa por mi mente como una bofetada. Cuando sufrí el ataque del gul estaba completamente sola… Ahora que lo pienso, la orden de Suraj de que nos separáramos para hacer salir a las abominaciones solo tenía como fin exponerme. Dejó que me aventurara por el cementerio como si estuviera pescando con mosca y lanzara lejos la carnaza para capturar una buena presa.

Recuerdo que me aseguró que la sangre del Inmutable era nuestra baza contra los gules. En realidad, no pretendía decirme que el don tenebroso que me iba a procurar el Sorbo me haría invencible, al contrario, ¡sabía que esa sangre maldita me iba a convertir en una víctima sacrificial en la investigación cuyo objetivo es encontrar la Corte de los Milagros!

—Fue el rey quien le dio la idea de dormir en ese albergue tan desprotegido de la ciudad, en lugar de en el Grand Châtelet, que está bien vigilado —prosigue Sterling—. Por otra parte, L'Esquille no salió a buscaros. ¿No le sorprendió?

—Pero si estamos aquí de incógnito… —balbuceo aferrándome a mis últimas certitudes.

Una emoción ambigua se dibuja en el semblante del vampyro. Es la primera vez que lo veo sonreír de verdad, dejando a la vista sus dientes blancos; sin embargo, su expresión es, si cabe, más fría que la que tenía cuando el palillo le impedía estirar del todo los labios. En su sonrisa hay algo que se tambalea, es distante…, profundamente melancólica.

—Es posible que Jaipur le hiciera creer eso —dice—. En realidad, en los bajos fondos de París se murmura que los escuderos del rey se alojan en el Gato Amarillo. A decir verdad, no es necesario recurrir a un espía para encontrarla, basta saber a quién preguntar.

Trago saliva, pero no logro eliminar el sabor acre que tengo en la boca. Durante los días de convalecencia, Suraj me pedía que guardara cama mientras él salía con Hélénaïs…, pero no lo hacía tan solo para que me recuperara. Su intención era también —¡sobre todo!— que la Dama de los Milagros acudiera al albergue. ¡Sola en mi habitación, sin siquiera mi espada de plata muerta, era una presa ideal!

Cuando pienso que hace apenas unos minutos me jacté delante de Sterling de ser la escudera favorita del rey… Ahora me avergüenzo. En mi debilidad, comprendo que atribuí al soberano sentimientos humanos y llegué a creer que tenía cierto afecto por mí. ¡Menudo error! Montfaucon estaba en lo cierto cuando me habló de la «sabiduría maléfica» del tirano, afinada a lo largo de los siglos. Solo soy un simple instrumento en sus manos. ¡Utiliza a su «pequeña ratoncita gris» para despertar el apetito de la gata Hécate!

—¿Por qué? —pregunto con los puños apretados sobre la mesa.

—Ya se lo he explicado, para atraer al enemigo.

—No, lo que quiero saber es por qué me cuenta todo esto. ¿Qué interés tiene en este asunto?

La extraña sonrisa del lord se hace más amplia, aunque, a pesar de eso, no gana un ápice de calidez.

—Mi interés es el de la corona inglesa, por supuesto —afirma en tono monocorde e inexpresivo—. Nuestra reina, Anne Stuart, no quiere que el Inmutable se apodere de las legiones de gules que pululan en las entrañas de París. El equilibrio de poder que existe entre las naciones vampýricas ya es demasiado frágil. *The Darkness save the Queen!*

—*The vice-queen* —le corrijo—. Los países europeos, incluida Inglaterra, están sometidos al Rey de las Tinieblas.

—En efecto, sometidos, igual que usted, pero el sometimiento no implica un avasallamiento total. A los virreinatos les sucede como a los cortesanos: les conviene doblegarse al soberano, pero guardando alguna baza en el bolsillo, por si acaso. Es el secreto para sobrevivir, ascender y durar.

El paralelo entre la corte de Versalles y la concordia entre las naciones me desconcierta. Comprendo que, a pesar de su reciente transmutación y de sus maneras excéntricas, el joven lord es un experto en el juego diplomático.

—Ahora que conoce cómo la está utilizando el Inmutable, es libre de actuar en consecuencia —prosigue—. No para salvar a Londres, no, Diane de Gastefriche, sino para salvarse usted misma. Esté atenta, porque si la capturan y por milagro (no es un juego de palabras) logra sobrevivir en las profundidades, solo será un aplazamiento. Apenas dé con la Corte de los Milagros, el rey será despiadado: lanzará con ímpetu sus tropas para arrasarlo todo, sin hacer distingos. La única prisionera que quiere es la Dama de los Milagros, no usted. ¡No sobrevivirá a la batalla entre los gules y las tropas reales! —El lord entorna los párpados, marcados por una raya negra, como si quisiera verme mejor—. Diane de Gastefriche, la primera vez que la vi percibí en usted una fuerza impresionante. No parece una mujer que acepte morir con facilidad, aunque sea para servir a su soberano.

Los ojos oscuros del vampyro brillan con un resplandor misterioso, similar al de las últimas brasas que aún arden en el hogar. En un segundo pasa por mi mente la sospecha de que pueda conocer la fuente de mi «fuerza vital», de la sed de justicia que heredé de mis padres y que desde su asesinato es aún más ardiente…, pero no, es imposible. Montfaucon es demasiado prudente para ir enviando cuervos a diestro y siniestro. El inglés no puede conocer mi verdadera identidad.

—Le agradezco que me haya puesto sobre aviso —digo—. Estaré alerta, porque tiene razón: no estoy dispuesta a morir, pero el rey ha tomado una decisión. En sus cartas debe de haber leído que está a punto de interrumpir el suministro de víveres a París. En cuanto a nosotros, sus escuderos, no nos pedirá que regresemos a Versalles hasta que no lo hayamos librado de su enemiga.

—A menos que la enemiga desaparezca.

Sterling abre un lado de su capa y extrae un estuche de terciopelo, que deja sobre la mesa.

Tras desanudar la tela con sus pálidos dedos, saca una rutilante pistola.

—¿Sabe disparar? —me suelta.

—En los cursos de arte marcial de la Gran Caballeriza nos enseñaron sobre todo el manejo de las armas blancas, pero también los rudimentos de las armas de fuego. Además, cuando vivía en Auvernia, aprendí a apuntar con el tirachinas.

Sterling arquea una de sus negras cejas: el tirachinas no es propio de una señorita aristócrata como yo, aunque proceda de una recóndita provincia.

—Tiene usted talentos ocultos —se limita a decir—. Cuando llegue a las profundidades, tanto si es por propia voluntad como obligada por los esbirros de la Dama de los Milagros, tendrá que valerse de su puntería para matarla con una sola bala directa al corazón. Cuando la Dama muera, su ejército de gules se dispersará, porque esos monstruos nunca fueron capaces de organizarse antes de que ella apareciera. Cesarán los ataques coordinados y puede que entonces cuente con una posibilidad de regresar viva a la superficie.

Acaricio la pistola con la punta de los dedos. El hierro de mi anillo de ónix emite un leve chirrido al rozar el cañón de acero. Sterling ignora que ya poseo un arma secreta, la que me dio la Fronda. Y ahora resulta que la corona de Inglaterra me ha procurado otra.

Por una extraña coincidencia, el objetivo de Londres coincide con mi verdadero propósito: eliminar a la Dama de los Milagros para que el Inmutable no pueda adueñarse de sus poderes.

—Creía que la única manera de acabar con los inmortales era clavándoles una estaca de madera y decapitándolos después —le digo.

—De hecho, ese es el método tradicional. La estaca sirve para paralizar al vampiro y para detener su capacidad regenerativa antes de que la espada cumpla con su cometido. El problema es que esa técnica para matar de forma definitiva requiere un combate cuerpo a cuerpo y dudo que la Dama de los Milagros permita que alguien se acerque tanto a ella. —El inglés da la vuelta al estuche de terciopelo de la pistola: en la parte posterior hay cosidos una media docena de pequeños bolsillos que contienen balas plateadas—. Estas municiones son de plata muerta, ¡un metal tan temible como la hoja con la que me acaba de amenazar, mejor dicho, mucho más temible! Porque estamos hablando de plata muerta «encantada». Mediante una operación alquímica muy compleja —y formalmente prohibida por la Facultad en el continente—, los orfebres de la virreina Anne lograron modificar las propiedades del metal. Cada uno de estos proyectiles es fruto de miles de horas de trabajo alquímico en los sótanos secretos del palacio de Kensington, en Londres, para conseguir que se licúen cuando penetren en el blanco. Una vez en el corazón de un vampyro, el proyectil libera la plata muerta, que se expande por las venas de la víctima y neutraliza la tinieblina.

La tinieblina…, el humor místico que fluye por el cuerpo de los vampyros y les procura la vida eterna.

Lord Raindust baja instintivamente la voz para continuar con sus explicaciones, porque, como acaba de decir, el tema del que habla está rigurosamente prohibido por la Facultad, hasta tal punto de que el mero hecho de mencionarlo constituye una terrible blasfemia.

—Sin tinieblina para animarlo con un impulso sobrenatural, el cuerpo de un vampyro envejece de manera inexorable —murmura—. La Dama de los Milagros perderá su inmortalidad y, a la vez, sucumbirá al ser atravesada por la bala. Pero debe recordar que tiene que apuntar como sea al corazón, porque, en caso contrario, la plata muerta encantada no se expandirá por todo el organismo. Tiene seis balas, seis intentos, además de la que ya está en la recámara de la pistola.

Asiento con la cabeza, cojo el arma… y apunto el cañón hacia el pecho de mi interlocutor.

—¡Todo lo que acaba de decirme constituye alta traición! —silbo con el corazón acelerado—. ¡Puedo probar la pistola con usted y entregar su cadáver al rey!

A pesar de la poca distancia que nos separa, el vampyro no se mueve un milímetro. Nada en su semblante deja ver pánico ni inquietud, como si la perspectiva de su desaparición lo dejara indiferente.

—Podría hacerlo, en efecto —reconoce con absoluto aplomo—, pero no creo que lo haga.

—¿Le parezco incapaz?

—La considero demasiado inteligente.

Unas chispas profundas resplandecen en sus iris negros; unas lentejuelas doradas que ya noté en nuestro primer encuentro.

—«El mundo es un escenario y nosotros solo somos sus actores.»

187

—A ver si adivino: ¿Shakespeare?

Asiente gravemente con la cabeza.

—El Inmutable es el gran director del teatro de la Magna Vampyria. Reparte los papeles como le parece entre las personas y los pueblos. A sus ojos, usted es una figurante a la que ha decidido sacrificar para apresar a la Dama. Y si hay algo que detesta es que los actores salgan del escenario para declamar sus propias líneas.

Sterling Raindust no necesita decir nada más para que comprenda su mensaje: ofreciéndome esta información ha comprado mi silencio. Si revelo al rey que sé que pretende utilizarme, me arriesgo a perder su favor.

Bajo poco a poco el cañón de la pistola.

—Ha dicho que si encuentro la Corte de los Milagros, el rey tendrá que venir a París para «sentirme» —murmuro—. ¿No puede hacerlo desde Versalles?

—El vínculo de sangre es proporcional a la cantidad de esta. Los señores de la noche pueden sentir a su progenitura a varias leguas a la redonda, porque para crear un nuevo inmortal es necesario llenar su cuerpo con varios litros de sangre vampýrica. Usted solo es la escudera del rey, no una de sus creaciones. Por sus venas circulan apenas unos mililitros de su sangre, de manera que la señal es sutil. Llegado el caso, el monarca tendrá que venir aquí para encontrarla en las profundidades. —El joven lord desempolva su larga capa, que le permite pasar desapercibido en la oscuridad que reina en la ciudad—. Mate a la Dama de los Milagros y deje que su cuerpo se pudra en las galerías subterráneas, nunca la exhumarán de allí. El Inmutable no podrá censurar a nadie. Quizá piense que los poderes alquímicos de la domadora se agotaron y que las abominaciones acabaron devorándola. El ejército de gules se disolverá solo y usted regresará sana y salva a Versalles, donde podrá proseguir con su carrera de cortesana y aguardar su transmutación.

Mientras lo escucho, comprendo que Sterling desconoce mi verdadera identidad. Pensándolo bien, no veo ningún inconveniente en el pacto que me propone.

Meto la pistola y las preciadas balas en el fondo de mi zurrón.

—De acuerdo, me rindo.

—Bien, ahora debo marcharme —dice el visitante poniéndose en pie—. Tengo que irme antes de que sus queridos «compañeros de armas» regresen. —Pone el acento en la definición que yo misma he empleado y que, ahora que conozco la correspondencia secreta entre Suraj y el rey sobre mi persona, suena terriblemente falsa—. Está de más decir que no nos hemos visto esta noche. Esconda bien la pistola hasta que necesite usarla. Por lo demás, si por desgracia un tercero se entera de su existencia, nadie podrá probar que es cosa mía o de Inglaterra.

Hace amago de salir, pero yo también me levanto, azuzada por una extraña necesidad de saber más.

—¡Espere!

Le sujeto por la muñeca, pero la suelto enseguida, porque está tan fría como el mármol

—¿Qué pasa? —me pregunta el vampyro mientras sus ojos negros brillan a unos centímetros de los míos.

—El otro día, en el patíbulo de Montfaucon, Alexandre de Mortange dijo que es usted un anarquista. Además utilizó una palabra que jamás había oído para insultarle: punk.

Al oír la palabra con la que Alexandre le insultó, la cara de lord Raindust no se inmuta.

—La corte de Londres no es tan encorsetada como la de Versalles —me explica sin que sus ojos maquillados parpadeen un solo instante—. En Inglaterra, la Facultad es mucho menos escrupulosa que en el continente, y el *numerus clausus* también es menos severo. De hecho, transmutan muchísimo, no solo a los nobles de rancio abolengo, sino también a los pequeños caballeros o incluso a simples *gentlemen* sin oficio ni beneficio… como yo.

No doy crédito a mis oídos.

¿Un aristócrata sin título ha llegado a ser lord y vampyro?

Había oído decir que la virreina Anne estaba loca, pero esto supera con mucho lo que imaginaba. Un país donde incluso los pequeños terratenientes pueden acceder a la inmortalidad recuerda el sueño de los conspiradores de La Roncière y sería una pesadilla para el pueblo. Eso explica por qué Inglaterra codicia las poblaciones mortales del continente.

189

¡Sin un número *clausus* estricto, el número de chupasangres ha debido de dispararse!

Sterling nota mi semblante de asombro.

—En la Cámara de los Lores, los grandes señores nos miran como estás haciendo tú esta noche —afirma pasando bruscamente al tuteo—: con inmenso desprecio.

—Se equivoca… —empiezo a decir.

—No te molestes en negarlo, baronesa. Yo mismo no oculto que procedo de un medio próximo a la plebe. Mis padres no tenían un céntimo en el bolsillo para reparar el tejado de su vieja mansión. La residencia ancestral de los Raindust se sigue llenando de agua en este momento. Si he de ser franco, creo que es así, porque corté toda relación con mi familia el día en que abandoné la propiedad y me marché a Londres a seguir mi camino. Como no tenía un duro, viví como un auténtico plebeyo. Sí, así es, baronesa: ¡comí, bebí, dormí y amé como un pordiosero! Hasta que conocí a la que me transmutó en los bajos fondos, donde los mortales y los vampyros se mezclan en un eterno desenfreno.

Probablemente piensa que sus palabras me escandalizan.

Su fogosidad llega a agitar el alfiler que cuelga de su oreja, hasta que lo detiene con la punta del dedo índice.

—Guardé este aderezo de mis años londinenses para recordar que, antes de convertirme en lord a cargo de la corona, me vestía con harapos y los sujetaba con alfileres. En cuanto a la costumbre de morder el palillo, la adquirí en los teatros del Covent Garden, donde trabajé como empleado de decorados para ganarme el pan; he conservado el tic, a pesar de que ahora no me quedan restos entre los dientes. No quiero olvidar que no hace mucho tiempo aún era mortal. —Su boca se tuerce en un rictus entre amargado y triunfal, que me permite ver por primera vez la punta de sus caninos, que ha hecho asomar voluntariamente—. Sé que a la buena sociedad de la Magna Vampyria estas maneras le parecen vulgares, pero soy lo que soy, baronesa, ¡tanto si te gusta como si no!

La fachada de mesura de la que hace gala el diplomático se quiebra por primera vez mostrando un temperamento mucho más desabrido. Incluso su lenguaje es más duro. Me mira con aire retador mientras intenta comprender el efecto que me producen sus provocaciones, porque no sabe que yo también procedo del pueblo con el que se ha visto obligado a mezclarse.

—Los nobles históricos de la alta aristocracia vampýrica han encontrado un término vulgar para designar a los recién transmutados sin un céntimo que se ensañan con la plebe: son los punk, los desechos, los canallas. Digan lo que digan, algo hemos de valer, porque ¿qué mejor que un maleante para introducirse en los bajos fondos de una capital extranjera? Eso fue lo que tuvo que pensar la virreina cuando me asignó a la embajada de París.

Recupera su palillo de la oreja y se lo mete en la comisura de la boca, como si quisiera sellarla con ese gesto. Sus labios se cierran en una expresión impenetrable que, según acabo de descubrir, oculta en realidad todo un magma de cólera reprimida. Sin lugar a dudas, es un diplomático curioso, como el extraño país que, según dicen, está devastado por la locura.

—¿Quién sabe, pequeña baronesa de Gastefriche? —murmura en tono sardónico—. Puede que te canses de competir con las demás lamemuertos de Versalles. Quizás un día, si tu transmutación se retrasa demasiado, cruces la Mancha para acelerarla. Esa noche, en una avenida oscura del Soho, mientras las guitarras vomitan sus acordes y la cerveza fluye a chorros, tendré el placer de sacarte toda la sangre del cuerpo para llenarlo con la mía.

Tras decir esas palabras, se pone la capucha sobre la cresta de color castaño, ocultando la cara, los ojos penetrantes, el palillo y el pendiente. A continuación, da media vuelta y se desvanece en la penumbra del pasillo.

12

Obsesión

—Siento regresar tan tarde —se disculpa Suraj empujando la puerta de mi habitación, con Hélénaïs detrás—. Seguimos una pista falsa.

—¿Una pista falsa? —repito fingiendo asombro.

—Oímos decir que la Dama de los Milagros había aparecido en la Chaussée-d'Antin, pero no encontramos nada. Tampoco esta tarde en el Temple. El barrio ha sido arrasado. Muchos de sus habitantes han desaparecido y hay un buen número de casas desiertas, pero no hemos dado con ningún indicio interesante..., salvo esto.

Con las mejillas azules por el frío, saca un pañuelo de su bolsillo y lo despliega encima de la mesa: son unos largos pedazos de cristal, como los que vimos en el monte Parnasse, muy diferente del cristal basto y casi opaco de las botellas de la taberna del Temple. Es uno de los materiales más puros y transparentes, digno de las vajillas que solo se lucen en las mejores mesas.

—¿Y tú? ¿Cómo te encuentras? —me pregunta Suraj quitándose la capa—. ¿Sientes aún los efectos del veneno gulesco?

Hago un esfuerzo para esbozar una sonrisa sosegada, a pesar de que hiervo por dentro. ¿Cómo es posible que se atreva a mostrarse preocupado por mi salud, él, que no ha dudado un segundo en utilizarme como un vulgar cebo?

—Va mejor —susurro—. Mucho mejor, diría. Hasta tal punto que esta tarde regresé a los Inocentes para buscar la espada que perdí el día que fuimos allí.

En el semblante de Suraj se dibuja una expresión de reproche.

—Pero ¡si la puerta estaba cerrada con llave!

—La forcé.

—¡No deberías haber salido del albergue sin decírnoslo!

—¿Ah, no? ¿Se puede saber por qué?

—Porque tenemos que velar los unos por los otros.

«¡Tú, sobre todo, tienes que procurar que el cebo no se desenganche del anzuelo y escape! ¡Farsante!», pienso.

—Ya te dije que debías desconfiar de ella —tercia Hélénaïs en tono de mofa—. Hoy ha forzado la puerta de su habitación, antes hizo lo mismo con la de mi armario en la Gran Caballeriza. Es desleal. ¡Diane y el espíritu de equipo son como el agua y el aceite!

¡Menuda cara tiene Plumigny, ella, que es la jugadora más individualista que conozco! Lo único que la diferencia del indio es que jamás me ha mentido sobre sus intenciones.

—Hablando de equipo, he de confesar que me siento como si estuviera de más —bisbiseo—. ¡Vosotros dos formáis un tándem tan perfecto, una pareja tan orgánica!

Al oír la palabra «pareja», Hélénaïs enrojece complacida mientras Suraj palidece un poco.

—Para ser sincera, estos últimos días he tenido la impresión de ser vuestra carabina —prosigo, consciente de que cada una de mis palabras es una auténtica tortura para el escudero—. No me encuentro a gusto con vosotros. Lo único que hago es frenaros. Quizá sea mejor que vaya por mi cuenta y que vosotros lo hagáis por la vuestra.

—No me parece una buena idea, Diane —balbucea Suraj.

—¡En cambio, a mí me parece excelente! —exclama Hélénaïs—. Si investigamos en dos frentes, duplicamos las oportunidades de dar con la Dama de los Milagros. Además, Diane tiene razón: no está a nuestra altura. —La escudera hunde sus ojos dorados en los de Suraj—. Tú y yo estamos hechos para aliarnos. Tú eres resistente, y yo, rápida: somos guerreros de élite. A diferencia de nosotros, Diane solo es una soñadora con una salud delicada, su lugar no es el campo de batalla. Dejémosla con sus visiones humeantes y sigamos nosotros por nuestra cuenta, los dos juntos.

Acto seguido, rebusca en su zurrón, saca una nota escrita con una pluma y me la entrega.

—Ten, es el recibo de tu vestido. Rosine Couture, calle Dauphine número veinticinco. El encargo estará listo el martes. Tendrás que ir a probártelo, por si han de hacer retoques. —Se vuelve de nuevo hacia Suraj—. Mi vestido también estará terminado a tiempo para el gran baile del Louvre, que tendrá lugar dentro de una semana. Entraremos juntos, cogidos del brazo. En tándem, como acaba de decir Diane. Ya veo nuestra imagen en la portada del *Mercure Galant*: ¡Hélénaïs y Suraj, la pareja más atractiva de la velada!

Él abre la boca para replicar, pero lo fulmino con una mirada amenazadora: «¡Si protestas, se lo contaré todo sobre Rafael y tú!». En realidad, no pienso hacer nada parecido, aunque solo sea por consideración a Rafael, pero es el momento de recordarle las bazas que poseo.

En ese instante se oyen tres golpes en la puerta. La criada nos ha traído la cena y la deja en el umbral, como se le ha ordenado.

Hélénaïs aguarda a que baje la escalera, haciéndola crujir, antes de coger los cuencos humeantes y el pan. Durante la cena, traza sus planes para el día siguiente mientras Suraj guarda silencio.

Luego llega la hora de acostarnos y los dos escuderos se dirigen hacia sus respectivas habitaciones. Apenas salen de la mía me pongo las botas y la capa, y meto mis cosas en el zurrón. ¡No pienso pasar una noche más bajo este techo, donde los esbirros de la Dama de los Milagros pueden venir en cualquier momento a capturarme mientras estoy en la cama! Además, dado que he dormido casi toda la tarde, no tengo sueño. Ha llegado la hora de desplegar las velas y navegar sola para descubrir al enemigo a mi manera.

Pero, en el instante en que pongo la mano en el picaporte de la puerta, este gira bajo mis dedos: Suraj ha regresado.

—¿No duermes? —le pregunto—. ¿Qué quieres de mí?

—Ya te lo he dicho —responde en voz baja cerrando la puerta tras de sí con extremado sigilo—. Quiero que te quedes con nosotros.

No sé lo que daría por gritarle a la cara que estoy al tanto de
sus intrigas. Aprieto los dientes para contener la rabia: no me
conviene que Suraj se entere de que sé la verdad.

—He tomado una decisión —insisto—. A partir de esta noche actuaré por mi cuenta.

—¿Dónde te alojarás?

—En el Grand Châtelet, por supuesto.

«¡Ya te gustaría a ti! Si vas a buscarme al Grand Châtelet
mañana, puedes estar seguro de que no me encontrarás allí. Con
la bolsa bien llena y el salvoconducto en el bolsillo, supongo que
no me costará mucho encontrar un alojamiento sin tener que
dar cuenta a nadie. Ni a Suraj ni a la policía ni al mismísimo rey.
El Inmutable no puede valerse del vínculo sanguíneo para localizarme desde Versalles y dudo que se traslade a París antes de
que le anuncien formalmente que la Dama de los Milagros me
ha secuestrado. Esa es, por otra parte, la razón por la que Suraj
insiste tanto en que me quede en el albergue: hace días que espera que la Dama venga a raptarme para avisar de inmediato a palacio. En cambio, si desaparezco de su vista, no podrá saber si me
han secuestrado o si simplemente he puesto pies en polvorosa.»

Con estas ideas ocupando mi mente, no doy mi brazo a torcer.

—Ahora te ruego que me dejes salir.

Pero Suraj no se mueve un centímetro.

—¿Por qué quieres irte, Diane? No lo entiendo. —Baja un
poco más la voz—. No sé de dónde has sacado la historia de que
Hélénaïs y yo somos pareja, sabes de sobra que... quiero a otro.

—Lo único que sé es que estoy harta de sus constantes hu-
millaciones y del tono autoritario con el que me hablas. Quiero
investigar a mi manera, sin teneros encima todo el tiempo.

El escudero sigue plantado en la puerta con sus poderosos
brazos cruzados sobre su amplio pecho.

—No puedo permitirlo.

—¡¿Lo ves?! Me importa un comino si me das permiso o
no, Jaipur. ¡No eres mi padre! ¡Solo he de dar cuenta de mis
actos al rey!

—El rey se disgustará cuando sepa que nos has dejado
plantados.

—Se disgustaría aún más si supiera que dos jóvenes de su

guardia más cercana hacen manitas a sus espaldas. Se dice que no le gustan nada los amores ilícitos.

Suraj se queda de piedra.

—No…, no hables tan alto —susurra como si de repente temiera que las paredes oyeran.

Su angustia repentina me parte el corazón; suele parecer tan estoico… Sé perfectamente hasta qué punto lo atormenta el amor que siente por Rafael: es una llama que lo devora, pero que quiere esconder a toda costa. Jamás revelaré su secreto, pero ¡aun así no puede saber lo que me dispongo a hacer!

—Si no me dejas pasar, mañana se lo contaré todo a Hélénaïs —lo amenazo—. Tal y como se ha encaprichado contigo, le sentará fatal. Conociéndola, el rumor correrá en un santiamén por todo París hasta llegar a Versalles y a oídos del rey.

Un imperceptible temblor agita las tupidas cejas de Suraj.

—El rey no debe enterarse, jamás —balbucea—. No…, no tengo derecho a decepcionarlo. El reino de Jaipur está en juego.

A pesar de su traición, siento cierta empatía por ese joven atrapado entre dos fuegos: el deber que siente hacia su país natal y la pasión que lo consume. Cree que si el Inmutable se entera de su idilio con Rafael, caerá en desgracia, y no le falta razón. Pero se equivoca cuando piensa que, sometiéndose al monarca, obtendrá los refuerzos que el reino de Jaipur necesita para combatir a las estirges. Presiento que el Rey de las Tinieblas jamás enviará sus tropas allí; nunca compartirá con un tercer país el secreto de la fabricación de la plata muerta. Ahora que conozco bien al Inmutable, sé que su poder se asienta en la división y la debilidad de los que lo rodean. Sterling dio en el clavo cuando dijo que, a sus ojos, solo son simples actores. Lo mismo se puede decir de Suraj y de mí. La diferencia que hay entre el indio y yo es que él aún no ha comprendido que no puede esperar nada de Luis.

—Si tanto te importa la irreprochable reputación que te has ganado como escudero, apártate de la puerta —le ordeno—. Es la última vez que te lo digo.

Con la cara atormentada por la duda, Suraj se hace a un lado. Tras pasar por su lado sin siquiera mirarlo, echo a correr por el pasillo.

♈

Camino a grandes zancadas por las gélidas calles. Mientras ando, siento en un costado los golpes de la funda donde reposan mi estaca de madera de manzano y mi espada de plata muerta; la bandolera del zurrón me pesa en el hombro, porque dentro llevo la pistola que me dio Sterling; por último, palpo el valioso anillo de ónix que adorna uno de mis dedos. En la noche negra, jalonada por puertas y postigos cerrados, esas armas me tranquilizan.

De repente, suena un crujido a mis espaldas.

Me vuelvo pensando que Suraj me ha seguido, así que me preparo para enfrentarme a él en caso de que sea necesario.

Pero me equivoco: la calle está desierta, el empedrado helado brilla bajo la luna menguante. El pálido astro estaba en su punto álgido la primera vez que fuimos a los Inocentes y desde entonces ha ido disminuyendo cada noche de forma inexorable, dispensando una luz cada vez más tenue.

Me estremezco al pensar que solo quedan diez días para la Noche de las Tinieblas, el 21 de diciembre, y me ajusto la capucha en la cabeza. Acto seguido, me dirijo hacia el norte, porque he decidido buscar un refugio en el Temple. Según dijo Suraj, el barrio ha quedado arrasado y sus habitantes han abandonado muchas de sus casas. Así pues, podré buscar refugio en una de ellas amparándome en la oscuridad. Una vez allí trazaré un plan con la mente reposada. Puede que otros sueños me señalen el camino que debo seguir. Ya veremos.

Oigo un segundo crujido, esta vez más próximo.

Me vuelvo de nuevo.

El día en que visité el cementerio ya experimenté la viscosa sensación de que alguien me estaba siguiendo, y ahora esa sensación regresa en medio de la noche, más aterradora que nunca.

—¿Quién anda ahí? —pregunto.

Pero mi voz se estrella contra las fachadas ciegas y mudas, porque me he adentrado en un laberinto de callejuelas estrechas, tratando de evitar los grandes ejes para llegar al barrio del Temple sin llamar la atención. No voy a cruzar el Sena en el Pont-au-Change, sino más al este, por uno de los pequeños puentes que atraviesan el río. Palpo con nerviosismo el salvoconducto que llevo en el zurrón, lista para sacarlo en caso de que algún guardia quiera verificar si estoy autorizada a deambular por la calle durante el toque de queda. Esta noche, sin embargo, ningún mortal vigila el cumplimiento de la ley y ni siquiera los inmortales han salido a cazar pobres mendigos sin techo.

Entonces, si es verdad que estoy sola, ¿de dónde sale la funesta impresión, la obsesión que no ha dejado de crecer en mi interior desde esta mañana y que esta noche ha alcanzado su cénit?

¿Y si hubiera despertado el interés de la Dama de los Milagros?

¿Y si esta pretendiera raptarme ahora, satisfaciendo así el deseo del rey?

—¡Si es usted la Dama de los Milagros, deje que la vea! —suelto.

De nuevo, mi voz resuena en el vacío. La penumbra es tan densa en el dédalo de callejones que ya no veo el empedrado. La luz agonizante de la luna no alcanza a penetrar las finas estalactitas que cuelgan de los canalones; la oscuridad es absoluta sobre mi cabeza.

Deslizo una mano en un bolsillo para sacar mi mechero de yesca y lo froto una vez…, dos veces…, tres…

Una llama se eleva en mi palma proyectando un trémulo halo.

Lanzo un grito ahogado: a varios metros de mí hay un hombre envuelto con una larga capa de cuero negro, encapuchado.

—¡Atrás! —le advierto, blandiendo el mechero con la mano izquierda a la vez que desenfundo la espada con la derecha.

El hombre se aproxima reproduciendo el ruido que he oído varias veces a mis espaldas: el del hielo al quebrarse.

—¡Atrás, he dicho, o no dudaré en atacarte!

El desconocido da otro paso con un andar pesado y firme —mecánico—, sin mostrar el menor titubeo.

Mi respiración se acelera, la escarcha inflama mis bronquios. ¿Quién es ese individuo? ¿Un mortal? ¿Un vampyro?

199

Cuando amaga con dar un tercer paso, una oleada de frío sobrenatural se desliza bajo mi ropa respondiendo a mi pregunta. ¡Es el aura helada de las Tinieblas!

—¡Se lo advierto, mi espada es de plata muerta!

Sigue avanzando y salta por encima de un charco de agua helada.

—Muy bien, ¡usted se lo ha buscado!

Lanzo la hoja hacia la punta de la capucha para destapar la cara que se oculta al fondo del agujero negro.

Prendida por la punta de mi espada, la capucha de cuero cae hacia atrás.

Debajo no hay… nada.

Encima del alto cuello rígido de la capa no hay nada, ni cuello ni cabeza.

Aun así, ¡el cuerpo decapitado sigue acercándose a mí movido por algún odioso sortilegio!

Presa del pánico, alejo a toda prisa la espada de la capucha para clavarla en el pecho de la criatura, pero la punta de mi arma choca con una masa tan dura como una roca, que hace vibrar mi brazo hasta el codo.

El hombre sin cabeza tiende hacia mí sus manos enfundadas en unos guantes negros.

—¡No! —grito tratando de atravesarle el pecho con el filo de la espada.

¿Cómo es posible que la hoja solo consiga desgarrar el cuero de la capa sin llegar a cortar la carne que hay debajo? ¡Me estoy enfrentando a una abominación! ¡La plata muerta debería matarla!

Los brazos del desconocido me agarran los hombros como si fueran un tornillo de banco y me impiden que siga agitando la espada.

Me siento presionada de forma irresistible contra el torso que he rasgado sin llegar a herir.

Mi cara se aplasta contra los bordes de cuero, contra una piel tan fría como la de un muerto. Por otra parte, el contacto con la mejilla es sorprendentemente suave, casi aterciopelado. Pero lo más vertiginoso son los latidos que oigo: en el cadáver animado hay una palpitación que no es orgánica, como la del corazón, sino mecánica, semejante a la del engranaje de un reloj.

De repente, caigo en la cuenta: es «él».

¡Él, cuya venganza me prometió Blanche de La Roncière desde lo alto del carro que la llevaba al suplicio!

¡Él, con el que he soñado esta misma tarde, que he visto en el claro perdido de los días felices!

—Tristan —mascullo—. Es… imposible. Vi tu cuerpo empalado en lo alto del muro de la Caza. Eras todo huesos.

Por toda respuesta, los brazos me estrechan aún más en un gesto amoroso y… mortal.

En una ocasión le dije que quería quedarme para siempre en el puerto acogedor de sus brazos. Ahora que el invierno está a las puertas, me estrecha de nuevo contra su cuerpo, pero no para que entre en calor.

Lo hace para triturarme.

—Ya no existes, Tristan —jadeo sintiendo una opresión en los pulmones—. Tú… estás muerto.

El eco perfora el silencio: es el ruido que hacen mi espada y mi zurrón al caer al suelo.

Tengo las extremidades tan comprimidas que casi he dejado de sentirlas.

El sobrenatural corazón del aparecido late cada vez más fuerte contra mi cráneo, como si fuera una máquina infernal, al mismo tiempo que los latidos del mío van menguando poco a poco.

De repente, la última carta que saqué fulgura en mi mente como un rayo: el obstáculo y el esqueleto haciendo una mueca.

El tarot tenía razón: mi porvenir nunca se concretará, no llegaré a la Corte de los Milagros, porque la Muerte se interpone en mi camino.

Todo va a terminar.

Aquí y ahora, en este sórdido callejón.

Perdona, Paulin: tu rebelión será en vano.

Perdona, Bastien: tu comadreja no te vengará.

Perdona, mamá: no estoy a la altura de las esperanzas que pusiste en mí.

201

«La libertad o la muerte, Jeanne.» La amada voz de mi madre ha resonado dulcemente en el fondo de mi conciencia. «La muerte o la libertad.»

Una minúscula estrella fugaz pasa a toda velocidad por encima del hombro de mi torturador, entre las constelaciones inmóviles. Una chispa libre en el cielo muerto, menuda y furtiva, igual que yo.

Es el último chasquido, la última oportunidad: ¡aún puedo tratar de ser libre!

Me pliego sobre mí misma para hacerme lo más pequeña posible, como una auténtica comadreja, y me revuelvo para sacar los hombros de la capa. Mi cuerpo martirizado cae al suelo dejando la prenda vacía entre los brazos del aparecido.

Tras levantarme de un salto, agarro la correa de mi zurrón y echo a correr como alma que lleva el diablo por el laberinto urbano.

—¡Abridme! —grito con todas mis fuerzas.

Mi voz se pierde en la noche indiferente.

A mis espaldas, las pisadas de Tristan rompen el hielo y hacen temblar la tierra: ¡él también está corriendo!

Tropiezo con las esquinas, incapaz de distinguir con claridad el camino en la penumbra.

Las puertas que aporreo permanecen cerradas a cal y canto.

—¡Que alguien me abra, por piedad! ¡Soy escudera del rey!

Con los bronquios inflamados, llego de repente a un muelle largo y estrecho, azulado bajo la luz de la luna. En este punto, la ribera del Sena es irregular: se hunde de forma abrupta en unas aguas tan negras como las del Estigia.

Diviso el puente más próximo, que está terriblemente lejos. Es una ramita en la penumbra, a varios cientos de metros del vacío que obstaculiza mi huida. Detrás de mí, el eco parece redoblar los terribles pasos de Tristan, ¡como si en lugar de uno, me persiguieran varios aparecidos!

Ofuscada por el miedo, conmocionada, me vuelvo y busco la pistola en el zurrón, pero mis dedos tiemblan demasiado y el cuerpo descabezado ya ha llegado al muelle y ¡se precipita hacia mí!

De repente, veo que no estoy sola: cuatro sombras negras atraviesan la noche. Lo que acabo de oír no es el eco, sino el martilleo de sus botas.

Cuando Tristan está a punto de darme alcance, los cuatro enmascarados lo atrapan y desenfundan sus puñales. Las hojas se hunden una y otra vez en el cuerpo del aparecido, pero no consiguen penetrar mucho más de lo que hizo hace poco mi espada. En cualquier caso, el resucitado recula ante los cuatro enemigos, sus suelas resbalan por el muelle helado… hasta llegar al borde extremo.

El cuerpo acéfalo, privado de boca para vocear, se balancea en el abismo sin proferir un solo grito. Lo único que se oye es el breve chasquido que emite su cuerpo al chocar contra las aguas negras y heladas, que lo engullen en silencio.

Con el corazón acelerado, me vuelvo hacia mis misteriosos salvadores.

—Gracias por todo…

Antes de que pueda terminar la frase, alguien me pone un saco en la cabeza y me golpea en el cuello con un pesado mazo.

13

Lágrimas

*M*e despierto con un espantoso dolor de cabeza. Por una vez, no culpo a la bilis negra, porque recuerdo perfectamente el golpe de mazo que me ha causado esta jaqueca pulsante.

Me incorporo en el jergón donde me echaron. Mientras mis ojos se van acostumbrando a la penumbra, tomo conciencia de lo que me rodea. Estoy en una pequeña habitación sin ventanas, iluminada por un solo farol con la llama anémica.

Trato de llevarme una mano a la cabeza para masajear la nuca dolorida, pero no puedo: tengo las muñecas atadas.

«Estoy prisionera.»

¡La Dama de los Milagros me ha capturado por fin, justo cuando pretendía escapar del Gato Amarillo para recuperar el control de la situación y afrontarla a mi manera! ¡Me han quitado el zurrón y, con él, la pistola con la que podría haber matado a mi enemiga! Peor aún: ¡ya no llevo en el dedo el anillo de ónix que me dio Montfaucon! He llegado a la Corte de los Milagros de la peor manera posible, totalmente vulnerable y desarmada, y con las muñecas atadas. Me abruma un espantoso sentimiento de fracaso, más aplastante, si cabe, que el mazo que me golpeó.

De repente, la puerta de la celda se abre chirriando.

Me acurruco de forma instintiva en el jergón esperando ver aparecer un gul gesticulante…, pero, en lugar de eso, un hombre vestido de negro de pies a cabeza entra en la habitación. Es, sin duda, uno de los esbirros de la Dama.

—¡Ah, veo que te has despertado! —constata con un leve acento extranjero que no logro identificar.

—¿Quién es usted? ¿Qué va a hacer conmigo? ¿Dónde está su ama?

El hombre no me contesta. En la penumbra de la puerta apenas puedo distinguir los rasgos de su cara de tez morena, solo la cicatriz que cruza su frente.

Cierra la puerta de un portazo.

Cuando vuelvo a quedarme sola, me sumo de nuevo en mis lóbregos pensamientos. El plan del rey se va a ejecutar tal y como este lo previó. He representado mi papel de cebo a la perfección y el enemigo ha mordido el anzuelo. No puedo ocultar que soy una escudera: por una parte, lo confesé a voz en grito en la calle cuando el aparecido me perseguía; por otra, el salvoconducto real está en el bolsillo del zurrón que me han confiscado. La Dama de los Milagros presumirá en un nuevo panfleto de haber apresado a la escudera favorita del Inmutable, la que lo salvó de la muerte definitiva. ¿Me utilizará como rehén para tratar de obtener la corona de virreina de París? Sea como sea, ¡el rey también se valdrá de mí para localizar el lugar donde me encuentro y ordenar a sus tropas que capturen a su rival!

Solo hay dos maneras de evitar que Luis se apodere del temible ejército de la Dama: escapar o morir. La primera opción me parece irrealizable, dada la situación en que me encuentro. Queda la segunda. Sterling insinuó que el vínculo de sangre que me une al soberano se extinguiría con mi muerte, y con él, cualquier posibilidad de localizarme.

Así, angustiada, me encuentra el hombre de negro cuando regresa a la celda. Me ayuda a levantarme y me empuja delante de él por un pasillo oscuro, que, supongo, recorre las entrañas de París. El olor a salitre que impregna las paredes me recuerda al de los sótanos de la Gran Caballeriza. En los dos lugares reina un silencio absoluto. ¿Estamos a un metro bajo tierra o a cien? Es imposible decirlo.

Entramos en una habitación circular algo más grande que mi celda e iluminada por unas largas velas clavadas en unos candelabros de hierro forjado. Me rodean varios hombres vestidos con los mismos zapatos y jubones negros que mi carcelero, inmóviles como estatuas.

Solo uno de los presentes aparece sentado en un ancho cofre cubierto con una piel de tigre.

Es una mujer hierática, envuelta en un largo vestido de terciopelo oscuro, con la cara oculta tras un velo de encaje negro. Si no fuera por las lujosas joyas de oro que brillan en su cuello y sus muñecas, diría que es una viuda.

La Dama.

Es ella.

La que aterroriza a cientos de miles de personas desde hace semanas.

La que adoptó el nombre de la terrible diosa Hécate, madre de los monstruos y los sortilegios.

A pesar de que estoy a escasos metros de ella, al estar velada como la Luna tras una nube no acabo de verla bien.

—Le presento mis respetos, señora —digo con voz sorda, intentando ganar tiempo para dar con una posible escapatoria.

Mis palabras retumban en un eco lúgubre en las paredes de la cavernosa sala.

Los esbirros, inmóviles como si estuvieran en posición de firmes, imposibilitan cualquier esperanza de fuga. ¿Serán vampyros supernumerarios? ¿Esperan una señal de su ama para sangrarme? ¿Son ellos la causa del frío reinante o debo atribuirlo a la estación? Ya no sé interpretar lo que perciben mis sentidos.

—¿Piensa enviar mi cabeza al Inmutable? —le pregunto con el estómago encogido.

—No voy a hacer nada con ella, Diane de Gastefriche —dice a través del velo una voz suave y ronca a la vez, semejante a una colada de miel con pedacitos de cristal triturado—. Vales más viva que muerta.

Mi estómago se retuerce un poco más. Mis temores estaban justificados: quieren utilizarme como rehén. No puedo arriesgarme a que el rey se valga de nuestro vínculo de sangre. El señor de la Magna Vampyria no debe convertirse en amo de los gules «bajo ningún concepto»: ¡Montfaucon me explicó que un poder semejante en manos maléficas daría para siempre al traste con las esperanzas de la Fronda!

Puede que ese fuera, a fin de cuentas, el sentido del arcano sin nombre del tarot: ya que no puedo eliminar a la Dama, debo morir para evitar lo peor.

—Ha matado a miles de parisinos, ¿por qué me salva a mí? —digo con un nudo en la garganta, suplicándole que me ejecute por el bien de los rebeldes que luego tomarán el testigo—. El rey lo interpretará como un signo de debilidad en la guerra que están combatiendo. En cambio, comprenderá el verdadero alcance de su poder si le envía mi cabeza…, y así podrá coronar la suya.

—No se trata de enviar cualquier cosa al rey —responde la Dama con un timbre áspero, especial, y con un acento idéntico al de mi carcelero—. No soy tan idiota como para correr el riesgo de negociar con el Inmutable. Además, algunos mortales están más que dispuestos a pagar una buena cantidad de dinero por ti.

Mis labios empiezan a temblar.

208

—¿Mortales? ¿Qué mortales? ¿Yo… no estoy en la Corte de los Milagros?

La mujer alza las manos con los dedos cubiertos de anillos y levanta el velo dejando a la vista una cara que parece tener dos edades. Su tez olivácea carece de la blancura espectral de los inmortales, pero, por otra parte, las finas patas de gallo que se abren formando una estrella en la comisura de sus grandes ojos negros, cargados de rímel, indican que el tiempo también ha hecho mella en su persona.

—No, no estás en la Corte de los Milagros —contesta.

—Entonces, ¿dónde estoy?

La mujer se encoge de hombros.

—Aquí, allí, ¿qué más da? Los lacrymas se reúnen donde quieren, aunque nunca lo hacen dos veces en el mismo sitio.

Al oír la palabra «lacryma» veo una lágrima en el ojo derecho de mi interlocutora. No es de verdad; se trata de un dibujo hecho con tinta en la piel. Un signo idéntico adorna la cara de mi carcelero y, según veo, la de todos los ocupantes de la habitación. Recuerdo entonces que Orfeo también luce ese extraño tatuaje.

—No es una vampyra —balbuceo—. Tampoco es la Dama de los Milagros.

—¡Que las Tinieblas me protejan! —exclama la mujer haciendo una mueca. A continuación, hace un gesto con una mano: alza el índice y el meñique para representar los cuernos del diablo. Reconozco el signo que ciertos habitantes de la Butte-aux-Rats utilizaban para conjurar el mal de ojo—. Soy Ravenna de Tarella, madrina de los lacrymas, la organización criminal más poderosa de París.

Una vez más me vienen a la mente mis conversaciones con Montfaucon: un día me explicó que la cabeza de Orfeo debía de pertenecer en el pasado a un bandido napolitano... ¡Como los que me rodean en este momento! Dado que no estoy donde pensaba, mis propósitos cambian. Ya no se trata de suplicar la muerte. La esperanza de salir con vida renace de sus cenizas.

Vuelvo a observar la habitación, más atentamente. A pesar de ser minúscula, está organizada como una auténtica sala del trono; además, sentada en el cofre, la Madrina tiene porte de reina. Por otra parte, en la Corte de las Tinieblas ya he oído su nombre; Tarella, es el amante de la marquesa Vauvalon, la noble por la que tuve que pinchar a la pobre Toinette.

—¿Por casualidad es usted pariente del conde Marcantonio de Tarella? —pregunto.

—Es mi tío tatarabuelo —contesta.

—Vaya, qué curiosa coincidencia —me aventuro a decir haciendo un esfuerzo para esbozar una sonrisa amable—. El conde y yo nos llevamos de maravilla.

Miento descaradamente: la primera vez que vi a aquel cortesano italiano fue en el curso de la caza galante que tuvo lugar en los jardines de Versalles a finales del verano. Edmée de Vauvalon y él intentaron sangrarme allí mismo. La inesperada intervención de Alexandre de Mortange, y luego la del rey en persona, me salvó la vida. Pero la Madrina no puede saber todo eso, ¿verdad?

—¡Ah, pues yo detesto a ese «canalla»! —exclama con una mueca que da al traste con mis esperanzas de usar el nombre del conde a mi favor—. ¡Maldito sea el abuelo! Has de saber que usurpó el título de nobleza del que hace tanto alarde, porque nació plebeyo, igual que yo, en el pueblo siciliano de Tarella.

Preocupada por no agravar mi situación, me apresuro a cambiar de tema:

—Disculpe mi torpeza y también por haberla confundido con la Dama de los Milagros. Me confundí y pensé que estaba en su corte.

Las cejas de la siciliana, dibujadas con lápiz negro, se arquean en una expresión desdeñosa.

—Para tu información, la verdadera Corte de los Milagros desapareció hace siglos. Los lacrymas ocupamos al vuelo el espacio que había quedado vacante, irrumpimos en los callejones oscuros, en el fondo de las callejuelas más remotas, a través de las grietas de las paredes. La única corte de bandidos que pervive en París es la nuestra; es una corte en el exilio, en constante movimiento, escurridiza. Desde hace varias generaciones extorsionamos, robamos y matamos amparándonos en la oscuridad.

A pesar de que la Madrina menosprecia la nueva Corte de los Milagros, debió de sorprenderse tanto como la policía y la gente honrada cuando esta se volvió a constituir misteriosamente en el subsuelo de París, varios siglos después de que se dispersara la corte histórica. La inesperada competidora en el mundo del crimen y del terror tuvo que pillarla también desprevenida.

—No me parece que la Dama de los Milagros se ande con remilgos a la hora de extorsionar, robar y matar —comento.

La cara de la Madrina se tuerce en una expresión de cólera: he puesto el dedo en la llaga.

—¡Que las Tinieblas se lleven a esa diabla! Desde que apareció, los taberneros y los posaderos son reacios a pagar el impuesto que les imponemos a cambio de nuestra protección. Ni siquiera el Grand Châtelet lo paga.

Recuerdo al tabernero del Temple que vimos anoche; de hecho, en un principio nos confundió con los cobradores del «impuesto de protección». En un primer momento pensé que se refería el enésimo tributo exigido por la Facultad, pero ahora comprendo que no es así. En realidad, es el precio que pagan los comerciantes para que los criminales los dejen trabajar en paz.

Por otra parte, lo que la Madrina acaba de decir sobre la policía me ha dejado atónita.

—¿El Grand Châtelet les paga un tributo?

—¡Por supuesto! Cualquier trabajo merece un sueldo, incluido el de mantener el control de los bajos fondos. —La Madrina me sopesa por debajo de sus párpados cargados de maquillaje—. Los lacrymas hacemos el trabajo sucio de la guardia. Estrangulamos a los rebeldes desesperados que se exceden un poco gritando contra la Magna Vampyria; devolvemos a los burdeles las furcias que escapan de ellos; si es necesario, matamos también a los vampyros que sobran y que vagabundean por las calles, y cobramos la recompensa que ofrecen por la cabeza de los ambiciosos.

¡No puedo creer lo que oigo! Cuando nos recibió en el Grand Châtelet, L'Esquille se guardó muy mucho de decirnos que tiene acuerdos con la canalla. Apuesto a que el rey no sabe de qué manera se «domina» su capital. Es evidente que París está podrida hasta la médula y que, ya sea sometido al poder o a los delincuentes, el pueblo es el que siempre acaba pagando.

La siciliana mete sus dedos de largas uñas pintadas de color púrpura en un bolsillo de su vestido y saca un cigarro.

Ahora me explico el timbre áspero de su voz: es la ronquera propia del tabaco.

Uno de los lugartenientes se precipita con aire servil para frotar un mechero bajo los labios pintados de su ama.

—*Grazie*, Cosimo. —La punta del cigarro enrojece a la vez que emite un humo acre que satura enseguida el aire cerrado de la habitación—. ¿Qué estábamos diciendo? Ah, sí, la Dama de los Milagros... Dado que eres escudera del rey, Gastefriche, supongo que sabrás que el miedo es el fermento del orden. Así es como tu soberano reina desde hace tres siglos, *vero o no*? Lo que funciona a escala imperial vale también para las ciudades: una sana dosis de miedo asegura una estabilidad duradera, y esa es precisamente la especialidad de los lacrymas.

211

Aspira con deleite el humo de su cigarro. Al mirarla tengo la impresión de que se apodera de los recursos del pueblo con la misma avidez con la que los vampyros beben su sangre.

—El miedo hace caminar recta a la sociedad —prosigue—. En cambio, el terror solo trae desorden y caos. Los últimos meses son una penosa demostración de lo que digo. Los ciudadanos, arruinados por los ataques de los gules, ya no pagan nuestro impuesto y se gastan el poco dinero que les queda en amuletos inútiles. Por otra parte, el inútil de L'Esquille está sobrepasado. ¡El enfrentamiento entre el Rey de las Tinieblas y la Dama de los Milagros acabará consumiendo París!

Frunce los labios para formar aros mientras expele el humo. Las volutas se alargan hacia el techo, donde al final se deshacen en un presagio del desastre que se avecina.

—Ha llegado la hora de que nuestro clan se instale en un nuevo puerto —concluye—. Hace mucho tiempo que sueño con emigrar a Niza para estar más cerca de nuestras raíces italianas. Siempre hemos sido nómadas, así que estamos acostumbrados a movernos y a transportar con nosotros nuestro tesoro.

Al decir esto apoya una mano en el cofre y lo acaricia amorosamente. A pesar de que ha dicho «nuestro tesoro», su tono insinuaba más bien que quiere decir «el mío».

—El oro de los lacrymas me sigue a todas partes —susurra—. Saldrá conmigo de esta ciudad perdida antes de la Noche de las Tinieblas, no esperaremos a que París quede reducida a cenizas.

Reflexiono sobre sus palabras, cuyo gusto me resulta aún más amargo que el sofocante aroma del cigarro. Hasta ahora el cuarto estado me parecía un todo compacto: la masa solidaria de los oprimidos. En cambio, ahora comprendo que algunos plebeyos consiguen burlar las leyes de la Magna Vampyria en beneficio propio, como los bandidos que se entienden con la policía real y desafían el confinamiento. Salidos del pueblo, esos parásitos se pegan a él y viven a su costa. Cuando una ciudad deja de nutrirlos, se instalan en otra, igual que las pulgas, que pasan de un perro a otro.

—Si París ya no es asunto suyo y piensa marcharse de aquí, ¿por qué me ha capturado? —le pregunto.

—¡Bueno, porque eres un negocio demasiado sustancioso como para dejarlo escapar! En mi cofre siempre hay sitio para unos lingotes más. Ya te he dicho que hay gente dispuesta a pagar mucho por tu cabeza. Los principales miembros del complot de La Roncière ardieron en el patíbulo de Montfaucon, pero aún quedan muchos señores acaudalados que no te perdonan que desbarataras sus planes.

El nombre de La Roncière me trae a la mente la imagen del cuerpo descabezado. Un escalofrío recorre mi espalda mientras vuelvo a ver la capa negra del aparecido hundiéndose en el agua helada del Sena.

—¿Fue usted la que hizo regresar el cuerpo decapitado de Tristan de La Roncière de entre los muertos, para atormentarme? —murmuro.

Ravenna vuelve a hacer un gesto de conjuro; sus innumerables pulseras tintinean.

—¡Jamás haría algo así! ¡Los lacrymas no tienen nada que ver con la alquimia y aún menos con la necromancia! Te recuerdo que mis hombres te salvaron de esa criatura de origen desconocido. ¿Crees que era Tristan de La Roncière? Puede que tu imaginación te jugara una mala pasada, porque solo me han hablado de una abominación nocturna, como las que se ven cada vez con mayor frecuencia en esta ciudad maldita.

Aprieto los dientes, segura de que no he imaginado nada. Reconocí el abrazo de Tristan, tan parecido al de mi sueño… ¡Era él, estoy segura!

—No necesitamos ningún hechizo para dar contigo —explica la Madrina—. No era un secreto que te alojabas en el Gato Amarillo. Simplemente ordené que te siguieran hasta que se presentara el momento más propicio para raptarte.

Una vez más, percibo la amarga ironía de la situación: por eso en las últimas horas tenía la impresión de que alguien me vigilaba. A esto conducen las intrigas del rey: ¡queriéndose servir de mí como cebo, revelando el nombre del lugar donde me alojaba, solo ha conseguido que caiga en manos de los últimos conjurados que pretendían destruirlo!

213

—¿Quién? —pregunto con un hilo de voz—. ¿Quién va a pagar por mi cabeza?

—Aún no lo he decidido, *cara mia*. Quiero que pujen por ti para aumentar el precio. Además, por eso estoy conversando ahora contigo. Dime, ¿qué rescate crees que tu familia estará dispuesta a pagar por tu vida?

Ahora comprendo que su largo monólogo tenía como objeto mostrarme hasta qué punto mi destino está en sus manos, además de presionarme para sacar dinero a la que, supone, es mi familia.

—Dado que está tan bien informada, debe de saber que soy huérfana —digo.

—Por supuesto, pero ¿no tienes parientes próximos dispuestos a apoquinar por ti?

—Siento decepcionarla, pero la baronía de Gastefriche es una de las más pobres…

«¡Y aún más pobre es el pueblo de la Butte-aux-Rats del que procedo, vieja codiciosa!», pienso.

La jefa de la banda hace un falso mohín de frustración.

—*Che peccato!* Es una lástima. Debería habérmelo imaginado al ver las joyas que llevas: el sello de oro chapado y el anillo de ónix de cuatro perras. Los he metido en mi cofre, aunque solo sean dos gotas de agua en la fortuna de los lacrymas. —Suspira—. De manera que al final voy a tener que entregarte a tus peores enemigos. Consuélate: mientras esperas, podrás disfrutar de la legendaria hospitalidad de los lacrymas.

Chasquea los dedos haciendo cantar a sus pulseras.

—¡Llévala a su habitación, Giuseppe!

El caracortada me coge de un brazo y me saca de la estancia.

En las profundidades de mi extraño cautiverio, no tardo en perder la noción del tiempo.

De vez en cuando, los hombres de la Madrina me cubren la cabeza con un saco y me llevan por unos pasillos y unos callejones que no puedo ver. Solo recupero la vista cuando llegamos a la nueva celda con las paredes que a veces están encaladas y a veces son de piedra o incluso de argamasa. Nunca hay ventanas, nada que me permita saber si es de día o de noche. En cuanto a la comida, ya no sé si como o si ceno, porque solo me dan un pedazo de pan con queso. Me obligan a vivir al ritmo trashumante de los lacrymas, la corte de bandidos exiliados que desde hace generaciones nunca duerme dos veces seguidas en el mismo lugar.

Mi única vía de escape es el sueño. De hecho, aguardo desesperada a tener alguna premonición, una señal que me muestre una posible salvación, pero mis sueños son informes y en ellos las caras sonrientes de mi familia se mezclan con las espantosas muecas de los gules.

A menudo me pregunto si Suraj y Hélénaïs seguirán investigando o si habrán encontrado alguna prueba relevante. Y los policías de L'Esquille... ¿tendrán alguna pista? Espero que no.

—Aquí tienes la comida: gachas de harina de castaño —me anuncia un día Giuseppe pasándome un cuenco con un caldo poco apetecible—. Tendrás que contentarte con ellas. El rey ha dejado de suministrar trigo a París.

—¿Qué día es hoy?

Mi carcelero me mira de reojo.

A pesar de su cicatriz y de su temible cara, es más joven de lo que me pareció el primer día; debe de tener unos veinticinco años, aunque la vida lo haya marcado cruelmente con su sello al margen de la edad. Los ojos negros y el pelo de color ala de cuervo le confieren un rudo encanto. A pesar de sus maneras de maleante, me ha tratado con cierto respeto desde que me capturaron.

—Bueno, supongo que puedo decírtelo, ya que mañana dejarás de ser uno de los nuestros —murmura—. Hoy es 15 de diciembre.

Luego cierra la puerta con dos vueltas de llave.

Las gachas me dejan un sabor acre en la boca, a pesar de que están insípidas, mientras voy dándole vueltas a la información del día. De manera que el Inmutable ha ejecutado su venganza: una semana antes de la Noche de las Tinieblas ha dejado sin víveres a la capital. La interrupción se puede interpretar

215

como una negativa a aceptar la petición de ascenso de la Dama de los Milagros; como una última declaración de guerra a su enemiga. Pienso que la predicción de Ravenna, la siciliana, no tardará en concretarse: París y sus habitantes quedarán destrozados, atrapados entre dos inmortales megalómanos dispuestos a todo para suplantarse. En lo que a mí respecta, cuando se produzca el cataclismo ya no estaré en este mundo.

Si es cierto lo que Giuseppe me dijo, mañana me entregarán a las personas que han jurado matarme.

—¿Quién ha comprado mi cabeza? —le pregunto cuando viene a recoger el cuenco vacío.

—No puedo decírtelo. Lo he jurado por mi lágrima.

Se toca de forma instintiva el tatuaje que tiene en la comisura del ojo derecho. La puerilidad del gesto me recuerda las extrañas conjuras de la Madrina: a pesar de que viven en el filo de la navaja, desafiando a los Gobiernos y las leyes, esos truhanes son extrañamente supersticiosos.

—¿Qué representa la lágrima? —pregunto con suavidad.

Giuseppe alza sus ojos negros hacia mí y por primera vez me parece percibir en ellos una emoción.

—Es la marca que los lacrymas reciben durante el bautizo de las lágrimas, cuando entran en la fraternidad —me explica—. Deben jurar que jamás volverán a llorar, sean cuales sean las cárceles por las que pasen o los crímenes que cometan. —El semblante del joven napolitano, que hasta hace un instante expresaba cierta ternura, vuelve a endurecerse—. ¡Somos leales a la Madrina, solo a ella, sin pesares ni remordimientos!

Recuerdo que Orfeo tiene el mismo tatuaje. Estoy segura de que hizo el juramento en su otra vida.

—¿Y qué les sucede a los que perjuran? —pregunto susurrando.

—¡Les arrancan la lengua o los decapitan, y después arrojan sus restos a la fosa común!

Temblando, pienso en la línea de puntos de sutura que rodea el cuello de Orfeo, en su boca, incapaz de articular palabra. Es evidente que los lacrymas tiraron su cabeza a una de las fosas de París para abandonarlo allí. Ellos, que recelan de la brujería y la alquimia, deben de ignorar que su víctima ha resucitado, que fue devuelta a la vida por unas manos desconocidas, que cosieron varios órganos entre sí formando una especie de ensamblaje.

—En la larga historia de los lacrymas solo ha habido un único traidor, que se las arregló para escapar indemne —masculla Giuseppe en respuesta a mis pensamientos.

Una mueca de odio y desprecio deforma sus facciones.

—Me refiero a tu amigo, Marcantonio de Tarella, ¡desde que se transmutó hace un siglo, no hemos conseguido hacérsela pagar a ese pedazo de mierda vestido con medias de seda!

14

La transacción

Gruesas gotas de sudor resbalan por mi cabeza bajo el saco que la cubre.

Debo decir que hoy me han obligado a recorrer una distancia superior a la del resto de los días juntos. Es evidente que los lacrymas han elegido un lugar recóndito y secreto para negociar mi entrega. A juzgar por el martilleo de botas que oigo a mi alrededor, la Madrina me ha procurado una buena escolta. 219 Giuseppe y yo caminamos cogidos del brazo.

—No hagas ruido —me susurra de repente al oído.

—¿Por qué?

—Vamos a atravesar una galería secreta, que solo nosotros conocemos. A pesar de que fuera es de día y que, por tanto, los gules deben de estar durmiendo en sus tugurios, no conviene despertarlos.

Acto seguido, me amordaza la boca como medida de precaución. Él también guarda silencio, de manera que mi imaginación puede volar libremente durante el camino. ¿Adónde me llevan así? ¿Hasta los confines de París? He intentado dormir todo lo posible para acumular fuerzas. Poco importa a quien me entreguen: pienso ponérselo difícil, a pesar de que con las manos atadas no me va a resultar muy fácil.

Al salir de la galería siento que un viento fresco penetra por el borde del saco que me impide ver. Creía que habíamos llegado a nuestro destino, pero no es así, porque volvemos a ponernos en marcha.

Alargo la oreja tratando de captar los ruidos de la ciudad.

Los sonidos me llegan atenuados, ahogados. A decir verdad, solo oigo con claridad el silbido del viento. Su gélido aliento se desliza a través de la capa apolillada que los bandidos me echaron sobre los hombros, y me penetra hasta los huesos.

Bajo la suela de mis zapatos ya no siento el empedrado de las calles, sino una tierra blanda, chirriante. Tropiezo en varias ocasiones con obstáculos que me parecen raíces, de manera que tengo que agarrarme bien del brazo de Giuseppe para no caer.

—Hemos llegado —dice este de repente.

A continuación, me quita la mordaza y el saco que me tapaba la cabeza.

Tras un encierro tan prolongado, el aire libre me embriaga y la luz del día me deslumbra.

Mis ojos tardan unos instantes en acostumbrarse a la resplandeciente blancura: el paisaje que me rodea es completamente blanco; el chirrido que oía al andar era el de la nieve recién caída.

Estamos junto a un cruce, en medio del bosque. Cuento ocho avenidas en forma de estrella que trazan unos surcos blancos entre los troncos con la corteza cubierta de escarcha. En el centro del cruce se erige un obelisco de piedra coronado por la figura de un buitre con las alas blanqueadas también por la escarcha. La niebla cuelga de las ramas desnudas, cargadas de nieve. A pesar de que es imposible determinar la posición del sol tras la pantalla de nubes del cielo, mi instinto campesino me dice que es la bruma matutina. No hay un alma. La bulliciosa ciudad parece haber desaparecido en ese silencio algodonoso; más aún, es como si nunca hubiera existido.

—Hemos franqueado la muralla periférica —murmuro.

—Nuestro cliente prefiere tratar aquí, en el bosque de Boulogne, para ahorrarse las cortesías que exigen los aduaneros de los arrabales —me explica Giuseppe.

Lleva un antifaz negro, igual que la media docena de bandidos que nos acompañan.

En cuanto al cliente del que ha hablado… veo que llega a lo lejos a bordo de una carroza tirada por cuatro caballos, que

hienden la bruma de la avenida central. A medida que el vehículo se va acercando, compruebo que los dos cocheros y los
cuatro hombres armados que viajan de pie en el estribo posterior también van enmascarados. A diferencia de los lacrymas,
no ocultan sus caras tras unos simples pañuelos de algodón con
dos agujeros para los ojos, sino que se cubren con unas másca-
ras de terciopelo hechas a medida. Yo, el cordero sacrificial, soy
la única que va a cara descubierta. ¡Sea como sea, no pienso
inclinar la cabeza! Levanto la barbilla, dejando que el viento
agite mi melena gris en la nuca y que la nieve la empolve con
sus copos.

«¡Oh, mamá, préstame tu valor, lo necesito más que nunca!» Los caballos se detienen al otro lado del cruce, a unos
quince metros de nosotros, con las patas hundidas en la nieve
hasta las cuartillas. Sus ollares lanzan largos chorros de vaho
en el frío.

Una mano enguantada aparta la gruesa cortina de terciopelo que cuelga en la ventanilla sin cristal de la carroza. El
ocupante del vehículo luce una costosa capa de cuero verde   221
oscuro forrada de visón y un sombrero emplumado. Al igual
que su escolta, también oculta la parte superior de su cara
con un antifaz, que solo permite ver una barbilla lampiña y
estrecha.

—¡Es ella! —exclama—. He querido venir personalmente
para estar seguro.

—Me alegro de que me reconozca —grito a pleno pulmón—, pero yo, señor, no lo identifico.

La boca de finos labios se tuerce bajo el antifaz en un espantoso rictus.

—¡Si supieras con quién estás hablando, pequeña imperti-
nente!

—Ha dado en el clavo, porque lo cierto es que no lo sé.

—No te creas que eres superior a mí por llevar unas gotas
de la sangre del Inmutable en las venas. ¡Mi linaje es tres veces
más antiguo que el tuyo!

—No es necesario tener un linaje tan extenso para conocer las reglas básicas de la cortesía. Un caballero digno de
ese nombre debe descubrirse ante una dama. Sombrero y

máscara… Por lo que veo se crece en la insolencia, así resulta doblemente grosero.

—¡Yo… te haría tragar tu petulancia!

El misterioso señor se atraganta.

Sus cuatro secuaces saltan al suelo; al hacerlo, sus botas levantan una nube de polvo. Acto seguido desenfundan sus fusiles y apuntan hacia mí.

—*Lentamente!* —tercia Giuseppe—. No se toca la mercancía antes de pagarla. Entregad el oro y después os daremos a la joven.

Los cinco lacrymas restantes sacan las pistolas de sus capas y encañonan a sus interlocutores.

Las dos partes permanecen bajo la mirada mineral del buitre de lo alto del obelisco.

—¡Que uno de vosotros deje el dinero en medio del cruce! —ordena Giuseppe—. Después, uno de nosotros acompañará a la rehén.

Encerrado, bien a gusto en su carroza, el señor hace un ademán con su mano enguantada.

El más recio de los esbirros extrae un saco de tela de yuta del cofre, lo lleva al centro de la estrella para ponerlo a los pies del obelisco. Una vez allí, lo deja caer pesadamente en la nieve; a continuación deshace el nudo para enseñarnos el contenido: varios lingotes de oro que brillan débilmente en la brumosa mañana.

—Nada de jugarretas: ¡más os vale que esté todo!

Mientras el esbirro saca los lingotes uno a uno para contarlos, vuelvo a dirigirme a su amo.

—Me halaga que me considere tan cara —exclamo exhalando una nube de vaho en el aire glacial—, pero a la vez me apena que tenga que desembolsar tanto dinero por mí. Le habría salido gratis si Tristan de La Roncière me hubiera matado hace varias noches.

En la situación en que me encuentro, cualquier información que pueda arrancarle me ayudará a negociar mi vida o, cuando menos, a saber en nombre de quién voy a morir.

Sus labios esbozan una sonrisa cruel, que me confirma que está al tanto de mi desagradable aventura.

—¿Te cruzaste en el camino del fantasma y saliste bien parada? —silba—. ¡Eres una diabla! En cualquier caso, no pierdes nada esperando, procuraré que no escapes la próxima vez. Te entregaré a él atada de pies y manos. No seré yo quien te mate, sino él: ¡Tristán de La Roncière te estrangulará, ya me entiendes!

El recuerdo del abrazo mortal en el muelle del Sena pasa por mi mente aumentando aún más los latidos de mi corazón. La perspectiva de revivir el abrazo del aparecido me desgarra el alma. ¡Es una mezcla contra natura de deseo y muerte!

—Siento defraudar sus esperanzas, pero ¡eso no va a suceder! —logro decir con una voz que preferiría más firme, pero que tiembla a mi pesar—. Tristan se hundió en el Sena.

La sonrisa del señor se transforma en una risa seca, semejante a una carraca.

—¡Pobre inocente! ¡Cómo si pudieras desembarazarte de él con tanta facilidad! Volverás a ver a Tristan, te lo aseguro, porque eso es justo lo que hacen los «aparecidos»: aparecen una y otra vez hasta que logran vengarse. La Roncière lleva un mechón tuyo en el pecho, cosido a su corazón alquímico, así que te encontrará dondequiera que vayas.

De repente, recuerdo que Blanche de La Roncière me arrancó algo de pelo con los dientes cuando me mordió. Su ataque no fue el gesto rabioso de una mujer desesperada, como pensé entonces, sino un acto concebido fríamente que le permitió obtener los ingredientes necesarios para el ritual de magia negra que convirtió el cuerpo decapitado de Tristan en una forma de vida monstruosa.

—¿Quién es usted? —balbuceo mientras el viento golpea mi pelo contra mis mejillas; el mismo pelo que me une al fantasma y que le une a él conmigo, una prenda de amor demoniaco—. ¿Fue usted quien resucitó a Tristan? ¿Qué hizo con su cadáver? ¡La última vez que lo vi en el muro de la Caza casi solo quedaba de él su esqueleto!

Mi interlocutor mantiene cerrados los labios. He conseguido acorralarlo con mis provocaciones, pero ya se ha recuperado y considera que ha dicho bastante.

—Doce lingotes, ¡está todo! —exclama Giuseppe a mis

223

espaldas—. Podemos hacer el cambio, pero, cuidado, vuelvo a repetir, nada de gestos bruscos, porque mis chicos tienen el gatillo fácil.

Siento que me empujan hacia delante.

Por más que tiro de la cuerda con la que me han atado las manos, no consigo nada, el nudo es demasiado fuerte. Por más que intento detener las rodillas, mis botas siguen resbalando en la nieve. Me voy acercando poco a poco al obelisco, al montón de oro y al espantoso enmascarado que me espera a su lado.

—Pásamela —le ordena a Giuseppe.

El hombre se prepara para recibirme.

En ese momento, una detonación rompe el silencio en la encrucijada. Un agujero rojo se dibuja en la gruesa mano que el hombre ha tendido hacia mí, arrancándole un grito de dolor.

Después, todo sucede rápidamente: Giuseppe me lanza lejos de él con un empujón para tirarse al suelo, sus hombres empiezan a disparar y los del señor responden con fuego graneado.

Con el estómago encogido de miedo, empiezo a arrastrarme, a pesar de que tengo los codos llenos de moratones bajo las mangas y de que mis palmas entorpecidas por la atadura se despellejan sobre las raíces heladas. ¡La nieve me entra en los ojos, los gritos de los combatientes me taladran los oídos, el aroma picante de la pólvora me inflama las fosas nasales!

La linde del bosque está a apenas unos metros…

—¡Por aquí, Diane! —dice una voz que me llega desde los troncos, casi inaudible debido al estruendo.

Alzo la frente, asombrada por esa voz que sale de la nada y que, sin embargo, podría reconocer entre un millar.

—¿Naoko?

Guiño frenéticamente los ojos para evitar que los copos de nieve me cieguen; al final distingo un pequeño caballo escondido tras los árboles, en el borde de la avenida más próxima. Está a apenas unos metros de mí, pero su pelaje gris tordo se mimetiza de tal manera con la nieve y la niebla que nadie lo ha visto hasta ahora. Es Calypso, la yegua de Naoko. La joven japonesa está a lomos de ella, envuelta en una larga capa de color beis claro con capucha. En una mano empuña una pistola, la misma con la que, supongo, ha provocado la pelea en que ha muerto el portador de los lingotes. Me tiende la otra mano.

Me levanto de un salto mientras, a mis espaldas, el intercambio de balas prosigue y corro hacia ella para agarrar el brazo que me tiende con las dos manos atadas. Por suerte, Naoko y yo somos menudas. Mi amiga refunfuña mientras me ayuda a subir, aferrándose con todas sus fuerzas a la crin de Calypso para no perder el equilibrio.

Apenas me siento en la grupa del animal, mi amiga lo espolea. Las cuerdas con las que me han atado las muñecas me impiden sujetarme, de manera que tengo que apretar con fuerza los muslos contra los flancos palpitantes de la bestia para no caerme.

La tierra cubierta de nieve de la avenida resbala bajo nosotras. Las ramas de los árboles pasan como exhalaciones por encima de nuestras cabezas.

Los ecos de los fusiles se van atenuando mientras avanzamos hacia la libertad, la vida, la…

De repente, el silbido de una bala resuena a mis espaldas.

Calypso relincha de forma desgarradora.

Siento que el cuerpo de la yegua se hunde bajo el mío.

Naoko y yo salimos despedidas hacia delante y caemos de bruces.

Tengo la impresión de que todos mis huesos se rompen con el golpe, apenas amortiguado por la nieve. Aturdida, con los ojos y la boca llenos de nieve en polvo, siento que unas manos me agarran brutalmente el cuello antes de que tenga tiempo de reaccionar.

—¡Se acabó la carrera, *cagna*! —dice Giuseppe echándome su aliento tibio en la oreja helada.

Me obliga a ponerme en pie.

A varios metros de mí, la yegua yace temblorosa sobre un costado, perdiendo sangre por el orificio de la bala. Giuseppe apunta su pistola hacia la cabeza del animal y lo remata con un tiro en la cabeza.

A los pies del obelisco, cinco cuerpos humanos abatidos durante el tiroteo yacen en la nieve. La carroza ha abandonado el cruce y ha desaparecido en la niebla.

225

Guiño los ojos para contener las lágrimas, que se mezclan con los copos fundidos. Agacho la mirada.

Al hacerlo, veo el cuerpo inanimado de Naoko torcido en una posición imposible sobre la pálida mortaja del invierno. La capucha ha resbalado dejando a la vista su cara de porcelana, inmóvil, más blanca que la nieve.

—¡No! —grito.

Un saco cae sobre mi cabeza ahogando mi alarido y cegándome una vez más.

Si el viaje de ida me pareció largo, el camino de regreso se me hace interminable. A la ida todos mis sentidos estaban alerta; bajo el saco, trataba de adivinar el trayecto que mis carceleros me obligaban a recorrer. A medida que avanzábamos iba robusteciendo mi voluntad, preparada para defender mi vida.

Ahora, en cambio, mi ánimo ha perdido todas sus fuerzas. Me abruma la idea de que Naoko haya muerto por mi culpa. El Ojo de los Inocentes tenía razón: estoy maldita. Cuando nací, la muerte marcó la palma de mi mano con su punzón. De hecho, en el tarot apareció como un obstáculo que jamás podré franquear. Vaya donde vaya, extiende su sombra a mi alrededor. Hace tiempo, en Auvernia, segó con su guadaña a mis seres queridos. No hace mucho, armó mi mano para que matara a un joven al que quería a mi pesar. Hoy se ha llevado a la única amiga que tenía en Versalles.

¡Esta mañana debería haber muerto yo, no Naoko!

La hermana Vermillonne me dijo que lo que más lamenta una persona cuando reflexiona sobre su vida es no haber pasado bastante tiempo con las personas más queridas. Naoko era la hermana que nunca tuve. Orfeo podría haberse convertido en un nuevo hermano para mí. Descuidé a esos seres de carne, que eran mi riqueza. Me adentré sola en una ciudad desconocida para servir el ideal abstracto de la Fronda. ¡Cuánto me arrepiento!

—Regreso a la casilla de salida —dice Giuseppe, que hace una mueca al mismo tiempo que me quita el saco.

¿Es la misma celda?

¿Es otra?

No lo sé.

No quiero saberlo.

Con el pelo empapado por la nieve fundida, me dejo caer sobre el jergón implorando al sueño que me lleve con él.

15

El acuerdo

—¿*J*eanne?

Me revuelvo en el enmohecido jergón.

No quiero soñar ni tener visiones del pasado o del futuro.

Solo quiero sumergirme en el océano negro del olvido.

—Soy yo, Jeanne.

En el duermevela lanzo un gemido para ahuyentar la voz femenina que me acosa, la de Naoko, que se ha apagado para siempre. Ya tengo bastante con el tormento que me produce Tristan, solo falta que ahora el fantasma de mi única amiga venga a remover mi llaga más reciente con el cuchillo de la culpabilidad.

—¿Me oyes, Jeanne?

Abro los ojos en la celda angosta y completamente a oscuras donde Giuseppe me dejó sin ni siquiera una vela para iluminarme.

Pero esa voz, tan tenue como una corriente de aire, no suena en mi cabeza: ¡procede de la pared que está a mi lado!

Palpo febrilmente el áspero muro y pego una mejilla a él para oír mejor.

Mis manos, aún atadas, encuentran un intersticio entre dos ladrillos.

—¿Naoko? —pregunto susurrando.

Percibo un murmullo a través de la fisura.

—¡Oh, Jeanne! ¡No sabes lo apenada que estoy!

¿Apenada? Mi corazón ha estallado de alegría, pero me tengo que contener para no gritar.

—¡No estás muerta! —balbuceo, sintiendo que unas lágrimas de alivio me empañan los ojos.

—Creo que simplemente me desmayé. Luego me desperté aquí, en una habitación sin luz. Si he de ser franca, habría preferido dormir un poco más, dado lo doloroso que ha sido el despertar. —Suelta una risa ligera, pero intuyo que está intentando ocultar el dolor que la mortifica—. Yo... no tengo nada roto. Bueno, eso creo. Pero ¿cómo estás tú?

Apoyo las palmas en los ladrillos fríos como si quisiera penetrar en ellos. Me gustaría poder darle un abrazo para consolarla.

— Ahora que he oído tu voz me siento mucho mejor. ¡Me aterrorizaba la idea de haberte perdido en el bosque de Boulogne!

—¿Qué ocurrió?

—Calypso cayó abatido por una bala.

En la grieta se eleva un gemido casi inaudible. Naoko estaba tan unida a su yegua como yo lo estoy a Typhon.

—No sufrió —le aseguro sintiendo una punzada de dolor al recordar la bala que mató a Calypso—. Pero, dime, ¿cómo me encontraste?

Naoko deja de sollozar. El silencio es total, como la oscuridad. Para hablar solo necesitamos susurrar, cosa que me permite imaginar que mi amiga está a mi lado, sin ninguna pared que nos separe.

—Orfeo me puso sobre aviso —me explica.

—¿Orfeo?

—Cuando te fuiste de Versalles, nos hicimos... amigos. El gran escudero está tan ocupado con la administración de la escuela y con las reuniones en el palacio que pasaba todo el tiempo con él. Aprendimos a comunicarnos con la pizarra y la tiza. Me llevó a todos los rincones de los sótanos de la Gran Caballeriza para que pudiera desentumecer las piernas, y me tocó unas canciones maravillosas con la harmónica para consolarme de no poder oír el canto de los pájaros en el cielo.

Las palabras de Naoko rebosan una ternura parecida a la que, asimismo, sorprendentemente anida en el cuerpo monstruoso de Orfeo. Recuerdo que las melodías que toca con su harmónica también me impresionaban, porque expresan una sensibilidad que su boca privada de lengua no puede manifestar.

—Reconocí varias melodías de ópera italiana —murmura Naoko con voz vibrante, como si pudiera oírlas de nuevo—. Monteverdi, Cavalli, Vivaldi… ¡Qué sinfonías logra crear con un instrumento tan pequeño!

Esos nombres no me dicen nada, porque soy una plebeya que jamás ha entrado en la ópera, pero la forma en que Naoko habla de ellos me impresiona.

—¿Sabías que Orfeo puede salir de la Gran Caballeriza a través de los conductos de las chimeneas? —me pregunta.

—La primera vez que lo vi fue en el tejado de la escuela —recuerdo.

—Precisamente, hace dos semanas, poco después de que te marcharas, estaba en el tejado y vio a unos guardias suizos retirar el cuerpo de Tristan de La Roncière del muro de la Caza. Hasta ahí, todo normal, dado que el cadáver llevaba mucho tiempo congelado y que los picos de los cuervos ya no podían picotearlo. El caso es que, en lugar de echar los restos a la fosa común, como se suele hacer, los guardias suizos los metieron en el carro de un trapero, que se largó a toda prisa. Intrigado, Orfeo siguió al carro varios kilómetros. Ya sabes que tiene una fuerza sobrenatural y que gracias a ella puede correr tan rápido como un ciervo. El caso es que llegó al cruce de Vautour, en pleno bosque de Boulogne, y una vez allí, al amparo de la espesura, el presunto trapero se encontró con una carroza donde viajaban varias personas enmascaradas a las que entregó el cadáver. Orfeo no pudo ver más: la noche tocaba a su fin y debía volver a los sótanos de la Gran Caballeriza. Cuando regresó, me lo contó todo en la pizarra.

Reflexiono sobre las palabras de mi amiga. A pesar de que Orfeo me conmueve más que muchos seres vivos, no por eso deja de ser una abominación nocturna animada por el poder de las Tinieblas. Teme el día, igual que los vampyros y los gules. En cuanto a la misteriosa carroza que recogió el cuerpo de Tristan, no hace falta ser un genio para comprender que pertenece al desconocido que se cruzó en nuestro camino esta mañana.

—Enseguida pensé que los nostálgicos de la conjura de Roncière debían estar detrás de ese fetichismo tan extravagante —prosigue Naoko—. Se lo conté al gran escudero y, para mi sorpresa, este me regañó malhumorado; me dijo encolerizado que la conspiración se había frustrado y que tenía otras cosas de que ocuparse. Está muy agobiado preparando el ataque a la Dama de los Milagros. Como ya te he dicho, dado que es un veterano cazador de gules, el rey lo convoca a palacio todas las noches para analizar la situación. A menudo se queda a dormir allí durante el día, después de que hayan cerrado el muro de la Caza. Como ves, estaba condenada a deprimirme en la bodega con mi funesto presentimiento.

—Tu presentimiento era correcto, Naoko —digo estremeciéndome—. No sé con qué hechizos han conseguido resucitar los restos de Tristan. Combatí con él en los muelles de París, antes de que me capturaran los bandidos.

El silencio se instala en la oscuridad durante unos segundos tristes y sofocantes. Tiemblo al recordar el abrazo de Tristan. La profecía del señor enmascarado me aterroriza aún más: «Los aparecidos regresan una y otra vez hasta que logran vengarse».

—También presentí tu secuestro —continúa Naoko—. Hace cinco días, Montfaucon pasó rápidamente por la Gran Caballeriza y me dijo que había perdido tu rastro en París. Se lo había dicho el rey en persona, quien, a su vez, se había enterado a través de Suraj.

—Sé que todas las noches se envían mensajes con los cuervos —comento con acritud—. Suraj me acusó de haber desertado, ¿verdad?

—Solo escribió que querías seguir investigando por tu cuenta. El gran escudero se contentó con esa explicación. —Naoko suspira con ansiedad—. En cambio, a mí me angustiaba saber que estabas sola en esta ciudad desconocida mientras los conspiradores seguían en la región. ¿Y si te ocurría una desgracia? Le pedí a Orfeo que volviera al cruce de Vautour para tratar de averiguar algo, pero el bosque siempre estaba vacío… hasta anoche, cuando la carroza volvió a aparecer. Unos hombres a pie, también enmascarados, salieron al encuentro del vehículo. Orfeo, que había trepado a un árbol, escuchó la conversación. Oyó el nombre de «Diane de Gastefriche» y la suma de doce lingotes de oro por tu cabeza. También hablaron de un tal «señor Serpiente»: es el seudónimo de la persona que ordenó que te raptaran, que iba a acudir en persona a buscarte. La transacción debía producirse varias horas más tarde, por la mañana. Orfeo tuvo el tiempo justo de volver a Versalles para contármelo escribiendo a toda velocidad en su pizarra. No podía avisar a nadie, porque el gran escudero estaba pasando una vez más el día en el palacio, tras el muro que ya habían cerrado. Por otra parte, y a pesar de su buena voluntad, Orfeo no puede enfrentarse físicamente a los rayos solares. Así que estaba sola. Orfeo incumplió la orden de su amo de mantenerme encerrada, me dio una pistola y me permitió subir a la superficie. Mientras la escuela se despertaba, ensillé a Calypso y galopé a rienda suelta hacia el bosque de Boulogne. El resto ya lo sabes.

Atormentado, mi corazón se debate entre la gratitud que siento por Naoko, que no dudó un segundo en correr en mi auxilio, y la culpa por haberla arrastrado sin querer a una trampa sin retorno.

—No deberías haberlo hecho —murmuro.

—Cállate. Tú habrías hecho lo mismo por mí. Es lo que hacen los amigos.

A pesar de que Naoko no puede verme, sacudo la cabeza, con el pecho hinchado por un soplo de agradecimiento casi doloroso. Yo, la cazadora solitaria, creí durante mucho tiempo que solo podía contar conmigo misma. Ahora comprendo hasta qué punto me equivocaba. La amistad puede mover montañas. ¡Haría lo que fuera para ser digna de la de Naoko!

—Si supieras cuánto te he echado de menos… —susurro sin saber muy bien qué decir.

—Yo también, Jeanne, pero ahora estamos juntas de nuevo, y eso me hace feliz, a pesar de que imaginaba que volveríamos a vernos en Versalles en lugar de en… —Titubea—, por cierto, ¿dónde estamos?

—Me temo que en algún lugar de París. Los lacrymas cambian constantemente de refugio.

—¿Los lacrymas? ¿Son los que te raptaron? ¿De dónde sale ese nombre tan extraño?

233

—Del tatuaje en forma de lágrima que tienen en la comisura de un ojo…, ¡igual que el de Orfeo!

Me tapo al instante la boca con una mano por temor a haber alzado demasiado la voz, pero nadie abre la puerta para ver qué sucede en mi celda.

—Orfeo era un lacryma —prosigo susurrando—, o, al menos, su cabeza pertenecía a un miembro de la banda de bandidos napolitanos. —Siento una repentina esperanza—: Los lacrymas cruzan la muralla periférica a través de un pasaje subterráneo secreto. Quizás Orfeo la recuerde y la utilice para encontrarnos.

Naoko suspira resignada.

—Puede que su cabeza perteneciera en el pasado a uno de esos bandidos, pero ahora no se acuerda de nada, te lo aseguro.

—Esos datos no están grabados en su mente, sino en su alma, que siempre será italiana.

Reflexiono sobre mis palabras. Sé que Naoko tiene razón: es ilusorio confiar en la ayuda de Orfeo, porque, al pasar a mejor vida, no solo perdió la palabra, sino también cualquier memoria de los lacrymas y de sus costumbres.

234

De repente, oigo un chirrido procedente del otro lado de la pared: la puerta de la habitación de al lado acaba de abrirse bruscamente.

—¡Naoko! —grito—. ¡No la toquéis!

A modo de respuesta, también la puerta de mi celda se abre con violencia.

—¡Después de todo lo que ha ocurrido esta mañana aún te atreves a dar órdenes! —exclama Giuseppe—. No te faltan agallas.

—¡Hacedme pagar a mí el precio que sea, pero dejad tranquila a mi amiga!

—La Madrina será la que decida.

Me agarra de un brazo y me arrastra fuera de la celda.

Naoko me aguarda en el umbral con las manos atadas y flanqueada por un hombre. Unos largos arañazos surcan la porcelana de sus mejillas; además, veo que tiene un gran moretón en la frente, pero su moño permanece intacto, firmemente recogido por un complejo juego de horquillas.

Los guardias nos empujan por pasillos desconocidos hasta una nueva e improvisada sala del trono.

La Madrina de los lacrymas nos aguarda allí, vestida como una viuda siciliana y sentada sobre el cofre del tesoro cubierto por la piel de tigre. Al igual que en la primera audiencia que me concedió, sus lugartenientes están apostados en fila a lo largo de las paredes.

—Aquí están las culpables, Madrina —dice Giuseppe—. Las responsables de la muerte de Gigi y de Cesare.

La siciliana se levanta el velo para observarnos mejor con sus ojos sombríos y cargados de maquillaje, de mirada impenetrable.

—¿Quién disparó de las dos? —pregunta.

—Yo, señora —contesta valerosamente Naoko dando un paso hacia delante.

—Disparó, es cierto, pero ¡no a sus hombres! ¡Mi amiga no es culpable, no ha derramado la sangre de ningún lacryma!

La jefa de la banda alza la mano, cubierta de anillos de oro, para acallarme.

235

—*Taciti!* Os lo he preguntado para felicitar a la tiradora. Hay que tener muy buena puntería para dar en el blanco en medio de la niebla.

La réplica muere en mi garganta. Además de practicar la meditación y las artes marciales, Naoko es, en efecto, una tiradora extraordinaria. De hecho, en la Gran Caballeriza ya pude constatar que, a pesar de ser una muñeca de porcelana, sus reflejos eran excepcionales.

—En cuanto a Gigi y a Cesare, es una desgracia, desde luego —admite la Madrina—, pero son los riesgos propios del oficio, y ellos lo sabían. No lloraremos por ellos.

Sacudo la cabeza, recordando la dureza del código de honor de los lacrymas que me ha explicado Giuseppe. Ninguno de los presentes manifiesta la menor tristeza, como si la única lágrima que llevan tatuada fuera suficiente para expresar de una vez por todas el duelo y el dolor.

—Por lo demás, nuestros hermanos no murieron en vano —añade la Madrina—. En medio del altercado, nuestros clientes escaparon sin llevarse el oro que les pertenece, así que lo requiso en nombre de los lacrymas. ¡Es el precio por la sangre de los nuestros!

Señala el saco de tela de yuta que está a sus pies, donde brillan los lingotes. En varios de ellos se ven aún las manchas marrones de sangre seca.

—Nos hemos embolsado una fortuna sin haber entregado a nuestro rehén —dice la Madrina, satisfecha—. Mejor aún, ¡hemos apresado a otra en la operación! —Examina a Naoko demorándose en las valiosas horquillas nacaradas que adornan su moño y en su vestido de seda fina, que se entrevé por debajo de la capa—. Tienes pinta de valer tu peso en oro, levantina. Dime, ¿quién eres? ¿Tienes una familia dispuesta a echar mano de la cartera?

—Me llamo Naoko Takagari y soy hija del embajador japonés en Versalles. —Naoko agacha la mirada bajo su flequillo negro—. No sé cuánto estará dispuesto a pagar mi padre por mí.

Mi amiga no me ha ocultado la actitud distante de su progenitor. Desde que la madre de mi amiga murió al traerla al mundo, nunca se ha ocupado de ella. Lo cierto es que el secreto de la malaboca impidió que Naoko pudiera intimar con gente, incluido su padre, durante su infancia y adolescencia. De alguna forma, es tan huérfana como yo.

La Madrina esboza una mueca.

—¡Ya se sabe que los diplomáticos son unos tacaños! Odio negociar con ellos, todo son molestias. Cuanto menos tenga que relacionarme con Versalles, mejor. De hecho, es la razón por la que no pienso tratar el rescate de la escudera con el rey. Así pues, queridas, tendremos que hacer otra cosa con vosotras.

Se levanta de su trono improvisado, desplegando un cuerpo más voluminoso de lo que me imaginaba, y se acerca a nosotras. La precede un aroma embriagador en el que se mezclan la esencia mareante del nardo con el olor a humedad del cigarro frío.

—Hum… —murmura examinando a Naoko más de cerca—. Eres excitante, a la manera exótica. Conozco un burdel de lujo en Niza que pagaría bien por una nueva geisha que añadir a su cuadrilla.

—¡Ni se le ocurra! —grito.

—En tu caso no, en efecto. A pesar de que eres guapa, tu rebeldía ahuyentaría a los clientes, por no hablar de esa molesta propensión a matar a tus amantes… —Guiña los ojos como si fuera una serpiente vieja que estuviera sopesando a su presa—. Aunque tu insolencia podría gustar a algunos masoquistas. Supongo que hay para todos los gustos.

Siento que me invade la cólera al oír a la madama negociando con seres humanos como si fueran cabezas de ganado. A pesar de los gestos de piedad con los que trata de conjurar a las abominaciones, su alma es tan negra como la de los vampyros.

—En cuanto a esos adornos nacarados, no deslucirían mi tesoro —comenta aproximando sus largas uñas pintadas a las peinetas y los pinchos que sujetan el moño de Naoko.

—¡No! —grita mi amiga.

La japonesa da un salto hacia atrás chocando violentamente con el bandido que la escolta.

Sé muy bien que no se revuelve así para salvar unos simples accesorios para el pelo, sino para ocultar la abominación que tiene bajo su cabellera. Dado los supersticiosos que son, si los lacrymas la vieran, no enviarían a Naoko a un burdel, sino al matadero.

—¡Vaya, tú también eres más arisca de lo que pareces! —exclama la Madrina—. Está bien, supongo que esos adornos forman parte de tu encanto. Lo venderé todo a los nizardos por un buen precio. —Chasquea los dedos—. Cosimo, llévala a su celda y llama a una comadrona para que redacte un certificado de virginidad como es debido, así podremos pedir más por ella.

Sin que se lo tengan que repetir, el bandido agarra a Naoko por un brazo. Mi amiga me mira desesperada por debajo del flequillo negro.

Tengo la terrible impresión de volver a ver la última expresión de Bastian antes de que la espada del viejo barón de Gastefriche atravesara su cuerpo y lo matara. No pude hacer nada para salvar a mi querido hermano.

—¡Espere! —grito—. ¡No se la lleve! Haré todo lo que quiera.

237

Siento que las manos de Giuseppe me ciñen con fuerza la cintura mientras su jefa me escruta con desdén.

—¿Todo lo que quiera? Me temo que no me puedes ofrecer gran cosa.

—Sí, sí que puedo —replico con voz ronca—. Puedo entregarle al conde Marcantonio de Tarella.

La sorpresa paraliza las facciones de la siciliana, que por lo general solo deja ver su hastío.

—Sé que su tío tatarabuelo traicionó a los lacrymas hace un siglo —explico—. Me lo dijo Giuseppe. También sé que no puede soportar que siga con vida desde que abandonó la fraternidad.

—No se limitó a abandonar la confraternidad —precisa Ravenna con voz sorda—. Cuando huyó, mucho antes de que yo naciera, se llevó también el tesoro de los lacrymas, con el que luego construyó su fortuna y su nombre en la corte. ¡Ese lamemuertos llegó incluso a transmutarse! Compró un título de conde a precio de oro en la Facultad, para escapar a la venganza de sus antiguos compañeros de armas. Desde entonces se pega un lunar en la comisura del ojo para ocultar el tatuaje, además de cualquier rastro de su vida anterior. Mis antepasados ofrecieron una recompensa por su cabeza empolvada. ¡Ah, lo que daría por separarla de sus hombros para infligirle el castigo que corresponde a los traidores! Pero es imposible capturarlo en el palacio de Versalles, donde se esconde con los demás chupasangres.

—Permítame que lo atrape y ejecute su venganza —le pido.

—¿Me tomas por idiota? ¿De verdad crees que te voy a volver a enviar a Versalles sin una garantía?

—No me refería a Versalles, sino a París. —Desafío la mirada oscura de la Madrina—. Imagino que sabe que el Inmutable ha organizado un gran baile en el Louvre para el 20 de diciembre, la víspera de la Noche de las Tinieblas. Asistirá toda la corte, incluido Marcantonio. Como escudera del rey, estoy invitada. Allí podré acercarme a vuestro enemigo y matarlo. Le ofrezco su cabeza a cambio de la libertad de Naoko.

Reciben mi propuesta con un silencio casi religioso. No solo he captado la atención de la jefa de los criminales, sino también

238

la de sus secuaces. Esos malhechores rechazaron cualquier valor humano cuando recibieron el bautismo de las lágrimas, salvo uno que defienden hasta el paroxismo: la lealtad. A sus ojos, no hay peor pecado que traicionar a la fraternidad; al igual que no hay mayor deber que el de castigar a los desleales.

—Confieso que sería un buen golpe de efecto antes de abandonar París —reconoce al final la siciliana—. Mi tatarabuelo, el padrino Celestino, gobernaba a los lacrymas cuando su hermano Marcantonio se apoderó del tesoro. La venganza es un plato que se sirve frío... Al cabo de un siglo, ¡ha llegado la hora de sentarnos a la mesa! —Sus labios se alargan en una sonrisa ambigua, por la que asoman varios dientes de oro—. Pero ahora dime una cosa, Gastefriche: aun en el caso de que consigas matar a ese canalla, es poco probable que salgas con vida.

—Es un riesgo que estoy dispuesta a correr.

Naoko gime:

—¡No, te lo ruego, Diane!

A pesar de que pronuncia mi nombre falso, sus ojos imploran a su verdadera amiga.

—La decisión está tomada, Naoko.

La miro tratando de tranquilizarla. Lo cierto es que forma parte de mi familia. No de aquella de la que me privaron y que permanecerá siempre grabada en mi corazón, sino de la que me ha brindado el caos de la existencia. Naoko, Montfaucon y Orfeo constituyen una familia deforme, integrada por personas que, como yo, han sido desolladas vivas. Un regalo de la vida, el más valioso de todos. ¡Defenderé a esta familia hasta el final!

Vuelvo a mirar a la Madrina con un firme propósito en el corazón.

—Para poder ejecutar mi plan necesito que me procure tres cosas.

—¿Tres cosas? —se burla ella—. Veo que eres un hueso duro de roer a la hora de hacer negocios. Si, por milagro, sales de esta, serás más que bienvenida en los lacrymas. Vamos, ¿cuáles son tus condiciones?

—En primer lugar, debe jurarme que soltará a Naoko apenas tenga noticia de la muerte definitiva de Marcantonio.

239

—De acuerdo. Ravenna la siciliana solo tiene una palabra: te lo juro por el panteón de los Tarella, donde reposan los huesos de mis antepasados. ¿Qué más?

—Devuélvame la pistola, la que estaba en mi zurrón cuando me capturaron sus hombres. Está cargada con balas de plata muerta. Una vez en el Louvre, encontraré la manera de meter una en el corazón de Marcantonio.

La Madrina asiente con la cabeza.

—Por supuesto. ¿La última petición?

—También me gustaría recuperar mi salvoconducto, mi sello y mi anillo de ónix. Quizá necesite el documento para acercarme al conde. En cuanto a las joyas, son de pacotilla, como usted misma dijo, pero es lo único que me queda de mi padre, el barón de Gastefriche. Tienen un valor sentimental.

La madrina vuelve a asentir con la cabeza.

—Te devolveremos tus baratijas —dice—. Ahora, en cambio, me toca a mí poner una condición: si el 21 de diciembre a mediodía no tenemos una prueba formal de que el traidor ha muerto, nos marcharemos de París, rumbo a Niza, con tu querida Naoko. Jamás volverás a verla.

La sobrina tataranieta de Marcantonio de Tarella me tiende un mano para sellar el acuerdo. Al estrechársela casi me rompe la mía, pues es tan dura y tan fría como el oro macizo que adorna sus dedos.

16

La exhumación

—*P*or enésima vez, no debes sacrificarte por mí —me suplica Naoko.

—Por enésima vez, la decisión está tomada. No olvides el apodo que me pusiste: Cabeza de Hierro.

Estamos sentadas en el jergón de mi celda y mi amiga me está peinando, como en los tiempos de la Gran Caballeriza.

Desde que sellé mi acuerdo con la Madrina, tolera que Naoko y yo pasemos varias horas al día juntas. Hace cuatro que nos detuvieron y en mi caso este es el último: según lo pactado, debo abandonar este antro dentro de menos de una hora para regresar al albergue del Gato Amarillo. Allí me reuniré de nuevo con Suraj y Hélénaïs, a quienes les diré que he pasado la última semana recorriendo París en busca de algún indicio y que todo ha sido en vano. Esta noche voy a asistir con mis compañeros al gran baile del Louvre para cumplir con mi destino.

—Encontraré la manera de sobrevivir en el burdel —insiste Naoko mientras termina de hacerme la trenza de plata con la que me ha rodeado la cabeza, artísticamente.

—Ni hablar —le digo—. ¿De verdad te imaginas desnudándote para unos desconocidos? ¿Dejarías que te tocaran con sus pezuñas? ¿Permitirías que te deshicieran el moño?

Los dedos de Naoko se detienen en mi pelo. Sé que ese argumento es cruel, pero debe entrar en razón, tiene que aceptar mi decisión y recuperar la libertad sin esperarme, en caso de que pierda la vida asesinando a Marcantonio.

—Yo... no puedo consentir que mueras por mí —farfulla.

—Te repito que no tengo la menor intención de morir. Si Jeanne de Froidelac era ya dura de roer, ¡Diane de Gastefriche tiene la coraza aún más resistente! Esa mujer me sorprende. ¡Imagínate, sobrevivió a una invasión de gules en el Temple! No es el único chupasangre que perderá el pellejo, al contrario, ¡corre el riesgo de romperse también los caninos!

Hago amago de morderme el brazo y de romperme los dientes para arrancar una sonrisa a Naoko.

—¡Qué tonta eres! —dice sin parar de reírse.

—No olvides que tengo la pistola de balas de plata muerta, es una gran ventaja. Además, si he de ser franca, tengo la impresión de que aún no ha llegado mi hora.

La sonrisa de Naoko se transforma en una expresión de perplejidad.

—¿Es una intuición?

—Sí, Naoko. Por lo visto, la sangre del Inmutable ha desarrollado en mí una especie de..., ¿cómo puedo explicártelo?..., una especie de «presciencia». Cada vez que me acecha un peligro mortal sueño con él varias horas antes. Estos días, en cambio, he dormido de un tirón, así que estoy convencida de que no me va a pasar nada.

Naoko me mira sin estar demasiado convencida.

—¿Y la Dama de los Milagros? —me pregunta.

—He hecho todo lo que he podido para encontrarla y hasta ahora he fracasado. No tiro la toalla, pero en este momento lo más urgente es que te marches de París antes de la Noche de las Tinieblas. Quiero que me prometas que, si los lacrymas te liberan, abandonarás la ciudad aunque yo no esté contigo.

Le cojo las manos y la miro fijamente a los ojos, decidida a no soltarla hasta que acceda a mi ruego.

Al final, asiente con la cabeza.

—Te lo prometo.

En ese instante se oyen tres golpes en la puerta de mi celda.

Giuseppe entra con una bandeja en la que trae el desayuno. Nada que ver con las gachas de harina de castaña que me pasaba de mala manera al principio de mi encierro: en la bandeja hay varias rebanadas de pan tostado y unos pedazos de tocino frito;

también un plato con verdura hervida, para respetar el régimen vegetariano de Naoko. Los lacrymas compran la comida en el mercado negro, especialmente activo desde que el Inmutable interrumpió el suministro de la capital. Desde que Ravenna la siciliana me nombró el instrumento de su venganza, tengo la sensación de ser su invitada, y no tanto su prisionera. Hasta puedo bañarme y me han dado unas sales aromáticas para que perfume mi piel antes del baile del Louvre. Además, debo ir a recoger el vestido que Hélénaïs me encargó.

—*Buon appetito!* —dice Giuseppe mientras pone la bandeja a los pies del jergón.

Su actitud también ha cambiado: vuelve a comportarse con la deferencia con la que me trataba al principio, puede que incluso mejor. Como si yo formara parte de la fraternidad.

—La Madrina tiene razón —dice—. Podrías unirte a nosotros si sobrevives en el Louvre. La lágrima en la comisura del ojo quedaría bien con tu aire rebelde.

Se ruboriza por haberse atrevido a hacerme un cumplido, pero no se va. Es evidente que siente algo por mí y que quiere conversar un poco antes de que me vaya. El sentimiento no es recíproco, todo lo contrario. Ya les he dado mucho a las carascortadas: ¡Tristan también tenía una cicatriz de chico malo en una mejilla y no estoy dispuesta a caer de nuevo en la trampa!

Aun así, hago un esfuerzo para sonreírle con amabilidad. A pesar de que la idea de unirme a la banda de estafadores me repugna, debo procurar que no se note. Tengo que seguir el juego hasta que liberen a Naoko.

—¿Por qué no? —pregunto—. ¡No me veo volviendo a la corte después de haber ajustado cuentas con el conde!

Subrayo mis palabras con un guiño de complicidad, al que Giuseppe responde con una sonrisa de oreja a oreja.

—¡No solo eres guapa, además sabes hablar como los empolvados de Versalles! —me halaga con torpeza—. Créeme, tu sitio está aquí y no entre esos sumisos escuderos. ¿Por qué servir al rey cuando puedes servirte a ti misma?

—Tienes razón: ¡ni rey ni amo! —afirmo con vehemencia.

Me guardo mucho de recordarle hasta qué punto se somete él a los deseos de su jefa, a pesar de sus aires de impenitente

243

maleante. En cuanto a la vida que emprenderé lejos de la corte si logro escapar de ella, será al lado de Montfaucon, trabajando por una causa que está por encima de mí y a la que mis padres también se entregaron: la Fronda del Pueblo. ¡No pienso enterrarme en una banda de criminales que solo busca lograr sus intereses egoístas!

—Hablando de escuderos, eso me recuerda a la dama Plumigny y a lo que el cabrón de Tarella le hizo sufrir —añade Giuseppe riéndose de buena gana.

Naoko y yo nos miramos desconcertadas.

—¿Plumigny? —repite mi amiga—. No entiendo... ¿El conde de Tarella y Hélénaïs tienen una relación?

—No, no me refiero a la segunda Plumigny, sino a la primera, Iphigénie.

Oír ese nombre es como recibir una bala.

No sé nada de la misteriosa hermana de Hélénaïs, salvo lo que decían de ella las cuatro líneas de una carta que leí a escondidas. El señor Anacréon de Plumigny comentaba que estaba muy decepcionado con su hija mayor. Además, ordenaba a la menor que velara por el prestigio de la familia en la corte.

—¿Qué ocurrió? —pregunto haciéndome la tonta, tratando de que no se dé cuenta de que me muero de curiosidad.

—¿No te lo ha contado tu compañera? Creía que los escuderos no teníais secretos entre vosotros. Se dice que os lo contáis todo: las cenas, las aficiones... ¡y lo que sucede en la cama! —En sus labios se dibuja una sonrisa traviesa.

—No hay que creerse todos los rumores. Hélénaïs nunca me ha hablado de su hermana.

Giuseppe se sienta a mi lado en el jergón, a todas luces ansioso por crear entre nosotros la intimidad que, supone, existe entre los escuderos reales.

—Hace tres años, la señorita de compañía de la marquesa de Vauvalon se dejó seducir por el conde de Tarella —me explica—. Iphigénie de Plumigny era tan solo una lamemuertos dispuesta a ofrecer el cuello al primer chupasangre que apareciera, como tantos otros en Versalles. ¡Tarella debió de prometerle el oro y el moro a esa boba de veintidós años para que esta le permitiera beber a escondidas de su cuello durante meses! El caso es que sus revolcones acabaron por llegar a oídos del rey. Durante una audiencia a puerta cerrada, el Inmutable ordenó a la culpable que abandonara la corte y entrase en una orden religiosa. Sospecho que la marquesa de Vauvalon exigió el destierro: dado que es la amante oficial de Tarella, ¡no debió de gustarle mucho que una mortal le pusiera los cuernos! El padre de la joven, por su parte, renegó de ella y la desheredó. Utilizó el dinero de su dote para esconder el escándalo y silenciar a la prensa, es decir, ni una línea sobre el tema en el *Mercure Galant*. Pero los lacrymas no necesitan a esos escarabajos peloteros de los periodistas para estar al tanto de lo que se chismorrea, ¡ja, ja, ja!

Ignorando la risa de Giuseppe, Naoko me toca la mano. Salta a la vista que este inesperado testimonio la turba tanto como a mí.

—Por eso Hélénaïs quería participar como fuera en el Sorbo del Rey —piensa en voz alta—. No era solo para cubrirse de honor, sino también para salvar el de su familia.

—Así es. Además, te aseguro que su padre la coaccionó para que lo hiciera.

—¡Es injusto lo que le sucedió a Iphigénie! —exclama indignada la joven japonesa, que es la bondad en persona, hasta el punto de que llega a ponerse de parte de una desconocida—. ¿Cómo es posible que en ese tipo de situaciones el hombre pueda seguir pavoneándose mientras a la mujer la obligan a entrar en un convento?

Giuseppe considera conveniente dar su opinión.

—Bueno, a mí me parece normal. Los hombres tienen sus necesidades, en cambio, las mujeres dignas de ese nombre deben proteger su virtud.

Aprieto la mandíbula bajo mi sonrisa forzada y clavo las manos en el jergón para no soltarle un par de bofetadas al machito que tengo a mi lado. ¡Eso también es una necesidad…, y confieso que me cuesta dominarla!

—Además, la señorita Plumigny no terminó en el convento —precisa—, sino en el hospicio de los Incurables.

Al oír el nombre de ese lugar, mi corazón da un vuelco. ¡Estuve en los Incurables hace tres semanas! Quizá me crucé

245

con Iphigénie. Una víctima de los vampyros, igual que yo, que se quedó huérfana sin poder hacer nada para impedirlo. La posibilidad de que tal vez rozara su velo me emociona de forma extraña.

—Visité el hospicio con Hélénaïs y se comportó como si no supiera que su hermana está allí —murmuro.

El napolitano se encoge de hombros.

—Bah, no me sorprende. Han mantenido en secreto el lugar donde Iphigénie hizo sus votos. Ya te dije que el señor de Plumigny rompió por completo con su hija mayor. —Sorbe por la nariz con aire desdeñoso—. Por mucho que se dé grandes aires y nos mire con desprecio, ¡esa gente de la alta sociedad es tan feroz como nosotros cuando se trata de defender el honor!

—Pero ¿cómo hicisteis los lacrymas para enteraros de que Iphigénie estaba en los Incurables a pesar de todas esas cautelas?

—Seguimos a Marcantonio cuando vino a París a raptar a la mujer de la que se había enamorado un año después de que la desterraran. A pesar de ser un vampyro de sangre fría, ese cabrón sigue teniendo la sangre caliente de los latinos. —Mi admirador vuelve a dirigirme una mirada ardiente—. En pocas palabras, aprovechamos que por una vez salía de Versalles y quedaba desprotegido. Era nuestra oportunidad de acabar con él. Estuvo en un tris de morir para siempre, pero entonces transmutó a Iphigénie.

¿La hermana de Hélénaïs transmutada?

La cabeza me da vueltas con todas esas revelaciones. Busco de nuevo el jergón para apoyarme en él, pero, por desgracia, mis dedos tocan el muslo de Giuseppe, quien enseguida interpreta el gesto como una invitación y se arrima un poco más a mí.

—¡Pues sí, la transmutó, y te juro que no fue un espectáculo agradable! —repite en tono atrevido—. ¡Los chupasangres tienen unas costumbres realmente asquerosas! La sangró como un lechón en una habitación del Pandemónium, el hotel más distinguido de París, en el que también podemos entrar, como en cualquier sitio. Así pues, mientras Marcantonio ex-

traía buena parte de su sangre para llenar el cuerpo de Iphigénie, lo atacamos. ¡Faltó un pelo para que le clavara la estaca en
el corazón! Pero, al final, ese canalla logró escapar.

—¿E Iphigénie? —pregunto con un hilo de voz.

Giuseppe desecha mi pregunta con un gesto de la mano y
aprovecha para hacerla aterrizar en mi muslo.

—¿La transmutada? La dejamos allí para perseguir a Marcantonio. Ahora esa desgraciada es una más en la tropa de
chupasangres supernumerarios. La mayoría solo viven unos
meses, porque la Facultad los hostiga como si fueran ratas. A
estas alturas será un montoncito de ceniza y el mundo habrá
olvidado ya el nombre de Iphigénie de Plumigny, o hermana
Amarante, como la llamaban en los Incurables.

Me levanto de un salto y me aparto de Giuseppe, que resulta atosigante.

Me cuesta dominar la respiración, que se está acelerando, y
frenar el temblor de mis extremidades.

—¿Qué pasa? —pregunta él, aturdido—. Disculpa si me he
precipitado, solo quería darte un poco de calor humano antes
de que vayas al tajo.

—Es muy amable por tu parte, pero ya me he calentado
bastante y estoy preparada para afrontar el frío —replico haciendo una mueca—. Es hora de ir al baile del Louvre.

Recorro las calles de París, llenas de montones de nieve
grisácea.

Los lacrymas me han soltado en algún lugar del norte
de la ciudad, después de hacerme recorrer un laberinto de
pasillos con un saco en la cabeza, como suelen tener por costumbre. Además, me han dado una gruesa capa para sustituir
a la que abandoné en manos de Tristan; asimismo, me han
devuelto el zurrón.

En lugar de regresar enseguida al albergue del Gato
Amarillo para reunirme con mis compañeros y arreglarme
para el baile de esta noche, he decidido hacer una parada en
los Incurables.

Cuando la hermana Vermillonne nos dijo que la hermana

247

Amarante ocupaba el ataúd más reciente de la cripta, supuse que era una monja de edad madura como ella. Jamás habría imaginado que podía tratarse de una joven apenas un poco mayor que yo ¡y aún menos de la hermana de Hélénaïs! Debo enterarme de por qué Vermillonne nos contó que la difunta había muerto en un ataque de gules, cuando, en realidad, desapareció después de que Marcantonio la transmutara. ¿De verdad la hermana de los Últimos Cuidados se cree esa historia? ¿Nos mintió deliberadamente sobre la muerte de la hermana Amarante? De ser así, ¿por qué nos ocultó la verdad? El hospicio encierra un oscuro misterio, el presentimiento es tan doloroso que me cuesta respirar. ¿Tiene algo que ver ese secreto con la Dama de los Milagros? Hace tres semanas iniciamos nuestra investigación en los Incurables, donde a diario ingresan decenas de víctimas de su ejército. Salimos de allí con las manos vacías, pero ahora debo regresar a él para saber a qué atenerme antes de que llegue la Noche de las Tinieblas.

Sea como sea, debo darme prisa, porque una segunda exigencia, de la que depende el destino de Naoko, me apremia. Es casi mediodía. Solo quedan unas horas para el gran baile del Louvre, donde debo matar al conde de Tarella, ¡el mismo que transmutó a Iphigénie! La acumulación de retos me produce vértigo; el Louvre colisiona con los Incurables en una carrera desenfrenada.

Jadeando y con un sinfín de preguntas dando vueltas en mi cabeza, salgo a la plaza donde se encuentra el hospicio. Los vivacs de los soldados y los dragones que están apostados en las inmediaciones, coronados por la nube de humo que se eleva de una hoguera, parecen más numerosos que la última vez que estuve allí. Me abro paso hasta llegar frente a la aldaba.

Al igual que hace tres semanas, la mirilla se abre; por ella aparecen los ojos cautos de la hermana Purpurine, la portera.

—Ah, ¿otra vez usted? —gruñe entornando los párpados para verme mejor, dado que la capucha me tapa la cara.

—¡Ábrame! ¡Es absolutamente necesario que hable con la reverenda madre!

La monja debe hacer acopio de todas sus fuerzas para empujar la puerta, que ha quedado obstruida por la nieve. Su semblante muestra un cansancio mayor que el que me ha parecido entrever a través de la mirilla. Parece que no se ha cambiado desde hace varios días su hábito gris, manchado con nieve fundida y barro.

—No es el mejor momento para una visita —refunfuña—. Desde que se interrumpió el abastecimiento de la ciudad, los Incurables están desbordados de pacientes.

Es cierto, el patio del hospicio está abarrotado de indigentes que esperan delante de unas tiendas montadas a toda prisa mientras se calientan en unos braseros con las ascuas agonizantes. Las religiosas sacan cucharones de sopa humeante de unas grandes marmitas y la sirven en las escudillas de los miserables ateridos por el frío.

—Estamos desbordadas —rezonga la hermana Purpurine—, hasta el punto de que hemos de meter a dos enfermos en cada cama en el ala de los inválidos, y a cuatro locos por celda en el manicomio. Además, nuestra despensa no es inagotable: no tardará en vaciarse, como los graneros de trigo de Montmartre. ¡Y todo eso por orden del rey!

Me mira llevada por la cólera, como si me considerara responsable de la drástica decisión adoptada por el Inmutable, dado que soy su escudera.

—Tengo mucho que hacer —me dice de malas maneras—. Ya sabe dónde está el despacho de la reverenda.

Dicho esto, me da la espalda para echar una mano en la distribución de la sopa popular.

La situación en los pasillos del hospicio es aún más desoladora que en el patio. Los pobres que se hacinan allí buscando un poco de calor tienen aún más frío que los que hacen cola fuera. Ancianos, cojos, enfermos: todos aquellos que pueden morir si un día no comen. Sus gemidos se unen a los gritos de los locos procedentes del manicomio.

Temblando en mi capa, avanzo entre los desventurados y las hermanas que tratan de poner un poco de orden en el caos. La mayoría de los necesitados se niega a marcharse, aunque haya recibido un pedazo de pan.

—¡Se lo ruego, hermana! —gime un anciano con los ojos en blanco agarrándose del hábito de una monja—. ¡La Noche de las Tinieblas caerá sobre nosotros mañana por la noche! Mi casa de barro, en Vaugirard, está tan podrida como mis viejos huesos. ¡No resistirá a los gules de la Dama de los Milagros! ¡Deje que me quede aquí! Quizá pueda sobrevivir entre estas sólidas paredes de piedra.

—Estas paredes no son suficientes para acoger toda la miseria de París —replica la monja con voz exhausta—. Ahora que has recibido alimento debes dejar tu sitio a otros.

El viejo se sube una manga harapienta y enseña un brazo raquítico y morado de frío.

—Necesitan sangre, ¿es eso? ¡Pueden sacarme toda la que quieran, pero protéjanme, por amor de las Tinieblas!

—Tienes más posibilidades de morir de un pinchazo de más que de un ataque de los gules. ¡Te arriesgas a terminar en nuestra morgue!

¿La morgue? El lugar donde, según parece, se hallan los restos mortales de la hermana Amarante. ¿Y si diera una vuelta por allí antes de visitar a la reverenda?

Doblo la esquina al fondo del pasillo, pero, en lugar de subir la escalinata, enfilo el estrecho pasillo que se abre debajo de ella. Está desierto, no hay ni religiosas ni pacientes. La oscuridad es completa.

Froto mi encendedor de yesca y, a continuación, iluminada por la débil llama, bajo a paso ligero los escalones resbaladizos por los que hace tiempo nos guio la hermana Vermillonne. En el silencio de la cripta no se oyen los estertores y las súplicas que resuenan arriba: en este lugar reina un silencio absoluto. Aprieto el paso bajo las bóvedas seculares inhalando el aire húmedo y saturado de hierbas aromáticas. Las cámaras frías que se abren en la pared derecha me parecen mucho más llenas que la primera vez que estuve allí, debido, sin duda, a los ataques de la Dama y a las restricciones impuestas por el rey. Los nichos de la pared izquierda, en cambio, parecen observar la hecatombe como si fueran unos ojos negros e impasibles, y cada uno acoge el ataúd de una antigua religiosa.

Por fin llego al último nicho ocupado. Acerco la llama del encendedor y veo una pequeña placa atornillada a la cadena del féretro:

HERMANA AMARANTE
274 - 297

Calculo rápidamente: hace veintitrés años que la metieron en el ataúd, ¡justo la edad que tenía la hermana mayor Plumigny cuando fue transmutada!, según me contó Giuseppe.

Respiro hondo. Ha llegado la hora de exhumar el pasado y, en concreto, el cuerpo de Iphigénie de Plumigny. Apago el encendedor, agarro las asas metálicas que hay a los lados del ataúd y tiro de él con todas mis fuerzas.

¡Maldita sea! En caso de que esté realmente en la caja, ¡la hermana de Hélénaïs pesa como un burro muerto!

Incapaz de sostener el peso de féretro, que en buena medida ya está fuera del nicho, lo suelto y salto hacia un lado para que no me aplaste los pies al caer al suelo. Las tablas se rompen con un estruendo ensordecedor, cuyo eco retumba bajo las bóvedas de la cripta.

Froto febrilmente mi encendedor para iluminar el desastre: en el halo tembloroso aparecen astillas de madera y sacos de tela rotos, de los que sale un polvo blanco. Parece… sal. Pero no hay ningún cuerpo, ni siquiera un minúsculo hueso. ¡Llenaron de lastre el ataúd de la hermana Amarante para hacer creer que estaba ocupado!

—¿Qué es este estrépito? —retumba una voz a mis espaldas.

Me vuelvo despavorida: la luz del farol se acerca a paso renqueante.

—¡Los pacientes no pueden entrar en la cripta! Pero… ¿qué ha ocurrido aquí?

La cara iracunda de la hermana Vermillonne emerge de entre las sombras.

—¡Sacrilegio! —grita—. ¡Maldito sea el que profana el sueño eterno de las hermanas hospitalarias!

Al pasar el farol por encima del féretro roto, las maldiciones mueren de inmediato en su garganta. Asombrada, abre la boca rodeada de arrugas. Al ver su expresión, comprendo que está más sorprendida que yo.

251

—¡Por las Tinieblas! —exclama.

—Soy yo, Diane de Gastefriche, escudera del rey —susurro quitándome la capucha para que me reconozca.

—¿Qué hace usted aquí? —pregunta con un sollozo.

—Trato de averiguar la verdad sobre la hermana Amarante. Como puede ver, no está en el féretro.

—Pero…, pero… —farfulla la anciana—. Yo misma la vi arrastrarse hasta el hospicio una noche de julio de hace dos años y medio, después de que los gules atacaran la barrera del Trono. Se refugió en las estancias de la reverenda, que la veló durante sus últimas horas, hasta la noche en que murió.

—Sería mejor decir «la noche en que la hicieron pasar por muerta» —la corrijo—. ¿Quién la metió en el ataúd?

—Yo misma, dado que soy la hermana de los Últimos Cuidados. Cuando una monja muere, la tradición establece que se exponga su cuerpo en una de las cámaras frías de la cripta durante una noche para que las demás religiosas puedan llorar por ella. —La frente de la hermana Vermillonne se frunce por el esfuerzo por recordar—. Normalmente, el ataúd está abierto en la capilla ardiente, pero en esa ocasión la reverenda me pidió que lo cerrara después de haber puesto los restos de la hermana en él. Temía que el arañazo, infectado por el veneno de un gul especialmente virulento, apestase el aire con sus miasmas.

Aprieto un puño de la monja y la miro fijamente a los ojos para animarla a que excave más a fondo en sus recuerdos.

—Yo…, esto…, no. La reverenda me ordenó que no lavase el cuerpo, porque estaba infectado, según ella. Metí a la hermana Amarante en el ataúd con el hábito manchado de sangre en el pecho, en el punto donde el gul la había arañado.

Inspiro hondo.

El aire cerrado de la cripta me parece más sofocante que nunca.

—Resumiendo, la reverenda madre es la única persona que asistió al presunto fallecimiento de la hermana Amarante y también la que insistió para que cerrara enseguida el féretro.

—Sí, ya se lo he explicado —repite la hermana con voz trémula—. Para evitar que oliera mal…

—¡O para evitar que alguien se diera cuenta de que la

muerta no estaba donde tenía que estar! —exclamo—. Porque sé de buena tinta que la hermana no murió en el ataque de los gules, ¡sino que la transmutaron ilegalmente!

El farol empieza a temblar en la mano de la vieja religiosa y hace bailar mi sombra y la suya en las paredes de la cripta.

—Eso es… imposible —balbucea—. ¡Las transmutaciones ilegales son una blasfemia, una hermana de la Facultad jamás se atrevería a hacerlo!

—Se atrevieron por ella, y la reverenda hizo todo lo posible para ocultarlo. Hermana, mi pregunta es: ¿quiere usted saber por qué?

La anciana sacude la cabeza, sus ojos brillan en la penumbra. Agarra mi mano con sus escuálidos dedos y la aprieta con cariño.

—La primera vez que nos visitó sentí que usted era diferente de los demás escuderos, más cercana al pueblo, más sensible. Vi que sus ojos se empañaban mientras les hablaba de cómo los miserables pasan su última hora.

Ardo en deseos de revelarle mi verdadera identidad, pero me contengo. Me resigno a comunicarme con la mirada con esta anciana sabia y bondadosa; imagino que mi madre quizás habría acabado pareciéndose a ella con los años si los dragones del rey no hubieran cortado bruscamente el hilo de su vida.

La hermana Vermillonne golpea tres veces la robusta puerta de hierro blindado que cierra el despacho de la reverenda. A continuación, la llama, gritando a pleno pulmón, para que su voz le llegue a través de la robusta madera.

Los tres cerrojos, que son enormes, giran uno tras otro emitiendo unos clics metálicos, hasta que la puerta se abre chirriando y aparece la madre Incarnata.

—¿Qué significa esta intrusión? —pregunta con hostilidad mientras la hermana Vermillonne y yo entramos en la habitación.

Al igual que la primera vez que estuve allí, el escritorio que se encuentra a sus espaldas está cubierto de libros y de documentos iluminados por un candelabro. Salta a la vista que estaba estudiando y la hemos interrumpido. Pero ¿por qué se encierra con dos vueltas de llave para trabajar?

—Vermillonne, se supone que tiene mucho que hacer en la morgue, ¿no? —gruñe—. Y a usted, joven, la reconozco, es usted escudera del rey. —Me fulmina con la mirada, por encima de sus quevedos—. Por lo visto, no han averiguado nada en un mes. La Dama de los Milagros sigue causando estragos y el resultado salta a la vista: ¡el hospicio está abarrotado de enfermos, ya no sabemos dónde meterlos!

—He de darle una buena noticia, madre, ¡en el sótano se ha liberado un nicho! —respondo al vuelo—. Me refiero al de la hermana Amarante.

La austera cara de la reverenda palidece, enmarcada en el velo negro.

—¿Un nicho? —dice con la respiración entrecortada—. ¿El de la hermana Amarante? No entiendo lo que quiere decir.

—No sé, yo creo que me entiende más que bien —digo, y cierro la puerta—. Hemos abierto el ataúd y está vacío.

La directora del hospicio se vuelve hacia su subalterna con tanta rudeza que su colgante en forma de murciélago tiembla sobre su hábito. El fuego rojizo de la chimenea hace danzar unos reflejos febriles en su semblante iracundo.

—¿Cómo se ha atrevido a profanar el féretro, Vermillonne?

—Con todo respeto, madre, usted lo profanó antes —replica la hermana de los Últimos Cuidados.

Enrojece y su cara se tiñe con el tono bermellón al que debe su nombre religioso.

—Usted fue la última persona que se quedó junto al ataúd de Amarante cuando terminó el velatorio. Recuerdo perfectamente que insistió en que la dejáramos en la cripta a solas con ella, porque era su protegida. —Entorna los párpados dibujando un laberinto de arrugas en las comisuras de sus ojos, que a pesar de su provecta edad, son aún vivaces—. Ni las demás religiosas ni yo supimos quién era la joven novicia antes de que tomara los hábitos. Supusimos que era de familia noble, dadas sus maneras delicadas y su nivel de instrucción. ¡Era tan viva! ¡Todo despertaba su curiosidad! Además, era una de las pocas que sabía leer con fluidez el latín y el griego, por eso le confió la organización de la biblioteca. Todas sentíamos que para usted era especial. Tanto es así que la tuvo encerrada entre estas cuatro paredes como si estuviera loca durante el año que vivió con nosotras; y más tarde la veló sola por última vez. Tuvo tiempo de sobra para abrir de nuevo el ataúd, sacar el cadáver y meter los sacos de sal que se utilizan para preservar los cuerpos, porque había muchos en la sala.

La madre Incarnate tiembla de indignación, angustiada.

—¡¿Sacar a Amarante del ataúd?! —chilla—. ¡Está usted loca! ¿Qué se supone que iba a hacer con un cuerpo infestado de veneno gúlico!

—En el cuerpo de la joven no había veneno de gul, sino sangre vampýrica —replico con frialdad.

Al oír esas palabras, la fachada autoritaria de la reverenda se resquebraja completamente. Tiembla de tal manera que sus quevedos se balancean en la punta de su nariz.

—¿Cómo lo sabe? ¿Es que Amarante ha vuelto? ¡Oh, las Tinieblas salen en mi auxilio y me ayudan a pasar la noche!

—Deje en paz a las Tinieblas y asuma sus responsabilidades —le suelto—. Según parece, ocultó un caso de transmutación ilegal. Sé quién es el culpable: el conde Marcantonio de Tarella. Además sé que, en realidad, la víctima se llamaba Iphigénie de Plumigny. Recuerdo la mirada gélida que le dirigió a Hélénaïs cuando vinimos a verlas a finales de noviembre: era odio, ahora me doy cuenta. Es evidente que mi compañera ignoraba que su hermana había vivido encerrada aquí con el nombre de sor Amarante. Pero usted, dígame, ¿por qué hizo creer a todo el mundo que la religiosa estaba muerta y enterrada? ¡Responda en nombre del rey!

La madre Incarnate recula hasta su escritorio y se deja caer abatida en el sillón.

—Porque…, porque no sabía qué hacer —tartamudea—. La hermana Amarante no debería haber salido nunca del recinto del hospital. Cuando desapareció una noche del mes de julio del año 297 incumpliendo el voto que le prohibía salir, me llevé una gran decepción.

—No se marchó alegremente, ¡la raptó un vampyro!

—¡Sí, la raptó cerca de la fosa común de la barrera del

Trono, donde había ido sin mi permiso! —grita la reverenda—. ¡Si se hubiera quedado en el hospicio, no habría sucedido
nada de eso! Por lo demás, ¿quién nos asegura que no aceptó
la transmutación? Es posible que se asustara cuando se convirtió en una supernumeraria, al comprender que a partir de
entonces iba a ser una proscrita y que la Inquisición acabaría
tarde o temprano con su vida. Cuando vino a verme llorando,
la noche siguiente, con el hábito manchado de sangre, me dejó
de piedra. Una monja de mi hospicio había infringido la ley
más sagrada de la Facultad, ¡qué infamia! Y, por si fuera poco,
era la hermana más valiosa, cuyo padre pagaba todos los meses
una buena suma para que estuviera encerrada. Sentí que esa
imprudente joven me había traicionado. Aquello me hizo…
perder los estribos. —A pesar de que le tiemblan las manos, la
reverenda logra abrir uno de los cajones de su escritorio y saca
un pequeño mango de madera—. Mientras esa abominación
con cara humana buscaba consuelo en mis brazos, cogí una
plumilla parecida a esta y… se la clavé con todas mis fuerzas
en el corazón.

256

La crueldad con la que la reverenda trató a una religiosa de
la que era responsable y que, además, se había entregado a ella
en cuerpo y alma me estremece.

—¿Cómo pudo hacerlo? —murmuro.

—Sé que debería haber llamado a un inquisidor de la Facultad para que mataran a la supernumeraria, de acuerdo con
lo que establece el protocolo —murmura entre dientes, con los
ojos clavados en el suelo para no tener que enfrentarse a los
míos—, pero preferí resolver sola el desafortunado incidente
para no llamar la atención. Al clavarle la plumilla en el pecho,
dejé a Amarante paralizada, de manera que podía hacerla pasar
por muerta, siempre y cuando nadie mirara el cuerpo con de-
masiada atención.

—¡Así que se inventó la historia del arañazo del gul y del
cuerpo infectado para que no mirara bajo el hábito! —grita la
hermana Vermillonne.

—¡Sí, y funcionó! —replica la reverenda madre alzando
bruscamente la cabeza—. Sus viejos ojos, medio miopes, no
notaron nada. Cuando me quedé a solas con el ataúd, lo abrí de

nuevo para terminar el trabajo: quería decapitar a Amarante con la sierra que había cogido del taller de la hermana obrera, pero ella me saltó al cuello. ¡La maldita plumilla se había salido de su corazón mientras estaba dentro de la caja!

Una mueca de horror deforma los rasgos lívidos de la madre Incarnate mientras recuerda la noche de la que nunca había hablado con nadie hasta hoy.

—¿Es posible que el mango de madera fuera demasiado fino o que la esencia no fuera bastante potente? —pregunta trastabillando como una demente que repite a diario los mismos pensamientos obsesivos—. Los árboles frutales son los más eficaces para paralizar a los no-muertos, porque sus ramas son portadoras de vida. Si mi plumilla hubiera sido de manzano o de nogal, y no de pino, todo habría sido diferente.

—Déjese de lamentaciones y cuéntenos lo que pasó realmente —la atajo.

La reverenda se sobresalta y sale de su ensimismamiento.

—Todo sucedió muy deprisa. Intenté cortarla con la sierra, pero escapó. Subió por la escalera de la cripta hacia la superficie, donde las hermanas se habían acostado hacía un buen rato tras el velatorio. Estaba a punto de amanecer, sabía que el miserable error de la naturaleza no tardaría en arder en algún lugar de la ciudad, así que llené el ataúd vacío con sacos de sal y volví a cerrarlo, apretando bien los tornillos para que el secreto no se descubriera nunca…, hasta hoy.

La madre Incarnate alza hacia mí sus descoloridos ojos. Pasado el momento de pánico, han recuperado su expresión glacial.

—Bueno, ya lo saben todo —termina en un tono seco; está acostumbrada a mandar, y es como si pretendiera decirnos que la cuestión queda zanjada—. Si pretende contarle el incidente al rey, yo en su lugar le diría la verdad. En realidad, hice lo que hice para salvaguardar la reputación del hospicio. No veo por qué debo sonrojarme.

—Cuando me preguntó si Amarante había vuelto, no se sonrojó, al contrario, palideció —replico—. Por mucho que diga que la hermana fue consumida por el sol, en el fondo no está tan convencida y teme que vuelva para vengarse.

257

—Pero ¡eso es ridículo! —dice la religiosa atragantándose—. ¡Una reverenda madre de la Facultad no debe temer a una vulgar supernumeraria! ¡Además, no corro ningún peligro si permanezco entre estas cuatro paredes! ¡Por no hablar de los soldados que montan guardia día y noche en el exterior!

La hermana Vermillonne carraspea a mis espaldas.

—Ahora comprendo por qué hizo cambiar todas las cerraduras del hospicio a finales del año 297.

—Eso fue después de que se fugaran los perturbados —se defiende la madre Incarnate—. Debido a su venerable edad, parece que le falla la memoria, pero quizá recuerde que en diciembre de hace dos años los locos escaparon por el pasaje de la biblioteca. Mi deber era proteger el hospicio.

—No estoy tan senil ni me falla la memoria —contesta la hermana de los Últimos Cuidados; no se va a dejar intimidar—. Recuerdo perfectamente que alguien abrió a los locos desde el exterior, alguien que tenía las llaves del manicomio. Cuando estaba viva, la hermana Amarante era una de las personas que las tenían. Además, pasaba mucho tiempo con los dementes. Ella les abrió, ¿verdad? ¡Y eso le aterroriza!

—Es…, es una simple teoría que no demuestra nada —concede la madre Incarnate a su pesar.

—Hace dos años que no ha salido del hospicio. Trasladó su despacho, que antes daba al patio, a esta sala sin ventanas. Ordenó que blindaran la puerta, y se encierra con dos vueltas de llave durante el toque de queda. —La hermana de los Últimos Cuidados apunta su nudoso índice hacia la alcoba de nicho tapada con una cortina que está al lado de la chimenea, entre las estanterías llenas de tratados de teología—. Incluso metió una cama en esta caja fuerte. Además, pidió a la Facultad que doblara el efectivo de soldados y dragones que vigilan fuera del hospicio alegando que había que proteger a las monjas, pero ¡en realidad teme por su vida!

La reverenda se acurruca en el sillón, como si la hermana Amarante estuviera a punto de aparecer aquí y ahora para tomarse cumplida venganza. El pánico, que había logrado ahuyentar por un instante, la vuelve a tener entre sus garras. Aterrorizada, jadea mientras lanza miradas paranoicas por debajo del velo.

—Dice que no avisó a sus superiores de la transmutación de la hermana Amarante para salvaguardar la reputación de los Incurables, pero, viendo en qué estado se ha puesto, es evidente que fue otra la razón que la disuadió. Una razón imperiosa, lo bastante poderosa para que haya acabado viviendo en el miedo, a solas con su secreto. —Acerco mi cara a la de la reverenda—. ¿Qué razón es esa, madre?

—Yo..., yo... —tartamudea la religiosa.

—¡Hable ahora, a menos que quiera que la denuncie al Ejecutor de las altas obras del rey, Raoul de Montfaucon! ¡Él sabrá tirarle de la lengua!

Una luz febril pasa por los pálidos iris de la reverenda, como si el incendio del patíbulo proyectara en ellos sus llamas.

—Además de mí, la hermana Amarante era la única que tenía las llaves del manicomio y de la biblioteca —confiesa en un susurro ronco—. Muchos de los libros que robaron de las estanterías la noche en que los locos escaparon trataban sobre las abominaciones nocturnas, en especial acerca de los gules. Un año y medio más tarde, empezaron a producirse en París los primeros ataques coordinados de esos monstruos.

La reverenda, esa mujer severa y despiadada, empieza a balbucear como una niña pidiendo perdón por una torpeza que se le ha ido de la mano.

—Si la Facultad se enterara de que el monstruo salió de aquí, no quiero ni imaginar el castigo que me infligiría. Por amor de las Tinieblas, no digan nada a los arquiatras..., no digan nada al rey.

Me coge una mano y se aferra a ella alzando sus ojos hacia mí, desesperada.

—¡Yo... creo que la hermana Amarante y la Dama de los Milagros son la misma persona!

259

17

El triunfo

Aprieto el paso mientras camino por la calle. Ha anochecido.

El sol crepuscular proyecta resplandores rojos sobre la nieve, semejantes a largos regueros de sangre, como si el espejismo de una masacre se proyectara sobre toda la ciudad.

En mi cabeza siguen resonando las palabras de la madre Incarnate. Cuando las últimas defensas de su mentira cedieron, se licuó, literalmente; se fundió en lágrimas de terror y culpabilidad. Si su teoría es exacta, al tratar de ocultar la transmutación de una de sus religiosas, en lugar de denunciarla rápidamente a la Facultad, creó a su pesar a la Dama de los Milagros: la mayor rival del Rey de las Tinieblas. Sin duda, es un crimen imperdonable, que explica por qué ha guardado silencio durante todo este tiempo.

En cualquier caso, esas respuestas esenciales plantean muchas otras preguntas. Si Iphigénie de Plumigny es, en efecto, la Dama de los Milagros, ¿cómo logró el poder necesario para gobernar a los gules? ¿Adquirió ese saber prohibido en los libros que robaron en la biblioteca del hospicio? ¿Por qué liberó a los locos cuando se produjo ese asalto? Y, sobre todo, ¿qué pretende conseguir sometiendo la ciudad a sangre y fuego?

En mi fuero interno, presiento la respuesta a la última pregunta. No hace mucho, yo misma estaba consumida por la obsesión de la venganza, fuera cual fuera el precio que debía pagar por ella y el número de víctimas que podía causar con mi acción. Iphigénie de Plumigny tiene un sinfín de razones para querer vengarse de un mundo que no la trató demasiado bien. Supongo que quiere arrebatar la corona al soberano que la condenó a tomar el hábito. Puede que su obsesión por vengarse incluso la haya llevado al borde de la locura.

El lóbrego sonido del toque de queda retumba sobre los tejados de París cuando, por fin, llego al Gato Amarillo. Entro como una exhalación en el establecimiento, bajo la mirada sorprendida de su dueño, que me observa como si fuera un fantasma. Subo los peldaños de cuatro en cuatro hasta el piso…, donde tropiezo con Hélénaïs.

Deambula por el pasillo para suavizar su nuevo vestido de baile: una magnífica prenda de seda de color amarillo solar, adornada con unos encajes y una pasamanería exquisitos. Además, se ha trenzado el pelo para recogérselo en un moño salpicado de flores de seda a juego con el vestido; ha maquillado con esmero su delicada cara.

—¡Tú por aquí! —exclama—. ¿Dónde te habías metido?

—He estado haciendo averiguaciones, como ya sabes.

Sus pestañas alargadas por el rímel parpadean.

—Y supongo que no has encontrado nada.

Niego con la cabeza. No pienso revelarle que la Dama de los Milagros, la misma que lleva buscando durante un mes, es su hermana. Esa información podría darle un poco de ventaja para encontrarla antes que yo, y, apenas libere a Naoko, mi prioridad seguirá siendo matar al ama de los gules.

Alertado por nuestra conversación, Suraj sale de su cuarto. También se ha arreglado para el baile: luce una casaca india con el cuello recto, de terciopelo verde pálido, hecha a medida para su atlético cuerpo. El turbante, de color verde manzana, está adornado con una esmeralda.

—¡Diane! —exclama.

—La misma que viste y calza. Veo que llego a tiempo para los últimos preparativos. —Señalo la gran bolsa que llevo al hombro, al lado de mi zurrón—. Pasé por el taller de Rosine Couture justo antes de que cerraran para recoger mi vestido. ¡Me gustaría comer una sopa de cebolla bien caliente, porque me muero de hambre! El baile empieza a las diez, ¿verdad?

Hélénaïs pone los ojos en blanco suspirando, como si yo fuera idiota.

—Hubo un cambio de programa durante tu ausencia, Diane, así que nos esperan en el Louvre a las ocho para asistir a la llegada triunfal del rey.

—¿La llegada triunfal del rey? —repito al tiempo que me vibran las sienes; la noticia resulta inquietante—. No pensaba que el Inmutable vendría personalmente a París, pues jamás sale de Versalles.

—¡Así es! Su majestad ha decidido honrar el baile con su presencia para mostrar que no teme a su enemiga. Entrará en París por la plaza de l'Étoile y recorrerá triunfalmente la avenida de los Campos Elíseos, hasta el palacio del Louvre. Sus escuderos lo acompañarán, así que debemos reunirnos con él en el jardín de las Tullerías.

El vestido que Hélénaïs ha elegido para mí no es tan lujoso ni tan refinado como el suyo. Fiel a su promesa, se ha decidido por la franela más corriente, de un color gris bastante apagado. Mejor, así podré acercarme con más facilidad a Marcantonio para vengar a los lacrymas.

En cuanto al polisón, imagino que mi compañera se lo encargó así a la costurera para deformar mi silueta, pero el complemento me viene como anillo al dedo. Durante los cursos de arte marcial de la Gran Caballeriza, nuestra maestra, la escudera de Saint-Loup, nos enseñó que no hay nada mejor que un polisón para ocultar un arma. Es una lección que se me quedó grabada; el complemento es el lugar ideal para esconder mi pistola de balas de plata muerta.

Último detalle: mi anillo de ónix. El aro de chapa emplomada y la piedra oscura y opaca combinan perfectamente con mi vestido gris. De manera que ya estoy armada para la noche que me espera, ¡la noche de la que depende el futuro de Naoko, el de la Fronda y el mío!

Salimos envueltos en largas capas que cubren nuestros vestidos de gala. A la luna que brilla en el cielo le falta poco para ser completamente redonda. De hecho, mañana será la Noche de las Tinieblas y habrá luna llena; además, hará justo veintiún días que empezamos a investigar. El frío es cortante, cada vez

263

que inspiro es como si me entrara escarcha en los pulmones. Mientras andamos, mis compañeros me cuentan que no han averiguado nada. Al contrario, las masacres orquestadas por la Dama se han multiplicado y han hecho crecer la funesta lista de muertos, heridos y desaparecidos: en el parque Monceau, en la calle de Charonne, en Ménilmontant...

—¿El resto de la corte llegará con el rey? —pregunto con aire ingenuo para saber dónde y cuándo voy a poder matar a Marcantonio de Tarella.

—Algunos cortesanos ya están en París —contesta Suraj—. Muchos de ellos poseen casas en la capital, así que imagino que vinieron antes para prepararse mejor para la fiesta.

A saber si el conde de Tarella es uno de los que se han instalado antes en la capital. Presumo que tendré que esperar a que lleguemos al Louvre para encontrarlo.

La calle Sang Honoré, que estamos atravesando en este momento, está jalonada con las bonitas mansiones a las que Suraj acaba de aludir. Sus altas fachadas aparecen iluminadas por rutilantes faroles. Además, han echado sal en las aceras para que los vestidos no se manchen de nieve y barro. Nobles mortales endomingados e inmortales vestidos de gala caminan deprisa en la misma dirección que nosotros. Todos quieren presenciar la llegada del rey.

—¡Estoy impaciente por volver a ver las caras familiares de la corte! —exclama Hélénaïs apretando el paso.

—¡Yo también! —asiento—. ¡Poppy, Rafael y Zacharie! Tengo que confesar que he echado de menos a los cortesanos más mordaces, como la marquesa de Vauvalon o el conde de Tarella.

Escruto la cara de Hélénaïs: al oír el nombre del conde se ha quedado paralizada. Su expresión de horror y cólera la traiciona. De manera que sabe quién humilló a su hermana, aunque ignore dónde la encerraron.

Quizá sea una ocasión para averiguar algo más sobre el carácter de Iphigénie, porque todo lo que me ayude a encontrar a la Dama de los Milagros es bienvenido.

—Dicen que el conde de Tarella es un peligroso donjuán —prosigo en tono frívolo—. Procuraré no acercarme mucho a él durante el baile de esta noche.

De repente, Hélénaïs se planta delante de mí, obstruyéndome el paso con su amplio vestido.

—¡Para ya, Gastefriche! —gruñe.

—¿Qué pasa? —pregunto fingiéndome sorprendida por su violenta reacción.

—No te hagas la tonta, asquerosa cotilla. ¿Dónde te has enterado de lo que sucedió entre Tarella y mi hermana Iphigénie, en las cartas que escribí en la Gran Caballeriza?

—Solo leí una, y no decías gran cosa —me defiendo.

Hélénaïs me agarra una muñeca y la aprieta con todas sus fuerzas.

—Pues bien, permíteme que te resuma las demás. Esa estúpida de Iphigénie tuvo la debilidad de enamorarse de Tarella. Pagó un duro precio, porque acabó encerrada en un húmedo convento, en un rincón perdido de Bretaña, donde la envió mi padre. Murió de pena al cabo de solo un año.

Lo ha dicho como si en realidad me estuviera escupiendo todo aquello, pero imagino que las palabras que ha pronunciado no son suyas: en ellas reconozco el tono brutal y carente de sentimientos que impregnaba la correspondencia de Anacréon de Plumigny, su padre. De hecho, la cara de Hélénaïs se ha retorcido de dolor al recordar a la hermana que no volvió a ver después de que la desterraran de Versalles y que, según le dijeron, murió en un convento desconocido de algún rincón de Francia.

Comprendo hasta qué punto el señor de Plumigny tiene aterrorizadas a sus hijas: después de la mayor, ahora la menor es la víctima. Mientras dependa de él, Hélénaïs jamás tendrá derecho a la libertad. A su manera, vive tan prisionera como una plebeya, solo que, en su caso, la ley del confinamiento tiene los barrotes dorados. Todo en su vida tiene como objetivo instrumentalizarla, incluso los regalos que le hacen, como la pulsera con el número I grabado que sirve para recordarle que siempre debe ser la primera. Siento cierta compasión por ella. Me resulta mucho más difícil juzgarla como una pequeña ricachona llena de caprichos ahora que intuyo que, hasta la fecha, su vida ha estado marcada por una presión constante y despiadada que la obliga a destacar.

265

—Si piensas atormentarme con el recuerdo de Iphigénie, no te esfuerces. Mi hermana está muerta y enterrada, al igual que su recuerdo.

—Hélénaïs… —trata de decir Suraj.

—¡No te mezcles en esto! ¡Diane debe oír cuatro verdades! —Me atrae hacia ella y susurra clavando sus ojos marrones en los míos—. Ahora soy la única esperanza de los Plumigny en la corte. Nada se interpondrá en mi camino. ¡Y sobre todo no será una miserable ratita gris la que me lo impida!

Me suelta la muñeca y me aparta de un empujón. Después recorremos el resto del camino envueltos en un silencio cargado de tensión, hasta que salimos a una gran explanada: el jardín de las Tullerías.

El parque está iluminado por numerosas antorchas. Han quitado toda la nieve del suelo, de manera que puedan verse unos parterres decorados con motivos geométricos. En los árboles y en los pequeños arbustos cortados al estilo francés cuelgan miles de guirnaldas y farolillos en forma de flores tornasoladas. Da la impresión de que ese pedazo de naturaleza situado en el centro de París ha sido arrancado al invierno mortal y proyectado a una falsa primavera. No me atrevo a imaginar lo que debe de haber costado esta extravagancia de una sola noche, mientras la ciudad se muere de hambre.

A nuestras espaldas, al fondo de los jardines y del patio que hay detrás, se erige la imponente fachada del Louvre. Lacada de escarcha e iluminada con un sinfín de fuegos, el palacio parece de cristal.

Frente a él se abre una amplia avenida, que sube hacia el oeste en la noche glacial, en dirección a la plaza de l'Étoile y más allá de ella, hasta la muralla periférica. En ella se ve un formidable cortejo encabezado por veinte caballos. Los jinetes, vestidos con armaduras rutilantes, van acompañados de soldados de infantería tocados con penachos; varias legiones de soldados bajan por los Campos Elíseos, un auténtico ejército en orden de batalla. Numerosos nobles siguen a caballo, señores ataviados con largas capas de piel y damas montando a lo amazona. En medio de esa multitud destaca una figura solar, brillantemente iluminada por las antorchas que portan los guardias suizos. Es el rey, montado a lomos de un gigantesco corcel blanco, cuya cruz supera a la del resto de los caballos, y que lanza chorros de vaho por los ollares.

El monarca luce una inmensa e inmaculada capa de armiño que cubre por completo la grupa de su formidable montura. Un alto sombrero con plumas de avestruz cubre su abundante cabellera, por encima de la máscara de oro, que refleja el brillo de las antorchas. El cortejo transmite una magnificencia abrumadora, recalcada por el redoble de los tambores que suenan al ritmo de los cascos de los caballos. Ahora entiendo por qué Suraj me habló de una «llegada triunfal»: Luis entra en París como lo haría un jefe guerrero en una ciudad conquistada. Ha organizado su venida como un triunfo al estilo antiguo para mostrar que la Dama de los Milagros está derrotada de antemano.

Guiño los ojos, buscando con ansiedad la cara del conde de Tarella en el cortejo que se va acercando a nosotros, pero la mayoría de los cortesanos van encapuchados, igual que los invitados que se encuentran ya en los jardines. ¿Dónde está Marcantonio? ¿Estará el misterioso señor Serpiente entre la multitud? Supongo que no se atreverá a intentar nada contra mí si me reconoce, porque los conspiradores como él solo se mueven en la sombra.

La comitiva se detiene al final en el centro de los jardines.

Los soldados se dirigen hacia el Louvre para ocupar sus puestos, mientras que cientos de cortesanos desmontan de sus caballos. En ese momento, los palafreneros salen de detrás de los árboles ornamentados con guirnaldas y se precipitan hacia las monturas para llevarlas a los establos. La corte prosigue su camino a pie, guiada por el rey, cuya larga cola blanca se desliza por el césped como la capa del mismísimo dios Invierno. Una ráfaga de frío mil veces más intensa que el cierzo cortante de diciembre asciende hacia mí, precediendo a la muchedumbre de mortales y vampyros.

El más poderoso de todos se detiene a varios metros de donde estamos Suraj, Hélénaïs y yo.

Vestido de forma majestuosa, enaltecido por su poderío militar, el Inmutable me parece más invencible que nunca.

—Jaipur, Plumigny, caminen con nosotros —los invita con su voz cavernosa, que sale de sus labios invisibles.

—Señor —responden.

Mis compañeros hacen una profunda reverencia y a continuación se unen a los tres escuderos que se encuentran a cierta distancia del rey.

Sin saber si debo seguirlos o no, me quedo plantada en el sitio bajo la mirada insondable del soberano. Además, también me escrutan sus ministros y sus consejeros más próximos: Exili, Mélac y la princesa de los Ursins, todos engalanados con valiosas pieles. Montfaucon también está allí, unos pasos por detrás de los más altos dignatarios del régimen.

—En cuanto a usted, Gastefriche, ¿se ha cansado ya de ir por libre? —me pregunta el Inmutable—. ¿Cómo es que se digna a iluminar nuestro modesto baile con su inestimable presencia? Es un gran honor para nosotros.

El sarcasmo que expresan las desabridas palabras del monarca me mortifica. No necesita alzar la voz para manifestar ante toda la corte que mi escapada en solitario le ha disgustado.

Hago una reverencia que hace sobresalir el polisón de manera grotesca, provocando las risas ahogadas de los cortesanos.

—Soy su humilde servidora, señor —farfullo.

—Humilde, en efecto; es más, diría incluso que la última de todas. Queda expulsada de su cargo de escudera. Ya no deseamos su presencia a nuestro lado.

El soberano echa a andar sin añadir nada más. Soy la única de los seis escuderos a la que no han invitado públicamente a seguirlo.

—Ánimo —musita el gran escudero cuando pasa por delante de mí con el resto de la guardia.

Me mira desolado entre los rizos de su peluca. No puede detenerse a hablar conmigo ni yo puedo decirle lo que he averiguado sobre la Dama de los Milagros, porque el cortejo real no se puede interrumpir bajo ningún concepto.

«Ya no soy escudera.»

Aturdida por el vuelco repentino de los acontecimientos, amago con unirme a la comitiva, pero dos guardias suizos me cortan el paso con sus alabardas.

—El rey le ha retirado sus privilegios —me dice uno de ellos—. No puede entrar en el Louvre con los miembros de la corte. Solo podrá hacerlo al final, con los hidalgos terratenientes.

Mi desgracia está sellada, el deshonor es total. Tengo que quedarme rezagada, soportando el frío con los nobles parisinos más humildes, que no tienen ni el prestigio ni los medios para gozar de una vivienda en Versalles.

Los cortesanos me miran con desdén cuando pasan por delante de mí. En el juego mezquino de la corte, no hay mayor placer que ver a alguien humillado. Supongo que piensan que la sangre enciende mis mejillas por la vergüenza, cuando en realidad lo único que siento es la frustración de tener que esperar un poco más para cumplir con el acuerdo del que depende la liberación de Naoko.

—¿Señorita de Gastefriche? —dice una voz tras de mí.

Doy media vuelta y veo a un hombre menudo, con peluca, envuelto en una capa de visón y calzado con unos zapatos de tacón.

Es un noble mortal.

—Soy Narcisse du Sérail, periodista del *Mercure Galant* —dice a modo de presentación mientras se alisa el bigote, lustrado con cera—. ¿Cuál es su primera reacción tras haber caído en desgracia ante el rey?

Antes de que pueda contestar, saca de un bolsillo una libreta y una plumilla con tintero para anotar mis palabras.

—No tengo nada que declarar —respondo.

El periodista hace una mueca de contrariedad.

—Vamos, unas palabras para nuestros fieles lectores. ¿Piensa ingresar en un convento para esconder su vergüenza?

Después del asombro, la cólera.

—¡Qué manía de encerrar a las jóvenes por cualquier menudencia! —grito—. ¡Vaya a ver si estoy en un convento!

—Entiendo… —murmura el periodista escribiendo a vuelapluma en la libreta—. Entonces, ¿cómo piensa reconquistar el favor del rey? ¿Entregándole a la Dama de los Milagros? ¿Tiene alguna pista?

—Si se lo preguntan, diga que no lo sabe.

269

Me alejo de él para unirme a la cola del cortejo: ahora que la flor y nata ha entrado en el Louvre, es por fin el turno de la pequeña nobleza, de la que ahora yo formo parte. Cruzo el gran patio, enmarcado por las alas seculares donde se alinean cientos de ventanas con los cristales helados, y llego a la entrada principal, donde veo apostados unos veinte guardias suizos. Mis mejillas se encienden apenas franqueó la gran puerta: el interior está agradablemente caldeado por varias chimeneas. Una suave música de cámara flota bajo los altos techos decorados con pinturas al fresco. La melodía se une a los acordes olfativos que emanan los grandes jarrones, donde estallan un sinfín de flores mágicamente abiertas a pesar de la estación. Varios criados vestidos con librea se precipitan hacia mí para hacerse cargo de mi capa y llevarla al guardarropa. Mientras las damas nobles que me rodean se desprenden de sus abrigos y sus esclavinas, me doy cuenta de que todas llevan vestidos de color amarillo o naranja, adornados con lazos dorados. Los ricos corpiños están bordados con motivos solares, y las joyas que lucen en el cuello tienen forma de rayos. Salta a la vista que el tema del baile es el sol, el emblema por excelencia del Inmutable, ya que el soberano luce la máscara de Apolo y se presenta como el astro de los reyes. Todos saben que aspira a reconquistar el día para extender su imperio a las veinticuatro horas, pero los experimentos alquímicos a los que se dedica con Exili aún no le han permitido obtener ese odioso objetivo; he de decir que por suerte, ¡pues no quiero ni imaginarme un mundo sometido a las crueldades continuas de los vampyros! En cualquier caso, lo único que pretende esta noche es reafirmarse como único dueño de la noche.

270

Como Hélénaïs se guardó muy mucho de decirme cuál era el código de vestimenta de la velada, el vestido de franela gris que me encargó llama mucho la atención: con él parezco una nube oscura en un cielo soleado.

—¡Es evidente que nunca haces nada como los demás, Gastefriche! —dice una voz que retumba a mis espaldas—. ¡Ni yo tampoco!

Me vuelvo y veo a Poppy.

Mi amiga también desentona entre los atuendos dorados.

Luce un vestido de color azul pálido, de esa tela barata que tanto le gusta de Nimes. Como suele tener por costumbre, ha recogido su tupida melena negra en un moño alto salpicado de lazos del mismo tejido. Solo que, debajo de él, su cara aparece menos pálida de lo que recordaba. Por lo visto, desde que me marché de Versalles, el poder regenerador de la sangre real ha seguido sanando sus bronquios aquejados de tuberculosis y ha devuelto el rubor a sus mejillas. A menos que su aspecto garboso se deba a la copa de vino que lleva en la mano.

—Confieso que la moda y yo somos como el agua y el aceite —digo un tanto sorprendida, porque es la primera vez que Poppy me dirige la palabra desde las pruebas del Sorbo del Rey, en las que traicioné su confianza—. No estoy preparada para aparecer en las páginas sobre «últimas tendencias» del *Mercure Galant*.

—¡Entonces empezarás en las páginas de cotilleo! He visto que se te ha acercado ese periodista. Es un auténtico depredador. —A continuación, se inclina hacia mí y añade susurrando—: A decir verdad, nos está escuchando.

Se vuelve y finge chocar sin querer con el hombre menudo que nos ha estado espiando. La copa de vino tinto se vuelca sobre Narcisse du Sérail manchando su chorrera.

—*Oh my gosh*, ¡cuánto lo siento! —exclama Poppy.

El rostro del periodista se pone tan rojo como la mancha de vino de su camisa. Al final, desaparece refunfuñando entre los cortesanos.

—La prensa del corazón también hace estragos al otro lado de la Mancha, y esta es la mejor manera de tratarla —afirma ella, y me guiña un ojo.

—Gracias, Poppy —murmuro conmovida—. ¿Ya no estás enfadada conmigo?

Mi amiga se encoge de hombros.

—Bah, te debo el puesto de escudera y los bronquios nuevos. Sin el Sorbo del Rey, a estas alturas estaría comiendo raíces de diente de león. Ahora me toca a mí ayudarte, siempre que pueda. Intentaré defender tu causa ante el rey. No está de buen humor, pero trataré de encontrar argumentos que lo convenzan de que necesita a una joven tan atrevida como tú en su guardia más cercana. —Me sonríe con socarronería, con

271

sus labios pintados de rojo oscuro—. A decir verdad, cuanto más frecuento a los cortesanos de Versalles, más me gustas, a pesar de tus defectos. ¡Te quiero mucho, *darling*, aunque seas una *bitch*!

Sus palabras, adustas y tiernas a la vez, me reconfortan.

—Hablando de *bitch*, no debe de haber sido fácil soportar a Plumigny durante las últimas semanas —prosigue—. ¿Por eso hiciste la maleta? ¿O querías dejar que los enamorados se pudieran arrullar un poco?

Señala con la barbilla la sala que está al fondo del pasillo, llena de bailarines que se mueven al son de un minueto. Hélénaïs, radiante, camina cogida del brazo de Suraj. Él se esfuerza por sonreír a los cortesanos que desfilan delante de ellos y por no mirar a Rafael, que está solo en el otro extremo de la sala. Durante las semanas que he pasado con mis compañeros, he comprendido cuáles son sus problemas íntimos. A pesar de que los acontecimientos me obligaron a adoptar una doble identidad, no soy la única que sufre. Como me dijo el Ojo de los Inocentes, aquí abajo todos combatimos secretamente en nuestro corazón.

—En cierta medida, envidio el descaro de Hélénaïs —murmura Poppy—. ¡Su ataque es directo! Yo aún no me he atrevido a decirle a Zach lo que siento.

Con sus ojos maquillados con una sombra de color carbón, mira al sexto escudero, el más enigmático de todos: Zacharie de Grand-Domaine. Es mestizo, originario de América, y en estos momentos conversa con unos vampyros de aire severo, que, según creo, son consejeros de su majestad.

—Zach se pasa la vida charlando con esos vejestorios tan aburridos. ¿Qué se cuentan? ¿De quién hablan? Misterio. Intuyo que vino de Luisiana con una mochila llena de problemas. No sabes lo que daría porque me los contara, pero apuesto a que dentro de unos minutos abandonará la sala de baile para encerrarse en el gabinete donde el rey se ha retirado con el gran escudero y sus ministros.

Me muerdo las mejillas. ¿Montfaucon está con el rey? No voy a poder contarle lo que me ha ocurrido en las últimas semanas ni lo que le ha sucedido a Naoko.

Al pensar en mi amiga, vuelvo a sentir la urgencia de encontrar a Marcantonio.

Mientras miro alrededor, entre los mundanos y los bailarines, un criado nos ofrece una bandeja de estaño repujado.

—¿Desean un refresco, señoritas?

La mitad de las copas de la bandeja contienen una bebida efervescente de color rosa; la otra mitad, un líquido rojo pálido con una fina espuma púrpura en la superficie.

—Esta noche les proponemos como aperitivo dos especialidades de la casa Merceaugnac: champán rosado semiseco o sangre espumosa de los estudiantes de Sang Michel, método *champenoise*.

—¡Imposible negarse! —exclama Poppy dejando su copa vacía en la bandeja para coger una de champán.

—¿Y usted, señorita? —me pregunta la criada.

—No tengo mucha sed, gracias —contesto impaciente por buscar a Tarella.

Nada más pronunciar esas palabras, dos largas manos blancas pasan por mi lado; cada una de ellas sujetando una copa.

—¡Vamos, Diane, no es necesario tener sed para festejar! —exclama alguien alborozado.

Alzo la mirada y veo a la última persona con la que deseo cruzarme esta noche. Vestido con una chaqueta bordada con hilo de oro, Alexandre de Mortange resplandece como nunca. Su corte, que se ciñe al torso, imita la coraza de un guerrero antiguo. Una corona de laurel dorada reposa sobre su suntuosa melena pelirroja, que ha decidido llevar suelta para esta ocasión.

—¡Bueno, veo que soy la única escudera que no tiene pareja! —me susurra Poppy, completamente equivocada sobre los sentimientos que me inspira Alexandre—. Te dejo con él, diviértete, pero, sobre todo, no hagas ninguna locura.

Mientras desaparece entre la multitud, Alexandre me da la copa de champán rosado y la hace chocar con la suya, llena de sangre humana.

—¡Chinchín, querida, y que empiece la fiesta!

273

18

El baile

—¿*Q*ué te parece mi disfraz de Alejandro el Grande?

—Magnífico… —contesto.

—Pensé que una buena manera de rendir homenaje a nuestro gran monarca en esta noche triunfal era disfrazarme de mi ilustre homónimo.

Alza la barbilla, de manera que la luz de las arañas arranca reflejos dorados a los laureles, y cobrizos a su cabellera.

—Por Luis estaría dispuesto a conquistar la mitad del globo terráqueo, de Europa a Asia, como hizo Alejandro de Macedonia —fanfarronea mientras una sonrisa se dibuja en sus labios—, pero por ti, Diane, ¡conquistaría el mundo entero!

—Eres muy amable, Alex, pero si ya me pierdo en los pasillos de Versalles…, ¡imagínate en el mundo!

Mi amigo suelta una sonora carcajada mostrando sus dientes nacarados, con los caninos enfundados en las encías. Esta noche no pretende asustarme, sino seducirme.

—¡He de reconocer que, además de una bonita cara, tienes una mente muy rápida! —dice a modo de cumplido—. Me encanta tu anticonformismo. Hay que ser muy atrevida para venir vestida de niebla gris la noche en que celebramos el triunfo del sol, ¡diría incluso que es extraordinario!

—Me alegro de que aprecies mi sentido del humor. El rey, en cambio, no parece ser de la misma opinión.

Mortange deshecha mis palabras con un ademán de la mano.

—¡Olvídalo! Dada mi posición, sé que todas las desventuras son pasajeras. Además, gracias a tu encanto, no tardarás veinte años como yo en reconquistar tu puesto. —Me guiña un ojo con complicidad—. ¡Vamos, no te preocupes, bebamos por tu ascenso en la corte!

Se moja los labios en la copa sin dejar de mirarme con sus ojos, que son de un profundo color azul. Mientras bebe, me siento como si fuera una gacela, y él, una pantera que me vigila a la vez que sacia su sed en el mismo río que lo hago yo.

—¡Vaya, el vino de aguja de Sang Michel tiene muchos grados! —susurra—. ¡Los estudiantes son famosos por las cogorzas que cogen en las tabernas de las inmediaciones de la Sorbona, y la verdad es que se siente en la lengua!

Me llevo la copa a los labios para interponer algo entre nosotros, y la apuro de golpe.

—¡Menudo trago, no esperaba menos de ti! —exclama secándose sus labios rojos de sangre con la punta del dedo índice—. Pero debes comer algo, si no, te vas a emborrachar.

Me arrastra al suntuoso bufé que han dispuesto sobre una mesa cubierta con un mantel blanco. En las bandejas de valiosa porcelana hay frutas exóticas, asados de carne lacados y tartas empolvadas, artísticamente colocados bajo un cuerno de la abundancia enorme y revestido de pan de oro. Los invitados mortales se sirven mientras pasan por delante de la mesa, al mismo tiempo que los criados van añadiendo cosas al bufé a medida que este se vacía. En cuanto una bandeja de la que acaban de empezar a servirse les parece menos presentable de lo debido, se la llevan y la cambian por otra recién salida de la cocina. El derroche de carnes refinadas en un momento en que el pueblo se muere de hambre me da náuseas.

—¿Puedo ofrecerle un cruasán, señorita? —me pregunta un criado enseñándome una cesta llena de pastelitos en forma de medias lunas—. Es una especialidad vienesa que las cocinas reales han actualizado para conmemorar la victoria del Sol sobre la Luna.

A mi alrededor, los cortesanos y las cortesanas comen a dos carrillos el nuevo dulce, como si ya se hubiera ganado la guerra.

Alexandre me pone un cruasán en una mano.

—Algo me dice que este bollo encantador se convertirá en el símbolo de la gastronomía francesa. Hum, sabe a buena mantequilla fresca, ¡me recuerda a cuando era mortal! —Abre los ojos desmesuradamente, movido por el placer—. ¡Oh! ¿Recuerdas los desayunos que ordenaba que te prepararan en la carroza que nos trajo de Auvernia a Versalles? Si pudiera, te diría que fue nuestra luna de miel, el problema es que esta noche la palabra «luna» es tabú.

Por lo visto, le encanta recordar nuestro primer encuentro, las horas que pasamos en su carroza. En mi caso fue una vivencia terrible. El día antes habían matado a mi familia. Las cestas de pan, mantequilla y mermelada que los sirvientes de Alexandre me dejaban cada mañana mientras él dormía en el compartimento destinado al equipaje me sabían a ceniza. Cada vez que las ruedas daban una vuelta me alejaba un poco más de la Butte-aux-rats y de un pasado borrado para siempre...

—¡Ah, qué noches memorables vivimos mientras aprendíamos dulcemente a conocernos! —murmura, soñador—. Solo era el preludio de una eternidad. —Acerca sus labios aterciopelados a mi oído y me susurra unas palabras mientras su sedosa cabellera me acaricia el cuello—. Si, por desgracia, tu situación no se resuelve y el rey se niega a transmutarte, puedes contar conmigo, nos saltaremos el *numerus clausus* y te donaré mi sangre. ¡Por ti, Diane del pelo plateado, retaría a la Facultad y a todas las leyes! Luego nos marcharíamos juntos, los dos enamorados, como la primera vez.

Siento un escalofrío de horror, que, por cómo ensancha la sonrisa, Alexandre debe de interpretar como un estremecimiento de gozo. Su ardor me deja de piedra..., al mismo tiempo que hace que una idea venga a mi mente.

—¿Sabes dónde está Marcantonio de Tarella? —le pregunto.

Mortange se ensombrece al oír ese nombre.

—¿Tarella? ¿Ese guapetón? ¿Por qué?

La enemistad entre Alexandre y Marcantonio viene de largo y empeoró en septiembre, cuando el italiano intentó sangrarme en plena caza galante.

—Te confieso que, desde que me humilló el verano pasado, me tiene aterrorizada—afirmo—. Antes de que viajara a París me espiaba constantemente en los pasillos de Versalles. Siento que está esperando la ocasión propicia para terminar lo que

277

comenzó en los jardines reales. Tengo miedo de que, ahora que el soberano me ha dado la espalda, quiera aprovecharse de la situación. —Me acurruco en el pecho gélido de Alexandre y lo miro fingiendo temor—. Hace poco, durante el cortejo, me sonrió para mostrarme los caninos, como queriéndome decir algo. Ojalá se le metiera en la cabeza, de una vez por todas, que tú me proteges.

Estas palabras me arañan los labios. Jamás me pondré bajo la protección de ningún hombre, ¡no digamos de un vampyro! Pero estoy dispuesta a jurar lo que sea para adular el ego de Alexandre y conseguir que me ayude a matar a Marcantonio lo antes posible.

—¡¿Ese italiano zafio se ha atrevido a enseñarte los caninos?! —gruñe—. ¡Pues ahora probará los míos!

—¿Sabes dónde está?

—Es imposible perderlo de vista, teniendo en cuenta el disfraz tan extravagante que lleva, ¡antes muerto que sencillo! —dice Alexandre, enfurecido; parece haber olvidado que su apariencia también es resplandeciente—. A esta hora debe de estar fanfarroneando en los cimientos con su compañera, la marquesa de Vauvalon.

—¿Los cimientos? —repito con un hipo.

Alexandre no permite que le sonsaque más información; me sujeta una mano y me arrastra por los pasillos de altos artesonados.

Corremos entre vestidos con miriñaque y empujando a los criados, de manera que a nuestro paso se eleva un concierto de protestas. No sé si a causa del champán o de la carrera, la cabeza me da vueltas. En ella, los perfumes, los colores y la música se mezclan en un torbellino desenfrenado.

Bajamos rápidamente una amplia escalera hasta llegar a una doble puerta vigilada por dos mayordomos vestidos con librea.

—Ya han empezado a soltar las presas… —dice uno de ellos.

—¡Déjennos pasar o seré yo el que me suelte! —ruge Alexandre.

Los mayordomos nos abren la puerta balbuceando disculpas y entramos en lo que Alexandre llama «los cimientos».

278

La estancia no está decorada con valiosos artesonados ni con molduras recargadas, tampoco con arañas de cristal: las paredes son de piedra desnuda y está simplemente iluminada por unas antorchas mortecinas. Además, hace mucho más frío que en la superficie.

—¡Me has traído al subsuelo! —exclamo jadeando.

Intento recuperar el aliento, pero mi corazón late a toda velocidad porque por la noche los subterráneos son los lugares más peligrosos de París, ya que dan directamente al infierno.

—Son los cimientos del antiguo castillo medieval, que luego los arquitectos transformaron en palacio —me explica Alexandre—. Estamos caminando por lo que antaño eran los fosos.

El amplio pasillo se curva, en efecto, delante de nosotros, y se pierde en las tinieblas, como el fondo de un foso que sigue el contorno de un torreón. Unas siluetas furtivas corren aquí y allí, riendo salvajemente. Apenas puedo distinguirlas en la penumbra, pero, cada vez que una de ellas nos roza, no puedo reprimir un escalofrío.

Comprendo que el frío reinante no se debe únicamente a la ausencia de chimeneas: ¡a diferencia de los pasillos, donde nos hemos cruzado con pocos inmortales, los cimientos están abarrotados! ¡Las sombras móviles son las de innumerables chupasangres embriagados por la excitación de la caza!

—Estamos en plena caza galante —digo, cayendo en la cuenta de lo que quiso decir el mayordomo cuando nos comunicó que «habían soltado a las presas». La situación me horroriza.

—Así es —me responde Alexandre—. Y esta noche el blanco corresponde al tema de la velada. ¡Cuidado!

Salta hacia un lado, pero, como no poseo ni sus reflejos sobrenaturales ni sus ojos, capaces de ver en la oscuridad, choco con una de las figuras dispersas en la penumbra.

—Yo… lo siento mucho —balbuceo guiñando los ojos para ver la cara del vampyro que me acaba de golpear mientras corría.

Pero no es un vampyro.

La tez lívida, el cráneo calvo y las patas con garras que desgarran mi vestido…

Parece… ¡un gul!

Grito tratando de ahuyentar la abominación, pero esta se

279

agarra más a mí lanzándome una mirada suplicante; el resplandor lejano de una antorcha me permite ver dos pupilas trémulas, muy diferentes de las de los gules con los que me he cruzado hasta ahora, cuyos ojos eran solo órbitas vacías.

—¡Sálveme, señorita! ¡Tengo mujer y dos hijos pequeños!

Es la voz de un hombre: la boca con dentadura humana es muy diferente de la mandíbula propia de los carroñeros como los gules. Aturdida, abro bien los ojos para poder ver mejor a la criatura en la oscuridad y compruebo que estoy delante de un ser humano completamente maquillado. De hecho, le han afeitado la cabeza y le han cubierto el cuerpo con una pasta blanquecina para imitar la piel de los gules. Está prácticamente desnudo. La ceniza hunde las sombras de sus facciones, de manera que parece que tiene la nariz rota de una calavera. Por último, han pegado unos postizos a sus orejas para darles un aspecto puntiagudo y han prolongado sus dedos con unas garras falsas.

—¡Robé una hogaza de pan en el mercado, pero lo hice para dar de comer a mis hijos! —lloriquea el hombre, que, a pesar de estar en la flor de la vida, ha quedado reducido a un títere lastimero para que los señores de la noche puedan divertirse—. Mi familia se está muriendo de hambre por el bloqueo, pero le juro que no volveré a hacerlo.

—¡Atrás, patán! —exclama Alexandre corriendo en mi auxilio.

Tras apartar al pobre hombre de mi lado, saca sus largos caninos y lanza un cavernoso rugido.

—¡Tenga piedad de mí, señor! —suplica la víctima, aterrorizada—. ¡No me sangre!

—No pienso hacerlo —bufa Alexandre con sus lisas facciones fruncidas en una expresión de cólera—. El disfraz me parece del peor gusto. Quizás esta farsa truculenta despierte el apetito de algunos cortesanos, pero a mí me repugna. Soy un apasionado de la belleza, aborrezco la fealdad. ¡Desaparece, gul de opereta!

El pobre hombre echa a correr. Lo veo desaparecer en la sombra de los fosos con el corazón partido, porque sé que su fuga es inútil: al cabo de unos instantes, un chupasangre menos delicado que mi amigo lo capturará y le sacará toda la sangre del cuerpo.

280

—Lamento que hayas tenido que presenciar este grotesco espectáculo —me susurra Alexandre—. La idea se le ocurrió a la intendencia de placeres menores para humillar a la Dama de los Milagros. Esta noche los mortales comen cruasanes con su efigie y los inmortales beben la sangre de unos pordioseros vestidos como sus innobles soldados. Se ha organizado la caza galante en este lugar para evocar los pasillos subterráneos de la Corte de los Milagros. —Acaricia mi blusa con sus largos dedos de pianista—. ¡Ese zafio ha roto tu precioso vestido!

El nudo que tengo en la garganta me impide articular una respuesta.

No es necesario tener ojos de vampyro para ver que alrededor otros desgraciados y desgraciadas disfrazados de gules corren como alma que lleva el diablo. Basta con sus gritos de terror para imaginármelos, al igual que puedo imaginarme a los aristócratas que les dan la caza cuando oigo sus exclamaciones de placer.

—¡Mira quién está ahí! —exclama de repente una voz clara, subrayada por una risa cristalina, que distingo entre las demás; la misma risa que me heló la sangre el verano pasado durante la caza galante que tenía lugar en los jardines de Versalles.

La silueta alta de una mujer emerge entre las sombras, coronada por un moño salpicado de diamantes que reflejan la luz de las escasas antorchas.

Un cuello grande con varias puntas, similares a los rayos de sol, enmarca la cara opalescente de la marquesa Edmée de Vauvalon.

—¡La señorita de Gastefriche está conmigo! —la advierte Alexandre.

—Eso es precisamente lo que me sorprende, Mortange, que aún no la haya sangrado. ¿La ha traído hasta los cimientos para hacerlo cómodamente?

Con una mano, la marquesa pone en su sitio un mechón que ha resbalado de su moño durante la caza; con la otra se seca la comisura de los labios. A pesar de la escasez de luz, supongo que su boca no solo está teñida de pintalabios, sino también de sangre humana.

—¡No olvide que está hablando de una escudera del rey, marquesa! —exclama Alexandre.

—¿Escudera? ¿Acaso no ha oído la sentencia del rey? ¡Ha sido apartada de su cargo! Ya no es escudera, como yo tampoco soy la reina de Saba. ¿Qué piensa usted, amigo mío?

Una segunda silueta emerge de la penumbra: un cortesano vestido con una camisa con la pechera abierta sobre un torso lampiño, arremangado de manera que también se le pueden ver los blanquecinos y musculosos brazos. Los labios, sensuales, y las mejillas, llenas de lunares, el más grande de ellos en la comisura del ojo derecho... ¡Es el conde de Tarella!

—Creo que esta doncella llega justo a tiempo para el postre, querida —murmura con un rictus—. Así podremos terminar esta noche lo que comenzamos hace unos meses. Esta vez, el rey no saldrá en su ayuda; es más, puede que incluso nos felicite por habernos desembarazado de la «última de sus criadas», como, según dicen, la ha llamado. ¡Todo el mundo sabe que si hay algo que detesta es que le sirvan mal!

Sonríe mostrando toda la dentadura, con la mandíbula enrojecida, de la que aún gotea la sangre del «gul» que cayó entre sus caninos. Luce unos lazos dorados en su pelo castaño; parece la melena de un león: es su manera de rendir homenaje al sol real. Me tiende una mano con los dedos llenos de anillos, también de oro, que me recuerdan los de la Madrina.

—¡Abajo esas patas! —le ordena Alexandre interponiéndose entre nosotros—. ¡Precisamente, he venido hasta aquí para ordenarle que de ahora en adelante solo ponga sus ojos en ella!

—¿Ah, sí? ¿Y si no lo hago?

—¡Pongo a las Tinieblas por testigo de que les haré saborear la muerte definitiva, a usted y a su marquesa!

Mientras los tres vampyros se pelean, dudo si sacar la pistola de su escondite. No temo que los demás chupasangres vean el arma si con ello salvo a Naoko, pero me pregunto si estoy suficientemente cerca de Marcantonio para apuntar a su corazón sin correr el riesgo de fallar. Solo tendré la posibilidad de hacer un disparo, porque, si no doy en el blanco, no tendré tiempo de recargarla.

282

—Nos hará saborear la muerte definitiva, ¿ha oído eso? ¡*Mamma mia*, me muero de miedo! Edmée y yo no nacimos ayer. Cada uno de nosotros tiene casi un siglo de inmortalidad, con el consiguiente poder.

—¡Y yo tengo más años que ustedes dos juntos! —brama Alexandre.

El conde y la marquesa se miran por un instante, a todas luces tan sorprendidos como yo. Alexandre nunca me ha revelado su verdadera edad, siempre se ha vanagloriado de tener «la cabeza de un joven de diecinueve años». ¿Está fanfarroneando o es cierto que infesta el mundo desde hace más de dos siglos? ¡Qué más da! ¡Lo único que cuenta en este momento es meter una bala de plata muerta hechizada en el tórax de Marcantonio!

Dado que la oscuridad no juega a mi favor, debo acercarme aún más a mi blanco…, o dejar que este se acerque a mí.

—Me cuesta creer que un mequetrefe como usted pueda tener realmente dos siglos de vida —dice la marquesa haciendo una mueca, olvidándose de mí.

—¡Comprendo que sea difícil creerlo tratándose de una vieja metomentodo que tiene la mitad de años, pero el triple de arrugas que yo! —suelta Alexandre.

La cara de Edmée se retuerce de cólera. Alexandre ha hablado con mala fe; por muy enfadado que esté, la piel vampýrica de la marquesa sigue apareciendo totalmente tersa. En cualquier caso, el insulto ha irritado a su adversaria.

—¡Le voy a hacer tragar sus palabras! —grita abalanzándose sobre Mortange con todos los caninos fuera.

¡Ahora o nunca!

Echo a correr por las profundidades del foso como alma que lleva el diablo. No necesito volverme para saber que Marcantonio me pisa los talones, porque sé que mi huida ha estimulado de inmediato su instinto de depredador, como si fuera un gato que persigue a un ratón. Corro hasta quedarme sin aliento, sin saber muy bien adónde ir.

El vampyro caerá sobre mí en un abrir y cerrar de ojos.

Solo unos metros más…

Solo…

283

Mi corazón se detiene cuando su helada mano me coge un brazo. Luego me arrastra brutalmente fuera del foso principal, al interior de una cavidad iluminada por una antorcha vacilante. Los enormes rizos de su cabellera me sumergen, como animados por una vida sobrenatural, semejantes a los tentáculos de un monstruo marino que me atrae hacia él.

—¡Espere! —digo jadeando, con la espalda apoyada en la piedra desnuda.

De manera febril, deslizo la mano que me queda libre entre los pliegues de mi vestido, buscando a tientas en el relleno de mi polisón, hasta que mis dedos tocan la culata de la pistola.

—¡No soy uno de los que espera a coger el fruto que desea! —dice Marcantonio en tono burlón.

—Puede, pero hizo la corte a Iphigénie de Plumigny antes de sangrarla.

A la luz de la antorcha puedo ver que la empolvada cara del vampyro se frunce de indignación.

—¡No me hable del tiempo que perdí con esa boba! —dice haciendo una mueca—. Se debatió como una diabla cuando quise ofrecerle el último favor, el de la vida eterna. Por lo visto, le asustaba la idea de convertirse en una supernumeraria. Peor para ella: ¡la abandoné allí mismo y debió de morir en un mugriento callejón! —Una mueca de desprecio deforma sus carnosos labios—. Si invocar el nombre de Iphigénie es tu manera de implorar la transmutación, ahórrate el esfuerzo, ¡porque voy a sacarte toda la sangre, pícara, y no pienso darte una sola gota de la mía!

Lo cierto es que no he pretendido implorarle nada con mis palabras, sino averiguar una última cosa sobre Iphigénie. Ahora sé que su verdugo cree que murió tras el desastre del hotel Pandemónium, cuando tuvo que dejar allí a su víctima para escapar de los lacrymas. Convencido de que la transmutación no salió bien, ignora que Iphigénie ahora es inmortal, que volvió para visitar a los Incurables y que desde entonces vive en las profundidades de París.

—¡Por nosotros dos, *ragazza*! —brama.

Su mandíbula, desmesuradamente abierta, lo invade todo. Unos hilos de sangre, reliquias de la presa anterior, cuelgan de sus enormes caninos. En el momento en que se inclina para pegar su cuerpo al mío, saco por fin la pistola de la falda.

Con la mano empapada de sudor, hundo el cañón en su pecho.

Temblando, mi dedo busca el gatillo…

Lo encuentra…

Y…

—¡Ay! —¡Los caninos que se clavan en mi yugular me producen un dolor indescriptible!

¡Pum! ¡Una detonación ensordecedora me rompe los tímpanos!

El abrazo que me impedía respirar se afloja de inmediato. Parpadeo con los ojos llenos de lágrimas. A unos centímetros de mi cara, la de Marcantonio se ha quedado petrificada en una expresión grotesca, con la boca ensangrentada congelada en una expresión de asombro. Su piel, marmórea hasta ahora, se va hinchando poco a poco con venillas azuladas. Imagino que la plata muerta y hechizada por los alquimistas londinenses se licua y se expande rápidamente por su organismo para neutralizar la tieblina.

—Pero ¿qué…? —masculla el conde llevándose una mano al pecho.

En la seda de su camisa se dibuja una aureola, que no es de color rojo intenso ni viscosa, como la sangre humana que él tanto ha esparcido, sino oscura: la tieblina que se evapora.

También es oscura la mancha de la comisura del ojo derecho. El tatuaje en forma de lágrima empieza a deshacerse, de manera que la tinta resbala por la capa de polvos con la que Marcantonio pretendía ocultarla; como si, por fin, los lacrymas hubieran podido vengarse del traidor.

Cae de rodillas delante de mí.

El corazón me va a mil, vacilando entre el horror y el éxtasis, como un metrónomo enloquecido.

¡Lo he matado!

¡Es el primer vampyro al que doy una muerte definitiva!

Me gustaría quedarme hasta el final e incluso descolgar la antorcha de la pared para ver mejor la agonía del monstruo, pero, en el foso principal, donde la caza continua a pesar de la detonación, se eleva un eco de pasos.

285

Mi instinto vital es más fuerte que mi instinto de muerte. Ahora que he salvado a Naoko de acabar en un burdel, ¿tengo alguna posibilidad de salir con vida de aquí?

Meto una mano en los pliegues del vestido buscando otra bala de plata muerta, pero, antes de que pueda cogerla, unos dedos me arrancan la pistola de las manos a la velocidad del rayo:

—*Enough!*

Me vuelvo alarmada y veo la cara de lord Raindust, cuyo pendiente en forma de alfiler brilla en la penumbra.

—No te di el arma para esto —susurra fulminándome con sus oscuros ojos.

En el suelo, los estertores de Marcantonio se van debilitando. Un charco de líquido más negro que la oscuridad se extiende bajo su cuerpo paralizado mientras la carne se seca y se encoge de forma espantosa. Privado del poder maléfico de la tinieblina, tengo la impresión de que se está momificando ante mis ojos.

—Puedo explicártelo —mascullo, vagamente consciente de que los pasos que se acercan retumban cada vez más.

—¡Aquí no! —me ordena Sterling de forma brutal.

Saco uno de los anillos de oro de las crispadas manos de Tarella, que ahora son tan quebradizas como las de un esqueleto de cien años; el sello con las armas por las que pagó un alto precio hace un siglo resbala por uno de sus meñiques.

Apenas tengo tiempo de ponérmelo en el índice derecho antes de que Sterling me sujete violentamente y luego me arrastre corriendo a través de las sombras, dejando a nuestras espaldas el cadáver atrofiado del que antaño traicionó al tatarabuelo de Ravenna la siciliana.

19

La retribución

—¿Adónde me llevas? —balbuceo.

—Lo más lejos posible de aquí.

Escapamos a toda velocidad.

A nuestras espaldas se oyen unos gritos ahogados, pero ya no son de esa alegría salvaje que sienten los vampyros al cazar, sino del pánico que sienten cuando comprueban que uno de ellos ha muerto definitivamente, ellos, que creían estar a salvo para siempre. Acaban de encontrar el irreconocible cuerpo de Marcantonio en las profundidades de los fosos.

Sterling me obliga a subir por una escalera estrecha que, según parece, se encuentra en el lado opuesto de aquella por la que bajé hace poco con Alexandre. Salto los peldaños de cuatro en cuatro, tapándome con una mano el cuello perforado, que me da punzadas de manera terrible, jadeando, a punto de desmayarme.

En lo alto no hay ningún mayordomo almidonado, solo una salida de servicio que da a un ala apartada del Louvre. Nos encontramos en un pasillo oscuro, lejos de las salas donde la fiesta sigue en todo su apogeo. Apenas oímos los ecos de los violines.

—¡Sígueme! —me ordena Sterling.

Con su mano de mármol aferrando aún la mía, me guía hasta una puerta vigilada por un soldado medio dormido, apoyado pesadamente sobre su alabarda. Por la manera en que se sobresalta, imagino que no esperaba ver aparecer a un par de cortesanos en esta parte del palacio.

—Hum, mis respetos, *zeñorita* —balbucea escrutando mi cara, sudorosa, y la mano con la que me tapo el cuello.

—Déjenos pasar, amigo —le dice Sterling—. Esta joven descerebrada ha bailado la giga sin reposo de tal manera que al final se ha caído y se ha hecho una herida. Necesita tomar un poco de aire.

El hombre se hace a un lado y salimos a la noche. Pasamos por dos puestos de bloqueo más, donde los soldados se calientan las manos en unos braseros. Me estremezco al reconocer el largo gorro puntiagudo de los dragones reales.

Sin darme tiempo a recuperar el aliento, Sterling me arrastra varios cientos de metros más, lejos del palacio, por el muelle nevado que bordea el Sena. Cuando las últimas notas de música dejan de oírse en el silencio de la noche, se detiene y me sujeta los hombros.

—¿Cómo se te ha ocurrido hacer algo así? —gruñe—. ¿Sabes lo que me pasará si los inquisidores de la Facultad llegan a relacionar la bala que ha matado al cortesano con la embajada inglesa? —Sus ojos negros, con las pupilas tan dilatadas por la oscuridad que le cubren todo el blanco del ojo, resplandecen—. ¡Merecerías que te matara y que arrojara tu cadáver al Sena para que no quede rastro de este desastre!

Temblando bajo mi vestido de franela en el muelle desierto, con el cuello ensangrentado, comprendo hasta qué punto soy vulnerable.

Da igual, ¡he cumplido la misión que me trajo hasta el Louvre!

—¡Sángrame si quieres, remata lo que hizo Tarella! —le suelto—. Pero te lo advierto: ¡mi sabor será tan acre que te costará digerirla!

Sterling abre un poco la boca mostrándome sus dientes, tan blancos.

Siento sus labios helados apoyarse en mi cuello, en el punto donde Marcantonio me mordió hace unos minutos, pero, en lugar de sangrarme con sus caninos, su lengua dulce y fría roza mi piel lacerada.

¿Me…, me está lamiendo las heridas?

Siento que el dolor se va aplacando poco a poco, como si

cada vez que la lengua pasa por la herida se lo llevase. Cuando Sterling alza por fin la cabeza, el cuello ha dejado de dolerme.

—La saliva vampýrica posee propiedades cicatrizantes —me explica con desgana.

—Me alegro de saberlo. El otro día en el albergue me llamaste lamemuertos, ¿debo llamarte yo lamevivos?

Me fulmina con la mirada, subrayada por un lápiz de ojos negro, pero debo sostenérsela.

—No debemos quedarnos aquí —me intimida—. Hemos franqueado las líneas de soldados que están apostados en el suelo, pero los que vigilan en los tejados aún pueden vernos. Será mejor que nos esfumemos antes de que corra la noticia de la muerte de Tarella. —Señala la inmensa y tenebrosa silueta del palacio, iluminada por la luna: entre las chimeneas brillantes de escarcha distingo decenas de figuras negras medio emboscadas—. Además de la guardia real de Versalles, que ha venido a París esta noche, han movilizado a todas las fuerzas de policía para vigilar el Louvre, incluidas las tropas de Mélac, tú misma has visto los dragones. Lo han planificado todo para tender una trampa infalible a la Dama de los Milagros. Ahora iremos a refugiarnos en un lugar donde podrás contarme por qué tuviste tal ocurrencia; entonces decidiré si debo sangrarte o no.

Cuando amaga con echar de nuevo a correr, le agarro una de las mangas de la chaqueta.

—¡Espera! Si esta noche todos los efectivos de la policía están en el Louvre, ¿significa eso que el resto de París ha quedado sin protección?

—Ya te lo he explicado, celebrando una fiesta donde la Dama de los Milagros es el hazmerreír general, el rey pretende provocarla y que se meta en la boca del lobo. Quiere que haga algo en el Louvre, donde están reunidas todas sus fuerzas armadas. Esta noche da igual lo que pase en el resto de París. Lo único que importa es el plan del Inmutable.

De repente, se me ocurre una idea.

Obsesionado con su idea de venganza, es posible que Luis haya provocado que tenga lugar otra revancha, pero ¡no en el Louvre, sino en la otra orilla de París!

289

—Los Incurables —suelto de golpe.

Sterling me mira perplejo.

—¿Cómo dices?

—El hospicio de los Incurables, ¡debemos ir allí! —Lo miro a la cara, inspirando hondo el aire glacial para no sucumbir en el abismo negro de sus ojos—. Puede que aún tengamos ocasión de usar la pistola a tu manera. Nos quedan seis balas de plata muerta para disparar al corazón de la Dama de los Milagros. Es lo que quiere Londres. Todavía podemos hacerlo. ¡Vamos! Te lo contaré todo por el camino.

Cuando acabo de contar mi historia, hace ya tiempo que hemos cruzado el Sena. El regreso de Tristan decapitado, el rapto de los lacrymas, el desafortunado intento de rescate de Naoko y, por último, mi visita improvisada a la madre Incarnate; a medida que nos adentrábamos en el laberinto de calles de la orilla izquierda, se lo he ido explicando todo a Sterling. Solo le he ocultado mi verdadera identidad, de forma que el inglés sigue pensando que soy la baronesa que pretendo ser.

—Ya está, ya lo sabes todo —le digo jadeando, con los bronquios ardiendo.

—He de reconocer que eres dura de pelar —murmura—, pero no por eso dejas de ser una mortal cuya llama puede apagarse con la primera borrasca demasiado fuerte.

Se quita la chaqueta de terciopelo, de color antracita, y me la echa sobre los hombros.

—Te concedo una prórroga, porque aún puedes resultarle útil a la corona de Inglaterra —precisa con frialdad—. Ya veremos si la información que nos has procurado nos lleva de verdad a la Dama de los Milagros.

Al cabo de unos instantes, salimos a la plaza del hospicio de los Incurables.

El espectáculo es muy diferente del de mis anteriores visitas. Los campamentos que rodean el muro están completamente desiertos, los contingentes militares han desaparecido. Alrededor de la plaza, los postigos herméticamente cerrados se confunden en la oscuridad. La única fuente de luz, la de una luna casi llena, baña el letrero de hierro forjado en forma de murciélago y de serpientes entrelazadas. Todo está inmóvil, como en una imagen congelada.

—¿De verdad piensas que la Dama de los Milagros puede atacar aquí esta noche? —me pregunta Sterling, dudoso.

Vista la calma que reina en la plaza, parece imposible, pero el barrio del Temple estaba igualmente silencioso unos minutos antes de que los gules sembraran la desolación.

—Sobre todo, creo que no atacará el Louvre, como espera el rey —murmuro—. Desde el principio se ha mostrado muy astuta y siempre ha aparecido donde nadie la esperaba. Así que, si no mordió el anzuelo que, en teoría, era yo, no caerá en una trampa tan burda. Por otra parte, esta noche tiene una ocasión de oro para vengarse de su torturadora. La madre Incarnata debía de saber que el hospicio iba a quedar desprotegido cuando imploró a las Tinieblas que la ayudaran a pasar la noche.

El lord sacude la cabeza. La brisa nocturna hincha los lados de su camisa de algodón, pero, a diferencia de mí, que me estoy muriendo de frío bajo su gruesa chaqueta de terciopelo, él ni siquiera tiembla.

291

Sin decir una palabra, nos dirigimos hacia la puerta pasando por encima de las placas de hielo y de los pequeños montones de nieve ennegrecidos por la ceniza que se encuentran entre los braseros abandonados. En la pesada hoja de madera claveteada, justo debajo de la mirilla, han pegado un cartel. Una caligrafía nerviosa disuade a los visitantes de seguir adelante:

Hospicio cerrado
del anochecer al alba

—Dudo mucho que nos abra a estas horas —afirmo—, pero podemos llamar.

—¿Quién ha hablado de llamar? —replica Sterling.

Alza la mirada al cielo y suelta un grito ronco, una especie de graznido. En el extraño contraluz de la luna, la cresta erizada y los ojos negros con las pupilas dilatadas le confieren un aspecto híbrido, mezcla de hombre y pájaro; recuerda a un ángel oscuro con las alas cortadas invocando al cielo del que cayó.

Unas sombras pasan por delante del pálido orbe y cruzan muy por encima el muro que rodea el hospicio. Sus estridentes graznidos parecen responder al de Sterling.

—¿Les has hablado? —pregunto recordando que la tieblina ha desarrollado en los ingleses una especial afinidad con los pájaros nocturnos.

A modo de respuesta, en el silencio, se oye un tintineo: es el cerrojo que se mueve al otro lado de la puerta.

Sterling aparta la nieve con una bota y tira de la manija. La pesada hoja se abre emitiendo un quejido chirriante, que hace alzar el vuelo a los cuervos que están al otro lado de ella.

—¿Cómo lo han hecho? —murmuro atónita—. ¿Con las patas y los picos?

—A pesar de que creciste en el campo, baronesa, llevas orejeras como cualquier mortal. Tu percepción está tan compartimentada como las cuatro paredes de tu provinciana mansión.

—¡No te esperé para escapar de esas paredes y cazar en los bosques! —susurro irritada, ardiendo en deseos de decirle que cazaba furtivamente en las tierras del verdadero barón.

—¿Crees que tus partidas de caza de montería te distinguen de los cortesanos de la ciudad? ¡Solo eres una arrogante más, convencida de que la naturaleza está a su servicio! Si hay una lección que nuestra existencia impía debería haberos enseñado a los mortales, es que siempre puede aparecer un nuevo depredador en lo alto de la cadena alimentaria. No sabes nada sobre los insondables misterios de la naturaleza.

Me mira de arriba abajo con desdén, tan cerca de mí y, sin embargo, a una distancia infinita, la que separa a un inmortal de un mortal. Pero hay algo más: su tez de ámbar helado, sus altos pómulos e incluso sus ojos alargados, intensos e indiferentes al mismo tiempo…, su belleza glacial me evoca un lugar mucho más remoto que las costas inglesas.

¿Quién es realmente lord Raindust?

¿De dónde viene?

¿Por qué ha empleado esa palabra, «impía», para aludir a la condición vampýrica que la Facultad considera, en cambio, sagrada?

—Antes de entrar en el hospicio tengo que preguntarte algo —le digo—. ¿Tienes una plumilla a mano?

Arquea una ceja, negra como el azabache.

—Por supuesto, dada mi condición de diplomático, jamás salgo sin ella, pero ¿por qué me lo preguntas? ¿Pretendes que firme un contrato comprometiéndome a no matarte?

Río con cierta aflicción.

—No confío para nada en la palabra de un vampyro, ¡no digamos en la de un espía! Se trata más bien de un acuerdo que ya he cumplido matando a Tarella. Es necesario que todo París se entere y que la noticia llegue a oídos de los lacrymas lo antes posible. El destino de mi amiga Naoko está en juego. —Lo miro fijamente a los ojos—. Supongo que para alguien que, como tú, susurra al oído de los pájaros no será muy difícil enviar un cuervo a la redacción del *Mercure Galant*.

Sterling sacude la cabeza.

—La plumilla está en el bolsillo de la chaqueta que llevas en los hombros. Allí también encontrarás papel.

Escribo un nota breve y, a continuación, calentando la cera de una vela abandonada en las cenizas de un brasero, fabrico un sello artesanal. Cierro el mensaje y hundo el anillo de armas de los Tarella en la cera blanda, a modo de prueba. Al cabo de unos minutos, un pájaro negro alza el vuelo en la noche con mi mensaje en una de sus patas.

—¡Ahora vamos al hospicio! —me ordena Sterling—. Veamos si tu intuición era correcta o si solo tratas de ganar tiempo antes de que te mate.

Dicho esto, se saca el palillo de detrás de una oreja y se lo mete entre los labios para dejar claro que da la conversación por zanjada.

Cruzamos en silencio el patio del establecimiento, donde no se ve ya a ninguno de sus mendigos. Solo quedan las tiendas donde las monjas servían la sopa popular; en este momento, los toldos de tela de yuta, endurecidos por el hielo, se agitan en el viento gélido.

En silencio, señalo la entrada más cercana. Entramos de puntillas en el pasillo de piedra fría. Los rayos de luna que se filtran a través de los gruesos cristales dibujan pálidos rombos

293

en las baldosas donde los miserables se arracimaban hace apenas unas horas. La quietud solo queda rota por unos sollozos ahogados que proceden, sin duda, del ala de los locos.

De esta forma, Sterling y yo nos adentramos en el corazón del hospicio, tan lejos de las ventanas que debo usar mi encendedor de yesca para poder ver algo.

—Está ahí —murmuro parándome delante de la puerta del despacho de la reverenda; en su paranoia, se ha convertido también en su celda—. En esa cámara blindada tampoco hay ninguna ventana. Me temo que tus amigos alados no van a poder abrir la cerradura del otro lado.

Sterling hace girar el palillo entre sus labios.

—¿Por qué hemos de entrar? Si, efectivamente, la Dama de los Milagros es la hermana Amarante y esta noche viene a buscar su remuneración, tendrá que pasar por aquí para ver a la reverenda. —Palpa la cruz de la pistola que lleva a la cintura—. Entonces sabré usar esta arma como se debe.

—Seguro que la Dama viene con una manzana sobre la cabeza y se queda quieta para que apuntes bien, a lo Guillermo Tell.

Sterling frunce el ceño. —Ya he presenciado el caos que provoca un ascenso de gules —le explico—. Es un auténtico huracán, créeme. Si finalmente la Dama aparece, nos conviene esperarla detrás de la puerta y aguardar el momento oportuno para actuar.

Golpeo con un puño la robusta hoja.

Una voz ansiosa responde enseguida. Así pues, la ocupante de la habitación no está durmiendo, sin duda porque la angustia le impide conciliar el sueño.

—¿Hermana Garance? ¿Ha amanecido ya? No he oído tocar a maitines…

—Aún queda mucho para el amanecer, y los maitines tardarán en sonar, madre Incarnata —contesto con los labios casi pegados a la puerta—. No soy la hermana Garance, sino Diane de Gastefriche.

Un gemido sordo se oye al otro lado de la madera claveteada.

—¡Otra vez usted! ¿Por qué ha vuelto? ¿Para atormentarme?

—No he venido a atormentarla, sino a protegerla. Sé que los soldados y los dragones se han marchado.

—Por muy escudera que sea, no creo que pueda hacer nada si la hermana Amarante y sus gules deciden asesinarme.

—Tal vez, pero es que no estoy sola. Me acompaña un señor de la noche.

Se hace un segundo de silencio, seguido de un murmullo de desolación.

—Un inquisidor-vampyro de la Facultad... ¡Maldita seas, me has denunciado!

—No, este inmortal no tiene nada que ver con la Facultad. Ábranos. Si quisiera complicarle la vida, me bastaría con llamar a las puertas de Notre-Damne y contárselo todo al arquiatra de París.

Se oye el sonido de varios cerrojos antes de que la puerta se abra. Veo la larga silueta de la reverenda madre, que destaca delante del fuego que arde en la chimenea.

—¡Entren, rápido! —nos ordena, deseando volver a encerrarse.

Tras cerrar el último pasador, vuelve hacia nosotros su pálida cara, enmarcada por un velo negro.

—¿Quién es usted, señor? —le pregunta a Sterling.

Sus ojitos parpadean desconfiados tras los quevedos, mientras observa la cresta del vampyro, el alfiler que lleva a modo de pendiente y el palillo en los labios.

—Una sombra que no volverá a ver cuando finalice la noche —responde.

En las facciones tensas de la religiosa se dibuja una expresión de alivio. La mera idea de poder pasar la noche parece tranquilizarla. No necesita saber más.

—¡Alabadas sean las Tinieblas, misterioso señor! ¡Con su ayuda podré ver el alba!

—Puede que usted sí. —Me mira con aire sombrío—. Pero es posible que ella no.

Siento la amenaza que transmite la voz de Sterling. No me ocultó que me mataría si la Dama no se presentaba y, a pesar de las promesas que le ha hecho a la reverenda, podría matarla también a ella si fuera necesario para no dejar ninguna huella.

A fin de cuentas, es un espía, como me dijo, y debe su lealtad a la virreina de Inglaterra.

—¿Y ahora? —me susurra después de haberme arrastrado hasta la chimenea para alejarnos de la religiosa—. ¿Qué hacemos? ¿Matamos el tiempo hablando de teología de las Tinieblas con nuestra anfitriona? Te advierto que nunca me han interesado las memeces que se inventa la Facultad.

Una vez más, las palabras del lord contrastan con las de los cortesanos ordinarios, siempre dispuestos a mostrar su devoción cuando hay que adular a Exili y a las autoridades de la religión oficial.

—No necesito hablar con el primero que pasa —replico—, prefiero el silencio a tu conversación. Si esta noche es la última para mí, pienso disfrutar de ella a mi manera, durmiendo un poco.

Su boca se tuerce en la media sonrisa que lo caracteriza.

—¡Pasar las últimas horas de vida durmiendo, eso sí que es una debilidad típica de los mortales!

—Recuerda que esta mortal tiene varias gotas de la sangre del Inmutable en las venas. No eres el único que ha desarrollado un don tenebroso. Yo también tengo un poder. En mi caso, no cotorreo con las aves, se trata más bien de una especie de… presciencia. Puedo intentar ver dónde y cómo va a aparecer la Dama de los Milagros, el problema es que solo tengo las visiones durante el sueño.

Sterling pasa el palillo de un lado de su boca al otro sin dejar de mirarme.

—*Very well*, duerme hasta que te canses, si eso es lo que quieres, pero te lo advierto: quizá solo tengas visiones de mi próximo abrazo. Sé que soy un lamevivos, como dices tú, y el gusto que dejaste en mi boca no es tan acre como me aseguraste. No niego que tienes un sabor extraño, diferente del resto de la sangre que he probado hasta ahora. La tuya es más…, ¿cómo diría? ¿Más compleja? Inesperada, igual que el color de tu pelo.

La forma en que ese chupasangre habla de mi «sabor» me pone la piel de gallina.

—No veo por qué mi sangre es diferente de la de los demás

—digo—. Tampoco creo que su gusto corresponda al color de mi pelo. Lo que sentiste es, sin duda, el Sorbo del Rey, que se diluyó en mis venas.

—Sea lo que sea, me abriste el apetito. Mi segundo beso no cerrará tus heridas, al contrario, las abrirá aún más para que tu vida fluya por mi boca.

Me encojo de hombros y me dirijo hacia la alcoba de nicho que hay al fondo de despacho, donde duerme la reverenda.

Detrás de la gruesa cortina, la cama no está deshecha. Me acurruco vestida en el estrecho colchón y me tapo con la chaqueta de Sterling. Mis sueños me han avisado ya cuatro veces de un peligro mortal: antes de que Paulin irrumpiera en mi habitación de Versalles, la víspera de mi primer encuentro con un gul en el cementerio de los Inocentes, minutos antes de que el ejército de las profundidades arrasara el barrio del Temple y cuando Tristan resucitó. Esta noche imploro de nuevo al sueño que me ilumine sobre el peligro mortal que me acecha, ya sea entre las garras de la Dama de los Milagros o en manos de lord Raindust.

297

La alcoba es demasiado pequeña.

La cama, demasiado estrecha.

La cortina, demasiado gruesa.

¡No puedo conciliar el sueño en este rincón tan claustrofóbico, tengo la impresión de que me voy a ahogar!

Intento levantarme para salir, pero mi espalda choca con el techo.

Tiendo una mano para correr la cortina, pero mis dedos tropiezan con una pared rígida, en lugar de la tela.

Bajo mi cuerpo, el colchón mullido se ha transformado en una dura roca.

Comprendo que ya no estoy en la alcoba, tampoco en los Incurables. Me encuentro en un túnel negro y cavernoso, apenas lo suficientemente ancho para que pueda arrastrarme por él. El silencio que reinaba en el despacho de la reverenda ha sido sustituido por unos gruñidos sordos que noto a mis espaldas aproximándose a mí.

Mi corazón late enloquecido: ¡estoy huyendo!

¿Quién me persigue?

Atrapada en el túnel, no puedo volverme para ver quiénes son mis atacantes.

Así pues, me arrastro con más fuerza, arañándome las rodillas y los codos, luchando contra la paralizante sensación de estar enterrada viva.

La piedra viscosa resbala bajo mis extremidades.

El aire escaso, saturado de una mezcla de musgo y putrefacción, no me basta.

Me estoy ahogando.

Grito al sentir que una mano húmeda me aferra un tobillo desnudo.

¡He de despertarme!

¡Ahora!

En cambio, la pesadilla continúa, tengo la terrible sensación de estar aprisionada en mi sueño.

Otras manos me agarran los pies, las pantorrillas y los muslos; son tan numerosas que renuncio a contarlas. Siento que un sinfín de garras se clavan en mi piel y me inoculan su veneno mortal.

¡No!

¡No puedo morir soñando!

Pero, por mucho que me revuelvo, grito y pateo, no consigo nada.

En un último reflejo de supervivencia, toco el dedo medio de la mano izquierda con la derecha para desenroscar la piedra de ónix y liberar la esencia de día…, pero entonces me doy cuenta de que no tengo nada en el dedo: el anillo ha desaparecido.

Unas bocas ávidas se cierran en mis piernas.

Unas mandíbulas feroces me desgarran la carne.

Oigo el terrible crujido de una tibia, la mía.

Los gules me… ¡me están devorando viva!

Abro bruscamente los ojos. Tengo los párpados llenos de lágrimas y no puedo respirar. Mi corazón late como si se fuera a romper, me toco febrilmente las piernas bajo el vestido de franela para asegurarme de que siguen ahí, pero, incluso mientras las palpo, no me abandona la nauseabunda sensación de que se están desgarrando.

La cortina de la alcoba del nicho se abre de repente y el fuego que arde en la chimenea ilumina la cama con su trémula claridad.

—¿Qué ocurre, Diane? —me pregunta Sterling—. ¿Por qué has gritado así?

Parece inquieto por mí, a pesar de que hace apenas unos instantes me amenazó con sangrarme, sin el menor escrúpulo.

—He tenido una... pesadilla —balbuceo.

Aprieto con nerviosismo el anillo de ónix que llevo en el dedo.

Su presencia apenas logra tranquilizarme.

—¿Una pesadilla? —repite la madre Incarnata apareciendo a espaldas de Sterling—. ¿Qué quiere decir? ¿Qué ha visto?

—Nada preciso... —respondo, aunque la visión tenía la horrible textura de la realidad.

Sterling gira el palillo entre sus labios.

—Vaya con la presciencia, estoy impresionado —se mofa recuperando su habitual ironía—. Según parece, hemos venido para nada.

Apenas pronuncia esas palabras, se oye un grito ahogado a lo lejos, al otro lado de las gruesas paredes de la cámara blindada.

La reverenda palidece y se queda paralizada.

—Es uno de los locos del manicomio —farfulla para convencerse—. Tienen el sueño ligero, la luna está casi llena...

Retumba un segundo grito, y luego un tercero. En un abrir y cerrar de ojos, un auténtico concierto de alaridos se eleva de las profundidades del hospicio.

Un largo estremecimiento sacude a la madre Incarnata.

—¡Que las Tinieblas se apiaden de nosotros! ¡Esto va a empezar! Mis religiosas me abandonan y huyen como ratas.

—Y tienen razón, porque el infierno solo viene a por usted —suelto.

299

La mano de la vieja tiembla de tal manera que casi logra hacer la triple señal de la sangre encima de su hábito. La llamada de un cuerno de caza perfora las paredes; es el mismo sonido lóbrego y grave que oí en el Temple unos segundos antes de que se desencadenara la hecatombe.

El suelo vibra bajo nuestros pies. Los papeles y los libros amontonados sobre el escritorio de la reverenda madre empiezan a temblar con furia.

Sterling me mira con aire febril. Saca la pistola y apunta hacia la puerta blindada, cuyos goznes de acero empiezan a oscilar.

¿Cederá al final?

¿Conseguirá lord Raindust dar en el blanco y matar a la Dama?

Toco el anillo de ónix, lista para desenroscar la piedra cuando llegue el momento.

Hay dos opciones: si Sterling mata a la Dama, usaré la esencia de día para cegarlo al mismo tiempo que ciego a los gules y me escaparé; si falla el tiro, el resplandor me permitirá arrebatarle la pistola para probar suerte.

20

Milagros

—*H*ice blindar la puerta a los mejores obreros, los mismos que fortificaron el Banco Real de París —masculla la madre Incarnata—. Las garras de los gules jamás podrán atravesarla, ¿verdad?

—Puede que las garras de los gules no —digo entre dientes—, pero los artificieros de la Dama sí, desde luego.

La reverenda suelta un largo gemido.

—¿Los artificieros...?

—¿Se acuerda de los fuegos artificiales que incendiaron el patíbulo de Montfaucon? La Dama utilizó también explosivos en el monte Parnasse y en muchos otros lugares para obligar a salir a los habitantes que se habían encerrado en sus casas.

El revuelo que se oye al otro lado de la puerta es tan atronador que ha ahogado los gritos de las monjas y de los pacientes, que intentan escapar del hospicio. Pienso en la hermana Vermillonne y espero de todo corazón que se encuentre entre los supervivientes. Nosotros, en cambio, no tenemos escapatoria.

El tamborileo de esos puños con garras en la puerta hace vibrar toda la habitación. Los tratados de teología de la reverenda caen de los estantes y chocan contra las baldosas. Las vigas del techo dejan caer una lluvia de polvo picante.

De repente, se hace el silencio.

Esa calma absoluta después del estruendo de mil demonios me deja de piedra.

Oigo mi respiración oprimida, así como la aspiración silbante de angustia de la madre Incarnata. Por el contrario, Sterling no emite el menor sonido.

Mientras me preparo para el ataque, giro lentamente la piedra de ónix de mi anillo siguiendo las instrucciones de Montfaucon.

Tres vueltas a la izquierda...

Dos a la derecha...

Solo debo girarlo otra vez para desenroscar por completo la piedra y liberar su contenido.

Se oye un ruido de botas. Ya no son las pisadas monstruosas de las patas de los gules, sino unos pasos serenos, medidos: los asesinos se toman su tiempo, porque varias de sus víctimas no tienen escapatoria posible. Los rozamientos casi imperceptibles en la puerta son aún más aterradores que el anterior tamborileo: es el sonido de lo ineluctable.

Cuando cesa, imagino que los asaltantes han acabado de colocar los explosivos.

302 · Sterling, la madre Incarnata y yo reculamos de forma instintiva hacia el fondo de la habitación...

La reverenda madre tiembla de tal forma que su colgante de hierro baila encima de su hábito...

El brazo tendido del lord no se mueve un milímetro, el cañón de la pistola apunta hacia la puerta...

De repente, se produce la temida explosión.

La deflagración me rompe los tímpanos resonando en mi cabeza como el badajo de una campana. Mantengo los ojos bien abiertos, clavados en la cerradura humeante, y los dedos crispados en la piedra de mi anillo. La puerta se entreabre en silencio, a menos que la explosión me haya dejado completamente sorda.

¿Qué es ese chorro de luz que baña la habitación?

¿Procede de los restos de la puerta que arden en el pasillo?

No, ningún fuego es capaz de difundir una luz tan blanca, tan deslumbrante.

De repente, me vienen a la mente las últimas palabras que la hermana Vermillonne oyó en boca de las víctimas de la Dama de los Milagros: «Un astro terrible y pálido que se eleva de las profundidades de la tierra. Una luna gigantesca que asciende desde los abismos después de los gules».

Me tiemblan los labios.

—Es… ella. Es la luna oculta de la diosa Hécate.

Me cuesta mantener los ojos abiertos, porque la luz me los quema. ¡Y yo que pensaba vencer a la Dama de los Milagros y a su ejército con un poco de esencia de día!

Ahora el anillo de ónix me parece totalmente inútil.

A mi lado se oye un aullido ahogado: la voz de la madre Incarnata, que apenas logro oír, porque los oídos no han dejado de zumbarme.

—¡Dispare! ¡Vamos, dispare!

Ya no puedo verla ni a ella ni al lord.

Solo oigo una detonación sorda.

¿Sterling ha apretado el gatillo?

¿Ha herido a la Dama?

Abro desmesuradamente mis ardientes ojos tratando de ver algo, pero es en vano: de repente, una noche negra se abate sobre mí.

Tengo la abrumadora sensación de haber retrocedido varios días, al momento en que los lacrymas me hacían caminar por París con un saco en la cabeza.

Esta vez es una banda la que me impide ver; me han atado las muñecas con una cuerda y me han puesto una mordaza en la boca.

Desarmada, del todo vulnerable, dejo que unas manos brutales me arrastren por las profundidades, descendiendo una pendiente que se hunde cada vez más. También mi ánimo se va ensombreciendo a cada paso. Un brazo me sujeta cada vez que tropiezo; otras veces me obliga a inclinar la cabeza para que no choque con un obstáculo. Estoy segura de que hace tiempo que dejamos atrás la superficie. A pesar de que no puedo ver nada, percibo un olor a roca húmeda, a musgo pútrido y a tierra pantanosa. Oigo el eco cavernoso de mis pasos y el de mis misteriosos raptores. También el gruñido lejano de los gules y el bramido sordo de los cuernos de caza. Los secuaces de la Dama deben usar esos instrumentos para dirigir a las abominaciones, que siguen asolando el barrio de los Incurables sin que nada ni nadie haga cosa alguna para evitarlo.

Tan negro como mi desesperación, siento también en el estómago el aguijón de una excitación morbosa. Una dolorosa mezcolanza de terror e impaciencia. Mi instinto me dice que por fin voy a llegar al sitio que he estado buscando estas semanas: ¡la Corte de los Milagros! Porque estoy convencida de que ese es nuestro destino. ¿Acaso no me lo anunció el Ojo de los Inocentes en la única herencia que me dejó? «Nunca encontrarás la Corte de los Milagros, pero es posible que ella te encuentre a ti cuando hayas perdido toda esperanza.» Al cabo de lo que me ha parecido una eternidad, el suelo que piso se allana. Un ruido regular se une al estruendo de las botas, semejante al chirrido de unas ruedas sobre sus ejes.

¿Habrá carros en estas profundidades? Pero ¿qué vehículos y qué caballos pueden atravesar las angostas galerías por las que hemos pasado?

A menos que ese rodamiento perpetuo sea el de la Gehena: ¡la sala de tortura del infierno donde a los condenados se les clava a una rueda y se les inflige un suplicio eterno! La mordaza impide que exprese las dudas que me arden en los labios; por culpa de la tela que cubre mis ojos no puedo ver el lugar que me revuelve el cerebro. Finalmente, me obligan a parar. Solo entonces uno de mis raptores me arranca la mordaza.

«Éxtasis.»

No sé con qué otra palabra puedo describir la emoción que me invade. Esperaba ver un magma de fuego, sangre y Tinieblas, pero es justo al contrario.

En lugar del infierno de la antigua religión, ante mí se extiende el paraíso que aparece representado en los antiguos libros ilustrados: ¡una bóveda celeste iluminada por una miríada de estrellas radiantes! Los astros están tan cerca unos de otros que tengo la impresión de haber sido arrojada al corazón del empíreo. ¡Es… un milagro!

Con los ojos bien abiertos, vuelvo la cabeza para dejarme imbuir de ese surrealista panorama. Entonces veo a Sterling a mi derecha. También está amordazado, pero, en lugar de una banda de tela, una cadena brillante separa su mandíbula, donde sobresalen sus caninos llenos de baba. Por la manera en que sus pálidas mejillas se han ennegrecido debido al contacto con las cadenas, supongo que son de plata, al igual que los aros que le inmovilizan las muñecas y le inflaman la piel. A su lado, la madre Incarnata aparece también atada y amordazada, parpadeando frenéticamente tras los quevedos, que tienen los cristales resquebrajados.

Para ser el paraíso, menuda acogida…

Con el corazón acelerado, me concentro en lo que, en un primer momento, me parecieron constelaciones. Mirándolos bien, los orbes resplandecientes no son en realidad astros. A decir verdad, me parece distinguir unas esferas de cristal en cuyo interior brillan unas luces blancas. Sí, son centenares de burbujas que, por algún sortilegio, encierran el brillo estelar que han arrebatado al espacio y han sumergido en las profundidades de la tierra.

Porque lo cierto es que no estoy en el cielo, sino en las entrañas de París.

Recuerdo otras de las líneas que escribió el Ojo de los Inocentes, que decía que en la Corte de los Milagros «los sueños más maravillosos se hacen realidad. Las pesadillas más espantosas también».

Veo unas paredes escarpadas detrás de las luces. Estoy a la entrada de una cueva subterránea. De la bóveda irregular cuelgan largas estalactitas minerales. Un río fluye al fondo del valle rocoso donde hay instaladas varias ruedas hidráulicas. Son las que oía girar gracias al caudal de agua subterránea que mueve sus palas. ¿Serán para moler el grano, para hacer harina de contrabando?

Al final, cuando mis ojos acaban de acostumbrarse a la luz del lugar, distingo a los que nos han traído hasta aquí.

Veo a un grupo de adultos, pero también de adolescentes. En su mayoría tienen cicatrices en la cara, están desdentados y les falta un ojo o una oreja. En contraste con esas caras destrozadas por la vida, la ropa de nuestros raptores parece de primera calidad y van calzados con botas nuevas. Todos llevan un puñal a la cintura, además de un curioso tubo metálico. Parece un instrumento musical, así que me pregunto si no será el cuerno que utilizan en los ataques de los gules, pero luego desecho la idea, porque, por el sonido que oí, el cuerno debe de ser mucho más macizo.

Uno de ellos, un tuerto de mediana edad, avanza hacia la madre Incarnata. Su único ojo parpadea de forma incontrolada, como movido por un tic.

—¡Es ella, la vieja sanguijuela! —afirma tras examinar a la religiosa.

La reverenda se revuelve y mueve aterrorizada los ojos. Tengo la impresión de que ella también ha reconocido al tuerto. Trata de gritar algo, pero la mordaza ahoga su voz.

—Ahórrese la saliva, madre —le dice el tuerto—. Jamás quiso recibirme cuando estaba en los Incurables, y ahora es demasiado tarde. ¡A pesar de que imploré mil veces, no reexaminaron mi caso ni me dejaron salir del manicomio! —Su boca es sacudida por un espasmo nervioso—. Sí, me cayó un rayo. Sí, perdí un ojo y me dio el tembleque, pero ¡no por eso estoy loco, maldición! Creo que si me tuvo en ese agujero durante veinte años fue más bien para sacarme sangre todas las semanas y mejorar así las cuotas del hospicio, ¿me equivoco?

¿Todas las semanas? ¡Eso cuadruplica la frecuencia del diezmo mensual impuesto a los plebeyos! Recuerdo que la primera vez que visité los Incurables la madre Incarnate se felicitó por la manera en que administraba un magnífico establecimiento, que suministraba una buena cantidad de sangre a la Facultad. ¡No me sorprende, si ese era el ritmo al que se la extraía a los enajenados, aprovechándose de una locura real o presunta para tenerlos encerrados!

—Ahora experimentará lo que se siente cuando se grita y nadie te escucha —añade escupiéndole.

La religiosa se tambalea sin poder respirar, aterrorizada. Las piernas le fallan y pierde el conocimiento. Dos jóvenes la sujetan a tiempo antes de que caiga al suelo.

—¿Qué hacemos con ellos, Martial? —pregunta una joven que no debe de ser mucho mayor que yo y que tiene las mejillas picadas de viruela.

—Llévalos a la boca de la Devoración, Belle —le ordena el tuerto—. La Dama los juzgará a todos a la vez cuando terminen las operaciones nocturnas. Quita la mordaza a las dos mortales para que no mueran ahogadas antes del juicio. En cambio, cuidado con el vampyro, no se la quites antes de haberlo puesto en la picota, ¡no vaya a ser que te rompa un dedo!

Tenía buenas razones para desesperarme: la bala de Sterling no alcanzó a la Dama de los Milagros y nuestro ridículo intento de detenerla fue un desastre.

La picota donde me han metido está formada por un palo y dos planchas de madera perforadas: un agujero para la cabeza y dos para las manos. Una vez inmovilizados el cuello y las muñecas, se juntan de nuevo las planchas y se cierran, de manera que es imposible salir del yugo. Siento el anillo de ónix en la mano izquierda, consciente de que no voy a poder desenroscarlo por última vez. Aunque, pensándolo bien, ¿qué utilidad puede tener la esencia diurna en estas profundidades resplandecientes, casi tan luminosas como el día?

A pesar de la frustración y el dolor que siento, tuerzo el cuello para observar el lugar donde estamos, que el tuerto ha denominado la «boca de la Devoración». Es una grieta rocosa con las paredes rezumantes de humedad. Gruesas gotas caen aquí y allí, estrellándose contra el suelo a un ritmo lacerante. En el aire flota un olor a musgo, a piedra mojada y a metal. ¿Habrá un yacimiento de hierro en alguna parte?

Por lo demás, unas grandes cortinas negras me tapan la vista. Colgadas de una varilla hundida en la roca del techo, ocultan por completo el valle subterráneo. Aún se oye el rodamiento de las ruedas hidráulicas, pero el río y los cientos de orbes que lo iluminaban han desaparecido de mi campo visual. Solo queda uno, enganchado a la varilla, que nos procura su extraña luz blanca.

—El cristal de ese farol milagroso parece hermético, sin agujeros... —pienso en voz alta—. ¿Cómo es posible que la llama arda sin aire? ¿Será polvo de fósforo? No, el polvo no puede emitir un brillo así.

—Veo que, a pesar de ser una cortesana de Versalles, entiendes algo de alquimia.

Vuelvo rápidamente la cabeza; me da igual si luego tengo tortícolis.

Sterling está preso en una picota similar a la mía, la segunda de una fila donde se alinean unas quince. Detrás de él, la madre Incarnate sigue inconsciente en la suya, con el velo del hábito colgando flácidamente por la abertura.

Creía que la cadena de plata había destrozado la boca del vampyro privándole de la palabra, al menos hasta su regeneración, pero por lo visto consigue hablar a pesar de las quemaduras negruzcas que los eslabones han causado en sus labios y en sus mejillas.

—El fósforo no tiene nada que ver con la alquimia —me apresuro a replicar—. Solo es un mineral que brilla tenuemente en la noche. En el gabinete de curiosidades de mi padre, el barón de Gastefriche, había un pedazo.

En realidad, descubrí el mineral en el laboratorio de la botica de mi verdadero padre, pero me guardo muy mucho de decírselo a Sterling.

—Entiendo… —murmura—. Eres una aristócrata «iluminada». Es un decir…

Alza los ojos hacia el farol milagroso que nos inunda con su luz blanca, implacable. Me impresiona su capacidad para conservar su típico humor frío y distante después de la tortura que ha padecido.

—Sea cual sea el hechizo que hace resplandecer los faroles, algo me dice que son ellos los que mantienen a distancia a los gules —murmura—. Si no, este valle subterráneo estaría lleno de ellos.

—Creo que los faroles milagrosos tienen una función mucho más importante que la mera protección de la Corte de los Milagros —añado—. La gente de la Dama los utiliza también en la superficie, estoy segura. Mis compañeros escuderos y yo encontramos pedazos de un cristal parecido al de esas bolas en varios de los lugares que las abominaciones habían arrasado. Pondría la mano en el fuego por que fueron ellos los que nos deslumbraron en el despacho de la reverenda.

Siento que se me encoge el estómago al recordar el absoluto fracaso de nuestra misión, pero Sterling no pierde su insoportable flema.

—He de reconocer que eres un faro de pensamiento, Diane de Gastefriche —suelta.

—¿Y si nos iluminaras con tus luces en lugar de burlarte de las mías? Tú que conoces París, ¿tienes alguna idea de dónde estamos? ¿El río que hemos visto es un afluente subterráneo del Sena?

—No creo. Solo existe un río subterráneo en París: el Bièvre. Hace mucho tiempo atravesaba el sudeste de la capital antes de desembocar en el Sena, pero, con el paso de los siglos, quedó enterrado. Las sedimentaciones posteriores lo hundieron aún más, y en su lecho se construyeron calles y casas.

Cada vez que pronuncia una palabra, la boca de Sterling se deforma en una mueca de dolor.

Sus heridas son profundas. A pesar de la repugnancia que me inspiran los chupasangres, lo compadezco. Después de todo, aunque me ha amenazado repetidas veces, hasta la fecha no ha hecho otra cosa que ayudarme.

—No te conviene hablar por el momento —le recomiendo—. Espera hasta que te recuperes. Cuando hablas, padezco por ti.

Un rictus estira sus labios deteriorados.

—El dolor no me da miedo. De no ser así, no llevaría un pendiente de plata.

¿De plata?

Creía que el alfiler que cuelga de su lóbulo era de hierro, pero ahora me doy cuenta de que brilla demasiado para ser de un metal miserable; también observo que la piel que rodea el agujero de su oreja está irritada.

—¿Por qué te infliges ese suplicio? —le pregunto incrédula.

Desvía sus ojos negros hacia los míos.

—Ya te expliqué que me gusta mordisquear un palillo y llevar un alfiler en una oreja para recordar que no hace mucho era un mortal encarcelado, pero eso no es todo. El palillo es de madera de manzano, una especie de estaca en miniatura; el

309

alfiler es de plata, como las espadas de los cazadores de abominaciones. Todo esto para tener bien presente aquello en lo que me he convertido: un monstruo de las Tinieblas.

Su confesión me turba. Después de haber calificado de «impía» su existencia, ahora Sterling se llama a sí mismo «monstruo». Algo muy diferente del narcisismo de Alexandre, que presume encantado de su condición de vampyro, como, por otra parte, el resto de los señores de la noche que conozco.

—Deja que te cuente lo más divertido —añade el lord—. Mi nombre, Sterling, significa «estornino» en inglés antiguo. La ironía es que esa misma palabra designaba antaño la aleación de la plata más común, antes de que se produjera el advenimiento de las Tinieblas: la «plata esterlina» o plata de ley, con la que fundían las monedas y ciertos objetos. ¡Y ahora que soy vampyro me llamo así!

Una risa seca sacude su cuerpo haciendo temblar la picota. Me impresiona sobre todo que se llame como un pájaro, como aquellos de los que habla de forma mágica, como si antes de transmutarse perteneciera ya de alguna manera al pueblo celeste…

—Es poco probable que podamos escapar —murmuro—, y la sentencia es evidente.

—Así es, esa encantadora expresión, la «boca de la Devoración», no anima al optimismo. Estoy casi seguro de que estamos dándole la espalda. ¿No sientes una especie de corriente de aire en los riñones? ¿Y qué me dices del olor a sangre que flota en el aire?

Ahora que lo menciona, me doy cuenta de que un cierzo helado agita los lados de mi vestido de franela. Inmovilizada en la picota, no puedo volverme para ver de dónde procede ese soplo de aire helado. Con todo, supongo que detrás de nosotros se abre una galería que se hunde en las profundidades, más allá del halo luminoso que proyecta el globo mágico.

En cuanto al olor metálico que sentí… Si Sterling afirma que es sangre, debe de estar en lo cierto, porque sabe de qué habla.

—Apuesto a que esta luz alquímica es lo único que nos protege contra las cosas que se agazapan detrás de nosotros.

—Sterling suspira con cansancio—. Lo que más temen los gules es la luz intensa. Cuando esta se apague, nada nos defenderá ya de ellos.

—Eso no parece inquietarte.

—«El que ha perdido la esperanza ya no tiene pesares.»

—¿Otra vez Shakespeare?

—*Otelo.*

Ese misterio llamado Sterling Raindust vuelve a dejarme perpleja.

—Me dijiste que en Londres te ocupabas de los decorados de un teatro, es evidente que memorizaste lo que recitaban los actores —le digo—. Sueltas versos cada dos por tres, como si tú también estuvieras representando un papel y nada te afectara de verdad..., ni siquiera tu vida.

—Imagino entonces que atribuyes a la tuya una importancia crucial. Eres como todos los mortales, una arrogante. Seguro que piensas que eres la cosa más valiosa del mundo y que no concibes que la Tierra pueda seguir girando sin ti.

—¡No es verdad! —grito a mi pesar indignada—. ¡No sabes lo que pienso!

—Todas las cortesanas sin excepción tienen una idea fija: asegurarse la promoción en la corte.

—Tú eres el arrogante si crees saber mejor que los demás lo que pasa por sus cabezas. ¿Y si estuviera sirviendo a un ideal superior? Igual que tú sirves a la corona de Inglaterra.

El hipo agita su garganta. En un primer momento pienso que se está ahogando con su propia saliva, porque lleva más de una hora en contacto con la plata.

Pero no se está ahogando, qué va, en realidad se está «riendo». Esa risa ronca, trágica, que resuena en la cueva donde muchos antes de nosotros han estado inmovilizados en la picota, me deja helada.

—¿Qué es lo que te hace tanta gracia, la palabra «ideal»? Si solo sirves a tu país por interés personal, no vales mucho más que los cortesanos de los que te acabas de burlar; esos que, en tu opinión, no comprenden el sentido de la palabra sacrificio.

—Eres tú la que no la comprende, Diane —replica—. Servir: ¡esa palabra no se te cae de la boca! Como si fuera nece-

311

sario que nuestra vida sirviera para algo aquí abajo. ¿No has pensado nunca que quizá nuestra existencia no tenga ningún fin, ni el enriquecimiento ni el ascenso ni la alianza con una corona, nada de nada?

Siento vértigo.

Si la picota no me mantuviera plantada en mi sitio, creo que me tambalearía.

—Nadie vive sin un objetivo —balbuceo—. Nuestra vida tiende siempre hacia algo. Aunque solo sea... el porvenir.

—El porvenir no existe. *No future.*

Esas palabras, tan pesadas como el plomo, caen de la boca martirizada del lord.

No future.

Una frase lapidaria, una llave maestra: la que por fin me abre la puerta del alma de Sterling.

—¿Shakespeare de nuevo?

—No, esta vez la cita es mía. Es demasiado tarde. Las Tinieblas han triunfado. Devorarán el mundo y se nos llevarán a todos.

Con la cabeza vuelta hacia mí en la picota, me escruta más intensamente que nunca; por primera vez, percibo en él cierta forma de fragilidad.

—La sed de los vampyros está aumentando en todo el mundo —resopla—. Dentro de poco no habrá suficientes mortales para alimentarlos, y entonces se matarán entre ellos. Esa situación se vive ya en el frente oriental con las estirges. Las abominaciones nocturnas pululan por todas partes, y al final también acabarán devorándose entre sí hasta que no quede nada.

Inspiro hondo. El aire húmedo de la cueva satura mis fosas nasales con unos aromas rocosos tan viejos como el tiempo.

—Si crees que el fin del mundo es ineluctable y que todo va a sumirse en la nada, ¿por qué armaste mi mano la otra noche? ¿Por qué estamos aquí esta noche, en el tugurio de un enemigo que hemos jurado matar?

—Por la belleza del gesto, Diane.

—¿Cómo dices?

—Si el rey de las Tinieblas se apropia de los gules de la Dama, reinará de forma absoluta hasta el final. Su implacable imperio se extenderá por toda la Tierra, pero él no dejará de carcomerse por dentro, como un Moloch insaciable. El Inmutable será el último en morir después de haber extraído la sangre de todas las naciones, de todos los pueblos, incluso de sus consejeros más próximos. Si, por el contrario, los gules se le escapan, estallará la guerra, pero las fuerzas estarán más equilibradas. El tiempo no terminará sometido al orden mortífero de un imperio todopoderoso, sino envuelto en una anarquía vivificante. Aunque el resultado final —la aniquilación universal— sea inevitable, al menos todos podrán librar la propia batalla durante un instante. Podrán hacer oír su voz. La Magna Vampyria se disgregará en miríadas de naciones y clanes que combatirán tanto contra el Inmutable como entre ellos. Vampyros y mortales, aristócratas y plebeyos, lamemuertos y rebeldes: ¡ese concierto polifónico será el gran final! Inglaterra ya está siendo el laboratorio de ese caos en gestación. ¡Con tal de que llegue al continente y se extienda al mundo entero! Eso es lo que deseo. Te lo repito una vez más, Diane: nuestras vidas carecen de sentido y el futuro no existe. Pero, ya que estamos, ¡prefiero que el mundo termine con una furia polifónica que ahogado en un plúmbeo silencio!

Sterling se ha expresado con tal convicción —con tal rabia— que las heridas de la boca se le han vuelto a abrir. De ellas resbalan ahora unos hilos de sangre: la sangre oscura de los vampyros, ensombrecida por la tinieblina.

A pesar de haber vivido momentos de desesperación, comprendo que los míos no fueron nada comparados con el profundo nihilismo que domina el espíritu del lord. Pero hay algo aún más turbador: su discurso, tan negro que casi parece dictado por las Tinieblas, consigue que, paradójicamente, Sterling me resulte aún más… «humano».

¿Y si tuviera razón?

¿Y si todos los combates estuvieran perdidos de antemano, tanto el del Inmutable para poder reinar por toda la eternidad como el de la Fronda para recuperar la Luz?

¿Y si de verdad no existiese ninguna esperanza para los mortales, para los vampyros, para nadie?

¿Y si no hubiera un porvenir posible?

ϒ

Presa en la picota, reflexiono sobre los sombríos pensamientos que Sterling ha instilado en mi mente.

No sé cuántas horas pasan. No dispongo de nada para medir el transcurso del tiempo, que pasa de forma tan inexorable como el río subterráneo, que fluye por su lecho invisible. El runrún de las ruedas al amanecer, que me llega ahogado por las gruesas cortinas de tela negra, me recuerda el de la piedra de molino de los eones, que lo tritura todo a su paso: las personas, las familias y las civilizaciones.

No future.

De repente se entreabre una de las cortinas. Los esbirros de la Dama traen a un nuevo prisionero.

La túnica remendada y la capucha de cuero...

La cabeza calva y el cuello rodeado de puntos de sutura...

Pero, por encima de todo, el aroma a la vez dulce y penetrante a hojas muertas...

El corazón me da un vuelo en el pecho al reconocer los hombros robustos de Orfeo, atados con cadenas de plata.

—Han encontrado a esta criatura vagando en una galería de la zona de los Gobelins —dice el tuerto a modo de presentación—. Se le juzgará también como a todos los que estáis en la picota.

En tiempos normales, Orfeo tiene una fuerza colosal, pero esta noche aparece debilitado por las cadenas: al igual que cualquier criatura de las Tinieblas, es tan vulnerable a la plata como los vampyros.

Los esbirros de la Dama lo ponen en la picota, justo a mi lado. Después arrojan un cubo de agua helada a la cabeza de la madre Incarnata para despertarla.

—¿Eh? ¿Qué pasa? —vocifera la religiosa, despertándose—. ¿Han tocado ya a maitines, hermana Garance?

—¡Tu hora es lo que va a sonar enseguida! —le espeta el tuerto—. La Dama de los Milagros no tardará mucho en dar su veredicto.

De repente, la reverenda madre ve el yugo que lleva puesto. El pánico la invade y sus labios empiezan a borbotear una mezcla inarticulada de oraciones e imprecaciones, pero el tuerto y su banda están ya al otro lado de la cortina.

Sin prestar más atención que ellos a las divagaciones de la reverenda, me contorsiono para ver mejor a Orfeo. Su musculoso cuello es tan ancho que el agujero de la picota apenas puede rodearlo. Mi amigo vuelve hacia mí su cabeza calva, que emerge entre las planchas de madera. A la luz intensa del farol milagroso, su tez de color verde pálido parece aún más transparente, como la superficie de una charca.

—¿Qué haces tú aquí? —le pregunto.

Sus exangües labios de ahogado miman tres sílabas casi mudas:

—Na... o... ko

Mi corazón se derrite al reconocer el nombre de mi amiga, que la boca sin lengua de Orfeo no puede pronunciar. De manera que vino a París para salvarla. Ambos debieron de unirse en un poderoso vínculo durante las semanas que vivieron en los sótanos de la Gran Caballeriza; entablaron una amistad tan fuerte que mi amigo no puede abandonarla.

—¿Conoces a esa abominación? —me pregunta Sterling.

—¡Te prohíbo que lo llames así: Orfeo es un hermano para mí!

Tengo la impresión de ver palpitar los ojos de Orfeo, como el día en que entregué el reloj de bolsillo de mi madre.

—¿Cómo lograste entrar en París, Orfeo? —le pregunto con dulzura—. ¿Acaso recordabas el pasaje secreto que atraviesa la muralla periférica por debajo?

Sus largas pestañas negras parpadean sobre sus extraños ojos, confirmando mi intuición. El deseo de rescatar a Naoko debió de hacer emerger fragmentos de recuerdos del fondo de su brumoso cerebro. Y supongo que la expresión de aflicción que tiene ahora no se debe a la suerte que lo aguarda, sino a no haber podido salvar a nuestra común amiga.

—Tranquilízate, Orfeo —le digo—. Naoko fue capturada por unos bandidos, pero hice un pacto con ellos. Dime una cosa, ¿te acuerdas de los lacrymas?

Niega con la cabeza, sacudiendo la picota que le oprime las vértebras.

315

—Da igual. Lo único que debes saber es que esa gente me prometió que la liberaría.

Al oír mis palabras, las facciones de color verde claro de Orfeo, propias de un muerto viviente, se relajan y mi amigo esboza una leve sonrisa. Pero, aun a pesar de ser leve, es suficiente para animarme y disipar la niebla melancólica que las palabras de Sterling han expandido en mi espíritu: ¡por mucho que estuviera dispuesta a renunciar a cualquier esperanza sobre mí, jamás renunciaré a la confianza en mis seres queridos! Hice todo lo que pude para evitar a Naoko un destino terrible y ahora haré lo mismo para salvar a Orfeo.

Apenas tomo esta decisión se oye el bramido de un cuerno, que ahoga el ruido monótono de las ruedas hidráulicas.

—¡La Dama de los Milagros! —anuncia una voz estentórea que retumba en la bóveda invisible.

Las cortinas negras que rodean las picotas tiemblan de arriba abajo y se abren de golpe.

21

El juicio

*D*eslumbramiento total.

Como sucedió hace poco en el hospicio, la repentina diferencia de luz es tan brutal que me veo obligada a cerrar los párpados. Tardo varios segundos en abrirlos de nuevo, el tiempo necesario para que mis pupilas se acostumbren; pero, incluso así, mis ojos siguen llenos de lágrimas.

Un astro parece haberse elevado ante mí: la luna oculta de las profundidades. Es un círculo luminoso de color blanco resplandeciente, tan ancho y brillante que eclipsa las constelaciones de faroles milagrosos que pueblan el valle subterráneo.

Una silueta alta destaca en el contraluz cegador.

El contraste es demasiado fuerte para que pueda distinguir sus rasgos, pero aun así entreveo su contorno envuelto en un vestido largo, el pelo suelto y un extraño tocado similar a dos cuernos erguidos.

Es ella.

La mujer que llevo buscando hace varias semanas.

En este instante suspendido, me viene a la mente un recuerdo de la Butte-aux-Rats: el pequeño teatro de sombras chinescas que Bastian organizaba en las noches de invierno para entretenerme. Era tan solo en una modesta sábana, que hacía las veces de pantalla, sobre la que mi hermano proyectaba las formas que trazaban sus hábiles dedos. ¡Cuántas horas pasé soñando y estremeciéndome ante sus sirenas, sus ogros, sus magos y sus dragones!

Hoy vuelvo a ser espectadora de un teatro de sombras y una parte de mí se convierte de nuevo en una niña embelesada.

Una voz resuena bajo la bóveda cavernosa, clara y majestuosa a la vez.

—Nosotras, Hécate, Dama de los Milagros, vamos a juzgarles ante nuestra corte.

A pesar de que no puedo ver a los cortesanos a los que la Dama de los Milagros alude, oigo sus respiraciones, de manera que una numerosa multitud asiste al juicio.

—Dos de ustedes fueron capturados en el despacho de la madre Incarnata —afirma la Dama—. ¿Son los mercenarios que pagó para protegerse, con la ridícula esperanza de poder escapar a nuestra venganza? Respondan.

—¡Yo no he pagado a nadie! —grita la reverenda antes de que Sterling o yo podamos responder—. Esos intrusos se presentaron en el hospicio sin que yo los hubiera llamado. La joven se llama Diane de Gastefriche. ¡Es escudera del rey y ha jurado matarla! La acompaña ese vampyro tan raro y su pistola de balas de plata muerta, con la que pretende acabar con su vida. ¡Debe vengarse de ellos, no de mí!

La religiosa me mira iracunda por debajo del borde de su velo. La luz radiante de la luna oculta ilumina todas sus arrugas, cada una de sus facciones contraídas por la amargura. En su vesania, confía en salvar su cabeza ofreciendo la mía.

—Jamás he deseado hacerle daño —asegura—. ¡No sabe cuánto he lamentado no haberla cuidado mejor! ¿Por qué fue a la fosa común de la barrera del Trono hace dos años y medio y se expuso al vampyro que la había raptado? Cuando vino a verme después de haberse transmutado ilegalmente, perdí los estribos. Es cierto que le clavé una plumilla en el corazón, pero fui presa del pánico. Más tarde, después del velatorio, abrí el ataúd para liberarla, pero usted también se había asustado y había huido. Sea como sea, ¡solo deseaba su bien, se lo juro!

La mala fe de la anciana me revuelve el estómago. ¡Hace unas horas me confesó que había intentado decapitar a la joven vampyra con la sierra! ¿Cómo puede pretender ahora que su víctima lo haya olvidado?

—No me mate, hágalo en recuerdo de los buenos tiempos —implora la reverenda—. Permítame regresar a la superficie y le prometo que no le diré nada a nadie, hermana Amarante.

—¡La hermana Amarante ya no existe! ¡Solo queda Hécate!

La voz de la Dama, clara como el cristal, se ha vuelto tan dura como el diamante.

—Usted mató a la hermana Amarante —la acusa—. Solo que no lo hizo con un plumín ni con una sierra, sino con una mirada: la que le lanzó cuando ella se arrojó en sus brazos. Una mirada de horror, de disgusto, la que suele dirigirse a un monstruo.

—Usted… no es un monstruo —balbucea la reverenda madre, retorciéndose en la picota.

—Sí, hemos llegado a serlo. Somos un monstruo cruel y despiadado que en este preciso momento la condena a muerte. La entregaremos a los gules. Cuando las cortinas vuelvan a cerrarse y se apague la ampolla, saldrán por la boca de la Devoración para despedazarla viva.

Acaba de confirmarse la intuición de Sterling: la luz de los faroles milagrosos sirve para mantener a raya a los gules. ¿Cómo los ha llamado la Dama? ¿Ampollas? Las únicas ampollas que conozco son las que estaban en el laboratorio de mi padre: unos frascos de cristal donde guardaba varios sueros y decocciones.

Haciendo caso omiso de las súplicas de la reverenda, la silueta aureolada de luz se vuelve hacia mí.

—En cuanto a usted, Diane de Gastefriche, le espera el mismo destino. Así podremos enviar una muestra de nuestra firmeza a su señor, el rey de las Tinieblas. Comprenderá que no pararemos hasta que París caiga en nuestro poder.

—¡Y él no se detendrá hasta que haya echado la mano a su ejército de gules! —tercia Sterling.

Lo miro de soslayo. A pesar de tener la cabeza atrapada en la picota, desafía sin pestañear el chorro de luz que cae sobre él.

—Soy lord Sterling Raindust, agregado de la embajada de Inglaterra. La reverenda tiene razón, soy el propietario de la pistola con las balas de plata muerta. Confieso que reservé una para usted e impedir que el Inmutable se apoderara de sus secretos.

—Al menos tiene el valor de reconocerlo, a diferencia de otros, que mienten con la esperanza de salvar el pellejo —comenta la Dama—, pero nuestra sentencia es irrevocable. La escudera debe morir, y usted también, lord Raindust.

—Es su derecho soberano —responde Sterling adoptando con desenvoltura el papel de diplomático a pesar de los grilletes que lo aprisionan—, pero permítame insistir: Luis el Inmutable jamás le concederá una corona. Lo he leído en su correo personal. Preferiría reducir su capital a cenizas a compartir el dominio sobre ella. Y usted, señora, ¿qué prefiere: quedar encerrada en esta ciudad asediada hasta que se agote u obtener un auténtico reino al aire libre, en otras latitudes?

—¿De qué latitudes me habla? —pregunta la Dama.

—Las de las islas británicas o, aún más lejos, las de las colonias inglesas en América. La virreina Anne, mi señora, gobierna también un imperio, un amplio territorio que no tardará en escapar al control del rey de las Tinieblas. No se lo he ocultado: Anne ordenó que la asesinaran para que su abominable ejército no cayera en manos de su rival, pero ¡estoy seguro de que estará encantada de que esas tropas se alíen con ella! Le concederá con sumo placer el reino que el Inmutable le niega. De esta forma, podrá instalarse donde prefiera, en todo lo que abarcarán sus numerosos dominios.

Sus palabras elevan un rumor febril en la audiencia, a la que no puedo ver. Durante unos instantes, la silueta que destaca en el fondo de la gigantesca luna permanece inmóvil, como un ángel suspendido en un cielo luminoso.

—Jamás.

La respuesta cae como un jarro de agua fría.

—Jamás abandonaremos París, ¿me oye? ¡Jamás!

Si al principio de su alocución la voz de la Dama era clara, y si luego se endureció al hablar con la madre Incarnate, ahora expresa toda su cólera:

—Huir de la capital significaría una derrota, una renuncia. Jamás nos plegaremos al Inmutable. Lo hará él, ¡se verá obligado a reconocernos como iguales ante los ojos del mundo!

Conozco demasiado bien la voz que vibra y arde: es la de la obsesión. Hace poco tiempo, a mí también me devoraba una idea fija, que se concentraba en el Inmutable. Es el poder maléfico del monarca absoluto: atrae y vincula a su persona las voluntades más brutales. Por mucho que lo odiemos, seguimos bajo su autoridad.

Ya no puedo contenerme y grito:

—¡Comprendo sus desmedidos deseos de revancha, señora! Pero procure que no la cieguen, ¡porque la venganza puede ser un brasero más resplandeciente que todas sus ampollas juntas!

La silueta de la Dama permanece quieta por un instante, como una efigie silenciosa en medio de un diluvio de luz. A pesar de que no puedo verla, intuyo que me está mirando.

—¿Qué puede saber usted sobre la venganza, a su edad y con la posición que tiene en la corte? —murmura con gran desdén.

—Mucho, créame, Hécate..., ¿o debería decir Iphigénie?

Sé que estoy corriendo un gran riesgo pronunciando su nombre. Si la Dama ha reaccionado con una cólera fría al oír el nombre de Amarante, ¿cómo responderá a aquel con el que nació? Pero no me queda más remedio que hacerlo: es necesario que invoque a la joven sensible que fue en el pasado y que, quizás, aún sobrevive tras la cruel vampyra. No tanto para salvar mi vida, sino la de Orfeo. Y también para proponer un trato a la Dama. La idea de la alianza que Sterling me ha sugerido me ha inspirado otra. Es una hipótesis desquiciada, que hace latir mi corazón con una loca esperanza: ¿y si la Dama de los Milagros y su ejército se unieran a la Fronda?

—Conozco su historia —me apresuro a añadir—, las injusticias que ha padecido: su implacable educación, la expulsión de Versalles, la transmutación salvaje que le impusieron y la traición del centro donde encontró refugio.

—Cállese u ordenaremos que le arranquen la lengua —me interrumpe la Dama con voz ahogada.

—De acuerdo, ya me callo. Lo único que tengo que decir está en mi dedo.

Tiendo el puño a través del agujero de la picota corriendo el riesgo de arañarme y apunto hacia ella el dedo índice derecho, donde llevo el sello de Marcantonio.

321

La alta silueta de la Dama avanza lentamente hacia mí. A cada paso, el aura gélida que la precede es más fuerte. El contorno de su figura se va dibujando poco a poco en el halo resplandeciente de la luna oculta.

La tela de su fastuoso vestido de color azul oscuro, cuyos pliegues brillan a contraluz, tiene la apariencia radiante del muaré más preciado.

Su larga melena castaña se mueve en amplias ondas sobre sus hombros, animadas por la vitalidad sobrenatural propia de los inmortales.

Los cuernos de su tocado son, en realidad, las dos puntas de una gran diadema en forma de luna creciente, idéntica a la corona de la diosa Hécate.

Pero lo que más impresiona de ella es la cara, que descubro cuando apenas nos separan ya unos metros: el parecido con Hélénaïs me deja sin aliento. El mismo óvalo virginal, la misma nariz de curvatura perfecta, los mismos ojos dorados que parecen bañados en oro puro. A pesar de ser siete años mayor que ella, Hélénaïs y ella parecen gemelas. La verdadera diferencia está en la expresión: mientras la escudera tiene siempre un aire bravucón, Iphigénie parece llevar sobre la frente toda la gravedad del mundo. En sus celestiales facciones hay algo que le pesa como si fuera plomo.

Al ver por primera vez a su víctima después de tanto tiempo, convertida en su jueza, la madre Incarnate reanuda su súplica.

—¡Sea clemente! Yo… he reconocido a antiguos ocupantes del asilo entre su gente. Si tuvo la piedad suficiente para acogerlos, ¿por qué no puede apiadarse también de mí? ¡Valgo más que Martial el epiléptico o que Pierrot el poseído, a quien reconozco ahora a sus espaldas!

Guiñando los ojos, distingo en efecto una segunda silueta a la sombra de la Dama, tan tranquila y silenciosa que no la había notado hasta ahora. Se trata de un niño de unos doce años, de apariencia enclenque, vestido con una levita de lana oscura cuyas mangas le quedan algo largas. Su melena castaña resbala por su demacrada cara, como si pretendiera esconderse tras ella.

Haciendo oídos sordos a los ruegos de la reverenda, la Dama sigue acercándose a mí con su extraño lacayo pisándole los talones.

Posa su mirada magnética en mi mano.

Veo que observa el anillo de los Gastefriche, que llevo en el dedo anular…

Luego en el de ónix, que está en el dedo corazón…

Por último, sus ojos se detienen en el sello de Marcantonio, en el índice.

Abre desmesuradamente los ojos, sus pupilas se retraen y, en un reflejo vampírico, sus caninos salen de las encías donde estaban ocultos.

—¡Él! —dice en un aullido animal.

—¡Él ya no existe! —grito rompiendo la promesa de no volver a hablar.

Sé que, movida por la ira, la Dama podría clavarme los colmillos en el cuello, aprovechando que la picota me impide moverlos. Estoy por completo a su merced. Cada segundo que pasa, cada palabra que digo, me juego la vida y el porvenir de la Fronda.

—Le asesté la muerte definitiva —explico atropelladamente sin respirar—. Con la pistola de lord Raindust, hace poco, en el baile del Louvre, donde el Inmutable pensaba tenderle una trampa. Le quité el sello de su dedo descarnado, ¡porque vi cómo se transformaba en un cadáver reseco!

El semblante de la Dama permanece inexpresivo a unos centímetros del mío; sus largos caninos reposan en el terciopelo de sus labios entreabiertos. Se ha quedado petrificada en la inmovilidad estatuaria típica de los vampyros, sin que una sola vena haga palpitar su piel de alabastro ni un soplo de aire agite sus fosas nasales.

—Ejecutando la venganza que unos bandidos napolitanos me exigieron a cambio de la libertad de mi mejor amiga, la vengué también a usted —suelto de un tirón.

La cara de la vampyra vuelve a animarse bajo la diadema en forma de luna creciente.

—No entiendo nada, Diane de Gastefriche.

Está ya tan cerca de mí que sus rizos castaños me acarician

323

una mejilla como si fueran serpientes de seda renacidas, pero en la oreja no percibo el aliento de su boca muerta.

—Nuestra venganza no se circunscribe a ese cerdo. Él solo era un detalle insignificante. Lo que queremos es…

—Es hacer morder el polvo al rey de las Tinieblas, lo sé, y yo puedo ayudarla.

La Dama da un paso hacia atrás para examinarme mejor.

El niño que la acompaña me observa también entre sus mechones sueltos.

Además, siento sobre mí la mirada perpleja de Sterling y la indignada de la madre Incarnata. Tanto el lord como la reverenda piensan que soy una cortesana sometida al soberano; de hecho, hasta hace poco era incluso su escudera favorita. Estoy segura de que atribuyen mi cambio de chaqueta al hecho de haber perdido mi cargo y al deseo de salvar el pellejo. No necesitan saber la verdad.

—Suélteme y le diré cómo puedo serle útil —digo a la Dama.

Esta hace un ademán con una mano. Dos hombres emergen enseguida de la luz y, tras girar la llave, abren las tablas de la picota.

Cuando me levanto siento que me crujen los riñones, dadas las horas que he pasado encorvada. Finjo que me masajeo el cuello y las muñecas para poder pensar rápidamente en qué debo hacer a continuación.

Los hombres de la Dama me arrastran ya tras su ama, en dirección a la luna oculta. Tengo el tiempo justo de lanzar una mirada a Orfeo para hacerle una promesa muda: «¡Cuenta conmigo!».

De repente, la luz mengua.

Necesito unos instantes para habituarme al cambio. Comprendo entonces que he pasado al otro lado de la luna oculta o, para ser más exacta, de la lámpara descomunal que me deslumbraba. Porque eso es lo que es: una lámpara circular de más de un metro de diámetro montada sobre unas ruedas y girada hacia las picotas y, detrás de ellas, hacia la boca de la Devoración, que es en realidad la entrada de una galería oscura.

—Otra ampolla maravillosa… —murmuro.

—No es una ampolla —responde la Dama a mi lado—, es un proyector.

Alzo la mirada hacia ella.

Su cara ya no está iluminada por la luz implacable de lo que ha llamado el «proyector», sino por cientos de ampollas colgadas de las paredes rocosas del valle. ¿Será por eso por lo que su expresión me parece menos severa?

—¿Cuál es el milagro? —balbuceo.

—La electricidad. Podemos revelárselo, porque nunca saldrá del valle subterráneo del Bièvre o, al menos, no antes de que tengamos tanta confianza en usted como en cualquiera de los miembros de nuestra corte.

El Bièvre: de manera que Sterling tenía razón. En cambio, por mucho que me devane los sesos, la palabra «electricidad» no me dice nada.

En cuanto a los secuaces de la Dama… Al guiñar los ojos me doy cuenta de que a los pies del proyector hay innumerables personas. Reconozco a Martial, el tuerto, y a Belle, la muchacha con las mejillas picadas de viruela. Los demás «cortesanos» son de la misma ralea: cojos, caras rajadas, rebeldes con la mirada arisca. Da la impresión de que la antigua Corte de los Milagros medieval se ha vuelto a constituir aquí, la corte de los mendigos y los estafadores. Esta gente me recuerda a los miserables que se apresuraban para recibir la sopa popular de los Incurables, pero, en lugar de ir vestidos con harapos, lucen abrigos de piel y ricas capas de terciopelo. En lugar de estar encorvados y abatidos por la tristeza, sacan pecho con orgullo. Además, todos llevan a la cintura el extraño tubo metálico que vi a nuestros raptores.

Tras ellos se extiende el valle subterráneo en toda su anchura, que es mucho más amplio de lo que imaginé al entrar aquí hace unas horas. Ahora que estamos en lo alto, a unos quince metros del lecho del río, puedo ver mejor su configuración. Logro divisar unas cuevas excavadas en las laderas rocosas que descienden hacia el agua. Bajo el suelo parisino ha nacido una pequeña ciudad secreta.

—Para empezar a ganarse nuestra confianza nos explicará por qué y cómo piensa hacer «morder el polvo» al rey —me intima la Dama.

325

—¿Aquí? —pregunto mirando a los hombres que me sujetan los brazos, a la corte que me oye.

—¿Cree que nuestra gente no es digna de oír sus palabras?
¡No se engañe! En la superficie los consideraban la hez de
la Magna Vampyria, pero en las profundidades son la sal de
nuestro reino. En cuanto a usted, la cortesana de Versalles, sus
títulos de nobleza no valen nada aquí, por mucho que la sangre
del Inmutable corra por sus venas.

Inspiro hondo, como haría una saltadora antes de ejecutar
una gran prueba: ha llegado el momento de pronunciar las palabras adecuadas para poder reclutar a la aliada más poderosa
con que la Fronda jamás soñó.

22

La aliada

—*T*iene razón, señora —digo—. No puedo valerme de la sangre del Inmutable que corre por mis venas para reclamar ningún privilegio, pero el rey sí que puede utilizar el vínculo de sangre que nos une para localizar la Corte de los Milagros. Si sospecha que me han secuestrado, puede recurrir a su sexto sentido en cualquier momento y mandar sus tropas al valle del Bièvre. ¡Esta noche se ha reunido un ejército inmenso en París!

Creía que, poniendo mis cartas sobre la mesa, mi anfitriona se alarmaría. En cambio, suelta una carcajada clara, tan fría como una lluvia de escarcha.

—¡Ningún ejército vencerá al mío, jamás! —exclama—. Legiones enteras de gules viven escondidas en las inmediaciones de este valle subterráneo, no solo detrás de la boca de la Devoración, sino también en las innumerables galerías que se abren aquí. Gracias al poder de la luz eléctrica, mi gente puede ir y venir como quiere, abriéndose paso entre las abominaciones con el haz de su linterna. Si los soldados del Inmutable pretenden entrar con simples antorchas, que se apagan al menor soplo de aire, serán despedazados.

Para dejarme claras cuáles son sus intenciones, coge el tubo metálico que uno de los hombres que me escoltan lleva a la cintura. Un extremo está cubierto por una película de cristal redondeado, idéntica a los restos que mis compañeros de equipo y yo encontramos durante nuestras indagaciones. La Dama pulsa un botón con su largo dedo blanco y... ¡un rayo luminoso sale a través del cristal!

—Las linternas nos permiten deambular como queremos por las profundidades, sin miedo a las abominaciones que habitan en ellas —afirma—. La batería dura toda la noche. Esta, por cierto, está casi agotada.

De hecho, el haz luminoso empieza a chisporrotear y su intensidad disminuye rápidamente.

La Dama la apaga pulsando de nuevo el botón.

—Por la mañana venimos al valle a recargarlas. Las ampollas que brillan aquí de forma permanente lo convierten en un puerto seguro donde los monstruos no se aventurarán jamás. En cuanto a los proyectores, además de servir para deslumbrar a los acusados que ponemos en la picota, los utilizamos sobre todo para dirigir los movimientos de los gules, para empujarlos hacia la superficie en coordinación con el toque del cuerno. Dada la sensibilidad que tienen los ojos de esas criaturas, la enorme potencia de la luz les causa un estado de pánico absoluto, devastador. Ese es el poder de la luz eléctrica. ¡Es nuestro poder!

De manera que ese es «el astro terrible y pálido» al que se referían los moribundos de los Incurables cuando pronunciaban sus últimas palabras, que luego recogía la hermana Vermillonne. Intuyo confusamente que si la Dama está tratando de apabullarme con sus revelaciones es porque soy la representante de su enemigo; en realidad, pretende humillarlo a través de mí. Alude a una magia de la que no sé una palabra, pero estoy habituada a esa manera de hablar: de hecho, tengo la impresión de estar oyendo al rey de las Tinieblas cuando afirma que es imbatible, además del más fuerte.

Ya no estoy tan convencida de mi decisión. ¿Podrá una déspota como la Dama ponerse al servicio de la Fronda? En cuanto a mí, ¿de verdad voy a revelarle que soy también una rebelde ante toda su corte?

—¡Vamos, díganoslo! —me apremia la Dama interrumpiendo mis reflexiones—. ¿Es posible que una escudera del Inmutable esté dispuesta a traicionarlo para salvar su vida?

—Ya no soy escudera, señora —respondo con cautela—. El rey me privó del cargo de forma despiadada porque no conseguí encontrarla. Ahora prefiero servirla a usted, en lugar de a él.

—De acuerdo, pero ¿qué plan tiene para doblegarlo y despojarlo de su dominio sobre París?

—Lord Raindust tiene razón: jamás podrá arrebatarle París si permanece encerrada entre estas paredes.

Una expresión de cólera gélida endurece las facciones de la Dama.

—¿Cómo? ¿Para eso nos pidió que la liberáramos?

—Pero ¡así podrá arrebatarle mucho más! —añado al vuelo—. ¡Podrá derrocarlo, volcar el trono, incluso! Aunque para eso, por el momento, debe retroceder; más tarde podrá contraatacar. Necesita aliarse. Aprovechará mejor la potencia de su «electricidad» difundiéndola en un territorio más amplio, no solo en esta cueva.

—¿Usted también nos va a proponer que nos aliemos con la virreina Anne?

Intento mirar a la Dama a los ojos mientras mido bien mis palabras, porque sé que basta una sola fuera de lugar para que todo se tambalee.

—Hay mucha gente descontenta en la Magna Vampyria —afirmo—. La virreina Anna es una de ellas, en efecto, pero no la única. Personalmente, yo también quiero vengarme del Inmutable y del deshonor que me ha infligido. Un gran número de nobles de todo el reino padecen a diario los caprichos del tirano. Pero no solo es la nobleza, por encima de todo es el cuarto estado el que no puede más. Viendo la gente a la que ha acogido en su corte, tengo la impresión de que le preocupa la situación del pueblo, ¿me equivoco?

Una pregunta inocente para sondear el corazón de la que antaño fue una joven compasiva, si he de creer en las palabras de la hermana Vermillonne. Intento sacar de su mirada unas briznas de esa sensibilidad perdida, ver cómo se funde el oro de sus ojos, pero este se mantiene opaco y frío.

—Se equivoca si piensa que nuestra corte está abierta al cuarto estado —contesta—. Los que viven aquí son de una condición aún más baja que la de los plebeyos, son el «quinto estado», el último de todos. —Haciendo un amplio ademán con una mano recorre la asamblea, que nos escucha con recogimiento—. Son los marginados de la sociedad, a los que escupen tanto los burgueses de los mejores barrios como la buena gente de los barrios populares. Los que tienen un techo sobre su cabeza desprecian a los parias. Lo comprendí cuando los asistía en los Incurables. Allí iban a parar los intocables, los que habían sido excluidos incluso por los más humildes: locos rechazados por sus familias; prostitutas a las que la viruela había privado de su belleza y que por ese motivo habían sido expulsadas de los burdeles; mendigos desfigurados por la miseria y la enfermedad.

Las palabras de la Dama resuenan bajo la bóveda cavernosa, duras como el hierro. Su semblante, impasible hasta ahora, expresa una violenta emoción. Por desgracia, no es la empatía que confiaba despertar en ella, sino la amargura.

—Yo misma pensaba haber sufrido la peor vejación cuando me expulsaron de Versalles, cuando mi padre renegó de mí y me encerraron en el hospicio —murmura pasando de repente a la primera persona del singular para recordar su pasado, antes de que se convirtiera en la Dama de los Milagros—, pero aún no había apurado el cáliz. Cuando fui transmutada, ilegalmente, supe de verdad lo que es la desesperación. —Mira las picotas donde están los tres prisioneros restantes, que no pueden vernos debido a la luz del proyector—. La reverenda madre, en la que había puesto toda mi confianza, quiso aplastarme como a una cucaracha. Así que traté de refugiarme en casa de las familias plebeyas que tenían parientes en los Incurables, a los que había asistido con amor y respeto. Pero las puertas se cerraron una a una; trataron de arrojarme agua hirviendo a la cabeza por la ventana; los que tenían perros los lanzaban contra mí. De esta manera, toqué fondo. Pensé que matarme era la única salida, la única posibilidad de liberación. Lo único que debía hacer era tumbarme en uno de los muelles del Sena y aguardar a que se hiciera de día para que los rayos del sol me redujeran a cenizas. Si no fuera por Pierrot, le aseguro que lo habría hecho.

¿Pierrot?

Miro al silencioso joven que acompaña a la Dama.

¿Será mudo como Orfeo o solo es demasiado tímido?

Sus huidizos ojos quedan medio ocultos tras unos largos mechones castaños.

La Dama apoya una mano en uno de sus hombros con una dulzura inaudita, casi maternal.

—La reverenda lo llama «el poseído», y, sin duda, eso era lo que pensaban sus padres cuando lo abandonaron, antes de que llegara a los Incurables, creían que era un demente con la cabeza llena de demonios. Pero yo lo escuché atentamente cuando aún era monja hospitalaria. Le dediqué la atención que nadie le había prestado hasta entonces. Encontré un sentido a sus extraños sueños y a sus sofisticadas visiones: el secreto de la luz eléctrica.

Las palabras de la Dama me tienen en vilo. Los términos que emplea —sueños, visiones— me recuerdan mis experiencias de las últimas semanas.

Observo a Pierrot bajo una nueva perspectiva: de manera que él es el origen de la formidable magia que permite a la Dama de los Milagros organizar los ataques de los gules... Eso lo cambia todo. El rey se equivocó por completo cuando me ordenó atrapar a su rival; también Montfaucon erró el tiro cuando me pidió que la matara. El poder alquímico de la vampyra renegada no es innato, sino que se lo debe a ese muchacho recién salido de la infancia.

—Cuando el conde de Tarella me sedujo, estaba en la fosa común de la barrera del Trono —prosigue la Dama, perdida en sus pensamientos—. Había ido hasta allí para experimentar con una herramienta que había tardado varias semanas en elaborar en la celda que ocupaba en los Incurables, basándome en las instrucciones precisas de Pierrot: la primera linterna. ¡Era solo un inicio! Había usado un tarro a modo de ampolla y unas minas de grafito para el filamento. En cuanto a la batería, la había confeccionado con unas monedas y con varios pedazos de cartón apilados y macerados en vinagre. Me moría de ganas de probar el invento en condiciones reales, es decir, contra los gules. Había presenciado demasiadas agonías dolorosas en los Incurables, demasiadas muertes causadas por los arañazos envenenados de esas abominaciones. ¡Por fin creía tener un arma para luchar contra ellas! Sin embargo, antes de contárselo todo a la reverenda y a la Facultad, debía probar su eficacia para que no me acusaran de haber creído en los desvaríos de un loco.

Grafito, batería, filamento: toda esa jerigonza alquímica me da vértigo. En cualquier caso, retengo una cosa, el origen de las linternas, de las ampollas y de los proyectores —de toda la magia de la luz eléctrica— está en las visiones de Pierrot.

—Esa noche no vino ningún gul a la barrera del Trono —prosigue la Dama—, por suerte, porque mi prototipo de linterna solo emitía un hilo de luz que, sin duda, era demasiado tenue para ahuyentar a cualquier abominación nocturna. En cambio, un vampyro me atacó como si fuera un monstruo caníbal: Tarella. El resto ya lo sabe.

Exhala un largo suspiro.

—Cuando me arrastraba por las calles de París cubierta de sangre y rechazada por todos, el recuerdo de Pierrot evitó que me suicidara. La perspectiva de lo que los dos, él y yo, podíamos hacer juntos me ayudó a resistir. Viví durante varios meses como una vampyra supernumeraria, esquivando por un pelo a los inquisidores de la Facultad, alimentándome de los estudiantes borrachos que trastabillaban por las calles después de que hubiera sonado el toque de queda. Cierto día, me refugié en un vertedero público que se encuentra en el extremo sur de París, en las inmediaciones de los Gobelins. Era un agujero lleno de basura, que se hundía profundamente en la tierra. Poniendo atención, en las noches sin viento se oía el murmullo lejano de un río: el Bièvre, que había quedado sepultado bajo las calles y las casas con el pasar de los siglos. Allí, en el antro que se encontraba en el centro del vertedero, acumulé los ingredientes necesarios para tomarme la revancha: las monedas que hurtaba a mis víctimas, el cobre que arrancaba de los canalones de las casas, las botellas de cristal que robaba en las tabernas mal aisladas del frío con burletes. Después, fui a los Incurables para liberar a Pierrot y a los que estaban ingresados en el manicomio. Ellos no me repudiaron como a una apestada, al contrario, reconocieron a la que los había cuidado sin temer el frío que emanaba de mi piel. Me siguieron hasta el basurero de los Gobelins, donde, siguiendo mis instrucciones y valiéndose del material que yo les suministraba, fabricaron sin descanso un sinfín de linternas. Mientras trabajaban, me dediqué a estudiar a fondo los libros de hechizos que había sustraído de la biblioteca del hospicio para aprender lo más posible sobre los gules, con vistas a nuestra expedición al mundo subterráneo.

De nuevo, la cara de la Dama se anima con una viva emoción mientras recuerda la primera vez que se sumergió en las entrañas de París.

—Basándome en unos mapas antiguos, que también me había llevado de los Incurables, localicé el curso del Bièvre. El instinto me decía que era el lugar ideal para instalar mi corte. Solo había que encontrar el punto más propicio. Entrando por la boca de una alcantarilla, nos dirigimos con unas balsas hacia las aguas negras. Después, armados con las linternas, bajamos por el tumultuoso curso. La mitad del equipaje murió durante la travesía a manos de los gules, porque las linternas no eran entonces tan potentes como hoy, pero un número suficiente de valientes sobrevivió y llegó hasta aquí, a esta amplia cueva, donde establecimos la colonia.

La Dama recorre con su mirada dorada a los asistentes. Hoy son muy numerosos, pero al principio eran solo unos cuantos. Imagino que Martial, que contempla a su jefa con un brillo de lealtad en los ojos, fue uno de los pioneros.

—En el pasado, esta región era una ciénaga —continúa la Dama—. Antes de desembocar en el Sena, el Bièvre regaba el jardín botánico del rey. Tras los trabajos de rellenado de París, ahora son los jardineros los que se encargan de hacerlo. ¡Los parisinos han olvidado incluso la existencia de este valle enterrado, pero nosotros volvimos a descubrirlo! Al cabo de unos meses, la colonia había aumentado. Gracias a las visiones de Pierrot, aprendimos a domesticar el río. Desde que fluye bajo tierra, nunca se hiela; al contrario, su caudal es impetuoso en cualquier estación. Lo jalonamos con turbinas para producir más electricidad, que después circula por unos hilos de cobre enfundados en una tela encerada hasta llegar a las ampollas.

La Dama señala con un dedo las ruedas hidráulicas, que, en un principio, creí que servían para moler el grano. Veo que unos largos hilos suspendidos de unos postes de madera suben por el lecho del río hacia las tiras de bombillas que cuelgan de las paredes.

—El valle se fue iluminando, privando de su territorio a las Tinieblas y a las abominaciones nocturnas. Luego hicimos nuestras primeras expediciones a la superficie. Por aquel entonces no pretendíamos soltar al ejército de gules, nos contentábamos con entrar por la noche en los almacenes de pan y de mercancías para robar comida y ropa abrigada. Además, reclutábamos para la causa a los huérfanos adolescentes, que habían perdido la esperanza de encontrar una familia que los acogiera, así como a los desheredados. Por último, nos llevábamos también a los artesanos que necesitábamos para expandirnos: herreros, forjadores, carpinteros y sopladores de vidrio. Los que aceptaron colaborar se convirtieron en mis seguidores de pleno derecho. Los demás… acabaron bajo mis colmillos, porque he de alimentarme.

De repente, el rostro de la Dama, que se había iluminado con los recuerdos, se endurece.

Me estremezco. En aquel ambiente acuático, mi anfitriona me recuerda a una sirena que atrae a los mortales al fondo de sus abismos para nutrirse. La brisa de las profundidades, que asciende desde la ribera, agita sus largos rizos castaños, que parecen algas ambarinas bailando alrededor de su frente opalescente.

—Al cabo de un año y medio, cuando mi corte estaba creada y equipada con armas milagrosas, sentí que había llegado el momento de reclamar el dominio de la superficie —prosigue—. Ese era mi proyecto de venganza contra el Inmutable: despojarlo de la capital de su imperio. Adopté el nombre de Hécate, la diosa de la luna oculta de las profundidades, señora de los gules y las pesadillas. Con la ayuda de los proyectores, lancé los primeros ataques. Los asaltos nos permitieron satisfacer las necesidades crecientes de alimentos, ropa y prisioneros de la colonia, porque necesitamos fuerzas vivas para generar cada vez más electricidad, el Bièvre no es suficiente.

La Dama señala con un dedo lo alto de la cueva, al otro lado del río, en la vertiente opuesta a la de las picotas.

Encima de las cuevas, entreveo unas siluetas que dan vueltas encadenadas a unas ruedas, como galeotes. Esos motores no están accionados por el curso de agua, sino por esclavos humanos… Así pues, la teoría de L'Esquille era falsa: la Corte de los Milagros no está compuesta por un gran número de super-numerarios, como calculaba. Los miles de parisinos que han desaparecido en los últimos meses no han terminado bajo los colmillos de unos vampyros sedientos. No pagan con su sangre, sino con su sudor, para producir la misteriosa electricidad que sustenta las delirantes ambiciones de la Dama. Tiemblo al pensar que el hijo de la pobre madre Mahaut, la vecina del monte Parnasse, estará encadenado a una de las ruedas, igual que su mujer, tal vez también su hijo.

—Los mejores son liberados al cabo de un tiempo y entran a formar parte de mi corte —precisa la Dama, que se ha percatado de mi desasosiego—. A condición de que me demuestren su lealtad, por descontado.

—Los muertos que dejan los gules a su paso no tienen derecho a una segunda oportunidad —le digo con un nudo en la garganta.

—En todas las guerras hay víctimas. Las cosas son así.

—¿Víctimas inocentes?

—¡Nadie es inocente! Ya se lo he dicho. Los campesinos y las campesinas más miserables, toda la gente presuntamente bien intencionada, no tienen ninguna consideración por los que están por debajo de ellos. Peor aún: los pobres se sienten ricos al saber que hay gente aún más necesitada que ellos, los débiles se sienten poderosos despreciando a los últimos de los últimos.

Tal visión de la naturaleza humana me abate. Me gustaría contradecirla, decirle que se equivoca. Me gustaría explicarle cómo mi padre asistía a sus pacientes y no dudaba en disculpar a los que no tenían medios para pagarle. Me gustaría contarle que Bastien ponía a disposición de los campesinos analfabetos de la Butte-aux-Rats sus talentos de escritor. Por último, me gustaría decirle que hasta en las chozas más humildes siempre había un sitio al lado del fuego para un viajero extraviado, aunque para ello hubiera que incumplir la ley que establece el confinamiento durante el toque de queda.

Pero no le revelo nada sobre mi pasado campesino. Tampoco le hablo de los nobles que se preocupan por el destino del pueblo, como Montfaucon y Naoko. Aún no estoy preparada para desvelar mi verdadera identidad, sobre todo a una inmortal que considera que la humanidad es una causa perdida. Para conmoverla debo rememorar su pasado, no el mío.

—La hermana Vermillonne —murmuro—, ella se sacrifica siempre por el prójimo.

Por primera vez desde que hablamos, la Dama desvía la mirada. ¿He tocado un punto sensible y no quiere que sus ojos la traicionen?

—Sé que usted y ella eran amigas en los Incurables —insisto—. La hermana conoció a la joven religiosa que usted fue, alguien que se desvivía por los enfermos. A pesar de su edad, sigue dedicando su vida a los moribundos. Es un buen ejemplo de que la humanidad no es toda así como la pinta.

—La hermana Vermillonne es una ingenua —musita la Dama entre dientes—. Yo también lo era, pero la transmutación me abrió los ojos. Al renacer a las Tinieblas, vi el mundo en toda su lóbrega condición. Está dominado por el egoísmo. Vampyros y mortales, nobles y plebeyos: todos son culpables y todos deben expiar sus faltas. ¡La única redención posible se producirá por la fuerza, estableciendo aquí, en la Tierra, el reino de los parias!

La Dama abre los brazos desplegando las largas mangas de su vestido de color azul oscuro, como si pretendiera sumergir en ellas el mundo. Los cuernos de su diadema recuerdan cada vez más a los de un demonio: el demonio de la venganza.

—¡La terrible diosa Hécate revive a través de mí! Cuando sea coronada, los parisinos deberán arrastrarse ante aquellos a los que antes miraban por encima del hombro. Tendrán que arrastrarse ante mí. Los que se muestren reacios serán ejecutados, porque el destino me eligió para gobernar este reino de hierro y me envió a Pierrot como profeta.

El niño enclenque, que no ha dicho una palabra mientras hablaba su protectora, permanece impasible. Su mirada huidiza me impide escrutarlo. ¿Creerá él también que el destino lo ha designado para imponer una dictadura en la ciudad de París, un espejo invertido de la tiranía del rey de las Tinieblas? Porque se trata de eso. La Dama no sueña con la libertad ni con la fraternidad ni con el progreso para todos, las ideas que mi corazón atribuye a la Fronda del Pueblo. Su objetivo no tiene nada de igualitario: aspira a crear la nueva aristocracia de los miserables. Lo que de verdad la motiva es una sed de represalia inextinguible. Por mucho que la haya revestido con los oropeles de un objetivo político, la mueve el odio.

Desvío la mirada de su rostro, incapaz de soportar por más tiempo la demencial intransigencia que se refleja en ellos. Al hacerlo, veo una de sus pálidas muñecas. Una pulsera de metal claro brilla en ella, debe de ser de oro blanco o de platino, y tiene una única letra grabada en ella.

Es la letra hache, de Hécate..., o de...

—Hélénaïs —digo a mi pesar. Alzo la voz—: ¡La hache de Hélénaïs!

337

23

Las hermanas

*E*l nombre de Hélénaïs resuena un instante en el silencio.

—¡Soltadla! —les ordena de repente la Dama a sus hombres, que parecen vacilar.

Una mirada de su ama es suficiente para que ejecuten la orden. Las manos que me sujetaban los brazos me sueltan, pero la Dama se apresura a aferrarme de nuevo.

Acto seguido, nos apartamos del proyector, nos alejamos lo necesario para que nadie pueda oírme. Incluso Pierrot se queda rezagado unos metros, observándonos en silencio entre los mechones de pelo.

—Ha pronunciado el nombre de mi hermana —dice con la respiración entrecortada—. ¿Por qué? ¿Cree que porque la haya frecuentado como escudera va a hacer que me reblandezca?

Me doy cuenta de que, desde el principio de nuestra conversación, arde en deseos de hablar de ella. Sabe bien lo que sucede en la superficie, me lo ha probado con varias de sus alusiones. Desde que supo que era escudera, comprendió que conocía a Hélénaïs, pero se abstuvo de preguntarme por ella… hasta este momento.

Respondo a su pregunta con otra:

—La pulsera que lleva tiene grabada su inicial, ¿verdad?

Me parece que la mano de la Dama tiembla ligeramente en mi brazo.

—Solo es un recuerdo ridículo de una época pasada para siempre. No sé por qué guardo esta baratija. Ya le he dicho que

Amarante e Iphigénie están muertas. Ya no soy nada para Hélénaïs ni ella es nada para mí.

La emoción en la voz de la Dama desmiente la frialdad de sus palabras…, exactamente igual que la de Hélénaïs hace unas horas, cuando me aseguró que para ella el recuerdo de Iphigénie estaba «muerto y enterrado».

De repente, lo comprendo todo: hasta ahora no he sabido interpretar el significado de la pulsera de platino que la escudera lleva en una muñeca, ¡una pulsera casi idéntica a la de su hermana mayor! La I, que en un principio atribuí al orgullo de ser el número uno, no es una cifra romana, sino una letra.

La primera del nombre «Iphigénie».

—Se equivoca, señora —suelto de golpe—. Hélénaïs no la ha olvidado, porque lleva una pulsera parecida a la suya, con su inicial grabada.

Esta vez es innegable: la mano que me sujeta el brazo tiembla con fuerza, hasta tal punto que acaba soltándome para tocar la pulsera con fervor, como si fuera un amuleto. ¿Y si Hélénaïs fuera el último elemento que uniera a la Dama de los Milagros con los restos de su antigua humanidad?

La posibilidad de que sea así aumenta aún más los latidos de mi corazón. Separada de la multitud de cortesanos, lejos de su sulfurosa «electricidad», Hécate parece haberse convertido de nuevo en Iphigénie. Apenas oigo las ruedas hidráulicas, que siguen dando vueltas.

—Hicimos grabar juntas las pulseras una mañana de mayo del año 293, hace ya seis años —recuerda—. Era el último día que pasaba en Beauce antes de venir a vivir a Versalles. Mi padre me había conseguido un puesto como dama de compañía de la marquesa de Vauvalon. Quería que me educara en la corte y que un día fuera la primera Plumigny a la que la Facultad concedía la transmutación. No me atreví a confesarle que me espantaban los vampyros…

Siento que se me parte el corazón al ver el semblante emocionado de la Dama. Al contrario de lo que asegura Sterling, no todos los nobles aspiran a la transmutación, e Iphigénie de Plumigny es un claro ejemplo. El destino brutal que le impuso Marcantonio no puede ser más trágico.

340

—Me aterrorizaba marcharme de las propiedades de los Plumigny —murmura ensimismada en sus recuerdos—, pero se lo oculté a Hélénaïs para no asustarla: ella solo tenía doce años y sabía que un día también la obligarían a ir a la corte. Le juré que la esperaría allí hasta que llegara el momento. Nos intercambiamos las pulseras para poder reencontrarnos.

La Dama acaricia con un dedo la hache gravada en el platino.

—Sé que la echa de menos —le digo—. Lo sentí, igual que sentí el acre veneno que su padre, Anacréon, instila a diario en ella con sus cartas y reprimendas.

El semblante de la Dama sigue metamorfoseándose ante mis ojos, cada vez más impresionante. Sus cejas, delicadamente arqueadas, tiemblan; su fina boca se entreabre, el oro de sus ojos se funde por fin.

—Según parece, el veneno funciona, dado que ella ha triunfado donde yo fracasé —dice—. La fortuna que mi padre se ha gastado en las operaciones de cirugía alquímica de Hélénaïs no ha sido en vano: su belleza le permite destacar en la corte, a diferencia de la mía, que quedó enterrada bajo un velo.

No doy crédito a lo que oigo. ¿La belleza de Hélénaïs fue modelada por los alquimistas? Eso explicaría por qué la hermana menor se parece tanto a la mayor: ¡su monstruoso padre las esculpió a las dos como si fueran figuras de cera, unas muñecas! ¡Ha intentado transformarlas en unos títeres, tanto por dentro como por fuera, tanto mental como físicamente!

—Puede salvar a Hélénaïs de su padre —balbuceo—, de sí misma.

—Es escudera del rey —replica la Dama con voz ahogada—. Ahora es mi enemiga mortal, mi adversaria.

En este momento, soy yo la que le coge el brazo, frío como el mármol.

—¡No hable así! ¡Su padre, Anacréon, piensa en términos de rivalidad, pero no la dulce Iphigénie! ¡Puede romper ese círculo vicioso, tiene poder para hacerlo!

La sangre me azota las sienes.

Las ampollas brillan en las paredes de la cueva y se difractan ante mis ojos.

La cabeza me da vueltas, porque ha llegado el momento de

arrojarme al vacío sin red, de revelar a Iphigénie quién soy en realidad, para conmover su alma.

—Evite el enfrentamiento con el rey de las Tinieblas, porque solo terminará en un baño de sangre para los parisinos y para su gente —le digo con voz vibrante—. Márchese de la capital con sus cortesanos, con Pierrot y sus ampollas. Instale la corte en otro sitio, en Inglaterra o en otra región, en un lugar donde haya muchos ríos para poder producir su preciosa electricidad sin necesidad de esclavizar a nadie. Funde un reino donde todos tengan la oportunidad de vivir libres y felices, no solo algunos. ¡La magia de la electricidad le confiere ese poder! —Hago un esfuerzo por sonreír, a pesar de que mi voz vacila, y me sumerjo a todo pulmón en los ojos de la Dama—. En cuanto a Hélénaïs, estoy segura de que se unirá a la nueva corte. Preferirá su compañía a la del rey de las Tinieblas o a la de su padre. Elegirá la libertad.

—No habla como una cortesana de Versalles ni como una escudera del Inmutable, aunque haya sido expulsada. Más bien me parece oír a…

—Una rebelde de la Fronda. Eso es justo lo que soy, y eso es lo que podría ser usted: ¡la más poderosa de todas, alguien capaz de cambiar el mundo!

—Cambiar el mundo… —repite en tono soñador—. Así que ese es su misterioso plan.

—Podría ayudarla —le aseguro ardiendo de esperanza—, presentarle a las personas adecuadas y acompañarla en su camino. Sería un honor para mí.

La Dama guarda silencio un instante, abstraída en sus pensamientos.

Su larga melena castaña ondea alrededor de ella, semejante a un mar dorado por la luz del atardecer.

—Me has convencido —responde al final con dulzura, tuteándome, como hace con sus seguidores—. Mereces mi confianza y te acepto entre nosotros.

Lanzo un largo suspiro de alivio, mejor dicho, ¡de alegría!

—¡Gracias! ¡No se arrepentirá! Orfeo también ocupará un lugar a su lado.

—¿Orfeo?

Señalo a mi peculiar amigo, que sigue atrapado en la picota, delante de la boca de la Devoración.

—Está con los rebeldes, igual que yo. Y todos lo han rechazado, igual que le sucedió a usted, pero su corazón sigue siendo bueno y puro, se lo aseguro. Puede soltarlo sin temor.

—Bueno, pues tú misma lo soltarás, Diane, pues ahora eres miembro de mi corte.

Sin perder un instante, me precipito hacia la boca de la Devoración, con la Dama pisándome los talones. Apenas me doy cuenta de que Pierrot también nos sigue.

Me abalanzo sobre la picota de Orfeo; la madre Incarnate me mira alarmada; Sterling parece sorprendido.

—¡Venimos a liberarte! —le anuncio a Orfeo.

Con la cabeza aún atrapada, mi amigo trata de darme las gracias, pero no lo consigue.

—¡Ahorra saliva, dentro de unos segundos podré abrazarte, y eso vale más que cualquier discurso!

A mi lado, la Dama le pide a Martial que le dé las llaves de las picotas.

Mi corazón late a mil cuando veo que saca la llave correspondiente del manojo, con sus largos y delicados dedos bañados por la luz del proyector.

¡Se va a unir a la Fronda!

¡Con ella, tendremos un poder que Montfaucon jamás se habría atrevido a imaginar!

Estoy deseando ver la cara que pondrá el gran escudero cuando le dé la noticia: qué ironía, ¡la que se suponía que debía destruir va a ser su más valiosa aliada!

La Dama me entrega la llave de la picota de mi compañero. Mientras la cojo, aprovecho para susurrar al oído a mi nueva aliada:

—Lord Raindust no sabe que pertenezco a la Fronda, y prefiero que no lo sepa. Por lo demás, no necesita esa información para preparar nuestro viaje a Inglaterra.

—No vamos a viajar allí —me contesta la Dama con afabilidad.

—¿Prefiere refugiarse en otro lugar? Como quiera, podemos liberar al lord cuando nos marchemos del valle del Bièvre.

—Su libertad queda también fuera de discusión.

Alzo la mirada hacia la cara de la vampyra, que destaca a contraluz del proyector. Sus facciones se han vuelto a quedar inmóviles, con la misma inflexible rigidez de la máscara de oro del Inmutable.

—¿Quiere que Raindust sea uno de los suyos? —le pregunto.

—En nuestra corte solo hay lugar para un inmortal: nosotras.

A la vez que retoma el «nosotras» real después de haberse abierto a un tono más íntimo, la Dama me sopesa con altivez.

A pesar de estar muy cerca de mí, de repente la siento espantosamente lejana, como si la luz del proyector que está a sus espaldas la propulsara a otra dimensión.

—Nunca saldremos del valle del Bièvre —afirma—. Jamás nos marcharemos de París. El Inmutable será el que se marche, y tú, Diane de Gastefriche, nos ayudarás.

Es un jarro de agua fría.

Presa de entusiasmo —¡de orgullo!—, creí que había convertido a la responsable de miles de muertes en la salvadora universal. En pocas palabras, creí que había borrado a Hécate y que había resucitado a Iphigénie. ¿Cómo he podido pensar que sería tan sencillo purgar el deseo de la venganza que la devora, que yo misma he superado con gran esfuerzo?

—¡El tirano debe de estar temblando en este momento! —proclama la Dama con una mueca vengativa en la cara—. Nuestro brazo llega mucho más allá de este valle, y él lo sabe. Gracias al salitre que se forma en estas húmedas profundidades, elaboramos el polvo de artificio que incendió su patíbulo. ¡Pensar que ni siquiera tuvimos que pagar al superviviente del complot de La Roncière para que pusiera nuestra carta en la puerta de la cámara mortuoria!

—¿Un superviviente del complot? —masculla abrumada por la avalancha vengativa—. ¿El… señor Serpiente?

—Él no sabe quiénes somos ni nosotras sabemos quién es, pero ¡qué más da! ¡Lo único que cuenta es que Luis está rodeado de enemigos! —Se vuelve hacia su corte para que todos puedan oírla con claridad—. ¡Mañana, la Noche de las Tinieblas, el caos se apoderará de París!

—¡Mañana! —repiten los cortesanos con un grito guerrero que brota de la luz del proyector.

La Dama me sujeta la mano con la que sigo apretando la llave de la picota de Orfeo y la levanta bien alta.

—Además, esta noche recibimos a un nuevo miembro: Diane de Gastefriche, antigua escudera del rey de las Tinieblas y ahora escudera de la reina de los Milagros.

El clamor es doblemente feroz.

Y hace sonar en mi cabeza una campana de alarma.

El brillo del proyector me impide ver las miles de bocas que gritan. La única que puedo distinguir es la de Pierrot, que está con la Dama y conmigo, aunque sus labios permanecen herméticamente cerrados.

—¡Creía que quería cambiar el mundo! —vocifero.

—Sí, nos has convencido —corrobora la Dama—, pero lo haremos a nuestra manera y sin la ayuda de nadie. Primero París, luego Francia y después toda Europa: ¡millones de cautivos moverán la rueda para producir una electricidad ilimitada e inundar nuestro reino de luz!

Mientras las guirnaldas de ampollas bailan al ritmo de los gritos guerreros de la corte, siento que mis piernas flaquean.

«¿Un reino de luz?» La luz de la que habla la Dama no tiene nada que ver con la que yo soñaba para expulsar las Tinieblas e iluminar el porvenir. Al contrario, ¡es un faro tiránico cuyo fin es cegar y subyugar!

—Pero... Hélénaïs... —balbuceo.

—Nuestra hermana decidirá de qué lado está cuando llegue el momento.

Tras decir esas palabras, mete una mano en el corpiño de su vestido y saca una daga con la empuñadura de cuerno, que pone a continuación en la palma que me queda libre.

—La hoja es de plata muerta —me explica—. Utilízala para decapitar al inglés. Es la primera orden que damos a nuestra nueva cortesana, la primera muestra de lealtad que exigimos a nuestra nueva escudera. No nos decepciones, Diane, porque los nuestros pueden acortar rápidamente a tu Orfeo con un simple golpe de espada.

Martial se ha apostado al lado de la picota de mi amigo, a

unos metros de mí. Sostiene una pesada espada varios centímetros por encima de su cuello, inmovilizado por las tablas de madera. Otros cortesanos armados se han aproximado también a su jefa y ahora me miran con aire amenazador.

—Señora... —le imploro.

—¡La cabeza del vampyro! —exige empujándome hacia la picota donde está Sterling.

Bajo la mirada hacia la nuca del lord, que, inundada de luz, se me ofrece indefensa. No necesito la estaca para inmovilizarlo, ya que la picota cumple perfectamente esa función. Inclinada hacia él, veo su cresta de pelo negro, el arco de sus cejas, el contorno de sus mejillas. No vuelve la cara hacia mí para suplicarme, no gesticula como la madre Incarnate. En lugar de eso, se queda quieto en actitud estoica.

—¡Su cabeza, ya, Hécate la exige! —ruge la Dama.

La espada tiembla en mi mano.

¿Por qué vacilo, cuando la vida de Orfeo y la mía están en peligro? ¿Qué representa Sterling para mí? ¡Nada en absoluto! Cuando el deber me lo impuso, no dudé en cortarle el cuello a Tristan, al que había empezado a querer. Así que, ¿por qué me resulta tan difícil hacer lo mismo con ese chupasangre?

«Porque Sterling es más humano de lo que Tristan fue jamás, por eso», murmura la voz de mi conciencia.

—Di... algo —balbuceo.

A modo de súplica, se contenta con un aforismo típico de él:

—«El abrazo de la muerte es como la mordedura de un amante: algo que duele y que se desea a la vez».

—Otra vez tu maldito bardo... —murmuro con un nudo en la garganta—, y, claro, has encontrado la manera de recitar un verso que habla de mordedura...

—No está mal para ser las últimas palabras de un vampyro, ¿no crees?

Apoyo la hoja en su nuca.

El filo de plata muerta es tan cortante que dibuja una raya antes de que haya ejercido la menor presión.

Unos finos hilos de sangre empiezan a deslizarse por la piel mate de Sterling.

Lágrimas caen de mis ojos.

—¡Vamos, Diane! —se impacienta la Dama a mis espaldas.

Siento la delirante tentación de volverme de un salto y clavarle la espada en el cuello, pero sus secuaces la rodean. Solo lograría herirla, no podría matarla. Además, si lo hiciera, condenaría a Orfeo a una muerte segura, y tampoco lograría salvar a Sterling.

A menos que…

Mi anillo de ónix…

¿Tendrá algún efecto en un lugar con una iluminación tan fuerte como esta?

Mientras una tormenta de dudas se desencadena en mi mente, oigo un grito tras de mí:

—¡Mirad las turbinas! ¡Han dejado de girar!

347

24

El aluvión

Atónita, me doy cuenta de que ya no oigo el continuo girar de las ruedas hidráulicas que me ha acompañado desde que llegué al valle prohibido.

Me arriesgo a echar una ojeada por encima del hombro.

La luz del proyector me parece menos fuerte, menos deslumbrante... Es cierto, disminuye temblando mientras empiezo a ver con nitidez las siluetas de los cortesanos que están detrás.

—¿Qué ocurre? —gruñe la Dama desinteresándose por el momento de mí.

El proyector no es lo único que se debilita: a lo largo del valle, las hileras de ampollas pierden también intensidad. En la parte baja, las ruedas hidráulicas se han parado; ya no envían la misteriosa electricidad a los hilos suspendidos y revestidos de tela encerada que hasta ahora alimentaban las luces de la Corte de los Milagros. El Bièvre fluye con mayor lentitud; mejor dicho, el río ha dejado de fluir por completo. A pesar de que sigue cayendo agua de lo alto, esta no corre luego río abajo. Al contrario, se estanca en el valle y va cubriendo poco a poco sus orillas.

Alguien grita:

—¡Un dique! ¡Han hecho un dique en el Bièvre!

—Pero ¡eso es imposible! —replica la Dama—. ¡El lecho del río es subterráneo!

—Salvo en la desembocadura, señora, donde va a parar el Sena —precisa Martial, que sigue empuñando la espada encima del cuello de Orfeo.

Los cortesanos que hasta hace unos instantes clamaban su ardor guerrero, se miran inquietos en la penumbra.

La Dama ha interrumpido su arenga y ahora no sabe qué decirles para tranquilizarlos.

—¡Es el rey! —le grito—. Le advertí que intentaría localizarme valiéndose del vínculo de sangre que nos une. Sabe que estoy aquí, bajo tierra, en el valle enterrado del Bièvre. No se ha arriesgado a bajar a las profundidades con sus tropas, porque no es necesario: el agua se encargará de acabar con usted.

Los labios de la Dama empiezan a temblar.

—Pero ¿cómo ha podido construir un dique en tan poco tiempo?

—Nos ha tenido en la picota, a los demás prisioneros y a mí, varias horas. Entre tanto, el Inmutable reunió en París un ejército de miles de soldados y empezaron a excavar. —Con la punta de la daga de plata muerta señalo el río, que sigue desbordándose: el agua llega ya a las ventanas de las primeras cuevas—. ¡El valle va a quedar completamente sumergido!

Apenas termino mi profecía, el proyector que iluminaba las picotas se apaga por completo.

La luz de las ampollas empieza a chisporrotear cada vez más fuerte, bañando el valle con la luz vacilante propia de las tormentas. El zumbido de los cientos de estrellas agonizantes se une al rugido de las olas embravecidas.

Arriba, cerca de la bóveda de la cueva, los esclavos encadenados a las ruedas también se han detenido, paralizados por el espectáculo del cataclismo que se aproxima.

La Dama se vuelve hacia sus secuaces como si de repente hubiera tomado conciencia de la situación:

—¡No os quedéis ahí plantados! ¡Que los electricistas vayan a conectar el circuito principal de iluminación de las turbinas manuales! ¡Que los guardias de la chusma saquen los látigos para forzarlos a volver al trabajo! ¡Rápido! ¿A qué estáis esperando?

—Las turbinas manuales no podrán compensar las del río —masculla Martial—. Quizá deberíamos escapar.

—¿Cómo te atreves a dudar de tu reina? ¡Nadie escapará de aquí!

La silueta de la Dama destaca a contraluz; unas ampollas parpadean débilmente, brillando en lo alto de su luna creciente.

El tuerto sacude vigorosamente la cabeza para desechar sus dudas —y su instinto de supervivencia—, y así poder entregarse de nuevo en cuerpo y alma a su ama.

—¡A sus órdenes, señora!

—Vuelve a meter a la escudera en la picota. Aún no nos ha demostrado su lealtad, ni mucho menos.

—¡No puede hacer eso! —grito apretando la daga con el puño.

Rápida como el rayo, me agarra la muñeca sin darme tiempo a decidir dónde le voy a asestar el golpe. Es evidente que la tieblina le ha conferido el mismo poder vampírico que a su hermana Hélénaïs: una velocidad sobrehumana. La Dama me obliga a soltar la daga, que cae al suelo rocoso, y la aleja dándole una patada con su escarpín.

—Luego nos ocuparemos de ti —decide mientras Martial me sujeta por la cintura.

Los largos faldones del vestido de muaré de la Dama crujen mientras se da media vuelta. 351

Con el corazón en un puño, la veo bajar por el valle escoltada por los suyos, de manera que no tarda en convertirse en una sombra en la luz declinante.

—¡Agacha la cabeza! —me ordena Martial.

Es el único cortesano que sigue a mi lado, porque los otros han corrido por la cuesta en dirección a las turbinas. El hombre me empuja con brutalidad para acercarme a la picota que ocupaba hasta hace poco.

—Tienes razón, el valle quedará inundado —jadeo—. Aún estás a tiempo de escapar y puedes... ¡Ay!

El primer puñetazo en la barriga me deja sin aliento.

El segundo dobla en dos mi cuerpo.

Mi cuello aterriza con brutalidad en la muesca de la picota.

La tabla se cierra en mi nuca, chasqueando.

Apenas oigo el tintineo del manojo de llaves que Martial lleva en las manos, resuena un aullido a mi derecha. Vuelvo la cabeza por reflejo y el dolor me llena los ojos de lágrimas: Sterling está gritando.

Antes de que pueda comprender lo que sucede, oigo un aleteo encima de mí y luego el grito de Martial:

—¡Mi ojo!

El manojo de llaves cae al suelo con un ruido metálico.

¡Es mi oportunidad!

Me enderezo a toda velocidad, apartando el pesado círculo de madera de la picota que el esbirro de la Dama no ha tenido tiempo de cerrar. Martial sigue luchando contra un pájaro grisáceo que le ha agarrado el pelo con sus garras y que intenta reventarle el único ojo sano con el pico. El pájaro es un pequeño cárabo común.

Me precipito hacia el manojo de llaves para cogerlo; a continuación me hago también con la daga de plata muerta, que está a unos metros de nosotros.

Cuando me vuelvo a levantar jadeando, veo que Martial ha conseguido arrancarse el cárabo de la cara y que un largo hilo de sangre resbala de su ojo.

—¡Maldito gorrión, era tuerto y ahora me has dejado ciego! —grita arrojando con violencia el pájaro al suelo.

¿Ciego? No creo: el cárabo solo le ha hecho un corte en el arco de las cejas. Cuando se dé cuenta, le bastará enjugarse la sangre con el dorso de la mano para recuperar la vista… ¡Debo darme prisa!

Me abalanzo sobre él con todo mi peso. Al estar en el eje de la picota, Martial cae justo en la abertura. Sin pensármelo dos veces, cierro la tabla de arriba, cojo el candado y busco febrilmente la llave correspondiente.

—¡Lo pagarás con tu vida! —vocifera el hombre, debatiéndose con torpeza.

Intenta aferrarme a tientas, con las manos, que no he logrado inmovilizar, pero lo esquivo y… por fin encuentro la llave que necesito. Tras cerrar con ella el candado, retrocedo unos pasos, respirando entrecortadamente, y miro hacia el valle que está a nuestros pies; en este momento, es un hormigueo de actividad.

¿Habrán visto mi maniobra?

No lo parece: el pánico que agita la cueva es tal que no se oyen los gritos de Martial; además, la intensidad de las luces que emanan las ampollas ha disminuido de tal manera que todo ha quedado sumido en una confusa penumbra. En cualquier caso, me precipito hacia las altas cortinas de tela negra y las corro alrededor de las picotas para poder actuar con mayor discreción.

Me acerco rápidamente hacia Orfeo para liberarlo.

—¡Rompe la orilla de mi vestido! —le vocifero apenas lo suelto del yugo.

Mi amigo me mira con sus ojos de jade, donde se refleja el chisporroteo de la única ampolla que hay encima de las cortinas y que no tardará en morir.

—¡Vamos! ¡Necesitamos una mordaza para taparle la boca al tuerto!

Orfeo se arrodilla; con sus poderosas manos, desgarra la tela de franela, a la altura de las pantorrillas; lo hace con tal facilidad que parece de papel.

—¡Bien hecho, mi querida niña! —exclama entusiasta la madre Incarnata en la picota de al lado—. ¡La Facultad sabrá recompensarle como merece por haber salvado a una respetable religiosa como yo!

Haciendo caso omiso a sus llamadas, me precipito hacia donde está Sterling.

—Si te suelto, ¿me saltarás al cuello? —le pregunto silbando entre dos inspiraciones.

—Sería un gesto muy poco elegante por mi parte, teniendo en cuenta lo que me he ahorrado gracias a ti.

Cuando alza los ojos para mirarme con su habitual aire flemático, siento deseos de borrárselo con un par de bofetadas.

—¿Aún estás con lo de la belleza del gesto? ¡No es suficiente! Necesito algo más, digamos que un juramento.

—Hace una horas me dijiste que no concedes ningún crédito a la palabra de un vampyro y aún menos a la de un espía.

—He cambiado de opinión, Sterling Raindust. ¡Así que decídete, porque no voy a esperar ciento siete años!

La única ampolla se apaga durante medio segundo, sumergiéndonos en una oscuridad absoluta; cuando vuelve a encenderse, su luz es aún más débil.

—Juro que no te sangraré —me asegura él mirándome fijamente, con esos ojos perfilados con lápiz negro.

¿Debo creerle?

Mi instinto me dice que sí; además, cuento con una doble protección: la daga de plata muerta en un bolsillo y la compañía de Orfeo. Abro la picota presa de una gran agitación.

El lord se endereza y se estira cuan largo es.

—*At last!* Ese yugo era aún más estrecho que la bodega del barco con el que atravesé la Mancha.

—No lances las campanas al vuelo todavía, lo que nos espera no va a ser... muy relajante. ¿Recuerdas la razón por la que vinimos aquí?

Asiente gravemente con la cabeza.

—Para matar a la Dama...

Me acerco a un borde de la cortina y la entreabro un poco, justo lo necesario para echar un vistazo.

La luz se ha reducido tanto en el valle que me cuesta distinguir los diferentes lugares. Por otra parte, el caos que se vive en estos momentos en la Corte de los Milagros no hace sino aumentar la confusión.

354

—No debo de ver muy claro... Por lo visto, el río ha crecido hasta la mitad del valle, pero eso es imposible.

—De imposible, nada —murmura Sterling, que se ha detenido a mi lado y cuyos ojos tienen el poder de ver en la penumbra—, no creo que el Inmutable se contente con condenar la desembocadura del río: ¡es evidente que se ha valido de algún maleficio para aumentar también el caudal y acelerar la inundación!

Apenas pronuncia esas palabras, las hileras de bombillas recuperan la energía.

En unos segundos veo la anarquía que se ha instalado en el valle. La espuma del agua ha subido dos metros en apenas minutos, engullendo decenas de cuevas y cubriendo en buena medida las ruedas hidráulicas, que han perdido toda utilidad. Con las piernas metidas en el agua helada, algunos de sus habitantes tratan de salvar todo lo que pueden de sus hogares. Algo más arriba, los hombres a los que la Dama ha llamado los «electricistas» están cambiando a toda prisa las conexiones de los hilos suspendidos. Los márgenes del río en crecida, donde llegamos hace unas horas, están completamente su-

LA CORTE DE LOS MILAGROS

mergidos. En las zonas altas, que el agua aún no ha alcanzado, frente a las picotas y donde están instaladas las turbinas manuales, la amenaza de una marea aún más terrorífica sigue presente.

El recrudecimiento repentino de la luz hace retroceder por el momento la marea blanquinosa, pululante..., viva: ¡los gules han ascendido de las profundidades para ensañarse con los esclavos encadenados! Estos gritan al ver escapar a los monstruos que se disponían a devorarlos al amparo de la oscuridad. El terror, más que el látigo de los guardias alarmados, los empuja a redoblar sus esfuerzos. ¡Más rápido! ¡Más rápido! ¡Hay que hacer girar las turbinas para producir luz y ahuyentar a esas terribles criaturas!

Una voz se eleva en el concierto ensordecedor de los alaridos, las ruedas chirriantes y el estruendo del agua: es la Dama.

Está en la orilla opuesta, en el confín con las aguas arremolinadas, erguida en su vestido de muaré, agitado por el viento de las profundidades.

—¡Oídme bien: la iluminación principal está conectada ahora a las turbinas manuales! —exclama, arengando a sus tropas—. La crecida del río está cediendo. ¡Nuestra corte se ha salvado!

La verdad es que el agua parece subir menos deprisa: el nivel de la riada ha alcanzado las galerías intermedias, situadas a media altura de las vertientes del valle, que, al menos por el instante, sirven como desagüe.

Mis dedos se crispan en la cortina entreabierta.

—La Dama está fuera de nuestro alcance. Ya no tenemos la pistola ni ningún otro medio para atacarla. Hemos fracasado.

—No si ella salva de verdad a su corte y sigue rebelándose contra el Inmutable —replica Sterling a mis espaldas.

Ese era nuestro objetivo común: que el secreto de Hécate no llegara jamás a oídos de Luis para salvar tanto la corona de Inglaterra como la Fronda del Pueblo, pero ahora que conozco las intenciones de la reina de los Milagros, tan brutales y absolutistas como las del rey de las Tinieblas, esa solución deja un sabor amargo en mi boca. Si suplantara a Luis, su reino sería tan terrible como el del soberano.

—No te preocupes por la cólera del Inmutable —prosigue Sterling susurrándome con sus labios fríos pegados a mi oído—. Conseguiré un pasaje para Inglaterra. Siempre y cuando salgamos de esta, claro.

Si salimos de esta: la observación me hace caer brutalmente en la cuenta de lo precaria que es nuestra situación. Y me recuerda a Orfeo, al que juré salvar.

Alzo la mirada hacia Sterling, que estrecha contra su pecho al cárabo que Martial ha martirizado y que ha envuelto delicadamente en su camisa.

—Esta pequeña lechuza me ha dicho que llegó hasta aquí por la boca de la Devoración —musita—. Subiremos a la superficie por ahí o, al menos, lo intentaremos. He cogido el farol del tuerto.

Corro la cortina, pero en ese instante una mano me detiene.

Es Pierrot, al que no he visto acercarse. Aprovechando la confusión, ha escapado de la vigilancia de su tutora para subir por la pendiente del valle en dirección a nosotros. Me mira a la cara por primera vez; sus ojos, de un color azul profundo, se hunden en los míos con mucha más fuerza de la que ha hecho hasta ahora para esquivarlos.

Y, por primera vez también, sus finos labios se entreabren, y por ellos sale un hilo de voz:

—Llevadme con vosotros, por favor. Me gustaría…, me gustaría volver a ver el día.

—¡El niño! —exclama Sterling—. ¡Es el que posee el secreto de la luz eléctrica!

Rápido como el rayo, le aferra un brazo.

Asustado, Pierrot lanza un grito.

Abajo, en el fondo del valle, la Dama alza bruscamente la mirada hacia nosotros, como si un lazo de sangre la uniera a su protegido de forma tan íntima como el que me vincula al rey.

—¡Los prisioneros! —ruge apuntando un dedo hacia nosotros—. Han capturado al profeta. ¡Atrapadlos!

Cientos de caras se vuelven hacia nosotros, iluminados por la luz recuperada.

La Dama se tira al agua.

Vuelvo a correr la cortina, aterrada por el espectáculo de los cortesanos corriendo por las pendientes del valle, siguiendo sin dudar un segundo a su ama en el agua negra y helada, nadando hacia nosotros. El movimiento de la multitud hace temblar las paredes de la cueva, las ampollas resplandecientes y los postes medio hundidos.

Uno de ellos vacila y cae sobre otros arrastrándolos como en un juego de dominó.

Las ampollas y los hilos de cobre caen y lo salpican todo.

Suena un chirrido siniestro.

El agua empieza a borbotear con furia.

Los cuerpos sumergidos se agitan en un baile enloquecido, aún más desquiciado que la giga sin reposo. ¡Mi instinto me dice que el poder alquímico de la electricidad, liberada de repente en el agua, es lo que los obliga a ejecutar esa danza de la muerte!

¡La Dama también gesticula! Su larga melena se alza como un relámpago, su diadema vibra como si un rayo hubiera caído sobre ella, y su vestido de muaré se incendia como si fuera paja.

Las ampollas irradian una luz más fuerte que nunca, iluminando su cara y sus ojos, tan abiertos que se parecen a los de una pitonisa que acaba de despertar de un largo trance. Tengo la impresión de ver chispas corriendo por sus pestañas, resplandores en su frente. Su piel de alabastro rezuma un vapor negro: la tieblina se evapora cuando se aproxima la muerte definitiva.

Su boca se entreabre en una palabra que no puedo oír por la distancia, pero que leo perfectamente en sus labios, crispados por la electricidad:

—¡Hélénaïs!

De repente, todo termina.

Las ampollas se apagan de golpe y no vuelven a encenderse.

25

La Devoración

Un concierto de gritos retumba en las paredes de la cueva.

Los alaridos de los hombres y las mujeres presas del terror de las Tinieblas me desgarran los tímpanos. Los gruñidos inhumanos que los acompañan son, si cabe, aún más terribles; en el valle, ya nada impide a los gules llevar a cabo su masacre.

De repente, un tenue rayo de luz quiebra la noche negra: Sterling acaba de encender nuestro único farol. Su cara asoma en el trémulo halo; con la mano libre sigue aferrando el brazo de Pierrot. Tras ellos, entreveo la sombra maciza de Orfeo.

—¡Rápido, no podemos perder un minuto! —me urge el lord—. Ojalá que el farol dure lo suficiente para que podamos salir a la superficie.

Dicho esto, da media vuelta hacia la boca de la Devoración, cuyo aliento gélido llega hasta mí, a pesar de que no puedo verla.

—¿Y yo? —vocifera la madre Incarnate en alguna parte en la oscuridad.

Agarro una manga de la camisa de Sterling.

—No podemos abandonarla así, tampoco a Martial.

El vampyro apunta hacia mí el haz luminoso del farol.

—¿Sientes piedad por tus enemigos? No te pareces en nada a la descripción que me dieron de la implacable escudera del rey.

—Hace poco te aprovechaste de esa piedad. Te di una última oportunidad. Ellos también tienen derecho a ella. —Trago saliva—. He tenido que matar para salvar el pellejo en varias ocasiones, y eso no me enorgullece. Cuando lo recuerdo, es como si me clavara un puñal en el corazón. Pero hoy no estamos ante una cuestión de legítima defensa. Puedo elegir y no abandonaré a esta gente indefensa a una muerte segura, tanto si son enemigos como si no. Así que ayúdame a soltarlos.

Saco la llave de la picota de Martial y se la lanzo a Sterling. Como sus ojos pueden ver mejor que yo en la penumbra, le cojo el farol y me precipito hacia el yugo de la reverenda.

—¡Ya era hora! —grita mientras se endereza tras quedar libre—. ¡Casi me da un ataque! —Haciendo un esfuerzo, logra dominar su cólera—. Gracias, hija…

Antes de que pueda añadir algo, Martial pasa corriendo por delante de nosotras.

Aún amordazado, atraviesa las cortinas y baja por la pendiente oscura en dirección al río y a la muerte; leal a su reina hasta el final.

—¡Vamos! —grita Sterling.

Los cinco nos adentramos corriendo en la galería: yo voy abriendo camino, con Sterling y Pierrot detrás de mí; Orfeo y la madre Incarnata cierran la marcha.

La boca de la Devoración se extiende a lo largo de un túnel por el que solo puede avanzar una persona a la vez. El haz de la linterna ilumina apenas unos metros delante de mí, pero no es lo suficientemente fuerte para mostrarme las piedras antes de que tropiece con ellas.

Un fuerte viento sopla en el angosto conducto, echándome el pelo atrás y haciendo chasquear la falda de mi vestido, desgarrado a la altura de los gemelos. Recuerdo lo que nos dijo L'Esquille al principio de nuestra investigación: nos contó que las corrientes de aire de las profundidades apagaban siempre las antorchas de los que se aventuraban por ellas. El farol resiste, pero ¿por cuánto tiempo lo hará?

Subo todo lo deprisa que puedo por la cuesta, con el pecho oprimido por la angustia. Los silbidos del cierzo han ahogado los gritos de agonía que se oían en el valle. No puedo apartar de mi mente mi último sueño, en el que un ejército de gules me perseguía por un pasillo estrecho, que cada vez se parece más al que ahora estamos atravesando.

—¡Alabadas sean las Tinieblas! —retumba la voz de la madre Incarnata a mis espaldas—. La boca de la Devoración está vacía. Los gules están ocupados en el valle, engullendo a los pordioseros, así que el camino está despejado.

El comentario me entristece. Es verdad que los miembros de la Corte de los Milagros eligieron el mal camino, pero ¿qué alternativa les dio la sociedad? En cuanto a los desgraciados que estaban encadenados a las turbinas, ninguno merecía acabar así. En su locura, la Dama también vivía por un ideal pervertido, un reflejo deformado de la justicia; en cambio, la madre Incarnate solo se interesa por sí misma. En este momento me recuerda a la madre Thérèse, la cínica gobernanta de la Gran Caballeriza.

—Por fin me he librado de ese demonio; su recuerdo me envenenaba todas las noches —dice con alegría—. Ahora podré volver a dormir de un tirón en los Incurables. ¡Mejor aún! Sin duda, la Facultad me recompensará por haber contribuido a acabar con la Dama de los Milagros y me ofrecerá la dirección de un centro más prestigioso. ¿Quizá los Inválidos? Si así fuera, instalaría mi despacho bajo la cúpula, que tiene una vista fabulosa de la explanada…

—Cállese ya, madre —le ordeno, molesta por sus comentarios, al tiempo que preocupada porque su cháchara nos delate.

Pero ella no da su brazo a torcer.

—¡Tranquila, pequeña, no le diré una palabra a nadie sobre la alianza con Inglaterra! No contaré nada sobre sus intrigas con el vampyro extranjero y esa… «criatura» a la que usted llama Orfeo. Lo mismo digo de Pierrot: mis labios están sellados. Puede hacer lo que quiera con el muchacho. Le permito que se lo entregue al rey para atribuirse el mérito de haber capturado al profeta de la alquimia eléctrica. En lo que a mí concierne, seré tan silenciosa como la tumba de la que la hermana Amarante no debería haber sali… ¡Ay!

La reverenda suelta un alarido.

Me vuelvo a toda prisa, apuntando el haz del farol hacia la cola del pelotón. Allí, en la penumbra, la religiosa está peleando con algo que se ha pegado a su hábito..., dos brazos largos y blanquinosos erizados de garras.

—¡Socorro! —grita la reverenda—. ¡Ayúdenme!

Orfeo corre en su auxilio, pero ella lo rechaza con un ademán de pánico.

—¡No me toques, engendro! ¡Baja las patas!

La reverenda está tan embebida del dogma de la Facultad que se resiste a todas las abominaciones, sean cuales sean, incapaz de distinguir entre las que quieren matarla y las que podrían salvarle la vida.

Otros tres pares de manos con garras se unen al primero, emergiendo de la sombra para atraer a su presa hacia ellas. La frágil mujer no está hecha para la lucha, de manera que desaparece en la oscuridad, atrapada por los gules. Sus gritos agudos me hielan la sangre; el ruido que hacen sus huesos al quebrarse me da náuseas.

—¡Rápido, aprovechemos que los gules están entretenidos con su presa! —grita Sterling—. ¡Guíanos, Diane!

Echo a correr más rápido que nunca.

El farol se mueve en mi puño crispado, barriendo la galería, cada vez más estrecha, con una luz que se debilita poco a poco.

La acústica cavernosa nos hace llegar los jadeos de la jauría que está despedazando a la vieja religiosa, de forma que tengo la impresión de estar participando en un macabro festín.

¿Cuánto tiempo los retendrá el esqueleto de la reverenda?

La galería se bifurca de golpe y termina en un callejón sin salida.

—¡Estamos atrapados! —exclamo casi sin aliento.

—No —susurra Sterling—. La lechuza me dijo que vino por aquí. ¿No sientes la corriente de aire! ¡Mira bien!

Recorro los taludes rocosos con el rayo agonizante del farol hasta que encuentro un túnel a ras del suelo. El soplo de aire frío parece proceder de ahí, en efecto. La abertura es demasiado pequeña para poder entrar de pie: solo podemos hacerlo arrastrándonos. La perspectiva, que recuerda de forma terrible a mi pesadilla, me encoge el estómago.

—Pasad primero —digo.

—¿Y tú? —pregunta Sterling.

—Ahuyentaré a los gules con la linterna y entraré la última.

—Pero ¡la linterna está a punto de apagarse!

Agarro una de sus frías muñecas y me acerco lo más posible para poder verlo en la penumbra.

—Tengo otro recurso, Sterling, pero ahora no puedo explicártelo. Lo único que te pido es que me prometas algo.

—¿Qué?

—Cuando llegues a la superficie, permitirás que Orfeo se lleve a Pierrot con él.

Bajo la linterna hacia el muchacho, que Sterling tiene todavía cogido de un brazo. La carrera desenfrenada le ha echado el pelo hacia atrás dejando a la vista su frente pálida y unos ojos demasiado grandes para una cara tan fina como la suya.

—Orfeo te llevará a un lugar seguro, Pierrot, te lo prometo.

—¡Supongo que él y el secreto de la electricidad acabarán en manos del Inmutable! —exclama Sterling—. ¡He de reconocer que siempre caes de pie, baronesa, tu ascenso en la corte está asegurado!

—Te equivocas. El Inmutable nunca sabrá nada de Pierrot ni de su secreto. Orfeo le proporcionará la mejor protección posible, lo tendrá fuera del alcance del rey Luis y de la virreina Anne. Eso es todo lo que te puedo contar.

Ilumino los ojos verdes de Orfeo con el farol. No es necesario que le diga que me refiero a su maestro, el gran escudero.

Un ruido de garras rascando la roca resuena en la galería: los gules han dado buena cuenta de la madre, pero ¡aún tienen hambre!

—¡Prométemelo! —le grito a Sterling—. Es justo lo que querías: que el reino de Francia no tenga ventaja en la guerra que se avecina. En cualquier caso, no te queda más remedio: Orfeo es lo suficientemente fuerte para romperte el cuello, por muy vampyro que seas.

—*Alright, then.* Te prometo que dejaré que el niño se vaya.

Lo empujo hacia el túnel. El corazón me late al ritmo de las pisadas de los gules, que parecen estar cada vez más cerca de nosotros.

—Tú también, vete, y no los dejes un solo momento —le ordeno a Orfeo—. Te juro que luego me reuniré con vosotros.

Jamás una promesa ha tenido un gusto tan acre en mi boca.

Si mi sueño era certero, las posibilidades que tengo de escapar son ínfimas.

Pero Orfeo no debe saberlo. A pesar de su robusto cuerpo, sé que es capaz de moverse por los pasajes más estrechos, como los conductos de las chimeneas de la Gran Caballeriza. Nada debe frenarlo en la última recta hacia la superficie…, ¡hacia la vida!

Apenas mi amigo entra en el túnel, me pongo de pie, de cara a la galería sumida en las tinieblas.

El farol vacila en mis manos temblorosas, emitiendo una luz tan tenue que no veo más allá de un metro delante de mí; en cambio, puedo oír que los monstruos están próximos, ¡vaya si los oigo! Además, huelo su pútrida estela.

De repente, la linterna se apaga.

Aterrorizada, la dejo caer.

Con dedos trémulos, busco la piedra de ónix en mi mano izquierda.

La encuentro, cierro los ojos y le doy el último giro para desenroscarla del todo.

Mi mano emana una luz resplandeciente.

A través de mis párpados cerrados, la transparencia me permite ver la red que forman mis venas pulsantes.

Oigo el grito bestial que sale de un sinfín de gargantas.

Después, un estruendo de patas que huyen.

Por último, se hace un silencio absoluto.

Vuelvo a abrir los párpados a la noche, que, en un instante, ha vuelto a hacer su aparición. Acto seguido, entro en el túnel.

Da igual que cierre o abra los ojos, porque en este momento me rodea una oscuridad absoluta.

Subo a duras penas, golpeándome los codos con las paredes, buscando con los dedos salientes a los que agarrarme para poder darme un impulso hacia delante.

Si Sterling tenía razón y el soplo de aire que acaricia mi frente sudada procede de la superficie, ¿tengo entonces una posibilidad de salir bien parada de esta?

¿Estará cerca la salida?

—¿Sterling? —lo llamo.

Delante de mí no se oye ninguna respuesta.

En cambio, oigo un gruñido tras de mí: los gules han reanudado la caza.

Me vuelve a pasar por la mente el recuerdo de mi pesadilla, más sofocante que nunca.

«¡No, no es posible, no voy a terminar así!»

Mis palmas resbalan en el musgo viscoso.

«¡Los sueños premonitorios que he tenido los últimos días eran una advertencia!»

Mis uñas se rompen en las piedras compactas.

«Siempre he encontrado la manera de salvarme y esta noche volveré a...»

—¡Ay!

Una mano terriblemente callosa acaba de aferrar uno de mis tobillos y me obliga a detenerme.

Grito, pateo, me encabrito, pero no sirve de nada: otras patas repugnantes agarran también mis piernas. En mi sueño trataba de desenroscar la piedra de ónix y no podía encontrarla. Ahora sé por qué: ya la he utilizado. Por otra parte, como estoy atrapada, no puedo volverme para usar la daga de plata muerta que le hurté a la Dama.

Esta vez sí que estoy realmente perdida y mis contorsiones solo sirven para prolongar mi agonía.

Mi cuerpo se relaja.

—Mamá... —murmuro mientras unos labios húmedos suben por mis gemelos.

Unas lenguas esponjosas y frías se aplastan contra mis rodillas.

—Bastien...

Ojalá que mi suplicio sea tan breve como lo fue el de mi hermano, que murió de un golpe de espada. ¿Por qué los gules aún no me han traspasado con sus garras y sus colmillos? Pero ¡si hace unos minutos oí crujir los huesos de la madre Incarnate!

¿Será que esos monstruos abyectos están jugando conmigo?

En respuesta a las preguntas que me atormentan, una voz cavernosa se eleva a mi espalda, tan profunda que parece salida de las entrañas de la Tierra.

—¿Quién eres?

Esa voz...

Esa pregunta...

Me parece haber sido proyectada al Temple, cuando imaginé que un gul se dirigía a mí. Ahora comprendo, sin embargo, que no era una fantasía.

Hoy, al igual que entonces, una criatura me habla después de haberme lamido la piel..., ¡y yo la entiendo!

¿Será posible que los gules, esos engendros en teoría descerebrados, puedan entender el sentido de mis palabras?

—¡Soy Diane de Gastefriche, escudera del rey de las Tinieblas! —sollozo—. ¡Si no me suelta, el soberano se enfadará!

Mi amenaza no parece impresionar a los gules, que siguen inmovilizando mis piernas.

—¿Gastefriche...? —repite la voz de ultratumba—. No, tú no eres una Gastefriche.

Mi corazón tamborilea algo más fuerte entre mis costillas, aplastadas contra la roca.

¿Cómo sabe esa cosa que he usurpado la identidad de otra persona?

¡Es imposible!

—¿A qué sabe una Gastefriche, para empezar? —pregunta una segunda voz aún más ronca.

—Suena como el nombre de un ser humano —replica una tercera voz, que silba como el cierzo de las profundidades.

—Pero esta presa no sabe a ser humano, ¡vosotros también lo habéis notado! —afirma la primera voz.

Es una conversación completamente surrealista que me produce vértigo. ¿Estaré delirando? ¿Será que los gules me han instilado su fulminante veneno y este se me ha subido ya al cerebro?

Pero aún no he sentido sus garras clavándose en mi piel. Además, su comentario sobre el gusto me recuerda que Sterling dijo en cierta ocasión que mi sangre tenía un sabor complejo, tan inaudito como mi pelo gris.

Ahora me acuerdo: el gul del Temple me preguntó quién era después de pegar su lengua a mi mejilla.

Por lo visto, tengo algo que desconcierta a las criaturas de las Tinieblas, tanto a los gules como a los vampyros. ¿Qué será? ¿El Sorbo del Rey? No. Los gules no han probado mi sangre: lo que los ha disuadido es el sabor de mi piel. ¿Por qué? Lo ignoro. En cambio, sé que los lobos de mis bosques de Auvernia arremetían contra los carneros evitando a los pastores. Los animales salvajes desconfían de lo desconocido, a menos que el hambre o el miedo los empujen a atacar; los lobos se vuelven realmente peligrosos cuando se acostumbran a la carne humana.

—Vosotros mismos lo habéis dicho: no tengo el buen sabor de una presa —digo jadeando—. Seguro que ni siquiera soy comestible. ¡Así que dejadme ir!

Un conciliábulo de gruñidos acoge mi propuesta.

—¿No podríamos morder un pedacito para ver si es comestible? —sugiere la voz más ronca.

—Es demasiado arriesgado, ¡puede ser venenosa! —se opone la voz silbante—. Quizá nos envenenemos también si la tocamos… ¡Puaj!

De repente, las patas me sueltan.

Aprovechando la inesperada ocasión, empiezo a reptar con todas mi fuerzas, arañándome las extremidades. Sin pensar siquiera en recuperar el aliento, me arrastro ciegamente hacia el viento que me azota la cara.

«¿Ciegamente?»

¿Es posible que esté viendo los contornos quebrados del túnel después de todo este tiempo sumida en una oscuridad absoluta?

Sí: ¡una luz diáfana forma una aureola en la estrecha galería y se intensifica a medida que voy avanzando!

¡La salida está ahí, delante de mí, cerca!

La superficie, el aire libre y…

¡El amanecer!

367

26

La Ciudad de la Luz

Con los ojos empañados, repto por los últimos metros que me separan del día.

El túnel se ensancha al final, de manera que puedo ponerme de pie.

La luz se difracta, se descompone en un arcoíris multicolor en las lágrimas de alegría que llenan mis ojos.

—La mañana… —murmuro haciendo rodar esa palabra mágica en mi lengua—. Es maravilloso.

—Es, sobre todo, doloroso —dice una voz a mi lado, exhausta.

Veo tres sombras en la salida de la galería, apoyadas en la pared de roca, en el borde del halo de luz que proyecta el amanecer.

Entreveo la musculosa espina dorsal de Orfeo, la silueta esbelta de Sterling y la menuda de Pierrot. Detrás de ellos, el óvalo del día aparece rayado por una cortina de lianas.

—Me alegro de que te encante esta luz, baronesa —me dice el lord, cuyo pendiente brilla en la penumbra—. A mí, en cambio, me quema los ojos y la piel. Debo enterrarme en alguna parte para pasar el día.

—Si quieres, puedes dar marcha atrás. El camino está libre de gules… al menos por ahora.

No pienso contarle lo que acaba de sucederme, ni a él ni a nadie. Por lo demás, ahora que el día está a punto de empezar, la conversación de los gules me parece tan irreal como un mal sueño.

—Ni hablar…, no pienso volver a las profundidades —se defiende Sterling.

Cada vez arrastra más las palabras, como si cada una de ellas fuera más difícil de pronunciar que la anterior. Como cualquier vampyro, debe aprovechar el día para recuperar fuerzas dentro de un ataúd o en un sótano. Así son los chupasangres.

—Prefiero desafiar un poco el día…, un momento…, antes de enterrarme en el jardín.

Veo entonces el paisaje que se extiende al otro lado de la salida del túnel, entre las lianas que la cubren en parte: estamos en un amplio invernadero, invadido por una vegetación durmiente. Árboles deshojados con las ramas cargadas de hiedra, cajas de flores marchitas, naranjos cubiertos por unos toldos, sacos de bulbos secos: a pesar de que el alto techo protege este pedazo de tierra de la nieve, la estación muerta ha adormecido las plantas como en un hechizo.

—Estamos en el jardín botánico del rey —musito.

—Un jardín baldío —precisa Sterling—. Los jardineros metieron aquí todas las plantas que sufren con el hielo y no volverán antes de que llegue la primavera. —Lanza un largo bostezo—. En cuanto a mí…, no pienso salir de la tierra para macetas antes del anochecer.

Señala con un dedo tembloroso una gran caja de madera a la que aún no han llegado los rayos del sol naciente.

—¿Me ayudarás por última vez… Diane sin Miedo?

—Cuenta conmigo, Sterling sin Futuro.

Abre su camisa y suelta al pequeño cárabo común, que alza el vuelo y se posa en la rama de un sauce. Luego, con sus últimas fuerzas, sale del túnel y corre hasta la caja, donde se deja caer agotado.

Corro tras él para cerrar la tapa. Cuando me inclino por encima de la caja, llena de tierra oscura, percibo un fuerte olor.

—Estiércol… —suspira Sterling, cuya cara pálida emerge del abono negruzco—. ¡Menuda suerte!

—Cállate, milord.

Rastrillo el estiércol para cubrir sus blandas manos, su pálido pecho, su frente inmóvil.

—«No cubras las malas hierbas con estiércol, porque se volverán más… vigorosas.»

Cierra los labios, dañados por la plata, sin terminar su cita. Arrojo un último puñado de estiércol a su cara, que queda completamente enterrada.

A continuación, tapo la caja, justo antes de que la alcancen los rayos del sol. Después regreso a la galería.

Compruebo que, en realidad, es una pequeña cueva artificial que adorna el invernadero, cubierta hasta tal punto de lianas y raíces que es imposible ver la entrada. Es evidente que los jardineros ignoran que lleva directamente a las entrañas de París.

Aparto la cortina vegetal y me reúno de nuevo con Pierrot y Orfeo.

—Tú también temes al día —le digo a mi amigo.

Asiente con la cabeza, molesto por tal debilidad.

Su cabeza ya se está tambaleando.

Aun así, todavía encuentra la fuerza suficiente para meter una mano en el bolsillo de su túnica de cuero y sacar la pizarra y el trozo de tiza que siempre lleva consigo. Luchando contra el cansancio, escribe unas palabras con su caligrafía aplicada, cuyo refinamiento contrasta con el tamaño de sus manos:

371

No te preocupes por Orfeo.
Dormirá aquí hasta el crepúsculo.
Volverá a Versalles por la noche.

—¿Estás seguro de que sabrás encontrar el pasaje secreto que queda bajo la muralla periférica? —le pregunto.

Mi amigo vuelve a asentir con la cabeza.

—De acuerdo, entonces —digo—. Pero ahora hemos de encontrarte un refugio para que puedas pasar el día.

—Allí... Parece un cobertizo para herramientas.

Sorprendida, bajo la mirada hacia Pierrot, que acaba de hablar. Es la segunda vez que lo hace desde que lo conocí. Parece que ha adoptado a Orfeo, porque no le suelta la mano: dos inocentes maltratados por la existencia, uno mudo y otro taciturno.

—Tienes razón, Pierrot —digo con dulzura—. Ese cobertizo tiene el tamaño adecuado. ¡Vamos!

Orfeo se tapa la cabeza con el capuchón de cuero para protegerse de la pálida mañana invernal y ambos me siguen hasta la pequeña cabaña que hay en un rincón del invernadero.

El interior está oscuro; entre las palas y los rastrillos, hay bastante sitio para que Orfeo pueda acostarse acurrucado. El olor se confunde con el suyo: el dulce aroma de las hojas muertas recogidas el otoño pasado, que aún impregna las herramientas.

Apenas se tumba, cierra los ojos y se duerme. Descuelgo dos capas largas de jardinero que están en la pared, una para Pierrot y otra para mí. Extiendo una tercera sobre los hombros de Orfeo. A pesar de que su cuerpo animado por las Tinieblas no es sensible al frío, lo arropo con delicadeza, como si fuera un niño. Acto seguido, cierro suavemente la puerta del cobertizo, segura de que nadie lo molestará allí antes de que se despierte.

—Ahora hay que salir de París —digo a Pierrot tendiéndole una de las capas—. Cuanto antes cruces las murallas, mejor.

Los ojos del muchacho se abren desmesuradamente entre sus mechones castaños.

—¿Cruzar las murallas?

Cuando nos pidió que nos lo lleváramos con él, en realidad solo quería ver el día. En este momento, los rayos de la mañana iluminan su frente alta, que, debido a los años transcurridos en las profundidades, también aparece pálida y traslúcida. Imagino que debe sentir una gran sensación de liberación. La perspectiva de salir de la ciudad donde ha pasado su corta vida debe de resultar aún más turbadora.

Apoyo mis manos sobre sus temblorosos hombros para mirarlo a los ojos, y él trata de esquivarla.

Es más bien pequeño para los doce años que parece tener; soy bastante más alta.

—¿Tienes algún sitio donde ir en París?

Niega con la cabeza.

—Solo conozco los Incurables. Pasé allí varios años… y antes… —Sus ojos, de un azul etéreo, se abren—. No recuerdo en qué calle me encontraron.

—¿No te acuerdas de tu familia? ¿Tampoco de tus padres?

—Me bautizó la madre Incarnata. Ella me llamó Pierrot, como el de la canción, el que se comen los gules. Quería que jamás olvidara que ese habría sido mi destino si ella no hubiera sido tan caritativa.

La crueldad de la reverenda me parte el corazón mientras resuena en mi memoria la estrofa de aquella canción popular: «A Pierrot se le pasa la borrachera. Ellos lo despellejarán. Y luego los gules ¡los huesos le romperán!».

—Pero cuando la hermana Amarante llegó al hospicio, me explicó que mi nombre era también el de los soñadores y los visionarios —prosigue—. Me llamaba «Pierrot la Luna» y me sonreía con afecto. Decía que no estaba loco, que mis visiones eran unos regalos maravillosos.

Pensando en la que el muchacho se obstina en llamar «hermana Amarante», en lugar de «Hécate» y, aún menos, «Dama de los Milagros», los ojos de Pierrot se empañan. El niño conoció el mejor lado de la joven. Durante unos meses, esta fue la madre que no recuerda, antes de que la amargura la convirtiera en su carcelera.

—Siendo así, si no tienes ningún vínculo con París, es realmente necesario que salgas de ella —le digo acariciándole una mejilla—. Debemos evitar que los soldados que están de guardia te detengan y te encierren en un nuevo orfanato. Pero, sobre todo, hay que ponerte fuera del alcance de la Facultad. ¿Comprendes?

Asiente con la cabeza.

—¿Y luego?

—Luego decidirás tu porvenir. Si quieres seguir poniendo tus visiones a favor de una buena causa, serás bienvenido. Te prometo una cosa: sea cual sea tu decisión, eres libre; nunca te encerraremos contra tu voluntad.

La promesa parece tranquilizar a ese niño extraordinario.

Se envuelve en la capa de jardinero y se tapa la cabeza con la capucha.

Después me sujeta una mano y me la estrecha con fuerza, igual que hacía con la de Orfeo hace un momento.

Pierrot y yo caminamos por el muelle nevado del Sena. No nos ha resultado muy difícil pasar entre las rejas del jardín botánico, que en invierno está cerrado.

373

Más lejos, hacia el este, hemos divisado las grandes obras que han iniciado esta noche: mulas cargadas con las piedras arrancadas en las calles vecinas y grúas montadas deprisa y corriendo para obstruir la desembocadura del Bièvre. Cientos de soldados siguen trabajando en el dique. Los hemos dejado atrás para seguir el curso del río hacia el oeste.

Mi objetivo es llegar cuanto antes a la puerta de Versalles, la que se abre al camino que conduce al palacio real… y a la Gran Caballeriza.

El sol está alto en el cielo y hace resplandecer la nieve que cubre el empedrado del muelle.

Hemos pasado por la isla de Sang Louis y la isla de la Cité, y a nuestras espaldas se erigen las siluetas de Notre Damne y del Pont-au-Change. En la orilla de enfrente veo desfilar el largo contorno del Louvre, donde anoche el rey celebró su baile. Llevo casi veinticuatro horas sin dormir: tengo los miembros entumecidos y me pesan los párpados. En cuanto a Pierrot, de vez en cuando tropieza con los montones de nieve que no han sido retirados; después de su largo encierro en las entrañas de la ciudad, ya no está acostumbrado a caminar tanto. En cualquier caso, no suelta mi mano y nunca hace amago de aminorar el paso.

—Ahora debemos dejar el muelle para dirigirnos hacia el sur, atravesando la ciudad —le explico tras pasar por delante del jardín de las Tullerías—. Tápate bien la cabeza con la capucha.

Enfilamos una amplia calle hormigueante de actividad.

En ella resuenan los gritos de los comerciantes y de los curiosos, que se mezclan con el ruido de las palas con las que están quitando la nieve.

El ambiente en París es sorprendentemente ligero, porque ya ha corrido el rumor de que la Dama de los Milagros ha sido derrotada. La gente no sabe muy bien qué ocurrirá en el futuro, porque lo único que cuenta es sobrevivir al presente. La Noche de las Tinieblas amenazaba con ser una hecatombe terrible, pero al final quizá solo sea una celebración más de la tiranía vampýrica, como en los últimos trescientos años.

La algarabía me atrae, me arrastra, me mece.

Veo a lo lejos la cúpula dorada de los Inválidos.

Siento en mi palma la mano cálida de Pierrot.

Tengo la sensación de que en el aire flota una dulzura que no es propia de la estación.

Claro, de repente hace más calor y el sol invernal es más luminoso.

Hasta las fachadas parecen diferentes: más límpidas, más sólidas, como si las hubieran restaurado.

Los transeúntes han sustituido sus trapos grises para vestirse con ropa de varios colores, confeccionada de forma extraña. Reconozco el tejido de Nimes que tanto le gusta a Poppy, pero es la primera vez que veo otras telas. Los cortes de pelo no recuerdan en nada a los que se ven en las páginas del *Mercure Galant*, y en las caras no se lee la resignación que lastra los semblantes de los plebeyos de la Magna Vampyria.

Un timbre suena a mis espaldas obligándome a saltar hacia un lado con Pierrot para esquivar el carro que avanza a toda velocidad por la calle. Totalmente metálico y sin caballos que tiren de él, se mueve gracias a una misteriosa magia.

Contemplo ese París, similar y diferente al de siempre, salpicado de rayos: ya no es una Ciudad de las Sombras, sino una Ciudad de la Luz.

Así es como la veo, elevándose por encima de los tejados amontonados: una formidable torre de hierro apunta hacia el radiante cielo, más alta que el muro de la Caza y que el resto de las construcciones que jamás vi. Sus fantásticos cuatro pilares, hechos con unas vigas tan delicadas como el encaje, se lanzan en un movimiento ascendente y se unen en una flecha triunfal.

Boquiabierta, suelto la mano de Pierrot para apoyarme en la pared más próxima.

Apenas mis dedos sueltan los del niño, la torre de hierro desaparece.

El cielo recupera su tono plomizo; el frío vuelve a ser penetrante; las fachadas se tiñen nuevamente de gris y las caras se tensan. En la calle, animales de carga tiran de carros.

—¿Tú..., tú has visto eso? —le pregunto a Pierrot.

Me mira por entre sus largos mechones, con una expresión de asombro parecida a la mía.

—¿Quieres decir que… tú también?

Asiento con la cabeza.

Sus ojos de color azul pálido brillan y se llenan de lágrimas. Aturdida y sin saber qué hacer, lo abrazo.

—Tranquilízate, Pierrot —le susurro al oído—. No debemos llamar la atención.

Sin embargo, la emoción lo invade y sube hasta sus labios en unos sollozos ahogados.

—Es la primera vez…, la primera vez que alguien ve lo que veo yo. ¡Si supieras cómo me siento!

Lo estrecho aún más contra mi cuerpo, igual que abrazaba a Bastien cuanto tenía alguna pesadilla. Pierrot tiene la sensibilidad a flor de piel, como yo. Necesita hablar: siento que no podrá dar un paso más sin desahogarse. Retrocedo un poco para sujetarlo por los hombros, en un gesto que intenta calmarlo, y trato de animarlo con una mirada dulce.

376

—De repente, aparecen las visiones —me susurra como si fuera un secreto vergonzoso—. Me fascinan y me aterrorizan al mismo tiempo. ¡No puedo quitármelas de la cabeza durante varios días! Cuando las recuerdo, intento… analizarlas. Examinar las máquinas que veo. Comprender sus mecanismos. Es una obsesión. —Su mirada revolotea bajo el borde de su capucha—. Quizá lo único que intento comprender es «mi» mecanismo.

Mido la esencia de su vida, con un pie en este mundo y el otro… a saber dónde. Yo solo tengo sueños breves de vez en cuando. Él, sin embargo, vive siempre a caballo entre dos realidades, igual que el Ojo de los Inocentes del reclusorio, al que también acechaban las visiones. Incluso ahora que es libre, sigue siendo prisionero de sí mismo.

—Todo irá bien, Pierrot —le digo esforzándome por sonreír.

Le vuelvo a coger con cuidado la mano, con la vaga esperanza de sumergirme de nuevo en el otro lado de mi existencia.

Pero no sucede nada.

El instante singular ha pasado, o puede que yo esté demasiado despierta para volver a caer en ese trance.

Aprieto el paso hasta llegar a la masa lúgubre de la muralla periférica y me detengo ante su robusta puerta de entrada.

—¿Tiene un salvoconducto? —me pregunta uno de los guardias apoyado en su alabarda.

—Firmado por el rey en persona —contesto mientras saco el precioso documento del bolsillo de mi desgarrado vestido.

El guardia se pone firme de inmediato mascullando disculpas por ser tan negligente.

De hecho, está tan impresionado que ni siquiera comprueba la identidad de la figura encapuchada que acompaña a la portadora del salvoconducto real.

De esta forma, atravieso la muralla de París, ¡no como la última vez, cuando lo hice como prisionera, sino como alguien libre!

El gran camino que lleva a Versalles está desierto.

El rey, los cortesanos y el ejército volvieron al palacio al final de la noche, por lo que de su paso solo quedan unos profundos surcos en la tierra que se mezcla con la nieve.

A pesar de todo, Pierrot y yo caminamos por el arcén, a la sombra de los álamos helados. Prefiero ser lo más discreta posible en los últimos kilómetros que nos separan de nuestro destino. ¡Nadie debe sorprenderme con el niño antes de que haya podido llevarlo a un lugar seguro!

—Vamos, Pierrot —le digo—. Hemos recorrido la mayor parte del camino. Dentro de nada estarás en un lugar caliente con un buen cuenco de caldo en las manos.

Asiente con la cabeza, temblando, con los labios morados por el frío bajo la capucha.

De repente, oigo un crujido de ramitas a mis espaldas: alguien camina detrás de nosotros, evitando el camino…, o siguiendo nuestras huellas.

Me vuelvo de golpe, lista para sacar la daga de plata muerta que guardo en el bolsillo de mi vestido.

La figura se detiene también a unos treinta metros de nosotros.

Su larga capa de color beis claro se confunde con el paisaje que la nieve ha blanqueado; igual que hace una semana, cuan-

377

do los lacrymas me arrastraron hasta el bosque de Boulogne y una misteriosa amazona trató de liberarme.

—¿Naoko? —pregunto con un nudo en la garganta.

La caminante se quita la capucha dejando a la vista el moño alto y la cara de porcelana de mi amiga.

—¿Eres tú, Jea…? —empieza, pero no puede acabar.

Me bajo la capucha y luego se la quito a Pierrot.

Sea cual sea el camino que el niño elegirá, no quiero tener secretos con él.

—Sí, soy yo, Naoko —balbuceo—. Puedes hablar sin miedo, Pierrot es un amigo.

Los sollozos de alegría me impiden decir más.

Naoko también guarda silencio, con los ojos brillantes.

Después, la una echa a caminar hacia la otra; nuestros pasos hacen crujir la nieve.

—La Madrina mantuvo su palabra —logra articular al final—. Los lacrymas me soltaron en cuanto se enteraron de la muerte del conde de Tarella.

Una sonrisa se dibuja en sus sutiles labios.

En ese mismo instante, un rayo de sol se cuela entre la capa de nubes grises e ilumina ese rincón del bosque. Las estalactitas de hielo que cuelgan de las ramas de los árboles parecen guirnaldas de cristal; la capa de nieve que está bajo nuestros pies es como una alfombra de lentejuelas.

—¡Cabeza de Hierro! —exclama Naoko alzando la voz al tiempo que suelta una carcajada triunfal.

Recorremos corriendo los últimos metros que nos separan.

El aire frío nos inflama los bronquios, la felicidad nos calienta por dentro.

Entre los álamos, entre esos troncos cubiertos de escarcha, nos arrojamos la una en brazos de la otra.

27

La noche de las Tinieblas

—$\mathcal{V}$oy a reservar un billete para Pierrot en el próximo barco que zarpe hacia América —me anuncia el gran escudero.

Me observa con sus ojos resplandecientes, a la luz de un candelabro. Raymond de Montfaucon no es un hombre dado a expresar sus sentimientos, pero hoy, en su habitación subterránea de la Gran Caballeriza, le cuesta ocultar su emoción.

Para empezar, está el hecho de volver a vernos con vida, a Naoko y a mí, después de haber creído que nos había perdido a las dos; porque imagino que se ha encariñado con su inquilina tanto como conmigo. Después está la fantástica historia que le he contado. Su ancha cara surcada de arrugas ha sido atravesada por un sinfín de emociones mientras le hablaba de los demonios y las maravillas de la Corte de los Milagros.

En este momento, Pierrot está descansando en la celda de Naoko, con mi amiga a su lado.

Yo también dormí profundamente en un jergón, a los pies de la cama de hierro de Naoko, muerta de cansancio. Tardé varias horas en despertarme y luego me encaminé hacia la habitación abovedada donde mi mentor ha instalado su cuartel general.

—Ignoro de dónde proceden las visiones de ese muchacho, pero podrían cambiarlo «todo» —comenta—. En Francia siempre estará en peligro. Confío en que, al inundar el valle subterráneo del Bièvre, el Inmutable destruyera todo rastro de esa magia, ya que tendría un impacto terrible si cayera en sus manos. En cualquier caso, es pronto para alegrarse: es posible que en los días o semanas sucesivos vuelvan a subir algunos restos de la Corte de los Milagros a través de las bocas de alcantarilla de París. Puede que se encuentren residuos de eso que tú llamas «ampollas y proyectores». ¿Sabes si alguna religiosa o interno de los Incurables está al tanto de las extrañas visiones de Pierrot? He oído decir que muchos sobrevivieron al último ascenso de los gules; según parece, una monja anciana organizó la evacuación a través de la puerta reservada a las ceremonias funerarias…, una tal Vermillette…

—¡Vermillonne! —exclamo, aliviada de saber que la hermana de los Últimos Cuidados sigue viva—. La conozco, es una mujer discreta y consagrada por completo a su oficio.

—Es posible, pero si los inquisidores de la Facultad investigan y descubren la existencia de Pierrot, harán todo lo posible para capturarlo.

Montfaucon se acaricia su tupida perilla con aire pensativo. Imagino cómo su cerebro mueve toda una maquinaria. En las últimas semanas me he concentrado en la misión que me confió, he puesto toda mi atención en un único objetivo. Pero él es, en realidad, el que tira de los hilos de una maquinaria secreta y compleja, que se extiende a varios continentes y en la que el menor obstáculo puede tener consecuencias dramáticas. La presión que soporta es inmensa y sé que aún puedo aprender mucho de él.

—La Fronda Americana sabrá esconder y proteger a Pierrot —afirma—. En el Nuevo Mundo hay un sinfín de espacios grandes y despoblados donde la vigilancia de la Magna Vampyria no es tan estricta como en la vieja Europa. Guiados por el profeta de la magia eléctrica, los rebeldes americanos podrán fabricar de nuevo las ruedas hidráulicas del Bièvre, solo que en ríos diez veces más grandes, de manera que eso les permitirá multiplicar por diez la cantidad de energía mística producida.

A pesar de que me gustaría quedarme al lado de Pierrot, he de reconocer que Montfaucon tiene razón: además de ser más útil, el niño estará mucho más protegido al otro lado del océano.

—Concuerdo con usted —digo—, pero debemos dejar que

sea Pierrot el que decida si quiere hacer ese largo viaje, porque le prometí que a partir de ahora siempre sería libre.

—En el pasado no siempre cumpliste tus promesas con tus compañeros…

—Usted lo ha dicho, en el pasado. La nueva Jeanne mantiene su palabra.

El gran escudero asiente con la cabeza.

—De acuerdo, que decida el niño. Te han bastado unas horas para encariñarte con él, ¿verdad?

—Sí, señor. Es huérfano, como yo. Me conmueve y me recuerda a mi hermano Bastien cuando tenía la misma edad. Además, tenemos las mismas visiones. De hecho, vi… algo cuando cruzaba París con él. Me pareció estar en otra ciudad… —las palabras no acaban de atreverse a salir de mi boca—, en otro mundo.

El gran escudero arquea una de sus pobladas cejas.

—¿Otro mundo, Jeanne?

—Sí, y no es la primera vez que me ocurre. Nunca se lo he dicho, porque creía que lo había soñado, pero cuando estuve en la cámara mortuoria del rey, la noche del complot de La Roncière, también tuve una visión. Vi mi casa de la Butte-aux-Rats bañada por una luz deslumbrante. Mi familia estaba viva, era igual y diferente a la vez.

Siento que los ojos se me llenan de lágrimas al recordar esa imagen, que parecía tan real.

—Echas de menos a tu familia y a veces sus almas te visitan, es normal… —sugiere Montfaucon con una voz sorprendentemente dulce tratándose de un hombre como él—. Vamos, Jeanne. Sin duda solo fue un sueño, como acabas de decir.

Con torpeza, apoya su ancha mano en mi hombro para reconfortarme.

—No, señor. Ahora estoy segura de que no fue un sueño. Mi hermano Valère llevaba una camiseta con una fecha que recuerdo perfectamente: 2014.

En el hueco del omóplato siento que la mano de Montfaucon tiembla.

—¿2014 dices…?

Frunce el ceño y efectúa un cálculo mental.

—En su momento, no hice caso —preciso—, pero ahora he hecho el mismo cálculo que usted: 2014 es el resultado de sumar 299 y 1715.

—1715: el año en que Luis XIV se transmutó en el Inmutable —dice Montfaucon de golpe.

—Más doscientos noventa y nueve años de reinado. ¡Si el Inmutable no hubiera puesto el calendario a cero para empezar a contar los años de la era de las Tinieblas, hoy estaríamos en 2014!

Guardamos silencio unos segundos, mirándonos fijamente a los ojos, tratando de comprender lo que eso puede significar. El fuego crepita apaciblemente en la chimenea. Hasta el tiempo parece suspendido.

—¿Es posible que vieras un mundo paralelo al de la Magna Vampyria? —farfulla Montfaucon finalmente.

—¿O la promesa de un futuro posible más allá de las Tinieblas? —aventuro.

—O el espejismo de lo que podría haber sido y nunca sucederá —concluye tristemente el gran escudero.

Me gustaría seguir hablándole de mis sueños premonitorios y de mi experiencia con los gules, pero no me atrevo. Temo que me retire su confianza si se entera de que comprendo la lengua de las abominaciones nocturnas. Sé que le horrorizan y que dedica su tiempo libre a cazarlas. ¿Qué pensaría si supiera que los gules me han calificado como un ser «no-humano»? Temo demasiado su reacción, pero, sobre todo, tengo miedo de mí misma.

Mientras titubeo, la puerta de la habitación blindada se entreabre con un chirrido.

El aroma a hojas muertas que despide me llena el corazón de alegría.

—¡Orfeo!

Porque mi amigo está en el umbral.

El tiempo ha pasado tan deprisa mientras descansaba en la celda de Naoko y le contaba mi loca aventura al gran escudero que ha debido de anochecer hace un rato. Orfeo ha cruzado por debajo la muralla periférica y ahora está aquí, tal como me prometió.

Mi amigo escruta sus zapatillas de cuero con aire avergonzado, sin atreverse a mirar a los ojos a su amo.

—¡Acabo de enterarme de tus escapadas nocturnas! —gruñe este—. Mereces que te encierre para que aprendas a obedecer…

El pobre Orfeo se enfurruña un poco más.

—Pero Jeanne me ha dicho que encontraste el pasaje secreto que siguieron los bandidos napolitanos para entrar en París sin que los vieran. Es una información esencial, que, sin duda, servirá a la Fronda en los próximos años. Así que, por esta vez, te perdono.

Orfeo se atreve por fin a alzar la cabeza.

En ese instante, Naoko aparece en el pasillo que hay a sus espaldas.

—¡Orfeo! —grita saltándole al cuello.

La risa cristalina de mi amiga me colma de felicidad; la gran sonrisa que se dibuja en la cara de color verde claro de Orfeo acaba de derretirme el corazón.

Montfaucon también sonríe, de forma que su adusto semblante adopta por un momento la expresión de un anciano conmovido.

En esta cueva ciega, el último lugar del mundo donde habría imaginado que podría encontrar un hogar, una bola caliente me acaricia las entrañas. Es lo que siento: me encuentro bien, mejor que nunca, después de la desaparición de mi familia. ¡Menudo equipo formamos! El viejo verdugo arrepentido, la joven japonesa con el cuerpo híbrido, el monstruo recosido y yo, la joven con el pelo gris que vive atormentada por las pesadillas…, y el niño vidente que duerme a mi lado. Parecemos los personajes de un cuento extraño, que acuden a la mente de un escritor insomne bajo la luna de un mar embravecido; sin embargo, para mí, esta historia no puede ser más dulce.

En las profundidades del subsuelo, un reloj da las ocho interrumpiendo el momento.

—Las celebraciones de la Noche de las Tinieblas van a empezar —me recuerda Montfaucon con tono grave—. Es hora de que vuelvas a la corte, Jeanne.

ϒ

Hace dos meses, cuando entré en la galería de los Espejos para participar en el Sorbo del Rey, era una absoluta desconocida. En cambio, hoy, la noche del 21 de septiembre, todas las caras se vuelven hacia mí y todos los labios pronuncian mi nombre cuando enfilo el pasillo central de la capilla real de Versalles.

—¡Es Diane de Gastefriche!

—¡Ha regresado!

—La acompaña el gran escudero, a pesar de que ya no es escudera…

En efecto, Montfaucon camina a mi lado, luciendo su chaqueta de terciopelo negro más lujosa. Además, para la ocasión, ha encerado su perilla y ha vuelto a tensar los rizos de su vieja peluca.

En cuanto a mí, en lugar del vestido de franela roto, llevo uno magnífico que me prestó Naoko: un modelo de seda negra bordada. Por si fuera poco, mi amiga me ha hecho un exquisito moño trenzado con sus delicadas manos.

Engalanada de tal forma, voy dejando atrás las filas de cortesanos mortales e inmortales que ya se han instalado a ambos lados del pasillo. Todos van vestidos de color negro, como exige la Noche de las Tinieblas, la más larga del año, además de la más sagrada.

Largos cirios oscuros se erigen en los candelabros de hierro. En el aire flota un aroma cargado a incienso, mirra y otras hierbas aún más raras: antiguos secretos de los faraones para conservar el cuerpo de los difuntos, cuyo olor los señores de la noche encuentran delicioso.

Unas inmensas columnas dóricas ciñen el esplendor de la arquitectura, erigido para glorificar al más grande de los vampyros, monarca absoluto por gracia de las Tinieblas.

El soberano está en la primera fila, delante del coro donde se encuentra el formidable órgano resplandeciente. Esta noche, el rey de las Tinieblas luce una gran pelliza confeccionada con las pieles de una manada de lobos con el pelaje completamente negro. Esparcidos por la capa real, un sinfín de ojos muertos despiden un brillo amarillento, que evoca el oro de la máscara solar.

La máscara en cuestión se vuelve hacia mí mientras avanzo por el pasillo y el aire se va enfriando a mi paso.

Es imposible ver las pupilas que se ocultan tras las dos ranuras oscuras.

En cambio, las de los notables y los altos cortesanos que rodean al monarca no me quitan ojo. La cara del marqués de Mélac, el ministro del Ejército, oscila entre la sorpresa y la amargura. La de la princesa des Ursins, la ministra de Asuntos Exteriores, manifiesta cierta admiración.

También están allí los cinco escuderos.

Hélénaïs es la primera que me mira a los ojos. Lleva su espléndida cabellera castaña recogida en un peinado al estilo Fontanges, formando una estructura aérea de rizos y encaje. ¡Cuánto se parece su cara a la de Iphigénie, a pesar de que ahora sé que es fruto de la cirugía alquímica! Pero, a diferencia de su hermana mayor, en sus ojos dorados hay algo que aún no está del todo paralizado. A su pesar y por mucho que trata de apretar las mandíbulas, sonríe al verme. Parece aliviada por que no haya muerto; más allá de nuestras diferencias, hemos compartido la vida, la mesa y el peligro durante semanas. Puede que un día intimemos más y consiga incluso arrancarla de la nociva influencia de su padre para rendir homenaje a Iphigénie.

Al lado de la heredera veo a Suraj, erguido, luciendo una chaqueta india de color ébano a juego con su turbante. A diferencia de Hélénaïs, no intenta disimular su sonrisa. Comprendo el tormento que tuvo que padecer durante nuestra estancia en París al verse obligado a mentir para obedecer las órdenes del Inmutable, cuando su corazón le impelía a decirme la verdad. Su cara refleja alegría, así como alivio, ahora que la tortura moral ha terminado.

A su derecha, Rafael no ha tenido que cambiarse para la velada, pues siempre va vestido de negro, como dicta la moda española. Me mira con sus ojos verdes y vibrantes, que parecen animarme. La manera en que permanece al lado de su amor secreto, próximo, pero sin rozar un solo centímetro de su piel, me emociona.

Poppy carece de ese tipo de pudor. Ignorando el protocolo, se atreve incluso a pronunciar en silencio, con los labios pintados de color azul oscuro, unas palabras en inglés a espaldas del mismísimo Inmutable: «*Welcome back!*».

Al final de la fila de escuderos veo, por último, la cara del misterioso Zacharie, tan impenetrable como la del rey.

A dos metros del soberano, hago una profunda reverencia y me hinco de rodillas sobre las gélidas baldosas. El frío mortal que emana su majestad me cala hasta los huesos.

El amo de la Magna Vampyria puede alzarme o asestarme el golpe de gracia con una sola palabra. Lo conozco lo suficiente para saber cuánto le gusta dejar suspendido el destino de sus súbditos en sus labios metálicos y, a ser posible, ante un público numeroso.

Su voz olímpica resuena encima de mi nuca:

—¡Diane de Gastefriche! Le ordenamos que nos trajera a la Dama de los Milagros y a su ejército de gules. Ha fracasado en su misión.

A mi derecha se oyen unas palabras cargadas de rabia:

—¡No solo ha fracasado, señor! ¡Además ha cometido un crimen espantoso!

Siempre de rodillas, miro hacia una de las primeras filas de la capilla, reservadas a los grandes del reino. De allí procede el grito. Una dama alta que luce un vestido de crepé negro se ha levantado temblando. Su apariencia no obedece solo al protocolo del día, también al duelo. Alzo la cabeza unos centímetros para escrutar el velo de redecilla que le tapa el rostro y reconozco las facciones de Edmée de Vauvalon, que tiene los colmillos fuera por la ira apenas contenida.

—¡Asesinó al conde de Tarella! —me acusa, apuntando una uña hacia mí, como si quisiera arañarme con ella—. ¡No se sabe muy bien cómo lo hizo, porque no se ha encontrado el arma del delito! ¡Haga justicia, señor! ¡Crucifíquela!

Creía que la marquesa estaba suficientemente acostumbrada al juego cortesano como para evitar montar un escándalo semejante delante del rey. Es posible que la muerte de su terrible amante la haya afectado mucho, tal vez él fuera el espejo de su decrepitud moral. Pero sea como sea, no es el momento adecuado para desahogarse de ese modo. Si hay algo que detesta el Inmutable, es que le roben el protagonismo.

—¿Dónde cree que está, marquesa? —la reprende en tono glacial—. ¿En la *commedia dell'arte*? ¡Conténgase, demonios!

Su querido Tarella intentó sangrar a esta joven sin nuestra previa autorización, según nos ha informado el vizconde de Mortange. Lo hizo en legítima defensa, así que nos da igual cómo se libró de ese canalla.

El público no abre la boca, pero se estremece de excitación.

La cara de Edmée se descompone bajo el velo.

—¿Mortange...? —balbucea.

Su mirada recorre la fila de enfrente. Vuelvo la cabeza, pero estando bien atenta a seguir arrodillada delante del soberano. Alexandre está allí, con su espléndida cabellera pelirroja recogida con un lazo para mostrar a su enemigo una expresión de desafío total..., que luego se enternece cuando posa su mirada en mí.

—Creía que Gastefriche ya no valía nada para usted, majestad... —farfulla Edmée en un último intento de congraciarse con el soberano.

—Evite ese tipo de creencias, porque nuestro espíritu queda fuera del alcance de su comprensión —le espeta el rey cerrando la boca de la marquesa de una vez por todas.

Siento que la atención real vuelve a concentrarse en mi cabeza, inclinada, tan glacial como los rayos de un sol helado.

—¿Qué estábamos diciendo antes de esta molesta interrupción? ¡Ah, sí, su fracaso! ¿Tiene algo que decir en su defensa, Gastefriche?

La pregunta del monarca retumba bajo la gigantesca bóveda de la capilla.

Los cortesanos mortales contienen el aliento; no se oye siquiera el roce de un vestido.

—Nada, majestad —contesto inclinando aún más la espalda—. No pudo estar más acertado cuando me despojó de mi puesto de escudera. He regresado a Versalles y a la Gran Caballeriza esta noche para poner mi cuerpo y mi espíritu en vuestras todopoderosas manos.

Es la profesión de una cortesana que se somete por completo a la voluntad real.

O, como diría Sterling, es el abandono de una actriz que se ofrece en cuerpo y alma a su director.

—Precisamente nuestras manos le han guiado como pretendíamos —se congratula el monarca cayendo en la trampa

387

del orgullo que acabo de tenderle—. Usted fue el instrumento que nos condujo a la Corte de los Milagros. Supongo que se preguntará cómo.

—Pues… no lo sé, señor —mascullo fingiendo ignorancia para adularlo aún más.

—Ya sabe que un sorbo de nuestra sangre fluye por su cuerpo y, sin duda, es la mejor parte de su humilde persona. Pedirle que nos trajera a la Dama era, a todas luces, demasiado ambicioso, porque, exceptuando el sorbo sagrado, no deja de ser usted una simple mortal. No se puede pedir demasiado a una ratoncita gris, pero, en cualquier caso, ha cumplido con su misión sin saberlo. Nuestra sangre, que, como he dicho, corre por sus venas, nos permitió localizar la Corte de los Milagros. No solo construimos un dique en la desembocadura del Bièvre río abajo, además desviamos las alcantarillas río arriba para que vertieran sus aguas en el lecho subterráneo. Así pues, el principado rebelde ha quedado sumergido en un mar de basura, que también ha engullido a su jefa y a su ejército. Nuestro triunfo ha sido total. ¡Levántese, Gastefriche!

Me pongo en pie lentamente, con una expresión de desmedido agradecimiento en la cara.

—Le devolvemos el cargo, aquí y ahora —ordena el rey.

Un murmullo de emoción se eleva entre los presentes. En él me parece percibir tanto la decepción de los que esperaban una ejecución en toda regla como la fascinación exagerada de los que alaban la magnanimidad real.

—¡Oh, señor, qué gran honor! —exclamo—. ¡No me lo merezco!

—Solo nosotros podemos decidir lo que merecen nuestros súbditos. Le ordenamos que se siente a nuestro lado durante la ceremonia.

Conteniendo un júbilo victorioso por haber recuperado mi dignidad de escudera, me pongo de pie. Mis tacones martillean las baldosas, marcando el silencio con un paso solemne. Tomo asiento al lado del soberano.

Exili se mueve en el coro para iniciar la ceremonia, seguido de varios arquiatras vestidos con las túnicas del rito sepulcral, en cuyos cuellos destacan unas gorgueras de color negro azabache.

El órgano colosal entona un réquiem que hace vibrar las sedas oscuras, los vestidos del color de la noche y las cabelleras resplandecientes.

Los más altos notables del régimen vuelven sus pálidas palmas hacia la bóveda barroca para mostrar su agradecimiento a las Tinieblas.

Nadie sospecha que en el corazón de este océano de negritud se está incubando una chispa que ha jurado devolver la luz al mundo.

389

Epílogo

*P*or primera vez desde hace varias semanas, me despierto en la amplia habitación que ocupo en Versalles.

Anoche me acosté cuando terminó la ceremonia. Agotada, me hundí enseguida en un profundo sueño en el que no he tenido ni reminiscencias del pasado ni premoniciones sobre el futuro; solo un reconfortante descanso.

En este momento, el palacio está sumido en el silencio que precede al alba. Bajo la lámpara de aceite, el reloj que está a la cabecera de mi cama marca las siete y cuarto de la mañana. Aún tengo unos minutos antes de empezar a prepararme para el Gran Reposo del Rey.

Aprovecho para disfrutar un poco más del mullido colchón donde estoy echada, muy diferente del basto jergón del Gato Amarillo. A pesar de todas las adversidades, no cambiaría nada de lo que he vivido. Respiro hondo, uniendo mis esperanzas y mis temores, mis recuerdos y mis dudas.

Hace un mes, Paulin sacrificó su vida en esta misma habitación. Ayer, Iphigénie de Plumigny y sus cortesanos también perdieron la suya en París. El carpintero quería hacer justicia dentro de las humildes posibilidades que le permitía su condición humana y vengar a su hermana Toinette. En cuanto a los miembros de la Corte de los Milagros, soñaban con un último juicio universal: destruir este mundo para edificar uno nuevo sobre sus ruinas. Si bien no comparto el extremismo de esa lucha, siento una gran compasión por el sufrimiento que la inspiró. No quiero recordar a Iphigénie como una déspota, sino como una mártir. Juro honrar su memoria y la de su gente. Haré todo lo que esté en mis manos para construir ese mundo mejor al que aspiraban esas mujeres y hombres, pero no sobre unas ruinas, sino sobre un terreno fértil.

Aparto las sábanas y me levanto.

Con el pecho hinchado por un nuevo optimismo, me acerco a la ventana y abro los postigos interiores.

A través del cristal helado, los jardines de Versalles aún están sumidos en la oscuridad.

Aun así, ya presiento el rubor del alba a lo lejos, en el extremo del Gran Canal rodeado de tinieblas.

Al igual que esta promesa de amanecer en la noche, es posible que las visiones que he tenido en dos ocasiones anuncien ese mundo futuro. Me habría gustado hablar sobre ello con Pierrot, pero al final aceptó viajar a América. Hoy zarpará hacia una nueva orilla. Espero volver a verlo un día.

Asimismo espero que mi camino vuelva a cruzarse con el de lord Sterling Raindust, que me ha dejado entrever la complejidad del juego político que existe entre las naciones vampýricas…, y que me emocionó más de lo que jamás había logrado hacer un inmortal. Aseguraba que no existía un porvenir: *no future*. Me pregunto qué pensará de mis visiones. ¿Se burlará de ellas con el humor frío que lo caracteriza? Aún no he decidido si debo considerarlo un adversario o un aliado.

En cambio, sé que la Corte de las Tinieblas está llena de enemigos acérrimos. Empezando por Edmée de Vauvalon, que hará todo lo que esté en sus manos para vengar la muerte de Marcantonio. Otros asesinos serán aún más pérfidos e intentarán matarme en la sombra, como el señor Serpent, superviviente del complot de La Roncière que resucitó a Tristan de entre los muertos.

Pero ¿y si el enemigo más peligroso estuviera en mi interior, en esa parte sombría sepultada en mi alma, que apenas logro intuir? ¿En virtud de qué sortilegio comprendo la lengua de los gules? ¿Acaso es el gusto de mi piel lo que los disuade de devorarme como al resto de los seres humanos?

Aparto la mirada del Gran Canal, al otro lado de la ventana, para concentrarme en el reflejo que me devuelve el cristal. Enmarcada en mi cabellera plateada, mi cara me parece un enigma. Tengo la impresión de estar oyendo la voz cavernosa de los gules: «¿Quién eres tú?».

Recuerdo lo que el Ojo de los Inocentes me dijo cuando me leyó el tarot.

Encontré la carta de la Muerte —la del obstáculo— cuando creí que iba a morir bajo las garras de las abominaciones, pero la carta de la Luna —la del porvenir— sigue siendo un gran misterio. Cuando el Ojo me leyó el tarot, estaba tan obnubilada con la Dama que pensé que el arcano era ella. No le presté la atención necesaria al adivino cuando me explicó que la Luna era, en realidad, algo informe que anida en mi interior, un secreto en gestación sobre el que debo interrogarme… El viejo ha desaparecido de forma misteriosa, igual que surgió en mi vida. Estoy sola frente a mi futuro, frente a mí misma.

Lanzo un largo suspiro.

El vaho empaña el cristal y vela mi reflejo.

Se acabó la introspección.

Por incierto que sea el futuro, al menos el presente me parece más claro. He encontrado una familia afectuosa en Montfaucon, Naoko, Orfeo y Pierrot. Tras las paredes del palacio, la noche más larga del año está a punto de terminar. No tardará en amanecer y los días serán cada vez más largos; varios minutos más cada mañana, al igual que las victorias liliputienses que hemos logrado sobre las Tinieblas.

Me alejo de la ventana para ponerme mi uniforme de escudera.

¡El combate que debo librar acaba de empezar!

393

AGRADECIMIENTOS

Quiero darles las gracias a todos los que me han acompañado en esta inmersión en el corazón del París de las Tinieblas.

A mi familia, por descontado, que ha impedido que me perdiera en las catacumbas de la imaginación.

A mis intrépidos editores, Elsa, Glenn, Constance y Fabien, que han estado a mi lado durante esta investigación.

A los fabulosos artistas Nekro, Loles, Misty Beee y Tarwane, que siguen soñando conmigo el mundo peligroso y fascinante de la Magna Vampyria.

Por último, a todo el equipo de la editorial Robert Laffont, cuyo trabajo ha hecho que tengas este libro en tus manos. Escribí esta historia en apnea, sumergido con Jeanne en las entrañas de la Ciudad de las Tinieblas. Durante mis noches de escritura, a veces miraba por la ventana buscando la luna secreta que mi heroína persigue y me parecía que el Ojo de los Inocentes murmuraba unas palabras a mi oído: «¡Las estrellas brillan más cuando la noche es más oscura!».

QUERIDA LECTORA, QUERIDO LECTOR,
LA CORTE DE LOS MILAGROS
TERMINA AL VOLVER ESTA PÁGINA.
PERO UNA NUEVA CORTE,
IGUALMENTE MISTERIOSA, SALVAJE,
IRIDISCENTE Y MORTAL ESTÁ LLAMANDO
A LA PUERTA... ¡NOS VEMOS EN ELLA!

Los libros de la serie
VAMPYRIA
que también te gustarán

SERIE VAMPYRIA 1

No te pierdas la apasionante
primera entrega de la serie:
La corte de las tinieblas.

SERIE VAMPYRIA 3

No te pierdas la apasionante
tercera entrega de la serie:
La corte de los huracanes.

A LA VENTA EN OCTUBRE DE 2023

Este libro utiliza el tipo Aldus, que toma su nombre
del vanguardista impresor del Renacimiento
italiano, Aldus Manutius. Hermann Zapf
diseñó el tipo Aldus para la imprenta
Stempel en 1954, como una réplica
más ligera y elegante del
popular tipo
Palatino

La Corte de los Milagros
se acabó de imprimir
un día de invierno de 2023,
en los talleres gráficos de Liberdúplex, s. l. u.
Crta. BV-2249, km 7,4. Pol. Ind. Torrentfondo
Sant Llorenç d'Hortons (Barcelona)